http://www.bbulmedia.com

http://www.bbulmedia.com

※이 글 속에 나온 인명, 지명, 단체명은 허구이며 실제와는 연관이 없음을 알려드립니다.

BBULMEDIA FANTASY STORY 김지환 현대 판타지 소설

FINAL MYTHOLOGY
파이널 미솔로지

〈완결〉

4

청산

뿔미디어

CONTENTS

1. 신의 종복 *7
2. 태동 *22
3. 백귀야행 *37
4. 사타나키아 *58
5. 계획 *77
6. 신사 습격 *92
7. 신의 번개 *105
8. 새로운 사신 *124
9. 악취미 *146
10. 요그 쇼토스 *168
11. 도박 *185
12. 예언 *204
13. 마녀 집회 *221
14. 사신의 예언자 *243
15. 우보 사틀라 *258
16. 조력자 *279
17. 크툴후 *301
18. 낮과 밤을 잇는 전투 *318
19. 가브리엘 *341
20. 종언 *361

에필로그 *379

1
신의 종복

"……!"

바람을 가르는 소리들을 따라 진강은 그 손끝을 옮겨갔다. 상대의 움직임은 점점 더 눈으로 쫓기 어려워져만 갔고 힘을 끌어올릴수록 나알라호텝의 의식은 점점 더 크게 꿈틀거렸다.

―크크! 왜 그러지? 설마 벌써 지친 거냐?

신 흉내를 내는 걸 관둔 것인지, 아니면 분노와 흥분 때문에 잊은 것인지 그 목소리에는 짐승의 숨소리가 섞여 있었다.

"멍청하기는! 내 목숨을 거두기라도 할 셈이냐?"

여유를 가장하며 또다시 손을 움직인 진강이었지만, 이번엔 그저 애꿎은 나뭇가지들만을 바닥으로 떨어뜨릴 뿐이었다.

"……"

진강은 자기도 모르게 입술을 깨물었다. 점점 더 허공만 가르는 횟수는 늘어나고, 위력도 확실히 줄어들고 있었다. 조금만 정신을 집중해 힘을 끌어올리려고 해도 그럴 때마다 나알라호텝의 의식은 마치 세찬 파도처럼 요동쳤다.

―못할 건 없지!

"……!"

진강은 뒤쪽에서 느껴지는 살기에 곧바로 몸을 돌려 손을 뻗었다. 바로 눈앞까지 다가온 날카로운 손톱이 빠르게 멀어지고, 붉은빛이 나무들 사이로 사라져 갔다. 하지만 그것은 말 그대로 그저 밀쳐 냈을 뿐, 그리 큰 타격을 준 건 아니었다.

"바보 같은 놈! 내가 죽으면 네놈이라고 무사할 성싶으냐? 내 죽음은 바로 나알라호텝의 부활! 기어드는 혼돈 앞에서 네놈이 무사할 거라 생각하나!"

―…….

진강의 그 말에 사방을 뒤덮고 있던 살기가 한풀 꺾였다. 비록 다급함에 내뱉은 말이라고 할지라도 그 말대로였다. 진강의 죽음은 나알라호텝의 부활. 상대 또한 그것을 원할 리는 없었다.

―……그렇군.

하지만 한풀 꺾이기는 했어도 살기 자체는 여전했다. 또다시 바람 소리가 들려오고 진강의 손이 움직였다.

"큭!"

간발의 차로 요후(妖猴)의 움직임을 막아내기는 했지만, 요후의 손톱은 거의 그의 얼굴에 닿아 있었고, 곧 그 뺨에는 긴 선혈이 그려졌다.

―간신히 막아냈구나.

요후는 진강의 얼굴을 마주한 채 비릿한 미소를 지어 보였다. 하지만 그에 반해 진강의 표정은 딱딱하게 굳어 있었다. 이미 날려 보내는 것은 커녕 그 움직임을 막아내고 있는 것만으로도 힘에 부쳤다.

"……나알라호텝이 부활해도 상관없다는 거냐?"

—그럴 리가. 하지만 최소한 그 몸뚱이에 상처 몇 개는 더 남기고 싶군.

"……!"

또다시 움직이려는 반대편 손톱에 진강은 다시 힘을 주었다. 여기서 물러서거나 힘이 빠진다면 그대로 끝이었다.

"……"

진강은 점차 밀려들어 오는 손톱을 마주한 채 천천히 마음을 가다듬었다. 아무리 에코가 불규칙하고 불안정하다고는 해도 이렇듯 갑자기 사라질 리는 없었다. 더구나 저 멀리 산 아래에 보이는 건 분명히 불빛. 이유는 확실히 알 수 없지만 다른 사람들이 남아 있는 마을 쪽은 이곳 신사와는 달리 여전히 유지되고 있다.

'……사라진 게 아니다. 단지 다른 것에 매여 있을 뿐. 하지만 그렇다면 대체 어디에? 또 누구에게?'

하지만 그렇다 할지라도 지금의 진강으로서 할 수 있는 일은 없었다. 힘을 더 끌어내는 것도, 매여 있는 에코의 힘을 끌어오는 것도 지금으로서는 무리였다.

—왜 그러지? 벌써 힘에 부친가?

"그럴 리가!"

요후의 비웃음에 진강은 할 수 있는 최대한으로 힘을 뿜어냈다.

—……!

갑작스런 강력한 기세에 순간 균형을 잃은 요후는 그대로 진강의 힘에 휩싸였다. 검은빛과 강렬한 기운에 휩싸인 요후는 그대로 조금씩 짓이겨지며 뒤쪽으로 날려갔다. 그 궤도에 있는 나무들은 힘없이 무너졌으며 거대한 바위들조차 그저 뭉쳐 있던 흙무더기처럼 부서져 내렸다.

"하아…… 하아……"

진강은 요동치는 나알라호텝의 의식에 가쁜 숨을 내쉬었다. 하지만 그것으로 끝이 아니었다. 주변을 덮어가는 살기는 더욱 짙어져 있었고 이미 저 멀리에서 쓰러진 나무들이 천천히 움직이고 있었다. 상대는 벌써 정신을 차리고는 몸을 일으키고 있었다.

"젠장."

사실 그는 그저 모른 척할 수도 있었다. 어리석은 요괴가 헛된 꿈을 꾸며 스스로의 시간을 낭비하든 말든 무시하고 할 일만 할 수 있었다. 하지만 그는 굳이 이곳을 찾았고, 상대를 도발했다.

상대를 너무 얕봐서인가, 아니면, 그 반대인가?

아니, 그건 아마도 지금 그와 나알라호텝의 의식 경계가 희미해져 있기 때문일 것이다. 나알라호텝 본연의 모습으로 돌아가고자 하는 욕구, 모든 것을 하잘것없이 내려다보고 비웃고 싶어 하는 제왕의 오만함. 그것이 그를 이곳으로 데려온 거였다.

"……."

진강은 입술을 깨물며 주머니 안으로 손을 가져갔다. 그리고는 무표정하지만 불만과 짜증을 가득 담은 얼굴로 카드를 꺼내 들었다.

―……날개 달린 뱀아. 계약자의 영혼과 그 증표를 가진 내게 복종하라.

고아하고 부드럽지만, 동시에 신경질적인 그 목소리와 함께 하늘에서는 나팔 소리가 울렸다. 마지막을 알리는 듯 장엄한 나팔 소리. 하지만 그것은 너무도 빨리 끝나 버렸다. 그리고 땅에 그려진 그림자들 사이에서 붉은 뱀의 머리가 천천히 올라오기 시작했다.

사마엘. 붉은 비늘에 12장의 날개들. 신의 독이란 이름을 지닌 수수께끼의 천사. 단지 크기적인 면에서 전과는 확연히 달랐지만 말이다.

"꽤 깜찍한 모습이군그래."

담담한 목소리였지만, 진강의 표정은 꽤나 당혹스러운 듯 보였다.

"쉐에엣!"

그리고 진강의 그 말에 사마엘은 신경질적으로 그 머리를 흔들었다. 하지만 틀린 말은 아니었다.

작은 건물 정도는 날개 한 장으로도 가릴 만큼 거대했던 사마엘이었지만, 지금은 꼿꼿이 머리를 들고서도 겨우 진강의 허리에 닿을 정도였다. 오히려 보통의 비단구렁이가 훨씬 클 정도였다.

"네놈 때문이지 않은가! 기어드는 혼돈이여! 계약의 강탈이라니! 불완전한 부름 때문에 불완전한 형태밖에 취할 수 없지 않은가!"

"아…… 그랬군. 난 또 아직 힘을 다 회복하지 못했나 했는데."

농담까지 섞어 여유로움을 가장하고는 있었지만, 사실 진강으로서도 상당히 당황한 상태였다. 마지막에 마지막이 된 지금, 그것도 내키지 않는 것을 겨우 참아가며 사마엘의 힘에 기댄 것인데 그 결과가 이 정도라니.

"……"

진강은 잠시 심호흡을 하듯 눈을 감았다가 떴다. 이미 상대는 거친 숨을 몰아쉬며 수풀을 헤치며 걸어 나오고 있었다.

"불완전하다고는 해도 해야 할 일은 알고 있겠지?"

진강의 그 말에 사마엘은 천천히 진강에게 닿아 있던 시선을 옮겼다.

"알고 있다. 걱정 마라. 아무리 이런 모습이라도 고작 원숭이 하나 상대하는 건 무리가 없으니."

사마엘은 12장의 날개를 활짝 펼쳤다.

"나는 신의 악의를 대변하는 자! 내 날개에 닿은 바람이 스친 대지는 그 어떠한 생명도 품지 못하리라!"

그 거룩한 선언과 동시에 사마엘의 몸에서 자줏빛 독기가 흘러나왔다. 그것들은 바람을 타고 마치 뱀처럼 대지 위를 기기 시작하더니 이내 나무가 뿌리를 뻗어 가듯 수없이 많은 줄기로 나뉘어져 갔다. 그 독기가 스쳐 지나간 대지는 그 색을 잃었고, 마치 상처가 썩어 들어가듯 짓물러 갔다.

그리고 그 모습에 진강의 얼굴에도 살짝 여유가 돌아왔다.

―이, 이 무슨……!

요후는 대지를 덮어 가는 독기에 기겁하며 한 발자국 뒤로 물러섰다. 아무리 토지신 흉내를 내고 신성을 지니고 있다 해도, 그는 단순한 요괴에 지나지 않았다. 아무리 불완전하다고는 해도 사마엘의 독기를 감당할 만한 힘은 없었다.

"원래부터 이럴 생각은 아니었지만……."

"쉐에에!"

진강이 카드를 들어 올리자 그에 따라 사마엘의 날개가 다시 움직이고, 대지에 퍼져 있던 독기 또한 크게 요동쳤다.

"이렇게 된 이상 어쩔 수 없구나."

진강의 손짓에 독기들이 흩어졌다. 사방으로 흩어진 독기는 순식간에 요후의 주변을 둘러쌌고 그대로 집어삼켰다.

"크, 크에에에!"

날카로운 울음 소리가 산 전체에 울려 퍼졌다. 사마엘의 독기는 빠르게 요후의 몸을 잠식해 갔고 미약하게나마 흘러나오던 신성은 곧 그 빛을 잃었다.

"꼭 네 잘못이라고만 할 수는 없다만, 기회가 있을 때 관뒀어야 했다."

진강은 팔을 거두었다. 사마엘의 날개가 접히고 독기 또한 허공에서 사라져 갔다. 그곳에 남은 건 이제는 그 형체를 알아볼 수도 없는 거무튀튀하고 질퍽한 덩어리뿐이었다. 진강은 고개를 돌려 신체(神體)가 있던 곳을 바라보았다. 나무로 만든 그 투박하고 못생긴 원숭이 조각은 어느새 둘로 쪼개져 있었다.

"……"

진강은 둘로 쪼개진 조각 쪽으로 걸음을 옮겼다. 조각은 단지 둘로 쪼개진 것만이 아니었다. 그 조악한 조각의 표면 또한 마치 불에 그을린 거북의 등껍질처럼 자잘한 금들로 가득했다.

"이런 조각에 무슨 볼일이지? 기어드는 혼돈이여."

사마엘은 불편한 기색을 숨기지 않으며 비꼬듯 물어왔다. 사마엘로서는 진강의 말에 따라야 하는 지금의 처지가 어지간히도 마음에 들지 않는 모양이었다. 물론 그것은 진강으로서도 마찬가지지만 말이다.

"시끄럽다. 버려진 장난감 주제에."

"쉐에에!"

진강은 쪼개진 조각을 다시 하나로 맞추더니 그 위에 손을 가져다댔다. 신체란 말 그대로 신의 육체, 그릇이다. 아무리 세상이 변해 더 이상 필요 없어졌다고는 해도 신력이 어느 정도는 스며들어 있는 법. 조각에서는 옅은 백색 불빛이 일렁이더니 이내 진강의 손을 타고 올라 몸속으로 스며들었다.

"뭔가 했더니, 고작 그 정도의 신력까지도 흡수해야 하는 건가. 애처롭구나 기어드는 혼돈이여."

"시끄럽다고 했을 텐데. 거기다 지금 네놈이 그런 말을 할 처지라고 생각하나?"

진강의 표정은 한결 편안해져 있었다. 단지 조각에 깃들어 있던 신력을 흡수해서만이 아니었다. 미약하긴 해도 사마엘에게서 계속 흘러나오고 있는 신성력이 필요 이상으로 깨어난 나알라호텝의 의식을 진정시키고 있는 거였다.

"쉐에에!"

"쓸데없는 위협은 그만하도록. 계약이 유지되는 한 네가 아무리 원한다 한들 내게 그 독니를 드러낼 수도 없을 텐데, 그저 시끄럽기만 할 뿐이지 않나. 물론 설사 계약이 깨진다 한들 네놈의 독니가 내게 닿을 일은 없지만 말이다."

"쉐에……."

진강은 조각에서 손을 뗐다. 신력을 잃은 조각은 이내 주인을 따라, 그 두 동강난 형체조차 유지하지 못한 채 무수한 파편으로 부서져 내렸다. 진강은 그 파편에서 시선을 떼고는 살짝 굽혔었던 몸을 일으켰다.

"그보다 네놈, 지금 이 상황에 대해 알고 있는 거 뭐 없나?"

"무슨 상황 말인가, 기어드는 혼돈이여?"

"에코 말이다. 대체 어떤 힘이 작용하고 있는 거냐?"

진강은 산 아래쪽에 보이는 불빛을 가리키며 말했다. 하지만 사마엘은

"에코?"

금시초문이라는 듯 오히려 눈동자를 동그랗게 뜨며 되물었다.

"……."

진강은 황당함을 감추지 못하며 사마엘을 내려다보았다.

"네놈, 정말 에코가 뭔지 모르는 거냐?"

"평범한 메아리를 말하는 것은 아닐 테고, 내게 뭘 묻고 싶은 거냐?"

"……."

진강은 우선 진정하고 찬찬히 사마엘의 얼굴을 살펴보았다. 분명 농담을 하거나, 자신을 놀리려고 하는 것 같지는 않았다.

"설마 용어가 다른 건가?"

진강은 다시 산 아래쪽, 마을이 있는 곳을 가리켰다.

"저 마을을 유지시키고 있는 힘이 뭐냔 말이다."

사마엘은 다시 날개를 펼치더니 허공으로 날아올랐다. 그리고는 진

강이 가리키는 방향을 따라 산 아래쪽 마을을 바라보았다.

"으음?"

하지만 사마엘은 고개를 갸웃거렸다.

"분명 묘한 힘이구나. 환상도 실체도 아니라니. 하지만 난 저 힘이 무엇인지 모른다."

진강은 다시 천천히 사마엘을 바라보았다. 분명 신은 아니라고 해도 사마엘은 신의 뜻을 받들던 사자들 중 하나. 에코를 모를 리는 없었다. 세상을 오가며 수없이 많은 멸망과 탄생을 바라보았다면 분명……

"아!"

진강은 자기도 **모르**게 탄성을 냈다. 그제야 기억이 난 모양이었다.

"그래, 네놈이 알 **리**가 없지."

진강은 마치 비웃는 듯한 미소를 지어 보였다. 그리고 그 기분 나쁜 미소를 보며 사마엘은 의미도 모른 채 한껏 날개를 펼치며 독니를 드러냈다.

"의미 없는 짓은 하지 말라고 했을 텐데."

하지만 돌아오는 건 더욱 깊은 비웃음뿐이었다.

"그래. 네놈 신이 네놈들을 만든 건 바로 이 세상 속이었지. 당연히 에코도 본 적이 없겠구나."

"쉐에에…… 내가 어리다는 듯 말하지 마라."

"훗. 하지만 사실이지 않나?"

진강은 카드를 들어 올렸다. 사마엘에게서 흘러나오는 신성력이 도움이 되기는 해도 이제 슬슬 한계였다. 어차피 억지로 잡고 있는 소년의 영혼을 매개로 한 계약. 시간을 끌수록 영혼에 대한 지배력은 약해지고 결국에는 계약이 깨질 수도 있었다.

"자, 그럼 새끼 뱀께서는 이제 그만하고 돌아가도록."

"이, 이놈……!"

"아, 그래. 다음에 필요할 때 또 부르지."

진강은 뭐라고 불평을 해대려는 사마엘의 입을 막듯 카드를 흔들었고, 이내 사마엘의 몸은 형체를 잃고 사라졌다.

"뭐, 결론적으로는 잘된 건가. 의식도 훨씬 진정된 것 같고 또 적어도 사마엘 녀석의 힘을 그리 믿을 수 없다는 걸 확인했으니까."

애써 그렇게 말하고 있는 진강이었지만 그 얼굴에는 씁쓸한 표정이 지워지지 않고 있었다. 그 머릿속 한구석에서는 괜히 달밤에 쓸데없는 짓만 했다는 생각이 자리를 잡고 떠날 생각을 하지 않았다.

"하아."

짧은 한숨을 내쉬고는 진강은 사마엘이 대지에 남긴 흔적을 지나쳐 산 아래쪽으로 걸음을 옮겼다. 신사와 마찬가지로 올 때 보았던 잘 닦여 있던 길들은 사라지고 초라한 산길이, 그것도 드문드문 끊어진 채 나 있었다.

"아……."

그런데 몇 발자국 떼려던 진강은 뭔가 생각난 듯 걸음을 멈췄다.

"혹여라도 저 원숭이를 흉내 낼 생각은 마라. 괜히 이목만 끌어서 저놈처럼 제 명줄이나 재촉할 뿐이니."

진강은 그렇게 중얼거리더니 이내 다시 걸음을 옮겼다. 그리고 잠시 뒤 진강의 모습이 사라졌을 때, 그제야 나무 아래 그림자 속에서 작은 너구리 한 마리가 뛰쳐나와 도망치듯 반대편으로 달려갔다.

*　　*　　*

검은 밤, 구름들 위에는 달이나 별들만 있지 않았다.

구오오오!

불길한 울음 소리와 함께 검은 구름이 다른 구름을 뚫고 지나갔다.

새하얀 달과 수많은 별들이 바로 옆에 떠 있었지만, 이상하게도 그 달빛과 별빛은 검은 구름들에 닿지 않는 것처럼 보였다. 새카만 어둠. 그 속에서 검은 구름들의 움직임을 볼 수 있는 건 빛 때문이 아니었다. 그 구름들이 밤하늘과 비교할 수 없을 정도로 훨씬 더 깊은 어둠이었기 때문이다.

구름들은 서로 뒤엉켰고 마치 두 마리의 사나운 뱀들처럼 서로를 상처 입혀갔다.

그런데 바로 그때,

우우우웅!

밤하늘을 찢어 버릴 듯한 시끄러운 굉음이 울려 퍼지고 저 멀리에서부터 별들이 하나둘 사라져 갔다. 하늘을 집어삼키며 거대한 어둠이 이쪽으로 향해오고 있었다. 뒤엉켜 있던 구름들은 일제히 서로에게서 떨어져 도망치듯 반대쪽으로 움직였다. 하지만 이미 늦었다. 구름들은 곧 더 거대한 어둠에 먹혀 버렸다.

이 세상에 것이 아닌 듯한 처절한 비명 소리와 함께 검은 구름들은 그 형체를 잃고 어둠 속으로 사라졌다.

―하찮은 사신 놈들.

깊은 지저(地底)로부터 울려오는 듯한 근엄한 제왕의 목소리가 하늘을 가득 메웠다. 하늘을 뒤덮고 검은 구름들을 찢어발긴 그것은 어둠이 아니었다. 그것은 수많은 검은 메뚜기 떼. 기아와 역병의 마왕 아바돈이었다.

―주제도 모르고 감히 이 내 앞에서 영역 다툼이라니.

하늘을 뒤덮은 검은 메뚜기 떼는 철저히 밤하늘을 유린했다. 무덤 위에 부는 바람. 형용하기 어려운 자. 수많은 이름을 지니고 불길한 검은 바람을 몸에 휘감은 그 하스터들일지라도 지금의 아바돈 앞에서는 한낱 산들바람에 지나지 않았다.

―본래라면 이까짓 하급 사신들 따위는 아무리 집어삼켜 봤자 그저 입맛만 버릴 뿐이지만, 만찬 전 애피타이저라 생각하면 참지 못할 것도 없지.

그렇게 아바돈은 한참 동안이나 사냥을 이어 갔다. 그리고 하늘에 더 이상 아무것도 없게 되었을 때, 그제야 아바돈은 그 두려운 비행을 그만두었다.

―자, 그러면…….

하늘을 뒤덮던 검은 메뚜기 떼는 그 군세를 정비하더니 천천히 땅으로 내려서기 시작했다. 사라졌던 달과 별들은 다시 그 모습을 드러내고 굉음도 서서히 잦아들기 시작했다. 검은 메뚜기 떼는 산맥 위에 내려앉았고 산맥은 달빛 아래에서 검게 물들었다.

"다녀오셨습니까?"

그런데 그 검은 산맥의 한 곳, 유일하게 어둠에 물들지 않은 작은 공터에 한 사내가 서 있었다. 옛 유럽 귀족들이 즐겨 입던 하늘하늘한 정장을 차려입은 그는 마치 홀로 시간의 흐름에서 벗어나 있는 모습이었다.

―누구인가 했더니, 사타나키아인가? 네놈도 이 땅에 남은 것이더냐?

사타나키아. 위대한 검은 산양으로 불리는 자. 흑마녀들의 축제인 사바스의 밤에 강림하여 그들에게 힘을 나눠준다는 마녀들의 신이자 위대한 악마왕들 중 하나였다.

"예. 제 숭배자들은 아직 이 땅을 떠나고 싶어 하지 않아 이렇게 남았습니다."

마치 귓가에 속삭이듯 부드럽고 달콤한 목소리. 남자든 여자든 지금 그 목소리를 들었다면 마음에 이는 어떤 감정을 도저히 참을 수 없을 터였다.

파이널
미솔로지

―악마왕들 중 하나라는 자가 아직도 그깟 필멸종들에 집착하는 게냐?

"그들은 아름답습니다. 그들은 제 숭배자이자 동시에 제 연인들이죠. 전 그들을 사랑합니다."

그 누가 악마가 사랑을 모른다 했던가. 달콤한 꿀이 입안에 퍼지듯, 향기로운 꽃향기가 주변에 가득 퍼지듯 그 감미로운 목소리는 주변으로 퍼져 갔다. 하지만 돌아온 것은 차가운 냉소였다.

―어리석기는. 그 어리석음 때문에 다음 세상에서 네 영향력이 줄어들 거라는 걸 모르는 것이냐?

하지만 사타나키아는 오히려 다시 부드러운 미소를 지어 보였다.

"예. 어리석지요. 그런데 위대한 아바돈 님께서는 비록 반신이라고는 하나 어찌 이 땅에 남으셨습니까?"

장난스런 목소리. 묻고는 있었지만 이미 알고 있는 것이 분명했다. 더구나 교활한 악마가 일부러 그 앞에 모습을 드러냈다면 그에 합당한 이유가 있는 것. 아바돈은 살짝 심기가 상한 목소리로 천천히 답했다.

―……처음에는 단순한 유흥이었노라. 허나 지금은 꼭 해야 할 일이 있노라.

아바돈의 그 대답에 사타나키아의 얼굴에 교활한 미소가 떠올랐다.

"기어드는 혼돈…… 말이십니까?"

위이이잉!

사타나키아의 그 말에 아바돈의 목소리를 만들어내던 검은 메뚜기 떼의 날갯짓이 순간 어긋나며 귀를 찢는 듯한 소음을 냈다. 그러나 그 소음 속에서 사타나키아는 그 미소를 지우지 않았다.

"허나 상대는 바로 그 기어드는 혼돈 나알라호텝입니다. 아무리 위대한 아바돈이시라도 지금 그 모습으로는 힘드실 텐데요."

―알고 있다!

어긋나던 메뚜기 떼의 날갯짓은 천천히 다시 하나로 모여 아바돈의 목소리를 냈지만, 그 목소리 또한 분노로 떨리고 있었다.

―그래서 아라디아에게 강림 의식을 명해 놓았다. 비록 반신밖에 되지는 못해도 이 세계에 펼쳐 놓은 내 권속들과 내 힘을 다시 하나로 모은다면……!

"호오! 아라디아, 그녀도 이 땅에 있는 것입니까?"

아라디아라는 이름에 사타나키아는 반색하며 되물었다. 그 표정에는 꾸밈없는 기쁨이 담겨 있었다.

―그래. 무슨 생각인지는 모르지만 죽어 버린 이 땅으로 스며들었더군.

"그녀는 지금 어디에 있습니까?"

―왜? 옛 연인의 이름에 당장 만나고 싶어졌나?

"제가 워낙 로맨티스트라서 말입니다."

능청스런 그 말에 검은 메뚜기 떼는 잠시 그 날갯짓을 멈추고는 사타나키아를 바라보았다. 그리고 잠시 뒤 메뚜기 한 마리가 날아올라서는 사타나키아의 어깨에 올라탔다.

―뭐, 좋다. 안내해 주도록 하지. 대신 네놈도 내 강림 의식을 도와라.

아바돈의 그 말에 사타나키아는 묘한 미소를 지어 보였다. 그 또한 위대한 악마왕들 중 하나. 설사 위치를 가르쳐 주지 않는다 해도 아라디아의 존재를 알게 된 이상 그녀를 찾는 것은 그리 어려운 일이 아니었다. 그런데도 지금 아바돈은 굳이 길안내를 해 주겠다며 대가로 강림 의식에 참여하기를 요구하고 있었다.

하지만 지금 상황에서 거절이란 허락되지 않았다. 비록 힘만 보면 적어도 지금으로서는 사타나키아 쪽이 훨씬 위이긴 했지만 그렇다고 아바돈의 심기를 거스를 수는 없었다.
 "여부가 있겠습니까."
 사타나키아는 어딘가 씁쓸해 보이는 미소를 지으며 가볍게 고개를 숙였다.

2
태동

 깊은 밤, 어두운 병동 복도에 보랏빛 불길이 일렁였다. 그 밝은 불빛에 워커들은 이끌렸지만, 이내 불빛의 주인을 알아보고는 황급히 도망쳤다.

 "이런 밤중에 정신병원이라니, 공포 영화가 따로 없군."

 장난스런 남자의 말에 날카로운 여성의 목소리가 대꾸한다.

 "대신 이쪽이 괴물이고 말이죠."

 보랏빛 불빛은 병동 곳곳을 돌아다녔고 마침내 원장실까지 다다랐다.

 "여기입니까?"

 원장실 문이 열리고, 보랏빛 불빛 사이로 보이는 것은 주선과 계정의 얼굴이었다. 그들은 잠시 방 안을 둘러보더니 소파 위에 쓰러져 있는 제진을 발견했다.

 "……이 사람인가요?"

주선의 물음에 계정은 고개를 끄덕였다. 그녀는 손에서 일렁이는 불빛을 줄이더니 제진의 얼굴 위로 가져갔다. 하지만 보이는 것이라고는 그저 제진의 얼굴뿐이었다.

"이 남자 몸에 표범 머리가 달려 있었다고요?"

주선은 믿지 못하겠다는 목소리로 되물었다.

"그래. 지금은 보이지 않지만 분명히 있었다. 스스로도 자각하지 못하는 모양이었지만."

"음……."

주선은 잠시 눈을 감았다. 그리고 그녀가 다시 눈을 떴을 때 그녀의 눈동자는 보랏빛으로 변해 있었다.

―그럼, 한 번 살펴보자꾸나.

아라디아는 잠들어 있는 제진을 찬찬히 살펴보았다.

―호오?

그런데 그녀의 눈에 뭔가 보인 듯했다. 그녀는 흥미로운 물건을 보듯 제진의 얼굴을 바라보았고 조심스레 그의 눈꺼풀을 들쳐 눈동자를 바라보기도 했다.

―흐음. 확실히 묘한 힘이 느껴지긴 하는구나.

아라디아는 제진에게서 한 걸음 물러서더니 그를 향해 손을 뻗었다. 그리고 그녀의 손짓에 곧 제진의 이마와 가슴에는 보랏빛 기묘한 문장들이 떠올랐다. 제진은 그 불빛에 잠시 뒤척이긴 했지만, 그렇다고 깨지는 않았다. 깨어난 것은 다른 쪽 머리였다.

크르르르!

어느새 제진의 왼쪽 어깨에서 그 머리를 들이민 검은 표범의 머리는 날카로운 이빨을 드러내며 위협적으로 울부짖었다.

―훗.

하지만 아라디아의 손이 다시 한 번 움직이자 표범 머리에는 보랏빛 목줄이 매였고, 표범은 더 이상 아무런 소리도 내지 못했다.

―버릇없는 고양이구나.

그녀는 표범의 머리 쪽으로 손을 가져다 댔다. 표범은 이미 목뿐만 아니라 그 입 또한 보랏빛 기운에 묶여 있었다.

―흐음.

하지만 한참이 지나도 아라디아의 표정은 펴지지 않았다.

―이렇게나 힘의 근원을 끌어냈는데도 정작 그 정체가 보이지 않다니.

"역시 반쪽 신으로서는 무리인가?"

계정의 비아냥에 아라디아의 보랏빛 날개가 한층 더 빛을 더했다.

―헛소리! 나 또한 무한한 시간 속에서 다른 신들과 마찬가지로 수많은 세상을 넘나들었다. 내가 알지 못한다면 다른 대다수의 신들 또한 모를 터!

흥분한 채 목소리를 높이는 아라디아였지만, 정작 계정은 관심 없는 듯 손을 내저었다.

"아. 그래 알겠다고. 어쨌든 모르겠다는 거잖아?"

―……무례한 놈.

계정은 못 들은 척 무시하고는 문밖을 향해 휘파람을 불었다. 그리 큰소리가 아니었고 병동을 돌아다니는 워커들의 소리가 울려 잘 들리지도 않았지만, 휘파람을 불자마자 차가운 바람과 함께 몇 명의 사내가 방 안으로 들어왔다.

"부르셨습니까?"

사내들은 계정을 향해 저마다 고개를 숙여 보였다. 계정이 모임 장소들을 돌며 찾아온 뱀파이어들이었다.

"어? 저기……."

계정은 손가락으로 제진을 가리켰고, 그들은 아무 말없이 제진을 들쳐 업었다.

―어떻게 할 생각인가?

"어떻게 하기는, 데려가야지."

―정체도 모르는 걸 데려가겠다고?

계정은 아라디아의 말에 코웃음을 쳤다.

"뱀파이어에 반쪽 신, 마왕에 저 좀비 비스무리한 것들이 판을 치는 지금 이 상황에서 이 정도면 평범하지 않나?"

―위험할 수도 있다.

그녀의 그 말에 계정은 그녀를 돌아보며 씁쓸한 미소를 지어 보였다.

"이미 지금도 충분히 위험하지 않나? 바로 그 아바돈의 명령을 거역해야 하는 상황이니까. 거기다 또 모르지, 일이 잘못될 경우 이 녀석의 알 수 없는 힘이 작은 변수라도 만들어 줄지. 어쩌면 단 몇 초라도 더 살 수 있을지 모르는 일이잖아?"

계정의 그 말에 아라디아는 더 이상 아무런 말도 하지 않았다.

―좋다. 그럼 최소한······.

그녀의 손짓에 여전히 묶여 있는 표범의 이마에 다시 작은 문장이 떠올랐다가 사라졌다.

"뭘 한 거지?"

―일종의 안전장치다. 물론 묶어놓은 걸 풀 수는 없겠지만, 언제나 만에 하나라는 게 있으니까.

계정은 고개를 끄덕이고는 다른 뱀파이어들을 향해 가자는 손짓을 했다. 그런데

퀴이이이!

병원 아래층에서부터 뭔가 기묘한 소리가 울려왔다. 잠시만 귀를 기울이면 온갖 괴물들의 울음 소리가 들려오는 세상이었지만, 이번에는

조금 달랐다. 짐승의 울부짖음이나 그런 게 아니라 뭔가 질척거리는 액체가 흘러내리는 그런 소리였다.

"……."

방을 나서려던 뱀파이어들은 계정을 돌아보았다. 무시하고 가려 해도 소리가 빠르게 다가오고 있었다.

"뒤로 가자."

계정은 그들을 뒤로 물리고는 창문을 열었다. 소리의 정체가 무엇이든 굳이 싸울 필요는 없었다. 그러나 창밖을 바라본 계정의 표정이 일그러졌다. 창밖 아래에는 무슨 거대한 아메바나 괄태충 같이 생긴 수많은 점액질들이 병원 벽면을 기어오르고 있었다.

"저건 대체 뭐야?! 거기다 언제……?!"

―쇼고스…… 아니, 정확히 말하자면 쇼고스의 원형인 것 같군.

옆으로 와 창문을 내다본 아라디아는 귀찮게 되었다는 듯 그렇게 말했다.

"쇼고스? 그게 뭐지?"

―하급 사신의 일족 중 하나가 만들어 낸 하인들이다. 원래는 지능도 낮고 명령에 복종할 줄만 아는 단순한 생명체였는데 수없이 자가 분열하며 일부가 지능을 갖게 되었고, 이후 자신들을 창조한 하급 사신 일족에게 반기를 들었지.

"결과는?"

―저들이 이겼다. 애초에 숭배자도 아닌 하인이 필요할 정도의 하급 사신이었으니까.

"그럼 지금 우리는……?"

계정의 물음에 아라디아는 미소를 지어 보였다.

―걱정 마라.

아라디아의 눈이 빛나자 건물 외벽을 가장 빨리 기어오르고 있던 세

마리의 쇼고스가 보랏빛 불길에 휩싸여 땅으로 떨어졌다.

―지능이 높은 쪽이라면 또 모르겠지만, 이런 놈들 정도라면 너나 혼자서도 충분히 처리 가능하다.

"정말 우습지도 않은 세계가 되어 버렸군."

계정은 붉은 눈동자를 빛내며 창문 밖으로 몸을 날렸다.

*　　*　　*

"……"

마을로 돌아온 진강은 여전히 밝은빛을 뿜어내고 있는 간판들과 가로등들을 둘러보며 걸음을 옮겼다. 진강은 가볍게 손을 올려 보았다. 빛이 일렁이더니 그의 손안에 야구공만 한 작은 구체가 나타났다.

"……역시 여기에서는 되는 건가."

확실히 산에서와는 달리 에코를 조종할 수 있었다. 진강은 구체를 그대로 뒤로 던져 버리고는 가만히 주변을 살폈다. 분명 에코의 흐름을 잡아두고 있는 게 있을 터였다. 그렇지 않은 이상 신사에서처럼 갑자기 에코가 사라지는 일은 없었을 터였다.

진강은 마을 여기저기를 돌아다녔다. 열려 있는 가게와 일반 가정집, 수상한 돌조각들 하나까지. 하지만 별다른 것은 보이지 않았다.

"그저 단순히 사라진 건 아니다. 에코라는 건 그런 식으로 되어 있는 게 아니니까. 뭔가가 에코를 매어 놓고 있는 게 분명한데……"

진강은 발걸음을 돌려 여관으로 걸음을 옮겼다. 이제 마을에서 남은 곳은 그곳밖에 없었다. 여관으로 돌아온 진강은 우선 다른 방들을 돌아보았다.

하지만 애초에 환상으로 이루어진 이곳에 다른 게 존재할 리는 없었다. 아무것도 없는 여관. 있는 거라고는 그곳에서 잠들어 있는 그의 일행뿐이었다.

"설마 누군가의 무의식에 에코가 반응하고 있는 건가? 분명 에코는 주인 없는 힘. 타인의 의식에 간단히 영향을 받는다. 하지만 그 힘을 묶을 만한 능력이 있을 리는……."

어쩌면 다른 사람들 중 잠재적으로 어떤 능력을 가진 자가 있을지는 몰랐다. 영력, 기감, 영매, 초능력. 그 종류와 정도의 차이는 있겠지만 그 씨앗 정도는 그리 희귀한 게 아니니까. 그리고 그런 힘을 가지고 있는 자의 의지에 에코는 더욱 반응한다.

하지만 설사 아무리 그렇다 할지라도 진강이 제어하고 있던 에코의 힘을 빼앗을 만큼 강력한 힘이 인간에게 있을 리는 없었다. 무엇보다 신의 사자였던 그 원숭이 요괴조차 그러지 못했다. 만일 그런 힘을 지닌 인간이 있다면 그것은 하찮은 주술사나 능력자가 아닌 이미 인간의 경지를 넘어선 자. 즉, 신(神)이나 선(仙)이나 불(佛)일 터였다.

"……."

잠시 망설이던 진강은 다른 사람들이 자고 있는 방 대신 옆방으로 향했다. 자물쇠가 잠겨 있긴 했지만 그런 건 아무 상관없었다.

스윽.

진강이 손을 뻗자 어느새 열쇠 하나가 그의 손안에서 나타났다. 그는 열쇠로 문을 열고는 안으로 들어갔다. 진강은 침대에 그대로 몸을 눕혔다.

"……뭐 굳이 지금 깨워가면서 확인할 필요는 없겠지."

더구나 확인할 수 있다는 보장도 없었다. 진강은 그대로 눈을 감았다. 남아 있는 밤은 짧았지만 그래도 쉬지 않으면 견디지 못할 터였다.

눈을 떴을 때 진강은 다른 사람들이 자신을 찾는 소리를 들었다.
"……이쪽입니다."

가라앉은 목으로 소리를 높여 보았지만 사람들은 그의 목소리를 못 들은 모양이었다. 진강은 몸을 일으켜서는 문을 열었다. 복도에는 성은과 인수가 그를 찾으려는 듯 나와 있었다.

"진강 씨!"

인수가 가장 먼저 진강을 보고는 다가왔다.

"어디 가셨나 했더니 잠자리가 불편하셨나 보군요."

인수의 그 말에 진강은 잠시 망설이다가 그냥 고개를 끄덕였다. 어차피 어제 있었던 일을 말한다고 해도 특별히 달라질 것도 없을 터였다.

"뭐 그렇지요."

"아, 역시. 아무래도 여러 명이서 자는 건 불편하신가 보군요."

"……?"

"아니 지금까지 계속 혼자서 주무셨잖습니까."

"아……!"

그제야 진강은 자신이 지금까지 계속해서 따로 잠을 잤다는 것을 깨달았다. 딱히 의도한 것은 아니었지만 덕분에 사람들은 잠자리를 중간에 바꾼 그의 행동을 그다지 대수롭게 여기지 않고 있었다.

"소연 씨께서는 깨어나셨습니까?"

진강의 물음에 인수와 성은은 고개를 저었다.

"아뇨. 여전히 그대로십니다."

진강은 일단 방 안으로 들어갔다. 다른 이들도 깬 지 얼마 되지 않았는지 방바닥에는 여전히 이부자리가 깔려 있었고 재원은 베개를 두 개나 끌어안고는 침대 밑에 반쯤 들어가 있었다. 성진의 경우도 살짝 헝클어진 머리를 한 채 멍하니 벽에 기대 있었다.

"안녕히 주무셨습니까?"

"예. 진강 씨께서도 안녕히 주무셨습니까?"

어딘가 어색한 인사를 넘기며 진강은 소연을 살펴보았다.

"으음."

그녀의 모습은 어제와 다를 바 없었다. 특별한 외상도 없을 뿐만 아니라 호흡이나 혈색도 안정적이었다. 단지 정신을 못 차리고 있을 뿐이었다. 진강은 다른 사람들을 돌아보며 물었다.

"혹시 어젯밤에 특이한 일은 없었습니까?"

진강으로서는 신사에서 일이 있어났을 때를 묻는 거였지만 잠을 잤던 다른 이들로서는 설사 무슨 일이 있었다 할지라도 알 리가 없었다.

"……?"

"무슨……?"

그들의 그런 반응에 진강은 고개를 저었다.

"아니, 아닙니다."

진강은 다시 한 번 그녀를 살펴보고는 비어 있는 이불에 다시 몸을 눕혔다.

"그럼 일단, 조금만 더 기다리도록 하죠. 소연 씨도 소연 씨지만 여러분도 정신을 좀 차리셔야 될 테니까요."

말은 그렇게 했지만 지금 여기서 가장 피곤한 건 진강 자신 같았다. 그는 그대로 눈을 감았고 머리 위까지 이불을 덮었다.

"……"

사람들은 진강이 덮고 있는 이불을 가만히 내려다보았다.

분명 본래 시간이란 개념은 인간이 천체의 움직임과 계절의 변화를 관찰한 결과물이며, 현대의 분 단위, 초 단위 같은 시간들은 사회적인 약속들을 위해 만들어진 관념이다. 그렇기에 이미 사회가 무너진 이상 시간이란 무의미해진 것이나 다름없다. 하지만 현재 시계는 오전 9시를 가리키고 있었다. 안 그래도 어제 목적지까지 차로 2시간 거리라는 말을 들은 이상 늦었다는 기분이 드는 건 어쩔 수 없었다.

"잠깐! 차로 2시간 거리면 엄청난 거리 아니던가?"

인수는 책상 위 어제 재원이 뽑았던 자료를 다시 집어 들었다. 거기는 분명 차로 2시간 거리라고 분명히 적혀 있었다. 다만,

"이런 식이었던 건가."

인수는 다시 한 번 그려져 있는 거리와 도로를 살펴보았다. 직선거리는 그렇게까지는 멀지 않았지만, 고속도로가 나 있지도 않고 신칸센이 지나도 간이역 느낌으로 잠시 들르는 곳이다 보니 차량 이동으로는 여러 가지 힘들어 보였다. 도로가 없는 건 아니었지만 산을 그대로 뚫고 지나가는 한국과는 달리 대부분이 산을 그대로 둔 채 구불구불하게 이어진 비포장 도로.

확실히 2시간 정도는 걸릴 것 같았다.

"거기다 차를 구할 수 있을 것 같지도 않은데……."

물론 찾는다고 해도 이 마을과 마을 안의 모든 것은 환상. 타고 이동할 수 있을 리는 없었지만 인수로서는 알 리 없었다. 그렇게 인수가 홀로 고민하는 도중 정신을 차린 성진이 성은과 함께 문 쪽으로 걸어갔다.

"일단 저희는 식사를 가져오도록 하지요."

"아, 예. 부탁드립니다."

성진과 성은이 나가고 인수는 홀로 깨 있는 그 방에 남아서는 가만히 생각해 보았다. 어찌 되었든 그 아르카나라는 단체의 일본 지부가 그들의 목적지였다. 인수로서는 그들이 정확히 어떤 자들인지 직접 본 적은 없었지만, 진강의 말을 들어 본 이상 대화로 해결될 거라고 마냥 좋게 생각할 수는 없었다.

"아무래도 어렵겠지."

인수로서는 그들이 진강의 정체를 알아차리거나 했을 때 어떤 반응을 보일지 짐작도 되지 않았다. 사정을 설명한다면 그들로서도 크투가

관련된 부분은 입에 담으려 하지 않겠지만, 그렇다고 진강에게 호의적일 거란 장담은 없었다.

3급 회원이라는 자가 신의 악의라는 사마엘을 부리던 단체다. 기어드는 혼돈의 일면을 마주했을 때 그들이 그를 사마엘과 달리 대할 거란 보장이 어디에 있는가.

더구나 만일 전투라도 일어난다면 문제는 심각해진다. 지금의 진강으로서 과연 그들을 상대할 수 있을까. 그 상황에서 다른 이들은 아무것도 할 수 없었다. 기껏해야 어딘가에 숨어 있거나 진강의 방해물이 될 터였다.

거기다 사실 엄밀히 말한다면 애초에 인수를 제외한 다른 이들은 그저 진강을 따라 다니고 있을 뿐 특별히 깊은 친분이 있는 것도 아니고 아르카나라는 단체와 적대할 직접적인 이유도 없었다. 그나마 그들이 진강을 어떻게 할 만한 특별한 능력이 없다 보니 위험요소는 아니라지만 극단적인 상황이 왔을 때 굳이 위험을 무릅쓰면서 진강을 도울 거라 확신할 수도 없었다.

"……."

하지만 인수로서는 아무리 생각해도 답은 없었다. 정보도 없고, 그렇다고 주어진 이점도 없었다. 애초에 너무 급하게 일본에 온 거였다.

"하긴 전쟁 전략이 가장 먼저 무너진다고 했던가. 계획을 세웠다고 해도 그 계획이 통용될지는 미지수겠지."

인수는 답답한 듯 의자에 걸터앉았다.

쿵.

침대 밑에 반쯤 들어가 있던 재원이 몸부림을 치다 팔꿈치를 침대 나무 부분에 부딪쳤다. 재원은 아픈 듯 그 모습 그대로 굳었지만, 그래도 깰 생각은 없는 듯 다시 잠에 들었다.

"……."

인수는 재원을 내려다보았다. 그나마 진강을 제외하고는 재원이 가장 전력이 될 터였다. 그리 간단한 건 아니겠지만 미사일 시스템을 해킹해서 미사일 폭격을 할 수도 있고 전력 공급이나 여타 시스템에 침입할 수도 있을 거였다.

……ZZZ.

하지만 재원이 영 미덥지 않은 인수였다.

"하아."

방금 앉긴 했지만 인수는 다시 자리에서 일어났다. 끌차 소리가 들리는 걸 봐서 성진과 성은이 돌아온 모양이었다.

"재원 씨? 진강 씨? 일어나시지요. 식사가 온 모양입니다."

몇 번의 부름에 진강은 이불을 걷고 일어났다.

"으, 으음……?!"

재원의 경우 눈을 떴는데도 왜 아무것도 보이지 않는지에 대해 한참을 당혹스러워하더니 겨우 침대에서 몸을 빼냈다.

"이, 일어나자마자 밥……인가요?"

살짝 어눌한 발음으로 그렇게 중얼거린 재원은 고개를 돌리며 여기저기를 둘러보았다.

"……밥은요?"

분명 딱히 식탐 때문에 하는 말은 아니었다. 아마도 안 그래도 특이한 성향인데 잠에서 덜 깨다보니 아무렇게나 말을 내뱉고 있는 모양이었다.

"저기 오시네요."

인수가 문 쪽을 가리키자 때마침 문이 열리며 성진과 성은이 들어왔다.

"신기하게도 또 음식이 차려져 있더군요."

"무슨 일이었는지 아십니까?"

성은의 물음에 진강은 고개를 끄덕였다.

"예. 하지만 걱정하지 않으셔도 됩니다. 위험하지 않으니까요. 그저 즐길 만큼 즐기면 되는 겁니다."

그들은 이불을 한군데로 치워 놓고는 다시 탁자들을 모아 식탁을 만들었다. 음식들을 차려 놓고 덮개를 열자 다시 맛있는 출장 뷔페가 열렸다. 그들은 식탁에 둘러앉았다. 건네받은 포크와 스푼들로 개인 접시에 음식을 담았고 식사를 시작했다. 그러던 중 성은이 누워 있는 소연을 보며 말했다.

"소연 씨께서도 일어나시면 배가 고프실 텐데요."

"그러고 보니 그렇군요. 음식을 좀 챙겨 놓는 게 좋겠네요."

"나중을 위해서도 좀 챙겨야겠네요."

그들의 말에 진강은 손을 저었다.

"그러실 필요는 없습니다. 아니, 정확히 말하면 의미가 없을 겁니다."

이 모든 것은 실체가 있는 환상. 마을을 떠난다면 사라지는 것들이었다. 만일 그녀가 마을 안에 있을 때 깨어난다면 또 몰라도 마을을 떠난다면 이곳의 음식 같은 건 사라져 있을 거였다.

"어째서지요?"

"어젯밤에 이 마을이 어떤 것인지 알아냈습니다. 간단히 말하자면 이곳은 실제와 환상 그 중간 같은 곳입니다. 이 안에서 일어나는 모든 건 사실이지만, 이곳을 떠나게 되면 아무것도 아닌 게 되지요. 아마 음식을 마을 밖으로 가지고 나간다면 흔적도 없이 사라질 겁니다."

진강의 말에 사람들은 누가 먼저랄 것도 없이 고개를 들어 주변을 둘러보았다.

"호오."

특히나 인수의 경우는 주변뿐만 아니라 접시에 담긴 음식도 자세히 살펴보았다.

"그럼 이 마을을 떠나면 영양분도 사라지는 겁니까?"

"여기 오래 있다가 나가면 굶어 죽는 건가요?"

"아니, 그렇진 않습니다. 일단 여러분들도 이 마을 속에 있으니까요. 마을 속에서의 행동들로 인한 칼로리 소비나 여타의 것들도 없었던 일이 될 테니까요."

진강의 설명에 인수는 고개를 끄덕였다.

"쉽게 말하면 우리는 일종의 꿈을 꾸고 있다는 거군요. 마을 밖으로 나가면 꿈에서 깨고, 어제 마을에 들어왔을 때와 똑같은 상황이 되는 거고요."

"그렇게 설명할 수도 있겠군요."

진강과 인수는 그 후로도 식사를 계속했지만 성진과 성은은 왠지 무의미해진 듯 음식을 입으로 가져가는 속도가 점점 줄어들더니 이내 그만두었다. 다만 재원의 경우는 조금 달랐다. 그는 식기를 내려놓더니 서둘러 자신의 컴퓨터 장치들을 인터넷에 연결시키기 시작했다.

"서, 설마 그럼 여기서 연결되는 것들도 다 환상입니까?"

"예. 그렇습니다. 정확히 말하자면 연결되는 게 아니니까요. 연결되었을 경우에 일어나는 결과가 만들어지는 겁니다. 그 결과는 실제와 전혀 다를 바 없고요."

"그럼 여기서 얻은 정보는 100% 실제입니까?"

"예. 말 그대로 연결되었을 경우 얻게 되는 결과가 그대로 만들어지는 거니까요. 꽤 재밌는 말장난 같지요?"

하지만 재원은 웃지 않았다. 대신 그는 그 즉시 손가락을 움직이기 시작했다. 그는 수많은 정보를 자신의 작은 프린터로 뽑아내기 시작했다.

"이것도 사라지는 건 아니겠지요?"

재원의 물음에 진강은 가만히 바라보았다. 사실 그로서도 에코라는 걸 자주 접해 보지 않았고 심도 깊게 연구해 본 적도, 실험해 본 적도 없었다.

"아마 괜찮을 겁니다."

일단 나쁠 건 없으니 그렇게 말하긴 했지만 결과는 진강으로서도 알 수 없었다. 마을을 빠져나가자마자 저 인쇄된 종이들이 백지로 변할지 아니면 그대로일지 진강도 알 지 못했다. 하지만 그런 사정을 알 리 없는 재원은 그저 계속해서 정보를 뽑아내고 있었다.

"……"

진강은 그런 재원의 행동을 잠시 바라보더니, 이내 다시 식사를 시작했다. 어찌 되었든 그때가 되어서야 알 수 있는 일이었다. 그런데 식사를 이어 가던 인수가 조심스레 물었다.

"그럼 혹시 소연 씨가 깨어나지 못하는 것도 그 영향 때문 아닐까요?"

"잘 모르겠지만…… 떠나보면 알 수 있겠지요."

"그럼 언제쯤……?"

성진의 물음에 진강은 가만히 시계와 재원을 번갈아 보았다. 그러자 그 시선을 느낀 재원이 여전히 손가락을 바쁘게 움직이며 말했다.

"금방 끝납니다. 한 2, 30분만 주시면……."

그런 모습을 다 살펴본 진강은 이내 작은 닭튀김 하나를 집어 입으로 가져가며 말했다.

"그럼 점심때쯤 나가도록 하지요."

3
백귀야행

"그런데 이제 어떻게 하실 겁니까?"

식사를 마치고 조금 더 시간이 흐른 뒤, 진강 일행은 마을 경계선 앞에 서 있었다. 그곳은 말 그대로 마을의 경계선이었다. 돌을 깔아 만들어놓은 도로의 끝이었으며 그 너머로는 그저 흙바닥이었다.

"교토까지는 꽤 거리가 있습니다. 이대로 걸어가는 건 무리입니다."

소연의 의식불명을 제외한 현재 가장 큰 문제는 교통이었다. 교토까지는 자동차로 2시간 거리. 하지만 차나 다른 교통편이 없는 지금 상황에서는 그저 막막하기만 했다.

"괜찮습니다."

하지만 진강은 아무 걱정도 없어 보였다. 그는 주머니 속에서 카드를 꺼내 들더니 마을의 경계를 넘어섰다.

"마중이 올 거거든요."

다른 사람들은 그의 말뜻을 이해하진 못했지만 우선 그를 따라 경계

밖으로 걸음을 옮겼다. 경계 밖으로 나왔다고 해도 사람들로서는 크게 달라진 바를 느낄 수는 없었다. 여전히 뒤로는 마을이 보이고 있었고 특별히 신체적인 변화도 없었다. 다만,

"그렇지!"

마을 경계로 올 때까지 아무 말도 하지 않은 채 가방 안을 가득 채운 종이 뭉치들만을 내려다보고 있던 재원의 경우는, 경계를 넘자마자 떠나갈듯 환호성을 질렀다. 인쇄해 놓았던 것들이 다행히도 그 모습을 유지하고 있었다.

"그런데 마중이라니요?"

인수의 물음에 진강은 꺼내 들었던 카드를 입으로 가져다댔다. 그리곤 다른 이들에게 들리지 않을 작은 목소리로 뭐라 중얼거렸다. 하지만 그 목소리가 들리지 않았다고는 해도 사람들은 갑자기 주변 온도가 내려간 듯 오싹한 느낌을 받았다.

잠시 후 갑자기 하늘에서 울린 나팔 소리에 사람들은 깜짝 놀랐다. 마지막을 알리는 듯 장엄한 나팔 소리. 사람들은 자기도 모르게 몸을 움츠렸다. 그리고 움츠린 그들은 보았다. 그들의 그림자가 하나로 모이는 듯하더니, 그 그림자 속에서 붉은 뱀의 머리가 천천히 올라오기 시작했다.

"쉐에에! 또 무슨 일인가! 기어드는 혼돈이여!"

물론 어젯밤과 마찬가지로 신의 악의, 신의 독이란 이름에 결코 어울리지 않는 형태였다.

"이, 이게 사마엘이라고요……?"

"장난감 뱀 같은데?"

"쉐에!"

사람들의 솔직한 감상에 사마엘은 그 불편한 심기를 숨기지 않았다. 사마엘은 당장에라도 독을 뿜어낼 듯 독니를 그대로 드러냈다.

"고작 인간 따위가 감히……!"

"그만."

하지만 진강의 손짓 한 번에 사마엘은 세웠던 고개를 숙일 수밖에 없었다.

"네놈 처지를 생각해라. 쓸데없는 자존심 세울 생각 말고."

"쉐에에……."

진강은 손을 내려 들고 있던 카드를 사마엘 앞으로 내렸다. 그러나 사마엘은 그런 진강의 행동에 영문을 알 수 없다는 듯 그 머리를 좌우로 흔들었다.

"쉐에……? 내게 지금 뭘 바라는 건가?"

"능청 떨지 마라. 내가 뭘 원하는지는 알고 있을 텐데."

"쉐에……."

사마엘은 잠시 그를 노려보더니 이내 카드를 향해 숨결을 불어넣었다. 사마엘의 숨결을 받은 카드는 옅은 불빛을 내며 반짝이기 시작했고 진강은 내렸던 손을 다시 들어 올렸다.

"쉐에……. 원하는 게 이게 다라면 이만 돌아가겠다."

진강이 가볍게 고개를 끄덕여 동의를 표하자 사마엘은 그 즉시 몸을 돌려 그림자들 속으로 사라졌다. 기어드는 혼돈 앞에서는 그렇다 쳐도 고작 인간들에게까지 그런 초라한 모습을 보여야 하는 수치는 사마엘로서는 도저히 견디기 어려웠던 모양이었다.

"이제 조금 기다리시면 됩니다."

진강은 다시 카드를 품 안에 집어넣더니 그늘 쪽으로 걸어가 앉았다. 사람들은 영문을 알 수 없었지만 우선은 진강을 따라 그늘 쪽으로 걸음을 옮겼다.

"아마 20분 이내로 올 겁니다. 제 생각보다 크게 못 미치지 않는다면 말이지요."

"무엇이 말입니까?"

인수의 물음에 진강은 품속에서 종이 한 장을 꺼내 건넸다. 그것은 소년이 들고 있던 아르카나 상자에서 나온 서류들 중 하나였다.

"아르카나 말입니다. 이제 곧 그들이 마중을 나올 것입니다."

인수는 서류를 받아 들었다. 서류에는 지부 가까이에서 연락을 취하면 안내원이 찾아올 거라 적혀 있었다.

"하지만 안내원이 나온다고는 해도 순순히 지부로 안내하겠습니까?"

"아마 그럴 겁니다."

진강은 주머니 속에 넣었던 카드를 다시 살짝 꺼내 보였다.

"그들을 불렀다는 자체가 아르카나의 일원이라는 증거일 테니까요. 인원이 많은 점에는 놀랄지 몰라도, 그리 크게 신경 쓰지는 않을 겁니다."

인수는 고개를 끄덕였다. 이미 세상이 끝나고 대다수의 인간이 죽은 이상, 신분 확인이나 그런 것들을 굳이 철저히 할 이유는 없었다. 그리고 설사 한다 할지라도 지부에 도착한 뒤에서나 하지 길 한가운데에서 할 리는 없었다.

"지부에 도착하신 뒤에는 어떻게 하실 겁니까?"

"우선은 상황을 알아볼…… 그게 중요한 게 아니군요."

이야기를 이어가던 진강의 시선이 성진에게 향했다.

"으, 으음……."

아니, 정확하게는 그의 등에 업혀 있는 소연에게 향했다. 지금까지 아무런 미동도 하지 않던 그녀가 조금씩 뒤척이기 시작했다.

"소연 씨? 괜찮으십니까?"

진강은 자리에서 일어나 소연에게 다가갔다. 그녀는 몇 번 더 뒤척인 뒤 천천히 눈을 떴다. 그녀는 자신이 왜 성진에게 업혀 있고, 여기가 어딘지 전혀 짐작하지 못하겠단 얼굴로 진강과 다른 이들을 바라보았다.

"소연 씨?"

"네?! 아, 아 네."

"괜찮으십니까? 혼자 서실 수 있으시겠습니까?"

그녀는 순간 자신의 상황을 잊은 듯, 이해가 되지 않는다는 얼굴로 그를 가만히 바라보았다. 그리고 잠시 시간이 지나서야 자신이 업혀 있다는 사실을 다시 깨닫고는 고개를 끄덕였다.

"아, 그럼요. 물론이죠."

그녀는 성진의 등에서 내려왔다. 아무래도 하루 동안 움직이지 않다 보니 잠시 휘청이긴 했지만 그녀는 곧 혼자서 똑바로 설 수 있었다.

"그런데 어떻게 된 일인가요? 저는 분명……."

"그건……."

뭐라 설명을 시작하려던 진강은 곧 마음이 바뀐 건지 다시 입을 다물었다. 그는 대신 인수를 향해 손짓을 하더니 묘한 표정을 지으며 뒤로 물러섰다.

"인수 씨가 잘 설명해 주실 겁니다."

인수가 그녀에게 다가가 지난 일을 설명하는 동안 그는 하늘을 올려다보았다. 그리고 잠시 뒤 그의 시선을 따라 뭔가가 다가오는 게 보였다. 그것은 기괴한 색들의 조합이었다. 새빨갛기도 했고 검기도 했으며 몇 부분은 파랗고 또 몇 부분은 초록색이었다.

"지, 진강 씨!"

그것을 발견한 성은은 소리를 높였다가 진강의 시선이 이미 그것에 닿아 있다는 걸 알아채고는 입을 다물었다.

"……"

진강은 가만히 그것을 바라보았다. 하지만 그로서도 그 정체를 알아차리는 것은 힘든 것 같았다. 그가 그것의 정체를 알아차린 것은 한참 뒤였다.

"뭔가 했더니 말로만 듣던 백귀야행(百鬼夜行)이었군. 아니, 지금은 밤이 아니니 야행은 아니려나."

가까이서 본 그것은 알고 보니 수많은 요괴들의 무리였다. 일본의 한 화가가 그린 그 그림처럼, 옛 이야기들에 나오는 그것과 같이 수많은 요괴들은 앞장 선 단 한 명의 수장을 따라 마치 하나처럼 움직이고 있었다. 그 백귀야행의 무리는 저 하늘, 사람들의 머리 위에 멈춰 서더니 여러 목소리로 어색하게 물어왔다.

"안녕하세요?"

어색한 한국어. 거기다 수백의 각기 다른 억양과 목소리. 차라리 일본어로 해온 것이 훨씬 알아듣기 쉬울 정도였다.

"양철인형 문재혁 씨는 누구십니까?"

"접니다."

진강은 카드를 꺼내 하늘로 내보이며 그렇게 외쳤다. 그러자 요괴의 무리 중 붉은 물고기 같은 작은 몸짓의 요괴가 내려와서는 카드를 확인했다. 그리고는 마치 개구리 같은 울음 소리를 내더니 다시 무리로 돌아갔다.

"다른 분들은 누구십니까?"

"가족과 친구입니다."

진강의 대답 후 사람들은 상대의 반응을 기다리며 잠시 숨을 죽였다. 상대는 뭔가 잠시 고민하는 듯 아무 말도 하지 않더니 이내 천천히 땅으로 내려왔다.

"알겠습니다. 모두 환영합니다."

백귀란 단순히 백 마리 요괴란 말이 아니라 요괴들의 완전한 집합체를 뜻하는 말. 점점 가까워지는 백귀의 모습은 그야말로 장관이었다. 크고 작은 수없이 많은 종류의 요괴들. 이미 마을 전체를 가득 채운 워커들과 에딤무들을 직접 봤던 사람들이었지만 백귀가 뿜어내는 묘한 이질감과 위압감은 그것들과도 또 달랐다.

그런데 땅으로 내려오던 백귀가 갑자기 또 허공에 멈췄다. 사람들은 갑작스런 그런 변화에 급히 진강을 바라보았다. 하지만 진강은 그저 담담히 백귀를 바라보고 있을 뿐이었다.

잠시 뒤 백귀들 사이에서 불바퀴를 단 말 없는 마차들이 내려서기 시작했다. 죽은 자의 영혼을 태워간다는 화차(火車)였다.

"거기에 타십시오."

사람들은 조금 불안한 듯 진강과 눈앞에 화차를 번갈아 바라보았다. 화차는 3대였는데 한 대에 두 사람이 타기에도 좁아 보였다.

"괜찮을 겁니다. 타시죠."

진강은 사람들을 안심시키며 손수 그들을 화차에 태웠다. 성진과 성은, 인수와 재원, 그리고 가장 마지막으로 소연과 자신이 화차에 올랐다.

"……그……바……출발하겠습니다."

분명 뭐라고 오래 말하기는 했지만 사람들은 가장 마지막, 출발한다는 말 말고는 알아듣지 못했다. 어쨌든 땅에 내려섰던 화차들은 다시 허공으로 떠오르기 시작했고 이내 다시 백귀의 무리 속으로 스며들었다.

"……"

"……"

얇은 천으로 된 가리개를 사이로 백귀들 사이에 놓이게 된 사람들은 크고 작은 요괴들의 울음 소리와 숨소리에 자기도 모르게 잔뜩 굳어버렸다. 실제 정체가 뭐든 고작 나무 마차 같은 걸 타고, 수많은 요괴들에 둘러싸여 하늘 위를 나는 것은 결코 편안한 이동이나 비행이 될 수 없었다. 더구나 실제 거리가 어떻더라도 진강과 따로 떨어져 있다는 사실이 불안감을 더 증폭시켰다.

"괜찮으십니까?"

진강은 잔뜩 얼어 있는 소연을 향해 물었다. 그녀는 휘청거리는 마차 때문에 눈을 감고 있었다.

"예, 예. 괜찮아요."

하지만 그렇게 말하는 그녀는 여전히 눈을 감고 있었다.

"……"

진강은 가만히 그런 그녀를 바라보았다. 그리고는 고개를 내려 자신의 손을 바라보았다. 그는 잠시 뭔가 고민하는 듯하더니 이내 고개를 저었다.

"그러고 보니 소연 씨께서는 왜 죽음을 택하려 하셨습니까?"

담담한 물음. 그러나 상황과는 조금 맞지 않은 그 갑작스런 물음에 그녀는 눈을 떴다.

"하, 하긴 그렇네요. 애초에 죽으려고 했었는데 이렇게 겁낼……"

진강은 손을 들어 변명을 하려 하는 그녀를 막았다.

"아니, 그런 의미에서 드린 말이 아닙니다. 그저 궁금해서 물어본 겁니다."

"아……"

그녀의 얼굴에 순간 곤란함이 스쳤다. 말하고 싶지 않은 표정이었다. 그런 그녀의 모습에 진강은 조심스럽게 덧붙였다.

"물론 곤란하시다면 굳이 말씀하실 필요는 없습니다."

하지만 그렇게 말하는 진강은 조금 전과 마찬가지로 자신의 손을 흘 깃 바라보았다. 그는 확실히 뭔가 고민하고 있었다.

"……아뇨. 그렇게 대단한 것도 아닌데요."

그러나 다행히 그녀는 자신의 사연을 이야기하기로 했고 진강은 더 이상 자신의 손을 내려다보지 않았다.

"부모님이 돌아가셨어요. 그리고 늘 곁에서 도움을 주던 사람이 저를 떠났지요."

짧은 답이었지만 그 안에 어떤 슬픔들이 생략되어 있는지 진강은 충분히 예상할 수 있었다. 다만 그럼에도 그의 표정은 어딘가 조금 경직되어 있었다. 그런데 그런 진강의 표정을 다르게 해석했는지 그녀가 자조 섞인 목소리로 덧붙였다.

"알아요. 고작 그런 이유였나 싶죠?"

진강은 고개를 저었다.

"아니, 아닙니다. 그 누구에게도 다른 사람을 판단할 자격은 없습니다. 더구나 마지막 선택을 할 정도라면 이 세상 누구도 뭐라 할 수 없겠죠."

진강은 잠시 아무 말도 않고 있다가 그녀의 눈을 바라보았다.

"......왜 그러시죠?"

그녀는 자신을 바라보는 진강의 눈에서 어떤 감정을 보았다. 그건 안타까움이고 슬픔이었으며 거울 속 자신을 바라보는 듯한 연민이었다. 하지만 진강은 결국 그저 고개를 돌릴 뿐이었다.

"아무것도 아닙니다."

그녀는 물으려 했다. 그 눈이 의미하는 바가 무엇인지, 어째서 자신을 그렇게 쳐다보는지. 하지만 이내 다시 휘청이는 화차 때문에 그녀는 눈을 감을 수밖에 없었다.

"도착해 갑니다."

밖에서 들려온 그 말에 진강은 천을 살짝 걷고는 밖을 바라보았다. 화차를 둘러싼 수많은 요괴들, 그리고 그 밑으로 펼쳐진 교토. 그것은 꽤나 멋진 장관이었다. 요괴들이 만들어 낸 벽 때문에 바람은 그를 방해하지 않았고, 아무리 드높은 창공이라 할지라도 그저 덜컹거리는 정도로는 위협이 되지 못했다. 그는 잠시 발밑에 펼쳐진 그 광경을 즐겼다. 그리고 도착지로 보이는 한 빌딩을 보았다.

"……꽤 평범하군요."

옥상 헬기 착륙장 표시 위에 그려진 거대한 호루스의 눈. 한눈에 보기에도 아르카나의 지부였다. 다만 하늘을 향해 높이 솟아오른 고층 빌딩은 아니었다. 기껏해야 십여 층 정도의 높이에 조금 낡아 보이는 건물. 너무나 흔해빠진 그 외형은 신들의 힘을 다루는 자들의 기지와는 결코 어울리지 않았다.

"근데 고작 한 사람인가?"

진강은 옥상 위에 어떤 한 사람이 서 있는 것을 보았다. 새하얀 백발에 가슴까지 내려오는 수염을 지닌 자그마한 노인이었는데 그는 하늘을 향해 한 손을 들어 올리고 있었다. 아마도 실질적으로 이 백귀야행을 부리는 건 저 노인일 터였다.

"자, 내려갑니다."

귀에 거슬리는 그 안내와 함께 화차는 요괴들 속에서 빠져나와 아래로 향하기 시작했다. 요괴들의 벽이 사라지자 강한 바람이 그대로 화차 안까지 들어왔다.

갑작스런 그 바람이 소연의 머리를 날리고, 그녀는 바람을 막으려 두 손을 들어 올렸다. 진강은 그런 소연의 모습에 들어 올리고 있던 천을 내리고 뒤로 물러섰다. 얇은 천 조각에 불과했지만 그것만으로도 그 세찬 바람은 거짓말처럼 안으로 들어오지 못했다.

"괜찮으십니까?"

"아, 예. 괜찮아요."

그녀는 헝클어진 머리를 정리하기 바빴다. 치장이나 그런 의미보다는 엉켜 버린 머리카락은 그녀의 시야를 완전히 가리고 있었다. 그리고 그런 모습에 진강은 멋쩍은 듯 다시 고개를 돌렸다.

"내리게 되면 제 뒤에 계속 계시도록 하십시오."

화차의 불바퀴가 바닥에 닿자 진강은 그녀를 돌아보았다. 다행히 그녀의 머리는 어느 정도 제 모습을 찾아 있었다. 그 모습에 진강은 천을 던지듯 그대로 수레 위로 젖혀 버리더니 화차에서 내렸다.

"조심하십시오."

땅에 내린 진강은 자리에서 일어나 조심스레 걸어 나오고 있는 그녀를 향해 자신의 오른손을 건넸다.

"고마워요."

그녀는 진강의 손을 잡고 화차에서 내렸다. 그리고 잠시 뒤 다른 이들도 진강의 목소리에 조심스레 화차에서 내렸다. 사람들이 내려서자 화차는 다시 불바퀴를 굴리며 하늘로 날아올랐다. 화차는 요괴들 속으로 사라졌고, 백귀야행의 무리는 그 방향을 돌려 반대편 하늘로 사라졌다. 하늘을 향해 손을 들고 있던 노인은 그 손을 내렸다. 노인이 들고 있던 것은 카드였다. 아르카나의 카드. 거기에는 여덟 개의 잔이 그려져 있었고 그 밑에는 Eight of Cups라고 적혀 있었다.

진강은 우선 그 노인에게 다가가 고개를 숙였다.

"마이너 아르카나 수트 Three of Swords. 양철인형 문재혁."

진강은 소년이 했었던 말들과 방식을 따라 그렇게 말했다. 정확히 그것이 아르카나 간의 예법인지는 알 수 없었지만, 그가 할 수 있는 최선이었다.

"……minor arcana suit Eight of Cups. 百鬼夜行. 恒川光太郎."

쓰네카와 고타로라는 이름의 노인은 중얼거리듯 그렇게 말하고는, 따라오라는 짧은 손짓과 함께 그대로 몸을 돌렸다. 진강은 자신의 뒤로 모여든 다른 사람들을 돌아보며 짧게 고개를 끄덕였다. 우선은 잘된 일이었다. 아무래도 그들은 굳이 철저히 확인할 필요성을 느끼지 못하는 듯 보였다.

"모두 제 뒤에 붙어 계십시오."

진강은 다시 한 번 사람들에게 당부를 하곤 걸음을 옮겼다.

"가시죠."

진강의 말에 인수는 굳은 표정으로 다른 사람들을 챙겼다. 사실 그들로서는 지금 사선으로 걸어 들어가고 있는 건지도 몰랐다. 진강이야 그렇다 쳐도 그들에게 사마엘이나 저런 요괴들을 어떻게 할 힘은 없었다. 하지만 그럼에도 그들은 안으로 걸음을 옮겼다.

"……"

"……"

걸음을 옮기는 인수와 재원 사이에 묘한 눈빛 교환이 이뤄졌다. 옥상 문을 열자 바로 엘리베이터가 보였다. 엘리베이터 문 앞에서 기다리고 있던 노인은 그들을 향해 손가락 3개를 펼쳐 보이더니 다른 손 검지로 엘리베이터와 바닥을 번갈아 가리켰다.

"3층. 내려오세요."

어색한 한국어 발음으로 그렇게 말한 노인은 정작 자신은 엘리베이터를 타지 않고 계단 쪽으로 향했다. 엘리베이터가 좁은 것도 아니었는데도 노인은 조심스레 계단을 내려가기 시작했다.

"저, 저……!"

그 모습에 소연은 노인을 잡으려 했지만 진강과 인수가 그녀를 막았다.

"아마 다른 일이 있는 거겠지요."

"아니면 다른 이유가 있거나요. 더구나 지금으로서는……"

인수는 굳이 더 말을 하지는 않았다. 최악의 경우에는 저 노인 또한 적이었다. 3층으로 내려갔을 때 그들을 기다리는 게 무엇인지는 알 수 없었지만, 적이란 한 사람이라도 적은 게 좋은 거였다. 지금도, 혹시나 좋게 말로 해결될 가능성도 있기 때문에 참고 있는 것이지 인수로서는 지금 당장 저 노인을 밀어 버려야 되는 게 아닌가 하는 고민을 계속하고 있었다.

"타시죠."

진강과 사람들은 엘리베이터에 올랐다. 그리고 3층을 눌렀다. 엘리베이터가 아래로 향하는 동안 사람들은 아무 말도 하지 않았다. 인수와 진강의 경우 혹시라도 있을 도청 가능성을 염두한 거였지만, 다른 이들은 저마다 생각해 오던 이미지와 현재 눈앞에 상황을 하나로 뭉치는 게 영 힘든 듯 보였다.

더구나 엘리베이터 문이 열리고 드러난 풍경에 그런 것은 더 심해졌다. 그들 앞에 나타난 것은 평범한 복도였다.

"꽤 평범하네요."

"뭔가 좀, 하여튼 좀 더 종교적일 거라 생각했었는데 말입니다."

그들은 옥상의 그 표시를 제외하고는 너무나 평범한 빌딩의 모습에 살짝 당황하고 있었다.

"뭐 아직 다 둘러본 게 아니니 알 수 없는 거겠죠. 실제로 한국에서도 특정 몇몇 종파나 특정 종교들은 일반 건물에 신단이나 사원을 차려놓기도 하니까요."

"일반 건물 지하에 내려갔더니 몇 백 인 분의 제사상이 차려 있더라. 그런 거 말이죠?"

"예. 그런 것도 있고, 제대로 된 토지 구입이나 건설 비용이 모자란 경우 더러 그렇게 하죠. 흔히 개척교회 같은 거나, 도심내 사찰 또는 우리나라 무당집들이 그렇지요."

그들은 주변을 둘러보았다. 3층으로 내려왔지만 안내자는커녕 인기척도 느껴지지 않았다.

"……음."

진강은 가만히 손을 들어 올려 보더니 오른쪽으로 몸을 틀었다.

"저쪽입니다."

사람들은 진강을 따라 걸음을 옮겼다. 모퉁이를 돌자 복도가 갑자기 넓어졌다. 복도 끝에는 커다란 두 개의 문이 서로 닫혀 있었는데, 양쪽 문에 걸쳐 커다란 호루스의 눈이 그려져 있었다.

"이번에는 확실히 기대에 어울릴 것 같군요."

진강은 걸어가 문을 열었다. 문을 열자 저 멀리 신단 뒤쪽에는 커다란 호루스 신의 석상이 돌의자에 앉아 있었고, 신단 앞에는 어린아이만 한 금색 메노라 모양의 화로가 거꾸로 서 있었다. 신단에는 이름으로 보이는 것들이 적혀 있는 수많은 종이 조각들이 어지럽게 쌓여 있었는데 이름이란 것을 짐작할 수 있었던 이유는 일본어뿐만 아니라 영어와 한글도 간간이 보였기 때문이었다.

"과연…… 이제야 그 이름에 어울리는군요."

사람들은 안으로 들어왔다. 안은 마치 교회 예배당처럼 상당히 넓었지만 의자는 단 하나도 보이지 않았다. 대신 바닥에는 양탄자들이 빈틈없이 깔려 있었는데 그 문양과 촉감, 그리고 촘촘한 올들을 보아 비록 장인이 한 땀 한 땀 공들여 만든 것은 아니더라도 상당히 고급이었다.

"그 노인이 어째서 이곳으로 가라고 한 걸까요?"

소연의 물음에 진강은 신단 쪽으로 걸음을 옮기며 말했다.

"아마 기도부터 하는 게 예법이겠죠. 먼저 기도부터 끝내고 이야기하라는 걸 겁니다."

진강은 신단 위에 있는 종이들 중 영어와 한글, 그리고 한자로 적혀 있는 종이들을 하나둘 집어 들었다. 거기에 적혀 있는 건 분명 이름이었다. 다만 그것은 평범한 이름은 아니었다.

"일월성신(日月聖神), 천산할배, 사해용왕, 하백, 야훼……"

그것은 모두 신들의 이름이었다.

"그래. 저 석상은 단순한 상징이고 저마다 각자의 신에게 기도를 하는 거였군. 그래. 교주를 신격화하는 하찮은 사이비종교 흉내는 내지 않는다는 거군."

진강은 들고 있던 종이를 다시 신단 위에 던져 버렸다. 그의 입가에는 씁쓸한 미소가 떠올라 있었다.

"뭐 들을 리 없는 기도겠지만."

애초에 신이 떠난 세상이었다. 진정으로 구원을 바랐다면 신들이 떠나갈 때 그 뒤를 따랐어야지, 떠나간 세상에 남아서는 신의 이름을 외며 신을 옆으로 끌어당긴다고 해서 구원이 내려질 리가 없었다. 수많은 신들의 이름이 신단 위에 올라가 있었지만, 말 그대로 그저 종이 위에 쓰인 글자일 뿐, 그 속에 단지 한 줄기의 힘이라도 깃든 이름은 단 하나도 없었다.

툭툭.

인수가 다가와 진강의 어깨를 쳤다.

"예?"

진강이 고개를 돌리자 인수는 손가락으로 재원 쪽을 가리켰다. 재원은 가장 구석진 곳에 앉아 자신의 기계들을 꺼내 두드리고 있었다. 인수는 잘 들리지도 않는 작은 목소리로 속삭였다.

"재원 씨가 건물 방범 시스템에 침입 시도를 하고 있습니다."

진강은 아무런 말도 하지 않았지만 상당히 놀라고 있었다. 단지 재빠른 시스템 침입 시도 때문만이 아니었다. 그들은 혹시나 있을지도 모르는 방범 카메라나 도청 장치를 의식하며 행동하고 있었다. 진강의 이름을 부르는 대신 가까이 다가와 어깨를 건드렸고 카메라에 닿지 않을 사각에 몸을 숨겼다. 감명 깊은 광경이었다. 진강 스스로도 그런 생각은 하지 못하고 있었다.

진강은 재원이 있는 쪽으로 걸음을 옮겼다. 그는 뭔가 힘든 일을 하듯 심각한 표정으로 부지런히 손가락을 움직이고 있었다.

"이 건물은 외부 방범 회사의 시스템을 쓰고 있습니다. 그리고 다행히 아직 서버가 살아 있네요."

재원의 입가에 천천히 미소가 떠올랐다.

"아마 곧 건물 내 감시 카메라에 비치는 모든 것을 우리도 알 수 있게 될 겁니다. 자……."

재원은 자신의 기계에서 손을 떼고는 손가락으로 카운트다운을 하기 시작했다. 그리고 손가락이 1을 가리킨 바로 다음 순간.

"……바로 지금 말이죠."

화면이 바뀌고 건물 다른 곳으로 보이는 장면들이 나타났다.

"혹시나 다른 독자적 시스템이나 몇몇 장치가 있을지도 모르지만 그런 건 건물 시스템에 직접 접속해 봐야 알 거 같고, 일단 방범 카메라에 찍히는 건 이게 전부입니다."

"이 건물에 몇 명 정도 있는지 알 수 있겠습니까?"

진강의 물음에 재원은 다시 손가락을 움직였다. 카메라가 닿는 대부분은 비어 있었다. 카메라가 찍고 있는 곳은 복도와 엘리베이터, 계단과 입구였고 정작 사람이 있을 만한 곳들에는 카메라가 없으니 어쩔 수 없는 일이긴 했다.

"아, 찾았습니다."

그런데 계속해서 변하던 화면이 멈췄다. 거기에는 노인과 네다섯 명의 사람이 방에서 나와 엘리베이터 쪽으로 걸어가고 있었다.

"몇 층인가요?"

"9층입니다. 아무래도 이쪽으로 내려오는 거 같습니다."

재원의 그 말에 사람들의 움직임이 바빠졌다. 지금 그들은 아르카나의 회원인 문재혁과 그의 동료들로서 들어온 거였다. 이곳이 신전이라면 저들이 왔을 때 기도를 하고 있는 모습을 보여야 했다.

진강은 거꾸로 서 있는 메노라 모양의 화로 쪽으로 걸어갔다. 본래 이러한 의식에서 불은 중요한 의미를 가진다. 어둠을 쫓는 불길은 미명을 밝히는 지혜를 상징하며, 인간을 두려움에게서 지켜주는 가장 근원적인 것이기 때문이다. 때문에 동서고금을 막론하고 불이란 언제나 종교와 주술에서 중요시 여겨져 왔다.

더구나 저 모양과 크기, 그리고 화로 위 천장에 달려 있는 커다란 환기 장치를 보아 이곳에서도 불은 중요한 의미인 게 분명했다. 만일 기도를 하는 것이 예법이라면, 기도에 불길은 필수적인 요소였다.

진강은 화로 안을 살펴봤다. 화로 안에는 장작들과 마른 풀들이 쌓여 있었다. 그리고 그 화로 옆 바닥에는 성냥과 함께 작은 항아리가 있었다. 진강은 항아리를 들어 그 뚜껑을 열었다. 그 안에 담겨 있는 건 기름이었다. 휘발유나 등유 같이 화학적 정제로 이루어진 게 아니라 자연적인 기름이었다. 그는 항아리 속에 든 기름을 화로에 그대로 부었다. 참기름처럼 고소하거나 하지는 않았지만 그렇다고 고약하지도 않았다. 그리고 성냥에 불을 붙여서는 그대로 화로에 던져 넣었다.

화르륵!

불길은 빠르게 치솟았다. 그리고 그 온도를 감지한 건지 자동으로 환기 장치가 가동했다. 진강은 화로에서 물러나 다른 사람들이 있는 곳으로 걸어갔다.

"엘리베이터에 탔습니다."

재원은 그렇게 말하고는 기계를 가방 속에 넣고 달려왔다.

"2, 3분 내에 도착할 겁니다."

그들은 우선 바닥에 무릎을 꿇고 앉았다. 의자가 없는 것을 보아 바닥에 앉아서 하는 게 예법일 터였다. 문제는 그 자세였다. 한쪽 무릎을 꿇는 건지 둘 모두 꿇는 건지, 아니면 가부좌를 트는 것인지 그들로서는 알 수 없었다. 그런데 인수가 재빨리 입을 열었다.

"일단 한쪽 무릎만 꿇고 계십시오. 그리고 문소리가 나면 바로 일어나는 겁니다. 마침 기도가 끝난 것처럼요."

사람들은 인수의 말대로 했다. 그들은 언제든지 일어날 수 있는 자세를 잡고는 그들이 들어오길 기다렸다.

"너무 티나게 동시에 일어나지는 마십시오. 뒤를 돌아보지도 마시고요."

인수의 당부에 사람들은 고개를 끄덕였다. 그리고 그렇게 잠시, 부자연스런 자세 때문에 다리가 아파 올 때쯤 문소리가 들렸다. 그들은 인수의 말대로 최대한 자연스럽게 몸을 일으켰고 뒤를 돌아보지도 않았다. 그러자 문 쪽에서 한 여성의 목소리가 들려왔다.

"마침 기도가 모두 끝나셨군요."

억양이 살짝 어색하긴 했지만 유창한 한국어였다. 사람들은 그제야 천천히 뒤로 돌아섰다. 여성은 상당히 젊고 또한 예뻤다. 연예인이나 영화배우를 떠올릴 만한 미모는 아니었지만 보편적인 기준에서는 확실히 예쁘다고 할 수 있는 그런 여인이었다.

"메이저 아르카나, N. 20 심판 (The Judgement). 판결자 미야베 휴우코."

메이저라는 말에 사람들의 안색이 변했지만, 진강은 침착하게 그 앞에 고개를 숙였다.

"마이너 아르카나 수트 Three of Swords. 양철인형 문재혁."

그런데,

"……예법을 잊으셨나 보군요."

그녀의 그 말에 사람들은 잠시 굳어 버렸다. 하지만 그녀는 곧 부드럽게 웃으며 진강의 오른손을 잡아서는 그의 왼쪽 어깨에 올렸다.

"하긴 메이저 아르카나를 만난 건 이번이 처음이겠군요."

"죄송합니다."

"아닙니다. 그럴 수도 있지요. 다만 다른 한 분께는 그런 무례를 안 범하셨으면 좋겠네요."

그녀가 반쯤 닫혀 있던 문을 열자 문밖에는 노인과 다른 세 사람이 서 있었다.

"minor arcana suit Five of Cups. 射. 震成幌."

"minor arcana suit Two of Swords. mad hater. Jim Donoban."

세 사람 중 먼저 자신을 소개한 두 남자는 젊은 중국인과 서른쯤 되어 보이는 푸른 눈의 서양인이었다. 그러나 그들 사이에 서 있는 흑발의 중년 남성은 그저 가만히 서 있기만 할 뿐이었다.

진강이 살짝 문 쪽에 서 있는 미야베를 바라보자 그녀는 자신의 오른손을 어깨로 가져갔다. 진강은 무슨 말인지 이해하고는 오른손을 왼쪽 어깨에 올리며 몸을 숙였다.

"마이너 아르카나 수트 Three of Swords. 양철인형 문재혁."

진강의 그런 행동에 그제야 중년남성은 입을 열었다.

"메이저 아르카나. N. 4 황제 (The Emperor). 마스터 이성도. 잘 왔네."

중년 남성은 마치 진짜 황제라도 되는 듯 거만하게 말했다.

"안 그래도 고민이었어. 자네를 데리러 전용기를 보내야 할지 말아야 할지 말이야. 하지만 혼자서도 잘 찾아왔군. 메시지는 받았나?"

진강은 고개를 저었다.

"죄송합니다. 바쁘게 오느라 확인하지 못했습니다."

"우연인가. 뭐 잘됐군. 미야베?"

"예."

"그에게 상황을 설명해 주게. 바로 내일 다른 마이너 아르카나들이 도착할 테고, 다음 날 바로 작전을 시행해야 되니까."

"작전?"

인수는 자기도 모르게 소리를 높여 버렸다. 이성도와 다른 두 사내들의 시선이 인수에게 향했다. 그들의 시선은 너무나 차가웠는데 마치 참을 수 없는 모욕을 당하기라도 한 것처럼 인수를 노려보고 있었다.

"죄, 죄송합니다."

인수는 재빨리 고개를 숙여 보였다. 그것은 사과라기보다는 사죄에 가까웠다. 그리고 그런 인수의 태도를 보고서야 다른 이들의 눈빛에 담긴 분노가 조금 풀렸다. 시선을 다시 진강에게로 향한 그 거만한 그 남성은 불편한 기색을 숨기지 않은 채 말했다.

"……구인류에게 너무 관대한 대우를 해줬던 모양이군. 뭐 그거야 자네 마음이었겠지. 하지만."

사내의 목소리가 시릴 정도로 차갑게 변했다.

"이제 이곳에 도착했으니 저들에겐 그들에게 맞는 대우를 하도록 하게. 우리 선택받은 아르카나는 새로운 세상의 주인이고 저들은 단지 남겨진 것들에 불과하니까."

사람들은 자신을 향하는 그 시선에 자기도 모르게 움츠러들었다. 소연과 성은의 경우는 자기도 모르게 한 발자국 물러서기까지 했다.

"……명심하겠습니다."

진강은 입가에 떠오르려는 조소를 필사적으로 참으며 그렇게 말했다. 새로운 세상의 주인. 진강의 입장에서는 그것은 너무나 어리석은 말이었다. 이미 죽어 버린 이곳에 주인은 없었다. 만일 있다면 그것은 사신들이고 워커와 같은 것들이지 결코 인간이 아니었다.

"그런데 작전이라니 무엇을 말하는 것입니까?"

진강의 물음에 거만한 사내는 묘한 미소를 지어 보였다. 그리고는 잠시 뜸을 들이더니 자랑스레 말했다.
"야스쿠니 신사를 습격할 거다."

4
사타나키아

"가지."

사내는 그 말만을 해놓고는 다른 세 사람과 함께 문을 나섰다. 미야베만이 문 옆에 가만히 서서는 진강과 다른 사람들을 바라보고 있었다. 발소리가 어느 정도 멀어지자 그녀는 조심스레 문을 닫더니 긴 한숨을 내쉬었다.

"하아……."

그녀는 피곤한 듯 어색한 미소를 지어 보였다.

"성도 상을 대하는 건 언제나 힘들어요. 같은 메이저라도 범접하기 어려운 분이죠."

그녀는 이제 인수 쪽을 바라보고는 가볍게 고개를 숙였다.

"조금 전 일은 제가 대신 사과드리죠. 저분은 원리주의자시거든요. 모든 메이저 아르카나가 저분과 같다고는 생각하지 말아 주세요."

"괜찮습니다. 그보다 야스쿠니 신사를 습격한다니 그게 무슨 말씀입니까?"

그녀는 인수의 질문에 조금 곤란한 표정을 지어 보였다. 그녀는 진강을 향해 물었다.

"어디까지 이야기를 해드렸죠?"

"예?"

"이분들에게 아르카나의 이상과 계획에 대해 어디까지 설명해 드렸나요?"

진강은 고개를 저었다.

"아무 말도 하지 않았습니다."

정확히 말하자면 그 또한 몰랐던 거였지만, 그녀는 진강의 대답에 그럴 줄 알았다는 듯 고개를 끄덕였다. 그리고는 조금 실망한 목소리로 말을 이었다.

"예. 그게 규칙이었죠. 당신도 꽤 원리주의자적인 성향을 가진 모양이군요."

그녀는 잠시 말을 고르는 듯하더니 자리에 앉았다.

"모두 앉으세요. 말이 좀 길어질 것 같으니까요."

그녀의 말대로 진강과 사람들은 자리에 앉았다. 그야말로 가만히 앉아서 원하던 정보를 모두 들을 수 있는 기회였다.

"이 세상은 본래 우리가 생각하고 있던 것과는 조금 다른……"

세상의 죽음. 워커. 떠나 버린 신들과 세상 밖 사신들. 그녀의 설명은 이미 그들이 알고 있던 내용으로부터 시작되었지만 그들은 아무 내색도 하지 않았다. 그들은 마치 처음 듣는 것처럼 그녀의 말을 경청했고 또한 때때로 놀라는 흉내도 냈다. 그리고 마침내 그녀는 그들이 모르고 있던 내용들을 말하기 시작했다.

"……데이곤 밀교, 혹은 다른 방식들로 세상의 죽음을 미리 알게 된 아르카나와 다른 집단들은 그 즉시 준비에……"

'데이곤 밀교라.'

사실 진강으로서도 데이곤 밀교라는 단체는 처음 들어본 이름이었다. 다만 데이곤이라면 그 또한 잘 알고 있었다. 황금의 신이자 거짓 영생의 신. 숭배자를 물고기로 만들어 영원토록 곁에 두는 이 악신은 본래 사신은 아니었다.

풍요의 신인 다곤이 흘린 피에서 태어난 데이곤은 분명 신의 일족. 다만 크툴후에게 굴복하여 그 부하가 된 자였다.

'본래 신에게서 태어난 데이곤은 세상의 반발력이 적다. 그래서 그 덕분에 세상 속에 숨어 천천히 세력을 늘릴 수 있었다는 건가?'

진강이 그런 생각을 할 동안 미야베의 말은 계속해서 이어졌다. 일루미나티, 신지학회, 프리메이슨, 장미십자단 각지 각국의 수많은 단체와 사람들의 이름들이 거론되었다. 그들은 모두 세상의 죽음을 미리 알았던 자들이었고, 그것을 준비한 자들이었다.

"그들 대부분은 아르카나의 이상에 동조했습니다. 이제 그들과 우리 아르카나는 연맹이란 이름으로 서로 묶여 있습니다."

"이상이라면……?"

성진의 물음에 그녀는 잠시 말을 멈추고는 신단 쪽을 바라보았다.

"바로 새로운 세상이죠. 위대한 신들을 바로 곁에서 느낄 수 있는 세상."

그녀의 목소리에는 자부심이 가득했다. 그리고 그런 그녀의 말에 인수의 눈동자가 순간 흔들렸다.

"하지만 이미 세상이 죽었다고 하지 않으셨습니까?"

소연이 조심스레 묻자 그녀는 의미심장한 미소를 지어 보였다.

"되살려 낼 겁니다."

"되살려…… 낸다고요?"

그 말에 사람들의 얼굴이 놀라움으로 물들었다. 이미 죽어 버린 세상을 되살린다. 그런 것이 가능할 거라고는 생각해 본 적도 없었다. 그들은 자기도 모르게 진강을 바라보았다.

"……"

그런데 진강의 표정이 조금 달랐다. 분명 진강 또한 놀라고는 있었지만 그들의 것과는 조금 달랐다. 그는 세상을 되살려 내겠다는 말보단 그녀가 그런 이야기를 한다는 사실에 더 놀라고 있는 듯 보였다.

"그게 무슨 말씀이십니까?"

진강의 그런 표정에 인수가 재빨리 물었다. 하지만 그녀는 그 이상 자세한 이야기는 하지 않았다.

"시간이 지나면 자연히 아시게 될 겁니다."

"하, 하지만……!"

인수가 더 물으려는데 진강이 갑자기 그를 막았다.

"……그럼 신사 습격은 무슨 뜻입니까?"

"아, 그렇네요. 재혁 상은 메시지를 받지 못했었죠."

인수는 의아한 표정으로 진강을 바라보았지만, 진강은 그런 인수의 시선을 무시했다. 미야베는 그들의 그런 행동을 별 대수롭지 않게 넘긴 채 말을 이어 갔다.

"조직의 방식이 조금 바뀌었습니다. 지금까지는 의식과 주문만을 행했지만 이제는 조금 서두르기로 한 모양입니다."

그녀는 품 안에서 호루스의 문장이 찍혀 있는 공문을 꺼내 진강에게 건넸다. 영어와 중국어, 일본어와 한국어로 각각 적혀 있어서 그렇지 정작 그 내용은 짧았다. 진강은 다른 사람들을 위해 소리 내어 내용을 읽었다.

"동아시아 지역에 있는 3급 이상의 아르카나는 기한 내로 필히 일본 지부로 향하라. 아베가(家)는 연맹의 이상에 동조하지 않을 뿐만 아니라 그들만의 독단으로 연맹의 이상 세계 건립에 위협이 되고 있으니 연맹의 이름으로 처단하도록 한다."

글을 다 읽은 진강과 사람들은 그녀를 바라보았다. 글의 내용만으로는 그저 단순한 조직 간의 불화였지만, 그뿐일 리가 없었다.

"이건……?"

그녀는 공문을 받아 들더니 다시 품 안으로 집어넣었다.

"일단 명분은 이렇지만, 사실은 그들이 가지고 있는 힘을 빼앗고자 하는 겁니다. 연맹은 이상을 앞당기기 위해 힘이 필요하고, 아베가는 그 힘을 얻을 수단 중 하나란 거죠."

"그런데……."

"아베가는 대체 어떤……?"

순간 진강과 성진의 물음이 서로 맞물렸다. 비록 진강이 조금 더 먼저 말을 꺼내긴 했지만, 문장을 완성한 건 성진이었다. 미야베는 곤란한 표정을 짓다가 가만히 진강을 바라보았다. 그녀로서는 진강의 물음을 우선시하고 싶은 모양이었다.

그러나 진강은 먼저 답하라는 듯 손바닥을 펴 성진을 가리켰고 그제야 미야베는 성진의 질문에 답을 했다.

"……아베가는 일본에 이름 있는 음양사 가문들 중 하나입니다. 뭐 다른 대부분의 가문들은 이미 그들이 모시던 신들과 함께 이 땅을 떠났지만 말입니다. 야스쿠니 신사를 본거지로 삼고 있으며 연맹과는 별도로 야마토국 재건을 목표로 하고 있습니다."

대답을 마친 미야베와 다른 사람들의 시선이 자연히 진강에게 향했다. 진강은 아베가나 그들의 힘 같은 건 관심도 없는 듯 보였다.

"왜 갑자기 그들의 힘이 필요해진 겁니까?"

순간 사람들은 진강의 목소리가 뭔가 달라진 느낌을 받았다. 뭐라고 확실하게 말할 수는 없었지만, 어딘가 조금 더 무거워진 느낌이었다.

"……."

미야베는 잠시 망설이는 듯 사람들을 둘러보았지만 진강은 기다리지 않았다.

"그럼 질문을 바꾸죠. 그들의 힘으로 뭘 어떻게 하려는 겁니까?"

미야베는 순간 자신을 향하는 묘한 압박감에 숨이 막힐 것만 같았다. 원래라면 메이저 아르카나인 그녀가 마이너 아르카나의 질문에 굳이 대답해야 할 의무도 없고, 오히려 무례를 물을 수도 있는 상황이었지만 그녀는 자신을 향하는 그 알 수 없는 기세에 눌려 감히 그런 생각은 하지도 못했다.

"그, 그건……."

그나마 그녀가 메이저 아르카나에 속할 정도의 능력자다 보니 갈등을 하고 있는 거지 일반인이었다면 진작 모든 것을 털어놓았을 거였다.

"……."

그런데 순간 주변의 공기가 변했다. 주변을 가득 채워 가던 그 묘한 압박감은 거짓말처럼 사라졌다. 미야베는 언제부터 참고 있었는지 알 수 없는 숨을 그제야 내쉬었고 경직되어 있던 사람들의 어깨에서도 순간 힘이 빠졌다.

"그, 그럼 자세한 내용은 내일 밤에 있을 브리핑에서 이야기해 드리도록 하겠습니다."

미야베는 마치 도망치듯 서둘러 자리에서 일어났다. 다른 사람들도 일어나려 했지만 그녀는 그런 다른 이들을 손을 들어 제지했다.

"재혁 상은 5층에 방이 마련되어 있습니다. 다른 분들께서는 우선 2층으로 내려가 계십시오. 아무 방이든 골라서 들어가시면 될 겁니다."

그녀는 말을 채 끝내기도 전에 몸을 돌려 문을 열었고, 말이 끝나갈 때쯤에는 어느새 문앞에 서 있었다.

"그럼 나중에 뵙겠습니다."

그녀는 일본인 특유의 정중한 인사를 하고는 엘리베이터 쪽으로 빠르게 걸어갔다.

"후우……."

미야베가 떠나고 진강은 피곤한 기색을 감추지 못했다.

"괜찮으십니까?"

인수의 물음에 진강은 고개를 저었다.

"……생각보다 마이너와 메이저의 차이는 큰 것 같군요. 조금 더 몰아붙일 수는 있었지만 그랬어도 알아내긴 어려웠을 것 같군요."

"그보다 조금 전에 그 말은 무엇입니까? 세상을 되살린다는 게 가능합니까?"

그렇게 묻는 성진과 성은, 재원과 소연의 눈에는 묘한 희망이 담겨 있었다.

"……."

진강은 인수를 돌아보았다. 인수의 경우는 다른 이들과는 달리 크게 의미를 두고 있는 것 같지는 않았다. 대신 그는 조금 전 미야베가 말한 새로운 세계에 대해 생각하고 있는 듯 보였다.

"글쎄요. 저들이 어떤 방법을 생각하고 있냐에 따라 다르겠지요."

진강은 대답을 피한 채 말을 아꼈다. 그가 뭔가 숨기고 있다는 건 다른 사람들도 알아차렸지만 진강의 그 표정에 그들은 그 이상 묻지는 않았다.

"그럼 이제 어떻게 하실 생각이십니까? 네크로노미콘과 크투가에 대한 것은……."

인수의 그 말에 진강의 표정이 변했다. 마치 꿈에도 잊고 있었던 것처럼 보였다.

"그렇지요. 그 문제가 있었죠."

진강은 한참 뭔가 생각하는 듯하더니 천천히 몸을 일으켰다.

"우선은 조금 더 정보가 필요할 것 같습니다."

"그럼 어떻게……?"

소연의 질문에 인수가 재빨리 대신 답했다.

"일단은 시킨 대로 해야겠죠. 메이저인 미야베 씨나 저 성도라는 남자를 빼고도 마이너가 3명이나 더 있고, 거기다 내일 또 도착한다고 하니 지금 상황에서는 괜한 행동으로 의심을 사는 건 좋지 않습니다."

인수의 그 말에 사람들은 우선 동의했다.

"그럼 일단……."

인수는 순간 진강이라고 부르려다 다시 입을 다물었다. 그리고는 재원을 바라보았다. 재원은 주머니 속에서 뭔가를 꺼내 들더니 주변을 돌아다니기 시작했다. 그리곤,

"괜찮습니다. 도청 장치 같은 건 없는 모양입니다. 저들이 무슨 특별한 마법을 부리지 않는 한 우리 말을 듣지는 못할 겁니다."

"그럼 진강 씨께서는 5층으로 가시고, 우리는 2층에 가 있도록 하죠."

"같이 있으면 안 되는 건가요?"

소연의 물음에 인수는 단호하게 말했다.

"조금 전 성도라는 남자 태도를 보셨잖습니까. 아마 허락하지 않을 겁니다."

그러나 인수의 그 말에 성진과 성은은 이의를 제기했다.

"바로 그렇기 때문에 더 위험한 겁니다. 그들이 우리를 어떻게 대할지 누가 알겠습니까?"

"진강 씨가 없는 상황이라면, 우리는 우리 스스로를 보호할 방법이 없습니다."

인수는 그들의 말에 재원에게 눈짓을 했다. 그러자 재원이 품속에서

작은 단추 같은 것들을 꺼내 사람들에게 나눠주었다. 그리고 손가락만 한 작은 기계를 진강에게 건넸다.

"이건 아주 기본적인 무선 연락 장치입니다. 이 단추의 중앙 부분을 꽉 누르면……"

재원이 단추를 누르자 진강이 받아든 기계가 삐삐거리는 소리를 내며 진동했다.

"보셨다시피 진강 씨에게 연락을 할 수 있습니다. 거리는 반경 400미터 안에만 있으면 되고 특별히 계속 누르고 있거나 하시지만 않으면 열흘 정도는 배터리가 견뎌줄 겁니다."

성진과 성은의 얼굴에서 불안감이 덜어지자 인수는 진강을 바라보며 고개를 끄덕였다. 진강을 바라보는 인수의 눈빛은 마치 뭔가 알고 있는 듯한 눈빛이었다.

"그럼 먼저 올라가도록 하십시오. 저희도 곧 가보겠습니다."

"감사합니다."

진강은 문을 나서 계단 쪽으로 걸음을 옮겼다. 엘리베이터를 탈 수도 있었지만 그로서는 조금 걷고 싶었다. 그는 뭔가 억누르는 듯한 표정으로 계단을 올랐다. 그의 표정은 굳어 있었고 아주 미약하지만 그가 발을 뗄 때마다 검은 기류가 마치 발자국처럼 남았다가 사라졌다.

5층에 도착한 진강은 마치 호텔에 온 것 같은 착각이 들었다. 다만 방문에는 호수 대신 타로 카드들의 이름이 적혀 있었다. 진강은 몇 개의 방들을 지나쳐 Three of Swords, 즉, 자신의 방을 찾아내고는 그대로 안으로 들어갔다.

"꽤 재밌게 됐군."

방은 꽤 컸고, 고급스런 편이었다. 하지만 진강은 방 구경 따위는 안중에도 없이 곧바로 창가 쪽으로 걸어갔다. 그는 거칠게 2단으로 되어 있는 커튼을 모조리 닫았고 어둠이 방 안을 가득 채웠다.

진강은 메고 있던 가방을 옆으로 던져 놓더니 그대로 바닥에 가부좌를 틀고 주저앉았다.

"꽤 재밌게 되었다고……."

그는 마치 흥분을 가라앉히듯 그렇게 중얼거리고 있었다. 그는 가만히 눈을 감았다. 그리고 그는 어둠 속에서 더 짙은 검은색 형상으로 변해 갔다.

"설마 인간들 중에서 우리와 같은 생각을 할 자가 있을 거라곤 예상하지 못했는데 말입니다. 안 그렇습니까? 백색의 노덴스여."

이미 그의 목소리는 어딘가 더 깊은 곳에서 울려오는 것처럼 들리고 있었다.

"설마 당신의 안배입니까? 아니, 그럴 리는 없지요. 그랬다면 내게 말을 하지 않을 이유는 없었을 테니. 나를…… 배신할 생각이 아니었다면."

검은 형상의 색이 더 깊어졌다. 차갑고 무거운 공기가 방 안을 채워 갔고 평범한 호텔방은 어느새 마치 깊은 심해 한가운데와 같이 변해 갔다. 그리고 한순간, 마치 거짓말처럼 그 모든 것은 사라지고 원래의 호텔방으로 돌아왔다.

"뭐 좋아. 누가 어떻게, 무엇 때문에 한 건지는 모르겠지만 우선은 어울려 주도록 해야겠지. 덕분에 내가 할 일이 줄어들었으니까."

진강은 자리에서 일어나 쳐 놓았던 커튼을 걷었다. 햇빛이 그대로 방 안으로 들어와 어둠을 내쫓았다.

"……노덴스, 로이고르, 아라디아, 아르카나, 연맹, 거기에 그녀까지. 꽤나 재밌게 되었군."

진강은 가방을 열어 경면주사를 꺼내 입으로 가져가기 시작했다.

* * *

"생각보다 너무 시간을 지체한 것 같군."

계정은 쇼고스와의 전투에서 더러워진 외투를 그대로 바닥에 던져 버렸다. 어느새 병원 밖으로 나온 그들 주위에는 쇼고스의 사체로 보이는 질퍽한 액체들의 웅덩이가 가득했다.

―그래도 다행인 줄 알아라. 지능이 높은 쪽이 포함되어 있었다면 이 정도 수에 질리는 없어도 이토록 쉽게 해치울 수는 없었을 테니.

"그러십니까?"

계정은 몸을 돌려 제진과 다른 뱀파이어들을 바라보았다. 제진은 여전히 의식을 차리지 못하고 있었고, 다른 뱀파이어들은 살짝 겁을 먹은 얼굴로 주변을 둘러보고 있었다. 그것은 어쩔 수 없는 일이었다. 비록 계정 혼자서 그 수많은 쇼고스들을 처리했다고는 해도 계정은 로드라는 칭호를 받은 강자였고 평범한 뱀파이어와는 달랐다.

평범한 뱀파이어인 그들에게 계정과 같은 힘은 없었다. 만일 계정이나 아라디아 없이 그들뿐이었다면, 도망치는 것조차 쉽지 않았을 거였다.

이미 지금 이 세상에서 뱀파이어란 더 이상 포식자가 아니었다.

"그러게 따라오길 잘했지?"

계정은 특유의 사람 좋은 미소를 떠올리며 장난스럽게 말했지만, 다른 뱀파이어들은 웃을 수가 없었다. 그 말에 동의할 수 없어서가 아니라 그 말에 뼈저리게 동의했기 때문이다. 만일 그들이 계정을 만나지 못했다면, 또 그럴 리는 없겠지만 로드인 그의 명령을 무시하기라도 했다면, 그들은 그야말로 위험들 속에 무력하게 남겨졌을 터였다.

"자, 그럼 슬슬 돌아가지."

주변에 더 이상 위험이 없는 것을 확인하자 계정은 천천히 발걸음을 움직이기 시작했다. 그리고 몇 걸음을 뗐을 때쯤 그는 다른 이들을 돌아보며 미소를 지었다.

"따라올 수 있겠지?"

짓궂은 그 목소리와 함께 계정의 모습은 사라졌다. 남겨진 아라디아와 다른 뱀파이어들의 표정이 순간 굳어져 버렸다. 아라디아는 또 그렇다 쳐도 뱀파이어들은 안 그래도 창백한 얼굴이 더 창백해졌다. 그들은 온 힘을 다해 땅을 박찼다. 계정이 전속력으로 달리진 않겠지만, 그들로서는 온 힘을 다해야 겨우 쫓을 수 있을 속도였다. 그들의 모습은 곧 어둠 속으로 사라졌다.

"어떻게 할까요?"

혼자 남게 된 주선은 의식 속 아라디아를 향해 그렇게 물었다. 뱀파이어가 된 지 얼마 되지 않은 그녀로서는 도저히 저 속도를 따라갈 수 없었다. 그런데 그 순간 보랏빛 기운이 그녀의 몸에 흘러넘쳤다.

―괜찮다. 너에게 신이 걷는 방식을 보여주마.

주선, 아니, 아라디아의 앞쪽에 보랏빛 기운이 모이는 듯하더니 허공이 찢어지며 보랏빛 통로가 나타났다.

―언제까지고 저 녀석의 뒤를 보고 달릴 수는 없는 법이지.

그녀는 천천히 통로로 걸어 들어갔다. 밤하늘 별들을 지나는 듯한 아득함이 그녀의 몸을 감쌌고 시간이 그녀의 뒤로 스쳐 지나갔다. 그리고 잠시 뒤, 그녀는 어느새 호텔 바로 앞에 서 있었다.

"……!"

주선은 그 색다른 경험에 쉽게 입을 떼지 못했다. 그녀는 마치 조금 전 그 느낌에 취한 듯 한참 동안이나 그 모습 그대로 서 있었다. 그리고 그런 그녀의 뒤로 계정이 나타났다.

"호오. 설마 먼저 와 계실 줄은 몰랐습니다."

웃으며 말하고 있었지만 그의 눈은 웃고 있지 않았다. 심기가 불편해 보이는 그 눈빛은, 그녀 때문에 자존심이 상한 듯 보였다.

"과연 숭배자가 늘어나니 제법 재밌는 재주도 부릴 수 있게 되셨군요."

"훗. 더 이상 속도 자랑을 못해서 아쉬우시겠군요."

그렇게 계정과 주선 사이에 신경전이 벌어지는 사이 다른 이들도 하나둘 도착하기 시작했다. 도착한 이들의 얼굴은 얼마나 필사적으로 뛰었는지 알 수 있을 정도로 지친 기색이 역력했다.

"그럼 들어가도록 하죠."

계정은 호텔을 향해 먼저 걸음을 옮겼다. 그리고 그녀의 곁을 지나치는 순간 계정은 짧게 속삭이듯 말했다.

"다음엔 제대로 달리도록 하죠."

어지간히 분한 모양이었다. 그녀는 그런 계정의 뒷모습을 보며 묘한 미소를 지었다. 승리감과 함께 기묘한 쾌감이 그녀의 마음속에서 뒤섞였다. 그리고 그건 아라디아 또한 마찬가지였다. 지금까지 늘 그녀들보다 한 계단 위에 서 있듯 행동하던 계정이었지만 그 힘의 균형이 점차 변하기 시작한 것이다.

그녀는 그렇게 잠시 계정의 뒷모습을 지켜보고 있다가 뒤에 서 있던 다른 뱀파이어들이 서둘러 뒤를 따르는 것을 보고 그제야 걸음을 옮기기 시작했다.

"……"

그런데 호텔 로비에 거의 다다랐을 때, 앞장서 걷고 있던 계정이 갑자기 멈춰 섰다. 로비 앞을 지키고 있어야 하는 다른 뱀파이어들이 보이지 않았다. 단순한 근무 태만 정도로 치부할 수도 있었지만, 주변을 맴돌고 있는 기묘한 불길함은 그것이 사실이 아님을 증명해 주고 있었다. 계정은 조금 떨어져서 따라오고 있는 다른 이들을 돌아보며 손을 들어 올렸다.

"잠시 기다려라."

계정의 눈동자와 양손이 붉은빛으로 물들었다. 하지만 뱀파이어 로드의 기운에도 주변을 덮은 그 기묘한 불길함은 여전했다.

"확실히 상당한 마력이군."

"……!"

계정은 갑자기 등 뒤에서 들려온 그 목소리에 자기도 모르게 몸을 날렸다. 단 한 번의 발돋움만으로 그의 모습은 잔상으로 변해 사라졌고, 계정은 어느새 방 끝 벽을 등지고 돌아서 있었다. 그의 얼굴에는 어울리지 않는 불안감이 가득했다. 그가 서 있던 자리에는 시대에 맞지 않는 유럽식 귀족 복장을 차려입은 사내가 서 있었다.

"이런. 그렇게 놀랄 필요는 없는데 말이야."

칠흑과 같은 흑발과 검은 눈동자. 매혹적인 그 목소리에는 여유와 품위가 흘러넘치고 있었다.

"누구……십니까?"

계정은 자기도 모르게 그 정체불명의 상대에게 존대를 하고 말았다.

"사타나키아. 라고 하지."

그 한마디에 계정은 그 즉시 눈과 손에서 붉은 기운을 거둬들였다. 위대한 흑산양 사타나키아. 마녀들의 신이자 위대한 악마왕들 중 하나. 그가 감당할 수 있는 상대가 아니었다.

"무슨 일로 이곳까지 오셨습니까?"

"만나고자 하는 이가 있기 때문이지."

사타나키아는 어느새 계정 바로 앞에 서 있었다.

"그녀는 어디에 있느냐?"

심연처럼 깊은 눈동자와 살이 에일 것만 같이 차가운 목소리. 계정은 자기도 모르게 몸에 힘이 들어가는 것을 간신히 억눌렀다. 어떻게 할 수 있는 상대가 아니란 걸 알고는 있었지만 그것은 마치 궁지에 몰린 쥐가 고양이를 물듯 본능적인 반응이었다.

"누구…… 말씀이십니까?"

"마녀들의 신이라는 내 이름을 듣고도 모르는 것이냐? 아라디아지 누구겠느냐?"

계정은 곧바로 손을 들어 문밖을 가리켰다. 위대한 흑산양이 대체 무슨 의도로 그녀를 찾고 있는지 알 수는 없었지만, 말했듯 애초에 그가 어떻게 할 수 있는 상대가 아니었다. 아니, 상대는커녕 그 눈동자를 바라보며 거짓말을 생각하는 것조차 버거웠다.

"밖에…… 있습니다."

―이제는 안이지.

고개를 돌리자 보랏빛 불길을 휘감은 아라디아가 천천히 로비 안으로 걸어 들어오고 있었다.

―무슨 일인가 했더니 또 다른 불청객이 찾아왔군요.

아라디아는 사타나키아의 존재에 그다지 놀라지 않는 듯 보였다. 그녀는 그 시선을 사타나키아에게로 향한 채 똑바로 다가왔다.

"그리 매정하게 말할 건 없잖습니까. 아라디아."

―고명하신 악마왕께서 이곳에는 무슨 일입니까?

애정을 담아 말하고 있는 사타나키아와는 달리 그녀의 목소리는 필요 이상으로 차가웠다.

"위대한 아바돈께서 그대가 이 세계에 왔다는 걸 알려주셨지."

―오. 그럼 위대한 흑산양께서 이 저를 보러 오셨단 말입니까? 황송하군요.

계정은 계속해서 비꼬듯 말하고 있는 그녀의 태도를 이해할 수 없었다. 눈앞에 있는 상대는 원하기만 한다면 지금 당장에라도 그들을 잿더미로 만들 수도 있는 자였다. 그런 자에게 저런 태도라니. 보고 있는 계정으로서는 그야말로 피가 말라 가는 느낌이었다.

"아직도 그때 일로 화가 나 있는 겁니까?"

―무슨 말을 하는 건지 잘 모르겠군요.

"그때 일은 어쩔 수 없었다고 이야기 했잖습니까. 계약에 따라……."

―그놈의 계약, 계약! 누가 악마 아니랄까 봐 그 같잖은 계약 타령은 여전하군요!

이제 아라디아는 어느새 그의 앞에 바짝 붙어서는 마치 오래된 연인처럼 짜증을 부리고 있었다.

"……."

어딘가 점점 요상해지는 분위기에 계정은 우선 벽에 바짝 붙어 있던 몸을 살짝 떼고는 발을 굴러 그들과 거리를 두었다. 하지만 그들은 계정이 어떻게 하든 그저 서로를 향해 목소리를 높일 뿐이었다.

"애초에 인간들 사이에 일은 그들끼리 스스로 해결하게 하고 우리는 간섭을 하지 않기로 이야기를 다 끝냈었지 않습니까."

아니, 정확히 말하자면 목소리를 높이는 쪽은 아라디아였고 사타나키아 쪽은 부드러운 목소리로 설명을 하는 쪽이었다.

―하! 당신의 흑마녀들이 당신의 마력으로 내 아이들에게 저주를 거는 게 인간들끼리의 일이라고요?

"말했듯이 나는 계약에 따라 힘을 빌려준……."

―시끄러워요!

아라디아의 불길이 거세지더니 사타나키아를 그대로 집어삼켰다. 지켜보는 계정으로서는 가슴이 철렁하는 상황이었지만 그것도 잠시, 불길 속에서 사타나키아의 손이 가볍게 움직이자 그 강렬한 불길은 마치 커튼처럼 젖혀져서는 허공으로 사라졌다.

"알겠으니 이제 그만 화를 푸시지요."

화염 세례를 당했으면서도 사타나키아의 목소리는 여전히 연인을 달래듯 부드럽고 감미로웠다.

"어찌 되었든 이제 다 옛일이 아닙니까."

하지만 아라디아의 목소리는 좀처럼 나아지지 않았다.

―옛일? 시간이 아무리 지났다 한들 내가 그때를 잊을 수 있을 거라 생각해요? 바로 당신이 내 심장에 칼을 꽂았는데?!

"정확히 말하자면 당신이 아니라 당신의 대리자였지요."

―시끄러워요!

또다시 그녀를 감싼 불길이 거세지자 사타나키아는 반사적으로 손을 들어 올렸다. 하지만 다행히 또다시 불꽃 세례가 날아오지는 않았다.

―어떻게 당신이 그럴 수가 있었죠? 그녀가 내 대리자인 걸 뻔히 알면서!

"나 또한 기분이 좋았는 줄 아십니까?"

순간 사타나키아의 목소리 또한 살짝 높아졌다.

"당신이 먼저 협정을 깨고 인간의 몸에서 필요 이상의 힘을 사용하다 보니 그들이 당신의 처단을 결정한 것 아닙니까? 나 또한 판데모니움(萬魔殿)의 결정이라 어쩔 수 없었단 말입니다!"

―난 그저 내 아이들을 당신의 저주에서 지켜주고자 했을 뿐이에요!

"그래서 도시 하나를 거의 날려먹은 겁니까?"

슬슬 정말 싸움으로 번져 가는 그 모습을 보며 계정은 고민했다. 아무래도 우선 자리를 피하는 게 좋을 것 같았지만, 그렇다고 도망칠 수는 없었다. 적당한 거리를 두고 상황을 지켜보는 게 맞는 일이었지만, 대체 신들 간에 싸움에서 적당한 거리가 어느 정도란 말인가.

"……?!"

그런데 그런 안쪽 상황도 모르고 밖에 있던 뱀파이어들은 답답했는지 문 쪽으로 다가오고 있었다.

"기다리라고 했을 텐데!"

계정은 그대로 그들에게 몸을 날렸다. 그는 반쯤 들어오려 하고 있는 그들을 다시 밖으로 데리고 나가려 했다. 그런데 아라디아의 앞에서 목소리를 높이고 있던 사타나키아가 어느새 그들의 뒤에 서 있었다.

"호오!"

그는 그들의 등에 업혀 있는 제진을 보고는 큰 관심을 가졌다.

"놀랍군요. 설마 이런 데서 카오스 헤드를 보게 될 줄이야."

―카오스 헤드?

"카오스…… 헤드?"

계정으로서는 처음 듣는 이름이었다. 아니, 그 비슷한 단어조차 들어 본 적이 없었다. 그리고 그건 아라디아 또한 다를 바 없는 듯 보였다.

―당신, 이것의 정체를 알고 있나요?

순간 자기도 모르게 부드러워진 그녀의 목소리에 사타나키아의 얼굴에 미소가 떠올랐다.

"오. 이제야 예전처럼 불러주는 겁니까?"

사타나키아의 그 말에 아라디아를 감싼 불길이 순간 일렁였다. 하지만 그것은 분노나 위협이라기보단 마치 소녀가 얼굴을 붉힌 것과 같았다.

―……질문에 답이나 하시죠.

한층 부드러워진 아라디아의 목소리에 사타나키아는 만족스런 미소를 지어 보이며 입을 열었다.

"카오스 헤드. 죽어 버린 세상이 낳는 유일한 생명이지요."

"낳다니요?"

─낳다니…… 설마!

아라디아의 얼굴이 경악으로 물들었다. 그리고 사타나키아는 그런 그녀의 표정을 너무나 사랑스러운 듯 바라보았다.

"예. 맞습니다. 우리는 보게 될 겁니다. 새로운 사신의 탄생을 말이죠."

5
계획

똑똑.

노크 소리에 진강은 자리에서 몸을 일으켰다. 비록 밤이 끝나고 아침 해가 떠오르고 있다고는 해도 아직은 이른 시간. 잠을 깨우는 노크 소리에 짜증이 날 법도 했지만 진강에게 그런 기색은 없었다.

"예."

그는 이 방에 들어온 뒤 밤이 오고 또 그 밤이 지나는 동안 단 한숨도 자지 않았다. 그는 마치 뭔가를 준비하듯 계속해서 경면주사를 입에 털어 넣었고, 다시 자리에 앉아 방 안을 어둠으로 채웠다가 되돌리기를 반복했었다.

"안녕하세요."

진강이 문을 열자 미야베가 서 있었다. 그녀는 환한 미소를 지으며 정중하게 인사를 해왔다.

"무슨 일이십니까?"

다소 퉁명스런 말투였지만, 그녀는 크게 신경 쓰지 않는 표정이었다.

"의식 시간입니다."

'의식?'

진강은 그녀가 말하는 의식이 무엇인지 알 수 없었다. 하지만 모르는 티를 낼 수는 없었다. 그는 현재 진강이 아닌 재혁이었고 아르카나의 일원이었다.

"알겠습니다."

진강은 우선 고개를 끄덕였다. 그런데 그녀가 마치 길을 터주듯 살짝 뒤로 물러섰고, 진강은 마치 원래 그러려 한 것처럼 재빨리, 그리고 최대한 자연스럽게 방문을 나섰다.

"3층으로……?"

"예."

"다른 분들도 오십니까?"

"물론이지요."

"저와 같이 온 분들은?"

미야베는 고개를 저었다.

"그분들은 주무시고 계십니다. 시간도 시간이지만 성도 상이 계시니까요."

엘리베이터에 오르는 진강의 머릿속은 복잡하기만 했다. 한 명도 아니고 다섯 명, 다섯 명의 능력자들이 모여 있고 또한 더 모여들 이 상황은 그에게도 부담스러운 상황이었다. 만일 그들을 상대한다면 그로서도 나알라호텝으로 각성하지 않고 이길 수 있다는 보장은 없었다.

물론 굳이 이 시간에 행하는 의식이라면 그리 심각하거나 특별한 것일 리는 없었다.

아마 단순한 예배 수준일 터. 하지만 마이너 아르카나라는 자가 제대로 된 순서도 몰라 버벅거리기라도 한다면 단박에 의심을 받을 게 분명했다.

"제가 늦은 겁니까?"

문 앞에 선 진강은 그녀를 향해 조심스럽게 물었다. 문을 열기 전 잠시라도 시간을 벌고자, 그리고 정보를 얻고자 한 말이었다. 하지만 그녀는 잠시의 머뭇거림도 없이 문을 열었다.

"아니요. 시간은 정확해요."

방 안에서는 성도와 다른 이들이 신단 앞에 무릎을 꿇고 기도를 하고 있었다. 그녀는 몇 발자국 앞으로 걸어가더니 오른쪽 손을 왼쪽 어깨에 가져다 대며 무릎을 꿇었다.

"……"

소리 없는 기도. 진강은 그 단순함에 감사하며 우선 그들을 따라 무릎을 꿇었다. 물론 단순한 흉내일 뿐, 그에게 기도를 들어줄 신은 없었다.

'굳이 있다면 노멘스…… 정도겠지.'

잠시 후 성도가 몸을 일으켜 세웠고, 그 뒤를 따라 하나둘 기도를 끝냈다. 미야베 또한 몸을 일으켰고 진강은 조금 더 있다가 몸을 일으켰다.

모두의 기도가 끝난 것을 확인한 성도는 품속에서 자신의 카드를 꺼내 들었다. 화려한 왕좌에 앉아 있는 당당한 황제의 모습이 그려져 있는 카드가 검은빛으로 물들어 갔다.

"그러면 의식을 시작하도록 하지."

어딘가 마음에 들지 않는 기색이 역력했지만 성도는 그 손을 움직였다. 방 안의 분위기는 차갑게 변해 갔고 그림자들 속에서 더 깊은 그림자들이 떠올랐다.

성도가 다시 손짓을 하자 이번엔 그의 앞에 어둠이 모여들었다. 그 어둠은 마치 징그러운 벌레들처럼, 수없이 많은 촉수처럼 변해 뒤엉켜 갔는데 시간이 지날수록 점점 더 기묘한 형태로 변해 갔다. 그리고 마침내 그것은 하나의 문장이 되어 허공에 떠올랐는데 진강 또한 잘 알고 있는 문장이었다.

그것은 크툴후의 문장이었다.

'과연!'

진강의 얼굴에서 긴장이 사라졌다. 그는 그들이 무엇을 할 생각인지 알 수 있었다.

"모두 시작하시죠."

떠오른 문장을 보고, 다른 이들 또한 품 안에서 카드를 꺼내 들었다.

"……."

하지만 진강은 카드를 꺼내는 것 대신 그저 손을 품속으로 집어넣었다. 마치 품속에 둔 카드를 잡고 있는 것처럼.

미야베와 다른 이들의 카드들 또한 성도의 것과 마찬가지로 점점 검은빛으로 물들고 그들의 몸에서 미약하지만 검은 연기가 새어 나오기 시작했다. 그들은 지금 카드와 그와 연결된 상위 존재들을 매개로 이 세상이 아닌 세상 밖의 어둠을 끌어오고 있었다.

"후우……."

짧은 심호흡과 함께 진강의 몸에서도 옅은 검은 연기가 흘러나오기 시작했다. 허나 그것은 다른 이들처럼 억지로 끌어오고 있는 게 아니었다. 그는 그저 속에 담아두고 있던 것을 조금씩 흘려내고 있을 뿐이었다.

"……훈구루이……."

성도의 입에서는 시작된 그것은 다른 이들의 입에서 흘러나왔다. 마치 저 깊은 심연에서 들려오는 것 같은 음산한 목소리.

"훈구루이 무구루우나후……."

제각기 시작된 그것은 점점 하나로 모여들어 갔고 어긋나던 다섯의 목소리는 곧 하나가 되었다.
"훈구루이 무구루우나후 크툴후 르 리에 우가후나구루 후타군. 훈구……."
물론 진강의 입에서도 그 목소리가 흘러나왔다.

*　　*　　*

1시간 정도의 시간이 지나고, 의식이 끝나자 진강은 다른 사람들이 있는 층으로 내려왔다. 호텔이나 여관처럼 꾸며져 있는 5층과는 달리 그곳은 매점과 임대 사무실들이 늘어서 있었다.
"대체 어떻게 되어 있는 구조인지……."
엘리베이터 구석에 안내판이 있기는 했지만, 일본식 표기로 되어 있는 한문과 일본어가 섞여 있다 보니 자세히 알 수는 없었다.
"오셨습니까?"
가까운 음식점 문이 열리며 인수가 걸어 나왔다. 시간도 시간이었지만 제대로 잠을 못 잤는지 그의 얼굴에는 피곤한 기색이 역력했다.
"읏!"
아니, 단지 얼굴뿐만이 아니었다. 그는 허리를 제대로 다 펴지 못하고 있었다.
"잠자리가…… 불편하셨나 보군요."
아무리 찾아보아도 주변에 제대로 잠을 청할 수 있을 만한 곳은 보이지 않았다.
"다른 분들께서는……?"
"다들 한 군데씩 찾아 들어가셨습니다. 아무래도 사무실이나 카페들 쪽이 소파 같은 게 있을 테니까요."

인수의 그 말에 진강은 인수가 있던 음식점을 바라보았다. 그가 있던 곳은 작은 라면집 같았다. 고작해야 주인과 손님 네다섯 명이 들어가면 꽉 찰 것 같은 전형적인 일본식 작은 가게. 소파는커녕 제대로 눕기조차 비좁아 보였다.

"아…… 뭐, 어쩌다 보니."

"망을 보셨던 겁니까?"

진강의 물음에 인수는 어색하게 웃어 보였다. 엘리베이터 바로 앞쪽. 사방이 유리로 되어 있는 벽. 확실히 망을 보기에 가장 적합한 위치였다.

"혹시나 해서 말입니다."

"고생하셨습니다."

진강은 인수의 어깨를 잡으며 그렇게 말했다.

"아닙니다."

그리고 그들 사이에 어색한 침묵이 흘렀다. 원래 진강은 그저 다른 이들이 있는 층을 확인하려 했을 뿐이었다. 1시간 동안 의식을 행하기는 했지만 여전히 이른 시간. 인수가 깨어 있는 것조차 사실은 의외였다.

"그런데 괜찮으시겠습니까?"

인수의 물음에 진강은 고개를 갸웃거렸다.

"무슨……?"

"오늘 다른 자들도 온다고 했잖습니까."

"아……."

진강은 잠시 가만히 있더니 묘한 미소를 지어 보였다.

"걱정하지 않으셔도 됩니다. 아마 한동안은 상관없을 겁니다."

"그럼 원래 목적은 어떻게……?"

"그건 이제 신경 쓰지 않아도 될 겁니다. 그들이 하고자 하는 일에 크투가의 이름을 부를 일은 없을 테니까요."

진강의 목소리에는 확신과 여유가 담겨 있었다.

"앞으로는 어떻게 하실 생각이십니까? 역시 틈을 봐서……."

"아니 그렇게 하지는 않을 겁니다."

진강은 단호하게 말했다.

"원래 목적과도 조금 다르지만, 다른 의미에서는 한층 더 목적에 가까워졌거든요."

인수는 잠시 주춤했다. 그렇게 말하는 진강의 표정이 마치 사냥감을 앞에 둔 포식자처럼 보였기 때문이다.

"위험을…… 감수하실 정도입니까?"

"우선은 그렇군요."

인수는 고개를 끄덕였다. 그 또한 말을 하지는 않아도 어제 미야베가 말한 신을 곁에서 느낄 수 있는 세상이란 것에 관심이 가던 차였다. 어쩌면 아르카나의 이상이라는 그것도 인수 자신이 이상을 삼고 있는 왕국의 또 다른 모습일지도 몰랐다.

"알겠습니다. 그렇다면 다른 분들께는 제가 그렇게 말해 두도록 하겠습니다."

"부탁드립니다."

진강은 몸을 돌려 엘리베이터 쪽으로 향했고, 곧 다시 자신의 방이 있는 5층으로 올라갔다.

"……."

혼자 남게 된 인수는 화장실 쪽으로 걸음을 옮겼다. 차가운 물로 몇 번이나 세면을 하고, 다시 물을 담아 머리를 그 물속에 담갔다. 3초, 5초, 10초, 시간이 흘러 거의 2분 가까이 되었을 때 그제야 인수는 그 머리를 물에서 꺼냈다.

"푸하!"

그는 거친 숨을 내쉬며 거울을 바라보았다. 거울 속에 있는 그의 표정은 딱딱하게 굳어 있었다.

진강이 찾은 남아야 될 이유란 게 무엇인지 그로서는 알 수 없었다. 하지만 설사 안다 할지라도 더 이상 그가 할 수 있는 일은 없었다. 그에게는 아무런 힘이 없었고, 더 이상 그는 이 집단에서 도움이 되는 인물도 아니었다.

그가 권력이나 명예를 원하는 이는 아니었지만, 더 이상 상황을 끌어갈 방법이 없다는 사실은 결코 그에게 좋은 일이 아니었다.

"······세상이 바뀌고 주변이 바뀌고 또 안간힘을 써도, 결국 나는 여전히 쓸모없는 존재인가."

자조 섞인 그 목소리는 너무나 슬프고 또 쓸쓸하지만 했다. 그는 물이 뚝뚝 떨어지는 그 모습 그대로 한참을 거울을 바라보았다. 스스로를 바라보는 그의 눈동자에는 작은 미동도 없었다. 마치 영혼이 빠져나가기라도 한 듯 그 눈동자는 공허하기 만했다.

"······."

그러다 그의 눈동자가 뭔가를 생각하듯 조금씩 좌우로 움직이기 시작했다. 그리고 마침내 그의 눈빛이 변했다.

"그래. 그럴 수는 없지. 그럴 수는······."

*　　*　　*

거의 저녁이 되었을 때쯤 아르카나를 비롯해 연맹에서 파견한 자들이 도착했다. 마이너 아르카나 4명과 장미십자단에서 파견한 1명, 그리고 일루미나티와 프리메이슨에서 파견한 2명. 그렇게 총 7명이 일본지부에 도착했다.

그리고 마이너 아르카나 4명의 기도가 끝나고, 성도와 미야베는 브리핑을 위해 사람들을 7층 사무실로 불러 모았다.

"아베가는 상당한 음양사 집안입니다. 일본에서 가장 유명한 음양사인 바로 그 아베노 세이메이의 가문이니까요."

앞으로 나와 설명을 하고 있는 그녀의 뒤쪽 대형 스크린에는 아베가에 대한 역사적 설명과 규모가 빼곡히 떠올라 있었다.

"그들은 음양료가 사라지기 전까지 대대로 음양료에서 고위직을……."

"아. 그딴 건 말할 필요 없네."

하지만 성도는 채 그녀가 제대로 설명을 시작하기도 전에 손을 저으며 그녀의 말을 막았다. 그녀 또한 같은 메이저 아르카나였고, 거기다 장미십자단 등 연맹에 다른 단체들에서 온 자들도 있었지만 그의 태도는 마치 하인을 다루듯 무례하기만 했다.

"알겠습니다. 그럼 이것을……."

하지만 그의 그런 행동에도 미야베는 표정 하나 바꾸지 않고 곧바로 다음으로 넘어갔다.

애초에 한국인은 성도와 진강밖에 없고 다른 이들은 모두 외국인인데도 그녀가 한국어로 진행하고 있는 것은 모두 성도 때문이었다.

다른 이들은 그들 각자 앞에 있는 각국의 언어로 된 서류를 읽고 있을 뿐이었다.

"이것이 야스쿠니 신사입니다."

화면이 바뀌고 야스쿠니 신사의 모습이 나타났다.

"제 1 토리이(鳥居) 이후……."

그런데 또다시 성도가 그녀의 설명을 막았다.

"토리이?"

"예. '새가 있는 곳'이라는 뜻으로 신사의 입구이고……."

"아, 천문(天門) 말이군."

"천문은 잘못된 표현입니다. 토리이란 이름의 유래는 신들의 뜻을 받드는 야타가라스가 앉았던 자리를……."

"헛소리!"

성도의 고함 소리가 회의실 전체를 울렸다. 그는 자리에서 일어나더니 자기 앞에 놓여 있던 서류를 들어 바닥에 던졌다.

"형태는 중국의 흉내를 내면서 그 이름은 우리 것을 흉내 내려 하는 거냐? 고대부터 한반도의 신성한 장소들을 표시하던 솟대들에는 언제나 새의 조각이 있었다. 근데 네놈들의 저것에 대체 새를 떠올릴 만한 게 어디에 있단 말이야?"

"……."

성도의 그런 태도에 그녀는 아무런 말도 하지 못하고 가만히 서 있었다. 무례를 넘어 그녀에게는 모욕적인 행동이었지만 그녀는 그저 고개를 숙일 뿐이었다.

"천문이라고 해라. 자꾸 남의 것을 대충 고쳐 자기 것이라 우기지 말고."

성도가 다시 자리에 앉았고 그제야 그녀는 고개를 들고 다시 입을 열 수 있었다.

"……알겠습니다."

화면이 바뀌고 이제는 전체 구조를 나타내는 그림이 나타났다.

"첫 번째 천문을 지나 두 번째 천문까지는 시키가미(式神)들이 지키고 있습니다. 그리 강력하지는 않지만 숫자가 상당할 거라 예상하고 있습니다. 그리고 두 번째 천문부터 신문(神門) 앞까지는 아베가의 가솔들과 분가 격의 인물들이 지키고 있습니다. 총이나 검들로 무장하고 있으며 상당한 실력가들일 거라 생각됩니다. 물론 음양사나 주술사들 또한 있을 것입니다."

"총이라……."

진강은 자기도 모르게 그 단어를 입에 담았다. 신들의 힘을 빌려 쓸 수 있는 아르카나들 뿐만 아니라 그 스스로에게도 총이란 여전히 위협적인 무기들 중 하나였다. 힘이 발동되고 있을 때라면 또 모르지만, 무방비 상태에서 보이지 않는 방향으로 날아드는 총알들을 어떻게 막아 낼 방법은 존재하지 않았다. 그저 빗나가길 바라는 방법밖에 없었다.

"꽤나 얄궂은 일이군. 신의 힘을 빌려 쓰는 우리가 여전히 하찮은 총기를 걱정해야 하다니."

성도는 비교적 담담하게 말하고는 있었지만 상당히 자존심이 상하는 듯 보였다. 미야베는 잠시 기다렸다가 다시 설명을 이어 갔다.

"그리고 신문 안쪽부터는 강력한 결계가 펼쳐져 있고 신관과 음양사들이 배전과 본전을 지키고 있습니다. 아마도 현 아베가의 당주인 아베노 쿠시기 또한 본전에 자리하고 있을 겁니다."

"아베노 쿠시기? 그놈은 또 어떤 놈이지?"

"상당한 음양사입니다. 세이메이의 시키가미인 십이신장 중 넷을 계승했을 정도니까요."

그 말에 성도는 같잖은 듯 웃어 보였다.

"세이메이의 식신? 그래 봤자 하찮은 주술사의 같잖은 장간감에 불과하다. 거기다 고작 넷이라면 우리 연맹에 적수가 되지는 못하지. 내게 맡겨라. 내가 직접 그 식신이라는 것들을 처리하도록 하지."

"얕볼 게 아닙니다. 세이메이가 다루었던 시키가미들은……."

"됐다! 그딴 소리는 안 들어도 상관없다."

성도의 말에 그녀는 입을 닫고 다시 화면을 넘겼다. 화면은 다시 신사 정문으로 돌아 왔다.

"공격은 내일 아침 8시로 생각하고 있습니다. 연맹에서는 섬멸을 명령했고 우리는 그 뜻을 따라야 됩니다."

그런데 갑자기 가만히 앉아 있던 중국인이 손을 들었다.

"……"

그는 중국어로 뭐라고 말을 했는데 진강은 그 내용이 배치나 작전에 관한 것이라 생각했다. 진강이 그렇게 생각한 이유는 단순했다. 그 또한 서류를 읽었기 때문이다.

서류에 나와 있는 작전과 배치는 단순한 정면 돌파. 말 그대로 단지 그뿐이었다. 진정 섬멸을 원한다면 적어도 포위나 퇴로 차단이 기본이었다.

이 작전대로라면 상대가 도망친다면 쫓기 어려울 수밖에 없었다. 그런데 이야기를 다 들은 그녀가 그 중국인이 아닌 성도를 바라보며 말했다.

"아마 그들은 도망치지 않을 겁니다. 야스쿠니가 그들에게 남은 유일한 최후의 보루니까요. 그들은 아마 필사적으로 저항해 올 겁니다."

그녀는 그렇게 다 말한 이후 그제야 중국인을 바라보며 다시 중국어로 뭐라고 말하기 시작했다.

진강은 조금 혼란스러웠다. 성도라는 인물이 어떻게 이 정도의 영향력을 발휘하고 있는지 알 수가 없었다. 메이저 아르카나라고 하나 같은 메이저인 미야베를 아랫사람 대하듯 하고, 이 비효율적인 회의 진행을 어떻게 가능하게 할 수 있는지 이해할 수 없었다.

그런데 미야베의 말이 다 끝날 때 쯤 성도가 자리에서 일어났다.

"선두는 마이너 아르카나인 문재혁을 지휘관으로 삼는다. 우리 아르카나가 길을 열고 나와 미야베가 끝을 내겠다. 그리고……"

그는 다른 단체들에서 파견된 3명의 남녀를 바라보았다.

"다른 세 분께서는 오랜 여행에 피곤하실 터인데 그냥 뒤에서 구경이나 하도록 하시지요."

성도의 말이 끝나자 미야베는 다시 중국어와 영어로 그 말을 옮겼다.

이야기를 들은 회의실 안의 사람들 얼굴은 굳어 갔다. 애초에 설사 같은 등급인 마이너 아르카나라고는 해도 나이가 비교적 어린 편인 재혁, 아니, 진강을 지휘관으로 삼는다는 성도의 명령은 다른 이들로서는 받아들이기가 쉽지 않았다. 더구나 말조차 통하지 않을 터인데 어찌 성도를 제외하고 단 한 명뿐인 한국인을 지휘관으로 삼을 수 있는가. 그것은 너무도 비효율적이었다.

아르카나에 속하지 않은 다른 세 사람의 표정도 마찬가지였다. 오랜 시간 수고를 마다않고 이 땅까지 왔는데 기껏 시킨다는 게 구경이라니 기분 좋을 리가 없었다.

장미십자단에서 왔다는 붉은 머리의 여인은 자리에서 일어나 성도에게 뭐라고 말했다. 영어라기보다는 프랑스어처럼 들렸는데 그 억양이나 손짓을 보아 뭔가 따지고 있는 게 분명했다. 미야베는 그녀의 말을 들으면서 곤란한 듯 성도를 바라보더니, 다시 고개를 돌려 어떻게 해서든 그녀를 진정시키려는 듯 영어로 뭐라 말을 하려 했다.

하지만 큰 의미는 없었다. 여인은 계속해서 목소리를 높여 갔고 그 손짓은 더욱 거칠어졌다. 그런데 갑자기 성도의 눈빛이 변했다.

"시끄럽다!"

성도의 목소리가 방 안에 울려 퍼졌다. 그 강렬한 기세에 사람들은 그대로 굳어 버렸다. 성도의 눈동자는 어느새 황금빛으로 물들어 있었고 그의 몸에서는 사나운 금빛의 파동이 흘러나오고 있었다.

"연맹에서는 내게 아시아 지역 전부의 통제권을 위임했다. 감히 그 누가 이곳에서 내 뜻을 거스를 수 있단 말이더냐?"

마치 제왕의 그것과 같은 성도의 말에 그 누구도 입을 열 수 없었다. 굳이 통역을 할 필요도 없었다. 성도가 하는 말은 이 방의 모든 사람의 머리와 가슴에 똑똑히 박혀 들었다.

그것은 단순한 인간의 언어가 아니라 신의 언어. 소리 이전에 존재하는 의식의 언어였다. 붉은 머리의 여인은 떨리는 팔을 부여잡으며 다시 자리에 앉았고, 그 모습에 그제야 성도의 눈동자도 원래대로 돌아왔다. 황금빛 파동도 사라졌고 방 안을 가득 채웠던 그 사나운 기세도 줄어들었다.

"좋아. 그럼 모두 내일 보도록 하지. 내일은 부활의식 없이 기도를 마친 직후 야스쿠니로 떠난다. 모두에게 잘 전달하도록 해라."

"……알겠습니다."

성도는 그 말을 하고는 먼저 방을 나섰다.

하지만 성도가 방을 나선 뒤에도 미야베는 물론이고 방 안의 다른 사람들은 여전히 떨리는 마음을 진정시키지 못한 듯 아무 말도 못하고 있었다.

'아시아 통제권이라. 그야말로 황제군.'

다만 진강의 경우는 조금 다른 이유 때문에 가만히 자리에 앉아 있었다. 그는 다른 이들을 찬찬히 살펴보았다. 백귀야행을 부리던 노인을 제외하고는 다른 아르카나들이 누구와 계약을 맺고 힘을 빌려 쓰고 있는지 알 수 없었지만 단순한 요괴나 정령 같은 게 아니라 만일 사마엘처럼 그의 정체를 꿰뚫어 볼 만한 존재가 섞여 있다면 그로서는 전투에 나서는 건 위험했다.

'하지만 명령을 무작정 거부할 수도 없는 일이지.'

또한 성도가 그 연맹이란 곳에서 아시아의 통제권을 임명받았다면 앞으로의 일을 생각하면 그의 신임을 받는 게 중요했다. 다행히 그와 성도 모두 한국인이었고, 그를 굳이 선봉장으로 삼은 것을 보아 그 혜택을 받고 있는 건 분명했지만 그 정도로는 부족했다.

"미야베 씨."

진강은 여전히 그 자리에 가만히 서 있는 그녀를 불렀다.

"예, 예."

"저를 조금 도와주시겠습니까?"

진강은 자리에서 일어나 그녀의 곁에 섰다.

"제가 하는 말을 통역해 주시면 됩니다. 아시겠습니까?"

그녀는 고개를 끄덕였다.

"들으셨듯 성도 씨께서 저를 내일 있을 공격에 지휘관으로 임명하셨습니다. 그래서 지휘관으로서 다른 여러분들의 능력을 알고 싶은데 괜찮겠습니까?"

그녀는 진강의 말을 영어와 중국어, 일본어로 각각 통역해 말했다. 사람들은 대놓고 언짢은 표정을 지었지만 성도 때문인지 특별히 거부하지는 않았다.

"연맹에서 오신 다른 분들도 가능하다면 협조해 주셨으면 합니다. 성도 씨께서는 그렇게 말했지만 그 힘을 빌려야 할지도 모르니까요."

그녀는 다시 연맹에서 온 세 명을 향해 통역했고 그들은 서로를 향해 뭐라고 중얼거렸다. 진강은 미야베를 바라보았지만 그녀는 통역하기 곤란한지 시선을 피했다.

"……그러시겠답니다."

단지 그 말만 한 건 아닐 테지만 진강은 굳이 깊이 묻지는 않았다.

"좋습니다. 그럼 각자 어떤 존재들과 계약이 되어 있는지, 어떤 능력을 사용하는지 말해 주십시오."

6
신사 습격

야스쿠니 신사(靖國神社). 본래는 도쿄쇼콘샤, 즉, 동경초혼사(東京招魂社)였던 그곳은 본래 명치유신기의 도쿠가와 막부 타도 전쟁 중 죽은 자들을 추모하기 위해 세워졌던 곳이나, 이후 일본 내부의 문제들로 인해 야스쿠니로 그 이름을 바꾼다.

허나 이후 야스쿠니는 끔찍한 침략전쟁의 도구로서 이용되면서 그 색은 변하게 된다. 일본 국왕을 위해 목숨을 바치면 신으로 영원히 모셔 주겠다는 말들로 일본 국민을 현혹시켜 일왕의 군대로서 전쟁터로 내몰았으며, 일본의 패전 이후에는 침략전쟁을 미화하고 군국주의를 미화하는 도구로 사용되게 된다.

야스쿠니는 동경초혼사와는 달리 더 이상 단순히 죽은 자를 위로하는 장소가 아니라 일본 국민의 눈과 기억을 속이는 장소로 변했고, 그 거짓을 숨기기 위해 침략전쟁의 피해자들을 가해자인 자신들의 병사들과 함께 합사해 피해자들의 영혼을 모독하는, 불경한 장소로 변했다.

"이곳인가?"

도로 저편, 야스쿠니의 첫 번째 천문을 바라보는 성도의 얼굴은 경멸로 일그러져 있었다.

"아주 오래전에 이뤄졌어야 할 일이 바로 오늘 이뤄지는군."

그렇게 말한 성도는 자신의 옆에 서 있는 진강을 돌아보았다. 동조를 바라는 모양이었다.

"진작 이뤄졌어야 할 일이었죠."

진강이 한 그 말에 성도의 입가에는 만족스런 미소가 떠올랐다.

"수는 어느 정도라고 했었지?"

성도의 질문에 조금 뒤쪽에 서 있던 미야베가 답했다.

"정확한 수는 알 수 없습니다만 백여 명 정도를 예상……."

"됐다."

성도는 또다시 그녀의 말을 차갑게 잘랐다.

"정확한 수도 아니고 예상이라니, 차라리 듣지 않느니만 못하다. 어차피 눈에 보이는 놈들은 모조리 처리하면 되겠지."

그녀는 입을 닫고는 다시 뒤로 물러섰다.

"……"

그녀의 표정은 평소와는 달리 상당히 굳어 있었다. 그것은 단지 성도의 태도 때문만이 아니었다. 백귀야행을 부리는 노인의 표정 또한 그녀와 마찬가지로 굳어 있었다.

그것은 어쩔 수 없었다. 일본인들에게 야스쿠니란 이름이 가지는 무게는 그리 적지 않았다. 아무리 아르카나의 일원으로서 그 이상에 동참했다고는 하나 야스쿠니를 공격하는 선두에 서야 한다는 사실은 그들로서는 꽤 힘든 일이었다.

"그럼 먼저…… 자네에게 맡겨 보지. 신문인지 뭔지 그곳까지는 하고 싶은 대로 해보도록 해."

성도의 그 말에 진강은 천천히 걸음을 옮겼고 7명의 마이너 아르카나들이 그의 뒤를 따랐다. 진강의 손짓에 그들은 제각각 카드를 꺼내 들었고 그들 뒤를 따라 형형색색의 빛들이 모여들었다.

"먼저 부탁 좀 드려도 되겠습니까? 드레이크?"

진강의 그 말에 키가 큰 중국인 사내가 앞쪽으로 나섰다. 그는 중국어로 뭐라고 중얼거리며 카드를 들어 올렸고, 그의 뒤쪽으로 모여 있던 붉은 안개 속에서 한 마리의 붉은 용이 그 머리를 들이밀었다. 용은 그 이빨 하나가 성인 남성의 손바닥만 할 정도로 거대했다.

<u>크르르르!</u>

용은 사납게 울부짖더니 그대로 몸을 날렸다. 거대한 용의 몸이 하늘로 날아올랐다. 용은 첫 번째 천문을 향해 날아가더니 이내 그 입을 열고 불을 뿜었다.

화르르륵!

천문은 불길이 닿는 즉시 재로 변해 사라졌다. 불이 붙어 타오르는 게 아니라 말 그대로 불길이 닿자마자 재로 변해 버렸다. 그것은 단순한 초고열이 아니라 그 근원에 존재하는 힘이었다. 모든 형체를 무너뜨리는 순수하고 근원적인 불의 힘. 용의 불길은 바로 그것이었다.

스스스슥!

첫 번째 천문이 사라지자 두 번째 천문까지 이어진 커다란 가로수길 사이로 흐릿한 형상들이 모습을 드러내기 시작했다. 늑대, 호랑이, 무사, 뱀. 그 종류는 제각각 달랐지만 모두 이마에 음양도를 상징하는 별 표시가 그려져 있었다.

"식신이군요. 어떤 모양일지 궁금했는데 꽤나 평범하군요."

진강은 다시 드레이크라 불린 그 중국인을 바라보았다. 진강의 눈짓에 그의 손이 움직였고 용은 다시 불길을 뿜어냈다.

화르르륵!

식신들은 천문과 마찬가지로 재로 변해 사라졌다. 하지만 단지 그게 끝이 아니었다. 이번에는 조금 더 기묘한 형상의 식신들이 모습을 드러냈다. 커다란 방망이를 든 오니와 거대한 지네. 거기다 수 또한 좀 전보다 훨씬 늘어나 있었다.

"드레이크."

진강은 잠시 망설이는 듯하다가 다시 그의 이름을 불렀다.

화르륵!

용은 다시 불길을 뿜어냈고 오니와 지네들은 사라졌다. 하지만 그것도 잠시 식신들은 또다시 나타났다. 이번에는 좀 전보다도 훨씬 많은 수였는데 그 크기 또한 길옆 가로수에 버금갈 만큼 거대했다.

"풍신과 뇌신인가……."

머리에 나 있는 두 개의 뿔과 흡사 사자와 같은 얼굴, 뒤에 달려 있는 작은 여러 개의 북들과 새하얀 비단천. 그 모습은 일본에서 믿고 있는 풍신과 뇌신 그 자체였다.

화르륵!

용은 정렬되어 있는 풍신과 용신의 군대를 향해 다시 한 번 불을 뿜어냈지만 그 결과는 지금까지와는 달랐다.

둥둥둥!

빠른 템포의 북소리와 함께 불길은 허공에 막혀 사라졌고

둥!

커다란 한 번의 울림에 북채에서 번개가 뿜어져 나왔다. 번개는 그대로 용을 덮쳐 그 이마에 명중했지만,

크르르르!

단지 용의 심기를 건드렸을 뿐 별다른 치명상을 입히지는 못했다. 하지만

둥! 둥! 둥!

둥! 둥! 둥!

둥! 둥! 둥!

단 한 줄기의 번개는 별다른 타격이 되지 못해도, 허공을 수놓는 수많은 번개는 이야기가 달랐다. 용은 계속해서 몸을 때리는 번개들에 조금씩 뒤로 물러섰다. 더구나 풍신들마저 그 비단천을 흔들자 강력한 진공칼날이 용의 몸에 상처를 내기 시작했다.

"……!"

그 모습을 본 드레이크는 다시 카드를 들어 올렸다. 카드가 빛나고 드레이크의 몸 주위로는 다시 여러 색의 안개가 모여들기 시작했다. 그런데

"자자, 거기까지."

진강이 손을 들어 그를 막았다.

"굳이 혼자서 힘을 뺄 필요는 없잖습니까. 뭐, 이렇게 말해봤자 알아들을 리는 없지만요."

진강은 다른 아르카나 전부를 손가락으로 가리킨 다음 그대로 식신 군대를 향해 손을 뻗었다.

"가시지요."

"정말 저들에게만 맡겨두어도 괜찮겠습니까?"

미야베는 성도를 향해 조심스럽게 물었다. 드레이크의 용이 풍신과 뇌신 부대에 속절없이 당하고 있었지만, 신문 앞까지는 맡겨둔다고 했던 그 말대로 그들과 연맹에서 온 3명은 그저 가만히 그 자리에 서 있기만 할 뿐이었다.

"아베가는 상당한 실력의……."

"상관없다. 우리 아르카나의 힘 앞에서 그런 것 따위는 아무 의미도 없으니."

"하지만……!"

"내 말에 불만이라도 있나?"

그녀는 입을 다물었다. 성도의 눈동자는 어느새 다시 황금빛으로 물들어 있었다.

"……그럴 리가 있겠습니까."

성도는 눈에서 황금빛을 거둬들였다.

"그래야지."

그리고 바로 그 순간 풍신과 뇌신 앞에 또 다른 거대한 괴수의 부대들이 나타났다. 용과 백귀야행을 비롯해 성인 남성 같은 건 한입에 집어삼킬 것 같은 거대한 황금빛 사자, 유니콘, 피닉스. 각양각색의 요괴와 신수들이 식신 부대를 덮쳤다.

성도의 얼굴에는 미소가 그려졌다. 거대한 식신 부대는 마이너 아르카나의 총공세에 속절없이 무너져 내리고 있었다.

"봐라. 저 정도 따위는 본래 시간문제일 뿐이었다."

간간히 뇌신의 번개와 풍신의 바람이 뻗어 나왔지만, 그 정도론 아무런 영향도 주지 못했다. 결국 마지막 풍신과 뇌신까지 무너져 내렸고 진강과 다른 이들은 두 번째 천문을 향해 그대로 걸음을 옮겼다.

"그럼 우리도 슬슬 자리를 옮기도록 하지. 이제 여기서는 잘 보이지 않으니까."

"이대로 신수들을 돌격시키면 되겠지."

진강과 다른 이들의 주변에는 수많은 요괴와 괴물, 신수들이 그들을 둘러싸고 있었다. 설사 음양사와 총검으로 무장한 이들이 있다고 해도 이 정도 전력이라면 걱정할 필요가 없었다.

"자, 그럼 모두……?!"

그런데 걸음을 떼려던 진강은 순간 저 멀리에 보이는 뭔가에 눈을 의심했다.

"총검이라더니!"

그것은 구식 대포들이었다. 십여 개는 되어 보이는 구식 대포들이 제 2 천문 앞에 정렬되어 있었다.

"아라크네!"

쾅!

진강의 목소리와 거의 동시에 요란한 대포 소리가 울렸다. 단순한 포탄 그것도 구식포탄이 신수나 요괴들에게 큰 타격을 줄 리는 없었지만, 그들에게는 치명적일 수밖에 없었다.

하지만 다행히 직후에 이어졌어야 할 폭발음은 없었다. 포탄은 마치 뭔가에 걸린 듯 허공에 멈춰 서 있었다.

쾅!

쾅!

그것은 그 뒤로 마찬가지였다. 요란한 대포 소리가 계속해서 울렸지만 단 한 발의 폭발음도 울리지 않았다. 그들의 머리 위 허공에는 거대한 거미줄이 쳐져 있었고 포탄들은 마치 벌레들처럼 걸려 있었다.

"Thanks. 아라크네."

한참을 이어진 포격이 끝나자 하늘에는 포탄 수십 발이 걸려 있었다.

"침략전쟁 당시 무기를 자랑스레 전시해 놨다더니, 유지 보수까지 하고 있던 건가?"

아무리 유지가 잘되었다고는 해도 노후된 무기의 성능이라고 보기 어려울 정도의 성능이었다.

"거기다……"

진강과 사람들은 한 무리의 사람들로 인해 이제 대포가 뒤로 물러서고 또 다른 뭔가가 앞으로 나오는 걸 보았다. 수레 같은 것들에 실려 있는 그것은 구식 기관총들이었다.

"가지가지 하는군."

진강은 자신의 뒤쪽에 서 있던 쓰네카와 고타로를 보며 말했다.

"부탁드립니다. 백귀야행."

진강의 말에 노인은 카드를 들어 올렸고, 신수의 무리 사이에 모여 있던 백귀야행의 무리가 제 2 천문을 향해 돌진했다.

"發射!"

자신들을 향해 달려드는 요괴의 무리에 지휘관으로 보이는 남자가 소리를 높였다. 구식 기관총들은 일제히 불을 뿜었고 탄피들이 허공에 흩뿌려졌다.

"훗. 그래 봤자 통할 리가……."

하지만 진강은 말을 끝내지 못했다. 당연히 적들을 섬멸했을 터였던 백귀야행의 무리가 기관총에서 뿜어져 나온 총탄들에 하나둘 쓰러지고 있었다.

"대, 대체 어떻게?!"

실체화된 이상 물리적 타격에 영향을 받는 건 사실이다. 허나 설사 실체화되었다고는 해도 요괴는 물질세계가 아닌 정신세계에 가까운 존재. 고작해야 총탄이나 어지간한 폭탄 정도로 요괴에게 치명상을 입힐 수 있을 리가 없었다.

"……!"

그때 진강의 눈에 새하얀 신관복을 입고 있는 자들이 보였다.

"그렇군. 총탄에 술식을 걸어놓은 건가. 확실히 그러면 저급 요괴들 정도는 충분히 처리 가능하겠지."

진강은 얼굴에서 당혹감을 지웠다. 그 정도 잔재주라면 걱정할 필요 없었다. 노인도 조금 놀란 듯하긴 했지만 그 얼굴에는 아직 여유가 있었다.

"크웨!"

"케에에!"

기관총은 계속해서 불을 뿜으며 총탄을 토해 냈지만 요괴들의 전진을 막을 수는 없었다. 더러 요괴들이 쓰러지긴 해도 백귀야행을 이루는 그 수는 결코 줄어들지 않았다. 점점 다가오는 요괴들을 향해 음양사들은 목청을 높여 술식을 외웠고, 다른 이들은 품속에서 권총을 꺼내 쏴 댔지만 소용없었다. 요괴들은 기관총 바로 앞까지 다다랐고 얄궂게도 때마침 탄환이 바닥났다.

그리고 처참한 비명 소리가 울려 퍼졌다. 사십여 명 정도 되던 사내들은 고작 몇 초도 되지 않아 생명을 잃었다. 제2 천문은 피로 물들었고 옛 침략전쟁을 상징하던 구식 무기들은 형체를 잃고 부서져 내렸다.

"조금 놀라긴 했지만 제2 천문 돌파군."

진강은 다시 한 번 머리 위쪽, 허공에 걸려 있는 포탄 수십 발을 바라보았다. 미세 조정 실패로 직격탄들은 아니었지만 저것들이 모조리 땅에 박혔다면 피해가 없었을 거라 장담할 수는 없었다.

"그럼 슬슬 보고를……."

"그럴 필요 없네."

진강이 뒤를 돌아보자 어느새 성도와 다른 이들이 바로 곁까지 다가와 있었다.

"생각보다 늦었군."

"송구합니다."

그 같잖은 말투가 거슬렸지만, 우선은 어울려 주기로 한 진강이었다. 성도의 눈동자는 이미 황금빛으로 변해 있었다.

"그런데……."

진강을 바라보는 성도의 눈초리가 변했다. 그리고 곧 성도의 손이 허공을 붙잡았다.

"이건……?"

성도의 손에는 붉은빛 비늘에 날개 달린 뱀이 잡혀 있었다. 신의 독, 사마엘이었다.

"쉐에에!"

사마엘이 불편한 심기를 드러내며 옅은 독기를 뿜어내자 성도는 일단 그 손을 놓았다.

"뭐지? 식신은 아닌 것 같은데."

성도의 손이 황금빛 기운에 감싸이는 걸 본 진강은 서둘러 그를 막았다.

"제 계약자 사마엘입니다."

어젯밤, 진강은 다른 아르카나의 계약자들이 대부분 신수와 요괴라는 점에서 안도했다. 그들이라면 나알라호텝의 힘을 개방하지 않는 이상 그의 정체를 온전히 꿰뚫어보지는 못할 거라 생각했다. 단, 드레이크의 계약자를 듣기 전까지는 말이다.

그 어떤 존재의 본성조차 꿰뚫어보는 용안(龍眼). 단지 힘을 사용하지 않는 것으로 그것을 속일 수는 없었다. 그래서 그는 그 누구보다도 먼저 몰래 사마엘을 소환했던 것이다. 사마엘의 힘으로 그의 정체를 가리기 위해.

"사마엘? 아, 그 신의 독이란 이름의 천사 말이군."

성도는 그제야 들어 올렸던 손을 내렸다.

"그러나 그 이름치고는 너무나 초라한 모습이군."

"쉐에에!"

성도의 그 말에 사마엘은 그 독니를 드러냈다. 자신의 이 모습을 드러내지 않아도 된다는 사실에 진강에게 협조한 사마엘로서는 영 마음에 들지 않는 상황이었다.

"제 힘이 부족하여 그 힘의 일부만 실체화시켰습니다."

"호오."

하지만 진강의 설명에도 성도의 눈동자는 그와 사마엘에게서 떨어지지 않았다.

"허나 의식에서 보여주었던 모습을 생각하면, 자네의 힘이 고작 이 정도로라고 생각할 수는 없는데 말이야."

"……."

진강은 아무 말도 하지 않았다. 상대의 눈은 질문을 하고 있는 게 아니었다. 지금 진강이 할 일은 변명을 늘어놓는게 아니라, 그가 내놓는 답에 고개를 끄덕이는 것이었다. 그가 어떤 예상을 하고 있든 결코 진실 그 자체는 아닐 터였고 진실을 감추는데 그것만큼 좋은 방법은 없었다.

"……힘을 아꼈던 거로군."

성도는 환한 미소를 지으며 손을 들어 신문 안쪽을 가리켰다.

"그래. 자네도 저기서 한 번 날뛰고 싶었던 건가?"

"그렇습니다."

사마엘의 힘을 빌린다고는 하나, 정체를 숨겨야 하는 진강으로서는 전투가 부담스러웠지만 어쩔 수 없었다.

"그래. 그렇군."

성도의 손짓에 미야베가 일본어로 뭐라고 했고, 노인은 백귀야행을 뒤로 물렸다.

"하지만 미안하군. 자네에게 남겨줄 생각은 없다네."

성도의 몸이 황금빛으로 빛나며 그 사나운 기운이 주변을 뒤덮어 갔다.

"이건 우리 민족적 감정이기도 하지만, 내 가족사이기도 하거든."

그는 그렇게 말하고는 미야베와 함께 신문 쪽으로 걸음을 옮겼.

'가족사?'

성도의 말이 쉽게 이해되지는 않았지만, 진강으로서는 오히려 잘된 일이었다.

"알겠습니다."

그는 고개를 숙이면서 사마엘에게 눈짓을 보냈다. 그와 계약한 자가 누구인지는 알 수 없었지만 메이저 아르카나, 그것도 아시아 통제권을 부여받을 만큼 실력자였다. 최소한 용안보다 덜하지는 않을 터였다.

"쉐에에."

사마엘은 다시 허공으로 그 몸을 숨겼고 사마엘의 기운이 진강을 둘러쌌다.

"……."

다른 마이너 아르카나들은 숨을 죽인 채 성도의 행동을 바라보고 있었다. 신문 바로 앞까지 다가간 성도는 가볍게 손을 뻗었다.

지지직!

푸른색 스파크가 튀며 보이지 않는 벽이 성도의 접근을 막았다. 결계였다.

"결계입니다. 여기는 제가……."

미야베가 카드를 꺼내려 하자 성도는 손을 들어 그녀를 막았다.

"그럴 필요 없다."

성도가 다시 손을 뻗자 황금빛 파동이 보이지 않은 벽을 타고 흘렀다. 그 파동에 저항하듯 푸른색 스파크가 사납게 뿜어져 나왔지만 그것도 잠시, 그 보이지 않던 벽은 산산이 부서져 흩어졌다.

"내가 저번부터 말하지 않았나. 오늘 네가 맡을 역할은 단순한 통역이다."

성도가 다시 움직이자 이번에는 황금빛 파동이 문을 덮쳤고, 나무로 지은 커다란 문은 마치 종이 조작처럼 잘려지더니 땅에 닿기도 전에 먼지로 변해 흩어졌다.

"뭐, 저쪽이 내 말을 못 알아들을 리는 없겠지만."

성도는 안쪽으로 걸음을 옮기려다가 뭔가 잊었다는 듯 다시 몸을 돌렸다.

"아, 그렇지."

성도가 손을 뻗자 그가 지나쳤던 두 번째 천문이 황금빛 기운에 휩싸여 재로 변해 흩어졌다.

"구경하고 싶다면 따라와도 좋지만, 참견은 용서 않는다."

성도는 신의 기운을 가득 담아 그렇게 말하고는 곧바로 안쪽으로 들어갔고, 미야베가 조심스레 그 뒤를 따랐다. 다른 마이너 아르카나와 연맹에서 파견된 3명은 망설이듯 서로의 얼굴을 바라보았다.

그들은 서로 눈치를 보고 있었다. 이곳이 어떤 곳인지 잘 모르는 서양인들은 비교적 갈등이 적은 듯 보였지만, 중국인들과 쓰네카와 고타로의 경우 이유는 설사 다를지라도 따라 들어가고 싶은 마음이 커 보였다.

"뭐, 가보죠."

그런 다른 사람들의 모습을 바라보고 있던 진강은 먼저 걸음을 뗐다.

"괜찮겠나?"

모습을 감춘 채 사마엘이 진강의 귓가에 속삭였다.

"좀 전에 그 말은 내게 한 말이다. 따라줘야지. 거기다……."

"거기다?"

"아무래도, 나도 그 민족 감정이란 거에 완전히 자유롭지는 못한 모양이고."

진강은 조금 속도를 내 성도와의 거리를 좁혔고, 그런 그의 모습을 본 다른 몇 명이 다시 그 뒤를 따랐다.

7
신의 번개

성도가 안쪽으로 들어서자 새하얀 신관복과 검은 양복을 입은 사내들이 달려 나와 그를 포위했다.

"덤벼볼 테냐?"

당연하게도 대답은 없었다. 검은 양복의 사내들은 품속에서 하얀 부적을 꺼내서는 그대로 던졌다.

"喉!"

"喉!"

십 수 장의 부적은 허공에서 날카로운 이빨을 가진 개의 모습으로 변했고 일제히 성도를 향해 달려들었다.

"이누가미!"

"하찮은 견신주술이더냐?"

허나 그 발톱과 이빨은 성도에게 닿지 않았다. 개들은 성도 주변에서 흘러나오는 황금빛 기운에 닿자마자 다시 종이 부적으로 돌아갔고,

이내 허공에서 갈기갈기 찢겨졌다.

"신의 가호를 받는 나를, 고작 개의 영혼으로 주살(呪殺)할 수 있을 리가 없지 않나."

하지만 여유로운 성도와는 달리 미야베의 표정은 어두워졌다.

"이건 단지 눈속임입니다! 진짜는……!"

새하얀 신관복을 차려입은 자들의 손이 복잡한 인을 맺고, 작은 종이 인형들이 허공에 흩날렸다. 종이 인형들은 땅에 떨어지는 순간 각각 검을 든 무사의 모습으로 변했고, 어느새 성도의 주변에는 무사들 수십 명이 서 있었다.

길고 날카로운 일본도와 어딘가 낡아 보이는 대나무 갑옷으로 무장한 무사들은 그 검을 앞세워 성도와 미야베를 겨눴다.

"훗!"

하지만 성도의 표정은 여전히 여유롭기만 했다.

"진짜는? 진짜가 뭐 어떻다는 거지? 내 눈에는 조금 전 개 떼와 별 다를 게 없어 보이는데?"

성도의 손짓에 무사들은 다시 종이 인형으로 변해 땅으로 떨어졌다.

"後退!"

후퇴 신호와 함께 사내들은 일제히 뒤로 물러났지만 그들의 얼굴에는 패색이나 두려움은 보이지 않았다.

"도망치는 건 아니고……. 뭔가 또 숨겨둔 게 있나 보군."

성도의 말대로였다. 그들은 십여 보 정도 물러났을 뿐 다시 대열을 잡았다. 그들의 후퇴는 그저 단순히 거리를 벌린 것에 불과했다.

그들의 손이 인을 맺자, 땅에 떨어졌던 종이 인형들이 다시 허공으로 떠오르더니 서로 겹쳐지기 시작했다. 그리고 그 겹쳐진 종이 인형들은 마침내 제 1 천문에서 보았던 것과 마찬가지인 뇌신과 풍신, 두 거인의 모습으로 변했다.

그들이 거리를 둔 것은 이 두 거인을 위한 것임이 분명했다.

"아무래도 머리가 나쁜 것 같군."

하지만 그 모습에 성도는 실망감을 감추지 못했다.

둥!

뇌신의 북소리와 함께 북채에서 뇌격이 성도를 향해 쏟아졌다. 하지만

"이미 제 1 천문을 통과한 적에게 이제 와 다시 똑같은 수를 쓰다니."

뇌격은 성도를 휘감은 황금빛 오로라를 뚫지 못했다. 아니, 단지 그뿐만이 아니었다.

"더구나 번개란……."

성도의 손끝에 조금 전 뇌신 형태 식신과는 비교도 되지 않을 막대한 전격이 모여들었다.

"이렇게 쓰는 거다."

성도가 뇌신을 가리키는 순간, 모여 있던 막대란 전격이 황금빛 번개가 되어 뻗어 나갔다.

둥! 둥! 두……!

뇌신은 용의 불길을 막아냈던 것처럼 빠른 템포로 북을 쳤지만 소용없었다. 황금빛 번개는 그대로 뇌신의 몸을 꿰뚫었고 그 거대한 형상은 종이가 불에 타듯 사라졌다.

"자, 그럼……."

성도의 시선이 풍신에게 닿았다.

"너는 뭘 보여줄 거지?"

풍신이 비단천을 흔들었고, 회오리바람이 성도를 덮쳤지만 그 또한 뇌격과 다를 바는 없었다. 성도의 황금빛 오오라를 뚫지 못했고 허공에서 사라졌다.

"아쉽군. 조금만 더 재밌기를 바랐는데."

황금빛 번개가 풍신의 몸을 꿰뚫었고 풍신은 불에 타 사라졌다.

마치 해보라는 듯 그 자리에 가만히 서 있던 성도는 이제 천천히 그 걸음을 떼기 시작했다.

"자. 이게 전부인가?"

"……."

아베가 사람들뿐만 아니라 그를 옆에서 지켜보고 있던 미야베조차 그에게서 눈을 떼지 못했다. 그의 몸은 어느새 황금빛으로 빛나고 있었다.

이미 그 모습은 인간이라기보다는 그야말로 신에 더 가까웠다.

—이건 뭐지?

신의 그것과 닮아 있던 그의 목소리도 이제 완전한 신의 음성으로 변해 있었다.

그는 황금빛으로 빛나는 손을 허공에 휘저었고, 그 순간 대지에는 복잡한 수식들이 모습을 드러냈다.

—아, 그래. 이게 진짜였나 보군. 봉인진이라. 확실히 꽤나 공을 들였군.

아베가 사람들의 얼굴이 절망으로 물들었다. 바닥에 깔아놓은 봉인진이야말로 최후 최고의 방어선. 결계와 식신은 상대를 봉인진의 중심으로 끌어들이기 위한 미끼에 불과했다. 그들로서는 이것마저 간파당한 이상 더는 남은 방법은 없었다.

그런데

—뭐 좋아.

갑자기 성도가 그 봉인진 안으로 그대로 걸어 들어갔다.

"뭐, 뭐하시는 겁니까!"

미야베가 경악을 하며 그를 말렸지만 소용없었다. 그는 기어코 봉인진 중심으로 걸어가더니 그대로 그 자리에 멈춰 섰다.

―뭘 하고 있나? 내가 기껏 기회를 주겠다고 하고 있는데.

그제야 상황을 파악한 아베가 사람들은 일제히 인을 맺었다.

"封!"

"封!"

바닥에 깔린 봉인진이 빛을 뿜어냈고 성도의 몸에서 흘러나오던 황금빛 기운이 점점 옅어져 갔다.

아베가 사람들은 일제히 오른손 두 손가락을 뻗으며 진언을 읊었다. 성도의 주변에는 수많은 푸른 구체들이 떠올랐고, 그 구체들은 그의 주변을 빠르게 맴돌았다. 그리고 마침내 구체들은 서로 이어져 푸른 고리가 되었다.

고리는 점점 줄어들어 갔고 속도는 더 빨라졌다.

―그래. 이번에는 꽤 재미있구나.

성도는 자신을 향해 조여 오는 그 푸른 고리를 바라보며 웃었다. 그리고 마침내 그 푸른 고리는 성도를 둘러싼 황금빛 기운에 닿았다.

고리는 순간 황금빛 기운에 막혀 더 이상 조여들지 못하는 듯 보였다. 그리고 지금까지 다른 것들이 그랬듯, 힘없이 흩어져 버릴 것처럼 푸른 전격을 내뿜었다. 그런데 바로 그 순간 황금빛 기운이 일그러지며 고리가 다시 조여들기 시작했다.

아베가 사람들의 얼굴에 처음으로 미소가 떠올랐다. 하지만

―그래도 너무 단순해.

그 말과 동시에 성도에게서 흘러나오던 황금빛 기운이 더 짙어졌다. 고리 같은 건 한순간에 흩어져 버렸고 바닥에 깔린 봉인진도 간단히 깨져 버렸다. 그리고 아베가 사람들은 그대로 쓰러져 일어나지 못했다.

얼마나 순식간이었는지, 그들의 얼굴에는 여전히 미소가 그려진 채였다. 아마 그들은 무슨 일이 일어났는지도 이해하지 못했을 거였다.

신의 번개 109

'과연……!'

조금 떨어진 뒤쪽에서 광경을 지켜보고 있던 진강은 상당히 놀라고 있었다. 물론 다른 마이너 아르카나들 또한 놀라고 있는 건 마찬가지였지만 진강이 놀라는 이유는 단순히 그의 힘 때문만은 아니었다.

물론 그의 힘은 놀라웠다. 지금 성도의 모습은 불완전하게 각성했을 때 그 자신과 비교해도 큰 차이가 없을 정도였다. 다만 진강이 보고 있는 건 그 배후였다.

성도의 뒤에서 진강이 본 것은 희미하기는 해도 제우스의 형상이었다. 올림푸스의 제왕, 하늘과 번개의 신. 시간의 제왕 크로노스의 아들인 바로 그 제우스였다.

'계약의 형태가 아니었군!'

흔히 상위 존재라고 불리는 신수, 요괴, 악마, 천사 등과 계약을 맺어 그 힘을 빌리는 마이너 아르카나와는 달리 메이저 아르카나들은 계약을 맺지 않았다.

본래 계약이란 서로 동등한 입장에 있거나, 어느 한쪽이 상대가 원하는 것을 가지고 있을 때 이뤄지는 것. 위대한 신들은 결코 인간과 동등하지 않으며, 인간에게 원하는 것 또한 없다. 그들은 계약자가 아니라 신을 영접하고 신들의 신임을 얻은 대리자였다.

신들이 떠난 세계에서, 일부이긴 해도 그들의 권능을 허락받은 유일한 존재였다.

진강은 자기도 모르게 입술을 깨물었다. 대리자라니. 계약자보다 훨씬 까다로웠다. 계약자라 함은 계약을 맺은 존재의 힘이 얼마나 강력하든 계약을 맺은 만큼의 능력만 사용할 수 있다. 지금의 불완전한 사마엘이 아니라 제대로 된 계약자인 재혁이 불러냈을 때에 사마엘조차 그 힘을 100% 발휘할 수 있는 상태가 아니었다.

허나 대리자는 다르다. 물론 그 또한 제한된 힘이기는 해도, 그 정도가 전혀 다르다. 계약은 계약자가 감당할 수 있는 만큼의 힘만 빌려 쓸 수 있지만, 대리자의 경우 그 한계 자체가 없어진다. 대리자로서 그 육체와 영혼도 신에 그만큼 가까워지기 때문에, 신이 허락하는 만큼 그 힘을 사용할 수 있는 것이다.

성도의 손짓과 황금빛 섬광에 제 3 천문과 배전이 흔적도 없이 사라졌다. 이제 남은 것은 오직 본전뿐이었다.

본전 앞 조그마한 공터들에는 어린아이들과 여인들이 모여 있었다. 그들은 저마다 숨을 죽인 채 두려움에 떨고 있었다.

―…….

성도는 잠시 그 자리에 멈춰 섰다. 많아 봐야 고등학생 정도로 보이는 소년과 소녀들. 열 살도 채 되어 보이지 않는 아이들. 그리고 그들의 어머니들. 사십여 명 정도 되어 보이는 그들은 겁에 질린 채 그를 바라보고 있었다.

몇몇 소년들은 다른 사람들을 지키려는 듯 앞으로 나섰지만 그들의 팔과 다리는 애처롭게 떨리고 있었다.

그들은 떨리는 목소리로 성도를 향해 뭐라고 외쳤다. 그 목소리에는 분노와 두려움, 슬픔이 한데 모여 있었다.

―……그래. 너희에게는 죄가 없다.

성도의 얼굴은 굳어져 있었고, 그 눈동자 또한 심하게 떨렸다. 하지만 성도는 결국 다시 손을 들어 올렸다.

―허나, 이것은 전쟁이다. 과거 너희 조상 또한 이렇게 했던 일이고, 너희 국가와 이 신사가 지금까지도 늘 말해왔듯, '숭고한 이상을 위한 전쟁' 중 희생은 어쩔 수 없는 일이지.

성도의 손에서 번개가 뿜어져 나와 그들을 덮쳐 갔다.

"그만두세요!"

그러나 번개는 갑자기 나타난 거대한 백색 천칭에 막혔다. 성도는 뒤를 돌아보았다. 거기는 미야베가 카드를 들어 올린 채 서 있었다.

―반항인가?

"뭐하시는 겁니까! 아직 어린애들이에요!"

―그래. 아직 어리지. 허나 지난 전쟁 중 일본은 이와 같은 수많은 아이들을 전쟁에 내몰았고, 고아로 만들고, 또 죽였다. 그리고 저기 있는 소녀보다 어린 여인들과 아기를 업고 있는 어머니까지 겁탈하고, 위안부라는 이름의 성노예로 이용했지. 그리고 그게 정당했다고 말해왔고, 그렇게 저 어린아이들에게 가르치지 않았나? 바로 이 신사가 바로 단적인 상징 아닌가?

성도는 고개를 돌리지도 않은 채 천칭을 향해 손을 움직였고, 백색 천칭은 힘없이 부서져 사라졌다.

―그런데 내 행동이 대체 어디가 잘못되었단 거지?

"……과거의 일이 올바른 일이었다고 말하는 게 아니에요. 예, 과거 일본은 많은 국가, 많은 사람들에게 상처를 줬어요. 그리고 그것에 충분히 사과하지 않았을지도 몰라요. 하지만 그렇다고 그때의 일이 반복할 필요는 없잖아요!"

―충분히 사과하지 않았을지도 모른다? 네놈들이 대체 누구에게 어떤 사과를 했단 말이냐?!

성도의 몸에서 흘러나오던 기운이 순간 사납게 일렁였지만, 곧 다시 원래대로 돌아왔다.

―……아니. 됐다. 어쨌든 연맹에서는 아베가 섬멸을 명했으니 그 뜻을 따라야 된다.

"하지만!"

―연맹의 뜻을 거역하겠다는 거냐! 아니면 네가 직접 저들의 숨을 끊겠다는 거냐?

미야베는 아무런 말도 하지 않았다. 그리고 그녀는 들고 있던 카드를 내렸다.
—그래야지.
 성도는 다시 돌렸다. 눈앞에 보이는 사람들의 모습에 그의 눈동자가 다시 흔들렸지만, 그는 손을 들어 올렸다. 그런데 또다시 검은 천칭이 사람들 앞을 막아섰다.
—그렇게는 안 됩니다.
 그리고 그 천칭 옆에는 백색 기운에 휘감긴 미야베가 서 있었다. 원래 서 있던 곳과 꽤나 거리가 있었지만 그녀는 어느새 그 자리에 서 있었다. 더구나 성도와 마찬가지로 그녀 또한 이미 인간보다는 신에 가까운 모습이었다.
—연맹의 뜻에 거역하겠다는 거냐?
—이들의 생명 정도라면 당신의 재량에 맡겨진 거 아닙니까? 거기다 당신 스스로 말했습니까! 이들에게 죄가 없다고! 그런데 꼭 과거의 죄를 이들에게 물어야 하는 건가요?
 성도는 그녀를 향해 황금빛 번개가 뿜어냈다. 하지만 번개는 그녀에게 닿지 않았다. 검고 커다란 천칭의 한쪽으로 빨려 들어가듯 휘어지더니 이내 그대로 접시에 담겼다. 그리고 천칭 반대편 접시에는 불길이 일었다. 그제야 성도는 그녀의 신을 알아보았다.
—미트라. 계약과 우정, 정의와 전쟁의 신이자 동시에 태양신. 그래, 그분께서 네 뒤에 계시는군.
 성도는 천칭 한쪽에 모여 있는 번개로 손을 뻗었다. 그는 다시 번개를 끌어내리려 했지만 마음대로 되지는 않았다.
—소용없습니다. 미트라 신의 천칭에 일단 올라간 이상 그건 미트라 신의 소유입니다. 아무리 제우스 신의 번개라도 말이지요.
 그녀의 말에 성도는 들어 올렸던 팔을 내렸다.

―그럼 이제 어떻게 할 생각이지? 미트라 신은 적에게 자비를 베풀지 않는 신. 내게 덤비기라도 할 텐가?

―그럴 생각은 없습니다. 단지 이 사람들의 안전을 보장해 주세요.

―싫다면?

그 순간 미야베의 주변 허공에 푸른 불길들이 일었다.

―그때는 온 힘을 다해 당신을 막을 겁니다.

그녀의 눈동자는 결의로 가득 차 있었다.

―……

성도는 가만히 그녀를 바라보았다. 그들 사이에는 침묵이 내렸고, 그 모습을 지켜보는 아베가 사람들이나 진강들에게도 침묵은 퍼졌다.

그리고 그 침묵을 깬 것은 성도의 손끝에서 난 스파크 소리였다.

―그럼 한 번 해보거라.

성도의 번개가 다시 미야베를 덮쳤다. 하지만 그 또한 다시 천칭에 빨려 들어가 담겼을 뿐이었다. 그리고 그만큼 반대쪽 불길은 더 거세졌다.

―소용없습니다. 이 천칭은 상대의 모든 공격을 담아냅니다.

하지만 성도는 계속해서 번개를 뿜어냈다. 번개는 계속해서 천칭에 담겼고 반대편 불길은 그만큼 거세졌다.

―소용없다고 했잖……

그런데 순간 천칭의 균형이 깨졌다. 천칭은 조금씩 번개가 담겨 있는 쪽으로 기울기 시작했다. 성도의 얼굴에는 미소가 떠올랐다.

―천칭이 내 번개를 막아내고 있다면, 그 천칭이 완전히 기울면 어떻게 되는 거지?

그리고 마침내 천칭이 완전히 기울었을 때, 천칭은 부서져 내렸다.

―그럼 이제 어떻게 할 거지?

성도는 자신만만한 표정으로 물었다. 그의 손에는 다시 황금빛 전격이 모여 있었다.

—…….

그러나 미야베의 표정은 그대로였다. 공격을 막아내는 천칭이 부서져 버린 것 치고는 그녀는 너무나 태연한 표정을 짓고 있었다.

—……?!

그리고 성도가 그런 그녀의 표정에 의아해 했을 때, 그는 자신의 머리 위로 떨어지고 있는 불길의 존재 또한 알아차렸다.

푸른 불길은 그대로 성도를 집어삼켰다. 강렬한 열기가 주변을 덮쳤고 그 푸른 불길에 닿는 대지는 말 그대로 녹아내렸다.

—그 천칭은 단순한 방어벽 같은 게 아니에요. 상대가 한 공격만큼 반대편에 에너지를 모으고 천칭이 부서져 내렸을 때는 양쪽에 모아두었던 에너지를 한데 모아서 상대에게 되돌려 주죠. 즉, 당신은 당신이 한 공격의 약 2배만큼 되돌려 받았다는 거죠.

맹렬히 타고 있는 푸른 불길 속에서 성도의 형상은 보이지 않았다. 더구나 그것은 단순한 불길이 아니라 신의 불길. 조금 전 용이 뿜어낸 그것처럼 그 또한 단순히 온도가 높은 것만이 아니라 그것을 뛰어넘는 근원적인 힘이다.

지금 성도는 모르긴 몰라도 태양 중심에 서 있는 것과 거의 마찬가지일 터였다.

그녀는 잠시 더 그 푸른 불길을 바라보았다. 그리고 아무런 반응이 없다는 걸 확인하고는 힘이 거둬들이려 했다. 하지만

—두 배라…….

푸른 불길이 일순간 흩어졌고 성도는 그을음 하나 없는 멀쩡한 모습으로 그 자리에 서 있었다.

—충분히 견딜 만하군.

너무나 멀쩡한 성도의 모습에 미야베는 그대로 굳어 버렸다. 애초에

천칭에 모을 수 있는 상대의 공격은 그녀가 낼 수 있는 최대 파괴력만큼이다. 즉, 조금 전 공격은 상대 공격의 두 배임과 동시에 그녀 자신이 낼 수 있는 최대 공격력의 두 배였다.

하지만 그럼에도 성도는 멀쩡했고 그렇다면 이제 그녀에게 남은 방법 따위는 없었다.

―어, 어떻게……?!

그녀는 당황할 수밖에 없었다. 같은 메이저 아르카나라도 서로 힘의 차이가 있다는 건 알고 있었고, 그 때문에 그가 아시아 통제권을 넘겨 받은 거였지만, 설마 이 정도일 거라고는 생각하지 못하고 있었다.

그리고 그건 진강과 이 광경을 지켜보고 있는 다른 마이너 아르카나 들 또한 마찬가지였다.

진강의 경우 그녀에게서 흘러나오는 오오라만으로 성도와 그녀의 격차를 예상했지만, 그럼에도 예상 범위를 훨씬 뛰어넘는 결과였다.

―더 보여줄 게 있나?

―……!

성도의 손에 모여드는 전격을 보며 그녀는 다시 검은 천칭을 불러냈지만 이번에는 방어벽 역할조차 제대로 할 수 없었다. 성도가 전격이 모이지 않은 다른 쪽 손을 횡으로 긋자 천칭은 그대로 둘로 나뉘져 사라졌다.

―아니. 그건 이미 봤고. 다른 거 말이다.

그는 마치 새로운 농담을 요구하는 것처럼 말했지만 그녀에게는 그를 즐겁게 할 농담도, 남은 한 수도 없었다.

―왜? 내게 더 보여 줄 게 없나? 그렇다면.

성도는 손에 모여 있던 전격을 뿜어냈다. 그녀는 급히 다시 천칭을 만들어 내려 했지만

―어딜!

성도의 손짓에 그것은 무산되었다. 그녀는 다급히 새하얀 천칭 벽을 만들어 냈지만 그 정도로는 성도의 전격을 막아 낼 수 없었다. 전격은 하얀 천칭을 깨 버렸고 그대로 그녀를 덮쳤다.

그리고 그녀의 비명 소리가 울려 퍼졌다. 그녀를 휘감고 있던 백색 기운은 전격 앞에 흩어져 갔고, 그녀의 모습 또한 신에서 인간으로 되돌아오고 있었다.

그리고 마침내 그녀의 모습이 온전히 인간의 모습으로 돌아왔을 때, 성도는 전격을 멈췄다. 그녀는 그대로 바닥으로 쓰러졌다. 아직 의식은 있어 보였지만 움직일 힘은 없어 보였다.

―원래라면 즉결 처분이지만, 이번 한 번은 봐주도록 하지.

성도는 다시 아베가 사람들을 바라보았다. 그들은 두려움에 도망치지도 못하고 있었다. 그저 서로를 껴안은 채 떨고 있을 뿐이었다.

―…….

그의 표정은 다시 딱딱하게 굳어져 있었다. 그는 잠시 그렇게 가만히 바라보고만 있더니 천천히 손을 들어 올렸다. 그의 손에는 황금빛 전격이 다시 모여들었고 아베가 사람들은 눈을 감으며 서로를 더욱 강하게 껴안았다.

그런데 여덟, 아홉 살 정도 되어 보이는 어린 소녀가 갑자기 어머니의 품을 벗어나더니 성도를 향해 달려 나왔다.

하지만 두려움 때문에 다리가 풀린 건지, 소녀는 몇 발자국 떼지 못하고 곧 넘어졌다. 그 모습에 소녀의 어머니는 그녀의 이름을 불렀고, 다급히 소녀를 향해 달려왔지만 소녀는 그녀를 뿌리치고는 다시 성도를 향해 걸어왔다.

―…….

성도는 아무런 말없이 그 모습을 바라보았다. 소녀의 눈에서는 눈물이 끊임없이 뺨을 타고 흘러내리고 있었고, 흐느낌 소리는 소녀의 입술을 비집고 흘러나왔다.

소녀는 몇 번이나 넘어졌다 일어서기를 반복하며 그의 앞으로 왔고, 다리가 풀린 듯 주저앉았다. 소녀의 눈동자는 초점을 잃어 가고 있었고 그 속에는 단지 두려움만이 가득했다. 그리고 그녀는 성도를 보며 계속 같은 말을 중얼거렸다.

—…….

단지 음성뿐만 아니라, 모든 것이 신에게 가까워져 있는 그에게 더 이상 통역 따위는 필요 없었다. 그는 소녀가 무슨 말을 하고 있는 알 수 있었다.

소녀는 끊임없이 미안하다고 사과를 하고 있었다. 무엇에 대한 사과인지도 이해하지 못한 채, 소녀는 계속해서 죄송하다는 말만을 반복하고 있었다.

잠시 뒤 소녀의 어머니 또한 달려 나와 소녀의 옆에 그대로 엎드렸다. 그녀는 머리를 땅에 조아리며 끊임없이 죄송하다고 외쳐 댔다.

그리고 그것은 곧 다른 사람들에게로 이어졌다. 이제 그들은 전부 각자의 자리에 무릎을 꿇은 채 죄송하다는 말을 외쳐 대고 있었다.

—…….

성도는 가만히 그 모습을 바라보았다. 그들은 공포와 두려움에 떨고 있었다. 진짜 반성을 하거나, 살고 싶어서 구걸하는 그런 의지적인 행동이 아니라 그들은 그저 공포와 두려움에 홀려 있을 뿐이었다.

—…….

성도는 결국 들고 있던 팔을 내렸다. 하지만 사람들은 여전히 계속 반복할 뿐이었다. 그는 자신 앞에 있는 소녀와 그 어머니를 지나쳐서는 쓰러져 있는 미야베를 향해 걸어갔다.

—내가 다녀올 때까지 저들을 내 눈에 안 띄도록 해라.

성도는 미야베에게 그렇게 속삭이고는 본전 안쪽으로 걸음을 옮겼다. 그리고 계단을 올라 본전 마루바닥에 발을 올리는 순간, 성도의 모습이 사라졌다.

'결계군.'

안 그래도 당주라는 자가 보이지 않아 의아해하고 있던 진강이었다. 어째서 어린아이들과 여인들을 밖에 내몰았는지는 이해하기 어려웠지만, 아마 당주라는 자는 저 안에서 최후 방어선을 구축하고 있을 터였다.

"으, 으윽!"

미야베는 성치 않은 몸을 힘겹게 일으켜 세우더니 조금 떨어진 곳에 서 있는 진강과 다른 마이너 아르카나들을 향해 손짓을 했다. 말할 여력조차 없는 듯했다.

진강은 그런 미야베를 바라보며 잠시 고민했다. 그녀를 돕거나, 아베가 사람들을 돕는데 거부감이 있는 건 아니었다. 단지 그는 이 짧은 순간 성도를 쫓아가야 할지에 대해 결정하는 것만도 버거울 뿐이었다.

'어떻게 해야 되나……'

일단 여기까지 따라온 이상 조금 전 사마엘 일로 혹시나라도 성도 마음에 생겼을 의심의 여지는 사라졌을 터였다. 허나 조금 전 미야베와의 전투 때 그가 보여 준 능력을 생각하면 진강으로서는 그의 전투를 조금 더 봐야 할 필요가 있었다.

신의 대리자로서 다른 신의 대리자조차 상대가 되지 않는 그 힘. 확인해야 했다.

'어쩔 수 없군!'

진강은 결국 다른 이들에게 미야베를 도와주라고 손짓을 하고는 그대로 본전 쪽으로 걸음을 옮겼다.

"정말 들어갈 셈인가?"

사마엘의 물음에 진강은 순간 주춤했다.

"미리 말하지만 지금 내게 네 기운을 숨겨주면서 전투까지 하는 건 무리다."

사마엘의 말이 옳았다. 진강이 그 어떤 힘도 사용하지 않고 있다 보니 그나마 겨우 속일 수 있었던 거지, 조금이라도 그 힘을 썼다간 신에게 가까워져 있는 지금의 성도의 눈을 속일 수 없을 터였다. 하물며 어떤 식으로 되어 있는 지도 모르는 결계 안으로 들어가는 거였다. 지금의 그에게는 너무 위험했다.

"호오."

하지만 진강은 오히려 의외라는 듯 웃어 보였다.

"나를 걱정해 주기라도 하는 건가?"

놀리는 듯한 그 물음에 사마엘은 불편한 심기를 그대로 드러냈다.

"계약에 충실한 거다. 설사 이런 식이라고는 하나 현재 내 계약자는 네놈이고 내겐 계약자를 지킬 신성한 의무가 있으니."

"과연. 성실하군."

"나는 긍지 높은 천사이다. 네놈과 같은 사신들과는 다르다."

"그래, 그렇군."

그 짧은 대화가 끝나고, 진강의 얼굴에 떠올라 있던 미소는 빠르게 지워져 갔다. 불안감을 감추려 사마엘과 어울리지 않는 농담을 주고받긴 했지만 불안은 여전히 그 자리, 마지막 계단에 올라서 있는 그의 발끝에 매달려 있었다. 그 보이지 않는 것의 무게는 너무도 무거워 차마 발을 뗄 수가 없었다.

'가지 않는 게 옳은가? 확실히, 본다고 해서 그 힘에 대해 알아낼 수 있다는 보장은 없다. 그리고 설사 알아낸다 치더라도 그것이 과연 의미가 있는가? 차라리 그냥 이기지 못할 상대로 생각하고 피하는 게 나은 일 아닌가?'

진강은 잠시 그렇게 그 자리에 멈춰 서 있었다. 그리고 곧 그의 얼굴에는 어색하긴 하지만 다시 미소가 떠올랐다.

'우습구나. 아무리 꿈의 잔해라고는 하나 바로 이 내가, 이 기어드는 혼돈이. 대체 뭘 두려워하고 있단 말인가.'

진강은 매달려 있던 불안을 내치듯 그 발을 들어 올렸다. 그리고 그대로 내디뎠다.

"……!"

기묘한 감각이 그의 몸을 감쌌다. 그와 노덴스, 나이트곤들이 사용하는 통로들과는 또 다른 느낌이었다.

"이거 꽤……."

결계 안으로 들어가자 그의 눈앞에 펼쳐진 건 수없이 많은 무덤들이 즐비해 있는 숲속이었다. 음침한 나무들 사이에 꽂혀 있는 나무 막대들과 작은 봉분 사이로 삐져나와 있는 뼛조각들. 그리고 스산한 안개가 가득한 망자의 숲이었다.

"……악취미군."

진강으로서는 굳이 결계 속 풍경을 이렇게 한 이유를 묻고 싶을 정도였다. 군국주의와 침략주의에 이용되었다고는 해도 어찌 되었든 이곳은 죽은 자들의 넋을 기리는 곳. 그런데 아무리 환상이라 할지라도 이토록 처량하고 처참한 무덤들의 모습이라니.

설사 단순히 결계 안으로 들어선 적에게 공포심을 주기 위해서라고 하더라도 장소와 맞지 않는, 결코 이해해 줄 수 없는 연출이었다.

"거기다……."

주변을 둘러보았지만 성도의 모습은 보이지 않았다. 아무리 시간 차가 있었다고 해도 고작 몇 분, 거기다 그 정도로 빛을 발하고 있는 그를 놓쳤을 리는 없었다.

"그래. 꽤나 복잡한 결계군. 제한적이지만 차원을 비틀어 놓았어."

"그만두어라 기어드는 혼돈이여!"

사마엘의 그 외침에 진강은 차원을 읽어내려 무심코 들어 올렸던 손을 다시 내렸다.

"말했을 텐데! 지금 내게는 발현된 네 힘까지 가릴 힘은 존재하지 않는다!"

"그래. 그랬었지."

진강은 우선 걷기로 했다. 이 정도 수준의 결계라면 술사는 물론이고 차원을 구축하고 연결하는 매개들도 있어야 했다. 당연히 성도 또한 그 사실을 알 것이니 매개를 찾는다면 그를 찾을 수 있을 터였다.

덩굴들이 칭칭 감고 있는 음침한 나무들과 이름이 지워져 있는 묘판들. 진강은 그 사이를 걸었다. 하늘에는 해와 달이 함께, 나란히 떠 있었으며 바닥에는 스산한 안개들이 깔려 있었다.

"아무리 봐도 마음에 들지 않는군."

그는 손이 근질거리는 듯 자꾸만 손을 들어 올렸다 내려놓기를 반복했다.

"어차피 지금은 보는 이도 없으니 조금 정도는 괜찮지 않은가."

"기어드는 혼돈이여. 스스로도 그게 얼마나 어리석은 말인지 알지 않은가. 꿈도 꾸지 마라."

진강은 다시 손을 내려놓으며 고개를 끄덕였다. 확실히 그 또한 잘 알고 있었다. 애초에 이것은 기운 자체의 문제. 단지 눈에 보이지 않는 곳이라고 안심할 수는 없었다.

달그닥.

"……?"

뭔가 둔탁한 물건이 서로 부딪히는 소리에 진강은 고개를 돌렸다. 하지만 보이는 거라곤 앞쪽과 전혀 다를 바 없는 풍경이었다.

"뭔가 들리지 않았나?"

진강의 물음에 사마엘은 특별히 답하지 않았다. 사마엘로서는 진강의 기운을 숨기는 것만으로 버거워 주변을 살필 여력이 없었다.

"잘못 들은 건……."

진강은 고개를 돌리지 않았다. 대신 손을 들어 올렸다.

"아닐 텐데!"

"기어드는 혼돈이여!"

진강은 그대로 손을 내저었다. 나무들 몇 그루가 쓰러지고 묘판들도 부서졌다. 그리고 진강이 본 것은 푸른 불빛에 휩싸인 채 그를 노려보고 있는 해골들이었다.

"묘지에, 해골이라. 단지 식신을 이용한 연출이라지만, 망자에 대한 예우라곤 찾아볼 수 없구나."

"뭐하는 건가?! 내 말을 잊……!"

"그냥 확인만 한 거다."

그리고 진강은 그대로 몸을 돌려 반대편으로 달리기 시작했다.

"이럴 거였으면 대체 뭣 때문에……!"

진강은 사마엘의 책망에 아무런 대꾸도 하지 못했다. 사실 본래 일단 눈앞에 나타난 정도는 처리할 생각이었던 그였지만, 지금도 계속해서 기어 나오고 있는 해골들은 아무래도 한두 번 정도로 처리할 만한 수준이 아니었다.

8
새로운 사신

"새, 새로운 사신이라고요?!"

계정은 자기도 모르게 목소리를 높였다. 새로운 사신의 탄생이라니, 계정뿐만 아니라 제진을 업고 있는 뱀파이어로서는 당장에라도 다시 원래 있던 곳에 버리고 오고 싶은 강렬한 충동을 느끼고 있었다.

하지만

"그래. 뭐 어느 정도의 사신이 될지는 모르겠지만 말이지."

정작 사타나키아는 아무 일도 아니라는 듯 너무도 태연히 말을 이어 갔다.

"솔직히 사신이라고 해봤자 하급 따위는 괴수나 요괴 정도에 불과하고, 만약 고위급이라도 해도 태어나려면 상당한 시간이 걸릴 테니 너무 그렇게 불안해 할 필요는 없다."

그러나 아무리 그런 말을 들었다 한들 그 정도로 마음이 놓일 리는 없었다. 그들은 여전히 불안감이 가득한 눈으로 제진을 바라보고 있었다.

―설마 이게 카오스 헤드일 줄은…….

"아, 그대께서도 모르셨던 겁니까?"

사타나키아의 장난스런 물음에 아라디아는 고개를 휙하니 돌렸다.

―지, 직접 본 적이 없었을 뿐이에요.

그렇게 말하는 그녀는 살짝 계정의 눈치를 살폈다. 조금 전 다른 신들도 모를 거라고 호언장담을 했는데, 이렇듯 사타나키아가 한눈에 그 정체를 밝혔으니 그녀로서는 무안할 법도 했다.

사실, 숭배자를 찾아 새로운 세상을 찾아다니는 그녀와 같은 허신이, 죽은 세상에서만 태어나는 카오스 헤드를 직접 볼 일 따위는 원래라면 없을 터. 애초에 창피해할 일은 아니었지만 그녀는 자기도 모르게 그 시선을 피했다.

"하긴. 이 죽은 세상에 당신께서 계시다는 게 더 놀라운 일이겠죠."

사타나키아는 그런 그녀에게 다가와 그녀의 허리를 부드럽게 감싸 안았다. 그는 당혹스러워하는 그녀를 향해 매혹적인 미소를 지어 보였고, 아라디아는 결국 얼굴을 붉히고 말았다.

"그런데 알려주시지 않겠습니까? 이 죽어 버린 세상을 어째서 다시 찾으신 겁니까?"

―…….

그녀는 대답하지 않고 눈을 피했다. 하지만 그런 그녀의 모습에 사타나키아는 한층 더 몸을 밀착시켰다.

"설마 제게도 말 못할 이유란 건 아니겠지요?"

―흥! 위대한 흑산양께는 모든 걸 보고해야 한다는 건가요?

그녀의 새침한 그 말에 사타나키아는 묘한 미소를 지어 보였다.

"아니요."

사타나키아는 아라디아에게서 살짝 떨어지더니 이내 그녀의 앞으로 천천히 걸음을 옮겼다. 아라디아는 똑바로 마주 선 사타나키아의 모습에 자기도 모르게 긴장했다. 그리고 바로 그 순간 사타나키아는 한 발자국 다가가, 그녀의 왼쪽 귓가로 얼굴를 가져다 댔다.

"당신의 연인에게 모든 걸 말해 주세요."

—……!

아라디아는 순간 놀라 아무것도 하지 못했고, 바로 그 순간 사타나키아는 잠시 물러서는 듯하며 곧바로, 자신의 입술로 그녀의 입술을 덮쳤다.

"……!"

계정과 다른 이들은 그 충격적인 장면에 그대로 굳어 버렸다. 아라디아는 한동안 무슨 일이 일어났는지 이해하지 못하고 있는 듯 가만히 서 있더니, 이내 얼굴을 붉히며 뒤로 물러섰다.

—뭐, 뭐하는 거예요?!

하지만 그녀의 표정에 짜증이나 분노는 보이지 않았다. 단지 얼굴 가득 홍조를 띠며 부끄러움을 숨기듯 목소리를 높이고 있을 뿐이었다.

"후후."

그런 그녀의 모습에 사타나키아는 능글맞게 웃어 보였다.

"왜요? 설마 내가 당신에게 키스하지 않을 거라 생각했나요? 아니면 나답지 않게 너무 가벼운 키스였나요? 그렇다면 걱정 말아요."

그는 다시 한 번 그녀를 향해 걸음을 옮겼다. 하지만 곧 아라디아의 보랏빛 불길 앞에 멈춰 섰다.

—그만……두세요.

"분부대로."

그는 장난스레 허리를 숙여 보이며 뒤로 물러섰다.

"자, 그러면 진짜 이유를 알려주시지요."

—시, 시끄러워요! 그보다 이 건물에 있던 인간들은 어떻게 한 거예요?

"어떻게 하다니요? 방에 그대로 잘 있습니다. 뱀파이어들도 마찬가지고요."

그 말에 계정의 표정이 조금이나마 풀렸다.

"알겠습니다. 이유에 대한 건 조금 더 기다리도록 하죠. 대신, 이건 꼭 알려주셔야겠습니다."

사타나키아의 손끝에 어둠이 모이는 듯하더니 몇 권의 책들이 나타났다.

"어떻게 아바돈을 처리할 생각이죠?"

"……"

계정은 순간 움찔했다. 상대는 바로 그 악마왕들 중 하나. 그 의도를 제대로 알지 못하는 지금 섣불리 대답할 상황이 아니었다. 하지만

─소환 주문을 뒤엎어 버릴 생각이에요.

"자, 잠깐……!"

계정은 그녀를 막으려 했지만 그녀는 계속해서 말을 이어 갔다.

─이곳으로 끌어오는 게 아니라, 이곳에 있는 걸 날려 버리는 거죠.

그녀의 그 말에 사타나키아는 고개를 끄덕였다.

"과연. 확실히 가능하죠. 그분께서는 서두르고 있고 주문을 뒤엎는 건 당신 정도에겐 그리 어려운 일도 아니고요. 다만 그게 어차피 단순한 시간 벌기에 지나지 않는다는 건 알고 계시겠지요?"

─……

그녀는 아무 말도 하지 않았다. 그녀 또한 그게 근본적인 해결책이 되지 못한다는 걸 잘 알고 있었다.

"그리고 그 시간이란 것조차 너무도 잠깐 뿐이죠. 기껏해야 고작 몇 년일 겁니다. 다시 이 세상으로 돌아오지 않는 이상, 나알라호텝을 상대하기 위해서는 그 자신이 유흥을 위해 온 우주에 흩어 놓은 힘을 다시 뭉쳐야 할 테니까요."

고작 몇 년. 계정은 몸이 떨리는 것을 느꼈다. 그들이 하고자 했던 일이 고작 몇 년의 시간을 버는 것뿐이었다니.

"아바돈은 이 세상을 떠나면서 그 자신의 힘을 자신의 권속인 검은 메뚜기들에게 불어넣었습니다. 이미 그 본신이 새로운 세상으로 넘어간 이상, 검은 메뚜기들은 그의 힘과 영혼의 일부를 담는 그릇. 그릇이 망가진다면 그 힘 또한 사라지죠. 그렇기 때문에 비교적 오랜 시간이 걸리는 거죠. 무리해서 차원 이동을 반복할 경우, 검은 메뚜기들은 그 충격을 감당할 수 없으니까요."

사타나키아는 뭔가 암시하듯 계속해서 말을 이어 갔고, 마침내 아라디아가 표정이 변했다.

—그렇다면······!

그리고 그녀의 그런 모습에 사타나키아의 얼굴에도 미소가 떠올랐다.

"예. 바로 그겁니다. 설사 아바돈이라고 해도, 그 그릇을 부숴 버리는 건 그리 어렵지 않다는 거죠. 몇 가지 주문만 걸어 놓으면 됩니다."

사타나키아의 손 위에 나타난 책들이 펼쳐지며 그의 주변을 맴돌기 시작했다.

"그리고 그건 제가 돕도록 하죠. 한 번에 천 가지의 마술을 부리는 제가 말입니다."

한 번에 천 가지 마술. 계정은 과연 흑마녀들의 신인 위대한 흑산양 사타나키아였다. 하지만 사타나키아의 그 말에 오히려 아라디아의 표정은 차가워졌다.

—우릴 돕는 이유는 뭐죠?

그 물음에 그는 너무도 부드러운 미소를 지어 보였다. 그러나 그 매혹적인 미소에도 그녀의 표정은 풀리지 않았다.

"연인을 돕는 건 당연한 거니까요."

그녀는 그 말을 믿지 않았다. 애초에 그가 이 땅에 남았다는 것 자체가 다른 의도가 있지 않은 이상 불가능한 거였다.

하지만 그녀는 그 이상 별다른 말을 하지는 않았다. 아바돈이 말한 기한이 바로 내일이었다. 인정하기는 싫어도 그가 돕는다면 일은 훨씬 쉬워질 터였다.

―좋아요. 그럼 내일 밤에 보도록 하죠.

"이런. 나를 쫓아낼 생각인가요?"

사타나키아는 다시 그녀에게 다가가려 했지만 그녀는 그대로 몸을 돌렸다.

―어디에 있든 그건 내가 상관할 바 아니죠. 그럼 내일 보도록 하죠.

그녀의 몸이 보랏빛으로 빛나는 듯하더니 그대로 로비에서 사라졌다. 졸지에 사타나키아와 남게 된 계정과 뱀파이어들은 어찌할 바를 몰랐다.

그나마 부드러운 말투와 분위기를 유지하던 사타나키아는 그녀가 떠나자마자 무표정한 얼굴로 시선을 그들에게 옮겼다.

"자네. 괜찮으면 그자를 여기 내려놓아 주겠나?"

사타나키아의 그 말에 뱀파이어는 업고 있던 제진을 그 즉시 거의 던지다시피 바닥에 내려놓았다.

"고맙군."

전혀 그런 마음 따위는 느껴지지 않는 목소리. 하지만 그런 말투에 불만을 느낄 사람은 없었다. 뱀파이어들은 계정에게 눈짓을 하며 끊임없이 자리를 피하고 싶다는 의견을 조용히 피력할 뿐이었다.

'나 보고 어쩌라고!'

하지만 그라고 어떻게 할 뾰족한 방법이 있을 리 없었다. 그는 그저 숨을 죽인 채 사타나키아가 하는 행동을 지켜보고 있을 뿐이었다.

"흐음."

그는 가볍게 제진의 몸에 손을 올려놓았다. 그의 손이 검붉은 빛을 발하는 순간 제진의 몸에서 기묘한 문장이 떠오르더니 보랏빛 불길들이 일었다. 아라디아가 걸어놓은 구속 주문들이었다.

"나쁘지 않군요. 허나 카오스 헤드에게 맞는 건 아니지. 이렇게 했다간 영영 깨어나지 못하니까."

보랏빛 불길은 이내 검붉게 변하더니 기묘한 문장은 그대로 사라졌다. 대신 검붉은 흑산양 문장이 그 몸 위에 떠올랐고 그와 함께 지금까지 전혀 깨지 않던 제진이 눈을 떴다.

"……?"

그는 벌떡 몸을 일으키더니 어리둥절한 표정으로 주변을 둘러보기 시작했다.

"여, 여긴……?"

그런 제진을 사타나키아는 가볍게 일으켜 세우더니 자신의 옆에 세웠다. 그리고는 부드럽게 그 어깨를 감쌌다.

"내 이름은 사타나키아. 이름은?"

"유, 윤제진입니다."

제진은 사타나키아의 그 매혹적인 목소리와 외모, 그 행동들에 자기도 모르게 얼굴을 붉혔다.

"좋습니다. 그럼 당신은 저랑 가도록 하죠."

"아, 아……."

제진이 뭐라고 할 틈 같은 건 없었다. 사타나키아와 제진은 일순간 검붉은빛에 휩싸이더니 그대로 사라졌다.

"……."

그리고 그대로 남겨진 뱀파이어들과 계정은 그저 서로를 가만히 바라볼 뿐이었다.

"자, 마음 놓고 쉬도록 하세요."

사타나키아가 제진을 데리고 온 곳은 그의 오래된 신전이었다. 산양의 머리를 한 악마상 앞에는 검붉은 불길이 은은하게 타오르고 있고, 그 주변에는 수많은 돌로 만든 자그마한 뱀들이 악마상을 둘러싼 채 하늘을 향해 머리를 쳐들고 있었다.

"……"

제진은 꽤 겁을 먹은 모습이었다. 확실히 특별한 반응은 아니었다. 일어나 보니 전혀 다른 곳에, 주변에는 처음 보는 모르는 사람들. 거기다 갑자기 검붉은빛에 휩싸이는 듯하더니 이제는 이런 장소라니. 겁을 먹지 않는 게 오히려 이상했다.

"아, 이런 실수. 오히려 더 긴장하게 해 버렸군요."

검붉은빛이 다시 그들을 감쌌고, 그들은 어느새 벽난로에서 불길이 일렁이고 있는 아늑한 거실에 서 있었다.

"제게는 그곳이 가장 편안하다 보니 나답지 않게 실수를 해 버렸군요."

사타나키아는 우선 벽난로 근처 소파에 제진을 앉혔다.

"저, 저기 여기는……?"

"아아, 제 별장 중 하나입니다. 그보다 배가 고프거나 하지는 않습니까? 식사 준비 정도는 지금 당장도 가능하니 부담 없이 말씀하시면 됩니다."

"아니 저는 괜찮……"

제진은 순간 머릿속에 떠오른 기억들에 말을 이어가기 어려웠다.

흑표범. 원장실. 의사. 염소. 그 기묘한 기억들에 그는 곧바로 옆을 돌아보았다. 역시나 그의 옆에는 검은 표범의 머리가 사타나키아를 향해 새하얀 이빨을 드러내며 달려 있었다.

"……!"

제진은 소리를 지르려 했지만 지를 수가 없었다. 어째선지 목소리가 입밖으로 나오지 않았다.

"자자, 진정하세요. 전 남자의 비명 같은 건 좋아하지 않거든요."

제진이 고개를 끄덕이고 나서야 사타나키아는 그의 목소리를 돌려주었다.

"이, 이게 다 무슨 일입니까?"

"뭐, 간단하게 말하면 세상이 멸망했다고 생각하시면 됩니다. 뭐 비슷한 영화들은 많으니 굳이 자세한 설명은 생략해도 되겠죠?"

제진은 고개를 저었다. 생략해서 될 리가 없었다. 그러자 사타나키아는 조금 곤란한 표정을 지어 보였다.

"흐음. 그렇습니까? 하지만 저는 말로 설명하는 걸 그다지 좋아하지 않아서……."

사타나키아는 마녀들의 축제를 주관하는 자. 그 자신의 숭배자들에게 강력한 힘과 지혜를 부여하는 위대한 악마왕. 하지만 그것은 대부분 어디까지나 그의 숭배자인 마녀들에게 말이 아닌 육체, 즉, 성교를 통해 이루어지는 것들이었다.

물론 그 오랜 시간 동안 오직 성교만으로 이루어져 온 것도 아니고, 그것으로만 가능한 것도 아니지만, 그가 선호하는 방법은 아니었다.

"뭐, 어쩔 수 없죠."

사타나키아는 제진의 고개를 돌려 그 눈을 마주쳤다. 제진의 눈동자는 점점 초점을 잃어 갔고 마침내 제진은 고개를 떨어뜨렸다.

"생각보다 빠른 감이 있긴 하지만, 당신에게는 별다른 설명이 필요 없겠죠?"

"물론."

제진이 다시 고개를 들었을 때 그의 눈동자는 붉게 변해 있었다. 그의 얼굴 옆에 있는 표범의 머리는 조금 전보다 훨씬 사납게 으르렁거렸다.

사타나키아는 제진을 향해 미소를 지어 보였다. 하지만 그런 미소와는 달리 그의 주변에는 검은 불꽃들이 허공에서 타오르고 있었다.

"자. 그럼 이름부터 말해주시겠습니까?"

"우더 바이바야."

그 목소리에서 느껴지는 거라고는 오직 굶주림밖에 없었다.

"아직 태어나지도 않은 나를 깨운 것은 당신인가?"

"호오. 이 상황에 그 정도 인지 능력이라니. 꽤나 고위급인 모양이군요."

현재 사타나키아는 제진의 육체에만 시간 흐름을 살짝 꼬아, 아직 태어나기 전인 사신의 인격을 불러온 거였다.

육체는 그대로 두고 오직 인격만을, 그것도 아직 존재하지 않는 인격을 불러온다.

여러 개의 고위급 주문들을 동시에 사용해야 하고, 또 그것을 유지시키기 위해서 막대한 마력이 필요한 어려운 일이었지만, 그는 단지 눈을 마주친 것만으로 가볍게 성공시킨 거였다.

"그럼 우더 바이바야. 당신이 어떤 존재인지 말해 주시겠습니까?"

제진, 아니, 우더 바이바야는 가만히 그를 쳐다보더니 기분 나쁜 미소를 지어 보였다.

"모든 짐승을 먹는 자. 제물을 먹는 자."

사타나키아 주변에 떠 있는 검붉은 불길들이 사납게 일렁였다. 자신을 향하는 우더 바이바야의 눈빛과 목소리가 마치 먹이를 대하는 포식자의 그것과 흡사했기 때문이다.

"사신이란 존재들은 하나같이 전부 기본적으로 무례한가 보군요."

"훗. 그럴지도."

하지만 우더 바이바야의 태도는 변하지 않았다.

"하지만 내 경우는 무례라기보다는 본능이라 할 수 있지 않을까? 흑산양이여."

우더 바이바야는 입맛을 다시고 있는 듯한 말투였다.

"저를 보통의 흑산양 정도로 보고 계신 거라면 오산입니다. 저는 풀을 뜯지도 않을뿐더러, 표범 따위는 무섭지 않습니다."

사타나키아 주변에 일렁거리는 불꽃들은 위협적이었지만, 우더 바이바야는 여전히 그 기분 나쁜 표정을 지우지 않았다.

"표범이라……."

우더 바이바야의 옆에 달려 있던 검은 표범의 머리가 다시 몸속으로 사라지고, 이내 커다란 사자의 머리가 나타났다. 아니, 사자만이 아니었다. 늑대와 뱀, 악어, 매. 수많은 맹수들의 머리가 그의 어깨와 등, 팔에서 고개를 들이밀었다.

"나 또한 표범이 아니다. 나는 모든 짐승을 먹는 자. 모든 생명이 두려워해야 할 자로다."

우더 바이바야와 사타나키아 간에 무거운 침묵이 내려앉았다. 그리고 잠시 뒤 사타나키아 주변의 불꽃들이 사라지고 우더 바이바야의 몸에 나타난 맹수의 머리들 또한 다시 몸속으로 사라졌다.

"후후. 뭐 좋습니다."

사타나키아는 가볍게 손을 들어 올렸다.

"그럼 우선 첫인사는 여기까지 하도록 하죠."

"좋다."

"나중에 또 뵙겠습니다."

사타나키아가 손가락을 튕기자 우더 바이바야의 눈에서 붉은빛이 사라졌다. 그는 더 이상 사신 우더 바이바야가 아닌, 제진이었다.

"음? 뭐라고 하셨지요?"

제진은 조금 전 무슨 일이 일어났는지 전혀 기억하지 못했다. 사타나키아는 그런 제진의 어깨에 팔을 걸치더니 친숙하게 그를 끌어당겼다.

"당신에게 자세한 설명을 해드리기로 하고 있었지요."

*　　*　　*

"가능하겠습니까?"

인수의 물음에 재원은 고개를 끄덕였다. 그는 전자 자물쇠에 자신의 기계를 연결한 채 버튼을 누르고 있었다.

"이 정도는 아무것도 아닙니다."

그리고 그와 동시에 철컥하는 소리와 함께 자물쇠가 열렸다.

"됐습니다. 너무 쉬워서 오히려 맥이 빠지는군요."

재원은 자물쇠에 연결했던 선들을 뽑아내고는 몸을 일으켰다.

"차라리 구식 자물쇠가 더 열기 어려웠을 겁니다."

"우습군요. 신들과 악마, 요괴들의 힘을 쓸 수 있는 자들이 정작 문은 전자 자물쇠라니."

인수는 방 안으로 걸음을 옮겼다. 그곳은 바로 어제 도착한 마이너 아르카나 중 한 명의 방이었다.

"아마도 방범의 필요성을 못 느꼈겠지요. 세상이 끝난 마당인데 도둑이나 도둑맞을 물건이 몇이나 있겠어요?"

"맞는 말이지만, 지금 이 경우에는 해당되지 않는 말이군요."

인수는 가만히 방 안을 둘러보더니 망설임 없이 옷장을 열었다.

"역시."

옷장 안에는 커다란 여행 가방이 그대로 들어 있었다.

"생애 첫 도둑질인데, 정말 쉽군요."

왠지 허망해 하고 있는 인수의 모습에 재원이 다가왔다. 그는 인수의 그런 마음을 이해하는 얼굴이었다.

"알고 보면 얼마나 쉽게 많은 걸 할 수 있는지 상상도 못하실 겁니다."

인수로서는 어쩐지 묻기 두려울 정도로 뼈가 있는 말이었다.

"그럴 거 같군요."

인수는 조심스레 가방을 뒤지기 시작했다. 현재 건물 내에는 그들을 제외하고는 아무도 없었다. 크툴후의 문장 덕분에 빌딩 수비를 신경 쓰지 않아도 되는 아르카나와 연맹의 사람들은, 일반인인 인수 일행의 존재 따위는 안중에도 없는지 한 명도 남김없이 모조리 습격에 나섰다. 아마 남겨진 이들이 이렇듯 뭔가 할 거라고는 생각하지 않은 모양이었다.

물론 방범 카메라들이 있기는 했지만, 자물쇠와 마찬가지로 재원에게는 단순한 장난감일 뿐이었다.

"찾았습니다."

인수는 가방 속에서 뭔가 꺼내 들었다. 바로 영어로 번역된 네크로노미콘이었다.

"이겁니까? 그 네크로노미콘이란 게?"

"그렇군요. 저도 처음 보는 거지만 그렇게 대단한 물건으로 보이지는 않는데 말이죠."

스스로의 무력감을 새삼 깨달은 인수의 머릿속에 떠오른 것이 바로 이 네크로노미콘이었다. 사신의 힘을 불러오고 끌어낼 수 있는 책. 애초에 나알라호텝의 기억을 되찾은 인격들이 신들과 그 숭배자들을 조롱하기 위해 만들어 낸 주문 체계이니 특별한 힘이나 재능이 필요할 리도 없었다.

아무런 힘도 없는 그로서는 강력한 힘을 구할 수 있는 유일한 방법이었다.

"하지만 저로서는 지금도 이게 과연 올바른 일인지 모르겠습니다."

재원은 불안한 듯 네크로노미콘을 바라보았다. 인수의 부탁에 우선 돕기는 했지만 그로서는 영 마음이 내키지 않는 모양이었다.

"진강 씨께서도 위험하다고 하셨잖습니까. 사신이란 존재들은 결코 도움이 되는 자들이 아니라고. 세상이 죽어 버린 지금은 단지 힘을 빌리려다가 사신 그 자체를 불러낼 수도 있으니……"

"자자, 진정하세요."

하지만 인수는 아무 거부감 없이 책장을 펼쳤다.

"저도 아무 사신이나 불러낼 생각은 없습니다. 그들은 아마 힘을 빌려주는 게 아니라 제 머리부터 뜯어먹겠죠."

그는 목차를 한 번 훑어보더니 뭔가를 찾듯 계속해서 책장을 넘겼다.

"하지만 단 한 명만은 그러지 않겠죠."

하지만 인수는 그렇게 말하고서도 곧 다음 말을 덧붙였다.

"아니, 정확히 말하자면 그럴 가능성이 적다는 거겠죠."

책장을 넘기던 인수의 손이 멈췄다. 그가 펼쳐 낸 책장에는 백색의 노덴스라는 이름이 똑똑히 적혀 있었다.

"백색의 노덴스."

"노덴스라면……?!"

놀라는 재원의 표정에 인수는 미소를 지어 보였다.

"예. 정확하게 듣지는 못했지만, 진강 씨께서 자주 말했던 그 사신 '이었던' 자. 그 나이트곤들의 주인. 아마 그라면 설사 직접 힘이 되어 주지는 않아도, 최소한 말은 통하겠지요."

인수는 몸을 돌려 네크로노미콘을 책상 위에 올려놓았다. 그리고는 천천히 책장에 적혀 있는 말들을 읽어 나갔다.

"아툼독바크 할테바스르 아본메소데 켈아오시 바그야주 노덴스. 아툼독바크 할테바스르 아본……."

읽어 나가는 인수의 목소리는 점점 어두워져 갔고, 방 안은 바닥에서부터 냉기가 깔려 갔다.

"……"

재원은 온몸을 덮쳐 오는 그 불길함에 자기도 모르게 인수에게서 한 걸음 뒤로 물러섰다. 하지만 인수는 읽어 가는 것을 그만두지 않았다.

"……바그야주 노덴스!"

"……!"

그리고 마침내 그들 앞에 백색의 빛이 나타났다.

"이건……!"

"무릎을 꿇으세요."

놀라고 있을 시간은 없었다. 상대는 신. 예우를 다해야 할 필요가 있었다.

―……어리석구나 인간이여.

백색빛에서는 청아하고 아름다운 소년의 목소리가 흘러나왔다.

―나를 불러 뭘 어쩌겠다는 거냐?

"백색의 노덴스시여. 그 힘을 빌려주시길 청합니다."

인수가 바닥에 머리를 조아리자 재원도 엉겁결에 고개를 숙였다. 하지만 인수의 그런 청에 노덴스는 코웃음을 쳤다.

―힘이라. 수많은 자들이 내게 힘을 달라 청했지만 내가 그 청을 들어준 적이 몇 번이나 있을 거라 생각하나?

다소 위협적인 태도였지만 인수는 물러서지 않았다.

"제가 제대로 알지는 못하지만, 적어도 나알라호텝, 아니, 진강 씨를 생각한다면 아예 없지는 않을 것 같습니다만?"

―…….

백색빛은 마치 불편한 심기를 드러내듯 사납게 일렁였다.

―꽤나…… 입을 잘 놀리는구나.

"건방지게 들리셨다면 사과드리겠습니다."

인수는 다시 고개를 숙였지만 그 목소리는 비굴하지 않았다.

―허나 그 이야기는 틀렸다. 내가 그에게 힘을 빌려주는 것은 그가 요청했기 때문이 아니다. 바로 그와 내가 목적을 이루기 전까지 서로 돕기를 맹세했기 때문이다.

"그렇다면 그 목적에 대해 여쭈어도 되겠습니까?"

―무엇 때문에? 네가 안다고 해서 무엇이 달라진다는 말이냐?

"미약하게라도……. 제가 도움이 될 수도 있지 않겠습니까?"

인수의 그 말에 노덴스의 빛이 또다시 일렁였다.

―도움? 도움이 될 수 있다고 말하는 거냐? 고작 너 따위가?

하지만 그 목소리는 화가 났다기보다는 어이가 없는 듯 웃고 있었다.

―나알라호텝의 일면이 네놈들을 중히 여기고 있다고 설마 자기 주제도 잊은 거냐? 지금 이 순간조차 내게 힘을 구걸하고 있는 하찮은 존재인 인간이, 대체 뭘 할 수 있다는 말이냐?

인수는 잠시 아무 말도 하지 못했다. 그 말 그대로였다. 애초에 이렇듯 노덴스를 부른 것 자체가 바로 자신의 무력함을 뼈저리게 느꼈기 때문 아니던가. 그러나

"예. 신들께 비한다면 인간이란 무력하고 하찮은 존재입니다."

그렇다고 이대로 물러날 생각 또한 없었다.

"하지만 현재 진강 씨께서는 제대로 힘을 쓸 수 없는 상황입니다. 더구나 이곳은 적진 중심부, 지금은 어떻게 속여 넘기고 있다고는 해도 언제 들통이 나도 이상할 것 없지요. 지금은 설사 하찮은 존재일지라도 도움이 될 만한 상황이라 보입니다만?"

―…….

　노덴스는 아무런 대꾸도 하지 않았다. 일렁이던 백색빛도 이제는 미동조차 않았다. 하지만 인수는 자신을 바라보고 있는 노덴스의 시선을 확실히 느낄 수 있었다.

―훗.

　그리고 잠시 뒤 조그맣게 노덴스의 웃음소리가 들렸다.

―그래. 안 그래도 현재 상황들에 나 또한 조금 당황하고 있었던 것도 사실이니.

　그리고 인수의 얼굴에도 옅은 미소가 떠올랐다.

―허나 도움이 되어 주겠다는 이유로, 오히려 내게 힘을 달라 청하는 것은 어불성설이다. 아니, 애초에 내게는 지금 힘을 나눠 줄 만한 여력이 없다. 그런 여력이 있었다면 네가 아닌 나알라호텝에게 주었겠지.

　"걱정하지 마십시오. 그 정도는 예상했습니다. 제가 드리고자 한 청은, 직접 힘을 달라는 이야기가 아닙니다."

―그렇다면?

　인수는 천천히 바닥에서 몸을 일으켰다.

　"제가 말하고자 한 힘이란 지식, 바로 정보입니다."

―정보? 어떤 정보 말이더냐?

　인수는 책상 위 네크로노미콘을 가리켰다.

―저 책이 어떻다는 거지?

　"저 책을 제대로 사용할 방법을 가르쳐 주십시오."

―저기에 적힌 방식보다 나은 것은 없다. 나알라호텝이 너희와 같은 필멸자들에게 가장 효율적인 주문 체계로 만들어 낸 것이니.

　"예. 단지 불러내는 것에는 말이죠."

　네크로노미콘은 본래 나알라호텝이 해온 유흥의 잔재이자 신들을 모독하고 그 힘을 빌려 쓰는 자들을 파멸시켜 온 책. 설사 신들이 떠나 역사 속 다른 이들처럼 신벌을 받을 위험이 없어졌다 한들, 사신들에 대한 별다른 설명 없이 소환 주문이나 거의 마찬가지인 무책임한 주문들로만 가득 차 있는 이 책은 여전히 위험 그 자체였다.

"제가 알고 싶은 것은 누구를 불러내야 하는지에 대한 겁니다. 누구를 부르고 어떻게 하는 게 비교적 덜 위험하고 성공 확률이 높을지 가르쳐 주십시오."

—어리석구나. 저 책에 적혀 있는 그 어떤 사신도 인간과 이렇듯 오래도록 대화하려 하지 않을 것이다.

"당신을 제외하곤 말이지요."

—……그렇다.

"그렇다면 당신과 저들의 차이는 무엇입니까?"

—…….

노덴스는 아무런 말도 하지 않았다. 그것은 모르는 것을 묻는, 단순한 질문 같은 게 아니었다. 이미 어느새 대화를 주도하고 있는 건 인수였다.

물론 지금 인수와 재원 앞에 나타난 노덴스는, 크투가의 눈을 가리고 나이트곤들을 통솔하기 위해 노덴스 스스로 나눠 놓은 의식 중 일부에 불과했다. 그 힘은 물론이고 그 지적 수준 또한 신 본연의 것과는 차이가 있었지만, 그럼에도 어쨌든 한낱 인간이 신을 상대로 대화를 주도하고 있는 거였다.

—……아마 내가 좀 더 특이한 성향을 지니고 있고, 또 다른 자들보다 좀 더 아쉬운 상황이란 거겠지.

"그런 자가 또 없겠습니까?"

인수의 물음과 함께 갑자기 네크로노미콘의 책장들이 빠르게 넘어가기 시작했다. 그리고 몇 장이 뜯겨져 나와 인수의 눈앞에 떠올랐다.

―그 녀석들이다. 그 녀석들이라면 다른 녀석들과는 달리 잠깐 이야기 정도는 들어줄지도 모르지. 녀석들은 필멸자들에게 관심을 가지니까.

인수는 눈앞에 떠오른 책장들을 받아들었다.

"3명……인가요?"

인수는 책장들 위에 적혀 있는 이름들을 천천히 확인했다. 거룩한 게으름 사토과. 물이 깊은 연못에 사는 자 아트락 나카. 즐기는 자 지토 수룬가.

―그래. 허나 착각하지 마라. 어디까지나 다른 자들에 비해서라는 거지 네 안전을 보장할 수 있다는 건 아니니.

"알고 있습니다. 아마 많이 쳐줘도 이분들을 소환하고 나서 제가 살아남을 확률은 10% 미만이겠지요."

너무나 담담한 인수의 그 태도에 재원은 물론이고 노덴스마저 순간 말문이 막히고 말았다.

―……인간이란 자들은 정말 재밌구나. 세상이 끝난 이 상황에서도 때때로 나를 놀라게 하다니. 혹시라도 만약 네가 저들을 만난 뒤에도 살아 있다면, 그때는 계획에 대해 이야기하는 것도 나쁘지 않겠지.

그 말을 끝으로 백색빛은 허공으로 사라졌다. 그리고 방 안을 덮었던 노덴스의 기척이 완전히 사라지자, 그제야 재원은 엎드려 있던 몸을 일으켰다. 조금 전 인수가 일어났을 때 타이밍을 놓치는 바람에 지금까지 엎드려 있었던 그였다.

"……10% 미만이라니. 고작 그 정도에 목숨을 걸겠다는 겁니까?"

재원의 물음에 인수는 태연하게 네크로노미콘을 집어 들어서는 원래 있던 가방 속에 집어넣었다.

"물론입니다."

인수의 목소리나 눈동자에 흔들림은 없었다.

"어떻게 그럴 수가 있습니까?"

"무엇을 말이죠?"

능청스럽게 되묻던 인수는 재원의 눈을 보고는 얼굴에서 장난기를 지웠다.

"말하자면, 이상을 위해서지요."

"이상?"

"그렇습니다. 이상. 신념. 혹은 그 어떤 이름으로도 불릴 수 있는 그것. 수없이 많은 인간을 무덤으로 몰고 간 그것이죠."

그는 마치 마음속에 남아 있을 한 조각 두려움조차 쫓으려는 듯 일부러 과장된 몸짓과 목소리를 내고 있었다.

"그리고 저는 그 무덤을 향한 행렬에 기꺼이 참가할 생각입니다."

"……."

재원은 인수의 행동들을 쉽게 이해할 수 없었다. 애초에 그는 이상이나 그 무언가를 보고 달려온 자는 아니다. 그는 단지 자신의 재능을 기꺼이 누렸을 뿐이었다.

악질 제약회사 중앙 컴퓨터를 백지화시킨 것도, 또 종말을 확인하고 원전이나 바이러스 연구소들에 접속해서 예방 조치를 취한 것도 그것은 어떤 이상이나 신념 때문이 아니었다.

단지 그 자신에게는 그럴 능력이 있었고, 그게 몸에 익었을 뿐이다.

그러나 인수에게는 이런 일을 할 수 있는 능력이 없었다. 또한 재원이 보기엔 그가 이렇게 해야 할 이유 또한 없었다. 그 이상이란 게 무엇이든 스스로도 고작 10%도 안 된다 평할 정도로 희박한 확률에 목숨을 내던질 의미가 있다고는 생각할 수 없었다.

"그 이상이란 게 그토록 중요한 겁니까? 이상 그 자체도 아니고, 고작 그것을 향해 한 발자국 내딛는 것에도 목숨을 걸 만큼?"

재원의 물음에 인수는 한 치의 망설임 없이 답했다.

"아니요."

"……?!"

전혀 뜻밖에 대답에 재원은 자신의 귀를 의심했다. 아니라니. 그렇다면 지금 인수 자신은 뭣 때문에 목숨을 건다는 말인가. 말 그대로, 중요하지 않은 일에 자기 목숨을 걸고 있다는 말밖에 더 되는가.

"잠시만요. 조금 이해가 되지 않는데……."

"중요한 건 이상 자체가 아닙니다. 바로 내가 그 이상을 향해 걸을 수 있다는 거지요."

인수의 그 말에도 재원의 눈동자에 담긴 당혹감은 더욱 짙어질 뿐이었다. 그로서는 그 차이조차 이해할 수 없었다.

"이상과 이상을 향해 걸어간다는 건 다른 겁니까?"

재원의 물음에 인수는 묘한 미소를 지어 보였다. 그 미소 아래에는 우월감과 동시에 짙은 슬픔이 깔려 있었다.

"다르지요. 제가 견딜 수 없는 건 이상을 이루지 못하는 게 아닙니다. 본래 이상이란 저 하늘에 떠 있는 찬란한 별과 같은 것. 이룰 수 없다는 게 새삼스러운 건 아니지요."

인수는 마치 생각하기조차 괴로운 듯 고개를 아래로 내렸다.

"제가 견딜 수 없는 건 무력한 제 자신입니다. 그것은 다른 수많은 쓸모없는 것들과 제 자신이 다를 바 없다는 뜻이니까요."

재원은 인수의 눈동자에 깃드는 뭔가를 보았다. 그것은 불길처럼 타오르고 있었다. 자신과 그 이외의 모든 것을 태워 버릴 것 같은 불길. 재원은 어째선지 그런 인수가 두렵게 보였다.

"죽는 것보다, 쓸모없다는 게 더 참을 수 없다는 겁니까?"

"물론입니다."

그는 단호하게 말했다.

"죽게 된다면요?"

"그것은 제가 쓸모없다는 증거겠죠. 그리고 쓸모없는 자에게 죽음은 비극도, 그리 특별한 것도 아니지요."

 인수의 목소리가 너무 차가워 재원은 귀가 시리는 것만 같았다.

 "하지만 만에 하나라도 제가 살아남는다면, 그것은 제가 쓸모없지 않다는 증거겠죠."

 재원은 더 이상 아무 말도 할 수 없었다. 그는 인수가 방을 정돈하고, 나가자는 손짓을 할 때까지 그저 가만히 인수를 바라보고만 있었다.

9
악취미

"언제까지 뛸 생각인가?"

진강은 자신을 쫓아오는 수많은 해골들을 피해 아직도 달리고 있었다.

"조금만 있으면 된다."

이미 해골들의 수는 백 자리를 넘어서고 있었고 체력도 떨어져 가고 있었지만, 진강은 꽤나 여유로운 얼굴이었다.

"조금 전 힘을 쓸 때 결계에 대한 파악은 이미 끝냈다. 다만……."

"다만?"

"정확한 위치를 확인하지 못한 것뿐이다."

진강은 계속해서 달렸다. 잠시지만 조금 전 그가 느낀 것은 미약하게나마 결계를 흔들고 있는 어떤 힘이었고, 그런 힘을 가진 자는 성도뿐이었다.

"그렇다고는 해도 이 방향이 맞다는 건 어떻게 확신할 수 있지?"

그가 달리기 시작한 지 이미 꽤 오랜 시간이 지난 뒤였다. 사방이 똑같은 풍경뿐인 이곳에서 그 정도 시간이라면 방향을 잃고도 남을 만한 시간이었다.

"방향은 걱정할 필요 없다."

"어째서지?"

사마엘의 물음에 진강은 얼굴을 찌푸려졌다.

"지금 네가 불완전한 상태고, 또 내 힘을 가리느라 신경을 쏟고 있는 건 알지만 상황파악 능력을 좀 더 기를 필요가 있겠군."

"쉐에에!"

진강의 조롱에 사마엘은 미약하지만 독기를 뿜어냈다.

"잘 봐라. 아까부터 한 방향에서만은 해골들이 오지 않고 있지 않나. 그래서 그쪽으로 계속 뛸 수 있는 거고."

"……"

사마엘은 창피한지 아무 말도 하지 못했다. 그는 그저 조금 전 대화 자체가 없었던 일이라는 듯 고개를 돌려 시선을 피할 뿐이었다.

달그닥 달그닥.

그가 지금까지 계속 전속력으로 달린 건 아니었지만, 잠시라도 멈춘 적은 없었다. 하지만 애초에 지치지 않는 해골과의 달리기란 그에게 절대적으로 불리한 일이었다. 해골들은 이미 그에게 거의 근접해 있었고 곧 잡힐 게 분명했다.

"이거 좀 늦으려나."

바짝 따라온 해골들을 보며 진강은 그렇게 중얼거렸다. 지금보다 조금 더 속력을 낼 수는 있겠지만, 그랬다간 얼마 못 가 곧 주저앉을 게 분명했다.

"힘을 쓸 생각이라면 차라리 내게 맡겨라."

망설이는 진강을 보며 사마엘은 그렇게 말했다. 그로서는 진강이 힘을 쓸 때 그 기운을 덮기 위해 노력하는 것보다, 차라리 자신이 힘을 쓰는 게 훨씬 쉬웠다.

그런데 갑자기 진강이 속도를 높였다.

"아무래도 그럴 필요는 없을 것 같군."

진강은 저 앞쪽에 보이는 조그마한 나무를 향해 달렸다. 그 나무는 중심에서부터 마치 찢겨지듯 커다란 균열이 나 있었는데 그 균열을 따라 황금빛 스파크가 흘러나오고 있었다.

"바로 저기다."

진강은 그대로 균열을 향해 뛰어들었다. 균열은 길게 뻗어 있다고는 해도, 성인 남성은커녕 손가락 하나 집어넣기도 어려운 좁은 폭이었지만 진강의 몸은 그 균열에 닿자마자 그 안으로 빨려 들어갔다.

―자네도 왔군.

주변 풍경이 변하더니 어느새 그의 눈앞에는 성도가 서 있었다.

―조금 전보단 꽤 재밌는 곳이지?

초록색 하늘을 머리 위에 두고 검은 대지를 딛고 서 있는 성도 앞에는 기괴한 형상을 한 괴물들의 사체가 검게 타 버린 채 마치 벽처럼 쌓여 있었다.

―용케 입구를 찾았군. 그 뱀이 도와준 건가?

사마엘을 가리키는 그의 손짓에 진강은 우선 고개를 끄덕였다.

"예. 거기다 흔적도 남겨 주셨더군요."

―아, 그래. 내가 조금 억지로 열었었지.

"퀘에에!"

커다란 거북이 같이 생긴 괴물이 시체들의 벽을 넘어 머리를 뻗어 왔다.

―시끄럽군.

하지만 성도의 손짓 한 번에 괴물은 단순한 잿더미로 변해 버렸다.

―이것도 슬슬 지겨워지는군. 기다리다 보면 혹시 좀 더 재밌는 게 나타날까 했는데.

하지만 그렇게 말하는 성도의 표정에 진정성은 없었다. 그는 오히려 마치 진강을 기다린 듯한 눈치였다.

―그냥 그 쿠시기인가 뭔가 하는 녀석을 찾아가는 게 낫겠군.

성도는 손가락을 들어 허공을 그었다. 황금빛으로 빛나는 그의 손가락이 허공에 상처를 냈고, 그 상처는 금빛 스파크를 내며 점점 더 커져갔다. 그리고 마침내 그 균열이 그에게 걸맞을 만큼 커졌을 때, 성도는 진강을 돌아보았다.

―좀 피곤한 것 같은데 따라올 수 있겠나?

"물론입니다."

진강은 고개를 끄덕였다. 애초에 스스로 위험을 감수한 이유가 바로 그의 힘을 보기 위해서인데 이제 와 물러날 이유는 없었다.

성도와 진강은 틈새로 걸음을 옮겼다. 또다시 풍경이 변하고 그들은 다시 야스쿠니 본전 앞에 서 있었다.

"되돌아 온 건…… 아니군요."

진강은 뒤를 돌아보고 여전히 멀쩡한 배전의 모습에 이것도 단지 결계 속 풍경에 불과하다는 걸 알아차렸다.

―정말 지겹지 않나? 부하에, 결계에, 미로까지. 자기가 무슨 용사를 기다리는 라스트 보스라고 말이지.

성도의 그 말에 진강은 가만히 그를 쳐다보았다. 아무리 젊게 봐도 40대 중반으로 보이는 그의 입에서 설마 용사나 라스트 보스 같은 단어들이 나올 거라고는 생각지 못했다.

―왜? 내가 그런 말들도 모를 거라 생각했나?

진강은 고개를 끄덕일 뻔했다. 성도는 그에게서 시선을 떼고는 천천히 몸을 돌렸다.

―내게도 아들이 있었다네. 가끔이지만 같이 게임도 했고.

그런데 아주 잠깐이지만 성도의 몸을 감싼 황금색 빛이 크게 일렁였다.

―……그리 운이 좋지는 못했지만.

성도의 몸을 감싼 빛은 곧 다시 그 위세를 되찾았고, 그의 두 손에는 황금빛 전격이 모여들었다.

―자. 그럼 라스트 보스를 만나 볼까?

성도는 본전을 향해 전격을 뿜어냈다. 전격은 허공에 구멍을 뚫었고 주변 풍경은 일제히 일그러지기 시작했다. 그리고 다시 처음에 보았던 그 음침한 숲이 스멀스멀 그 모습을 드러내려 했다.

―이제 그만 모습을 드러내는 게 어떤가?

하지만 라스트 보스는 그것을 허락하지 않았다. 전격에 다시 한 번 힘이 더해졌고 풍경은 다시 일그러졌다. 숲과 본전, 그리고 괴물들. 주변 풍경들은 마치 그 모습을 유지하지 못하겠다는 듯 계속해서 변해 갔고, 마침내 모든 것이 환상처럼 부서져 내리더니 휑한 공터가 나타났다. 공터 중앙에는 검은 의복을 차려입은 노인이 서서 그를 바라보고 있었다. 수염을 곱게 기른 그 노인은 마르긴 했지만 풍채 때문인지 당당한 기색이 풍겨 나왔다.

―그대가 아베노 쿠시기인가?

성도의 물음에도 노인은 아무 말없이 가만히 그를 쳐다볼 뿐이었다.

―뭐 좋아. 라스트 보스께서 아무 말도 하지 않으시겠다면…….

성도의 손짓에 황금빛 번개가 노인을 향해 뻗어 갔다.

―한 번에 끝내 버리면 되겠지.

하지만 그 번개는 노인의 몸에 닿지 않았다. 번개는 마치 뭔가에 부딪힌 것처럼 허공에서 흩어졌다.

―호오.

성도는 즐겁다는 듯 소리를 높였다.

―꽤나 즐겁게 해줄 모양이구나.

성도의 손에 다시 번개가 모여들었다.

―하긴 그 정도도 못해 줘서는 말이 안 되지.

성도가 다시 한 번 번개를 뿜어내려는 그 순간, 노인이 천천히 입을 열었다.

"상대에게 이름을 묻기 전에 그 자신이 이름을 밝히는 게 예의다."

노쇠한 그 목소리에 힘은 없었지만 그 태도만은 단호했다.

―아, 그렇군. 예의라······.

모여들었던 번개가 잦아들고 우선 그 손을 내리긴 했지만, 성도의 표정은 좋지 않았다. 마치 모욕이라도 당한 듯 그는 불쾌감을 그대로 얼굴에 드러내며, 상대를 내려다보듯 몸을 꼿꼿이 세웠다.

―연맹 뉴월드(new world). 아르카나 소속. 아시아 총 지휘관. 메이저 아르카나 N.4 The Emperor. 마스터 이성도. 연맹의 결정에 불복하고 멋대로 탈퇴한 아베가를 멸하러 친히 왔노라.

"아베가 제 18대 당주 아베노 쿠시기."

노인이 가볍게 허공에 손가락을 긋자 그의 옆에서 검은 갑옷 무사가 모습을 드러냈다. 족히 노인의 두 배는 될법한 체격에, 양손에 들린 사람 키만큼 긴 두 자루의 일본도. 허나 진강과 성도의 눈을 끄는 것은 그런 외양보다 무사의 몸에서 흘러나오고 있는 무거운 잿빛 기운이었다.

―꽤나 무거운 살기를 뿜어내는구나.

성도는 여유로움을 잃지 않고 있었지만, 한 발자국 더 앞으로 나섰다. 그것은 진강을 보호하려는 것일 수도, 혹은 자신의 사냥감이라는 선언일 수도 있었지만 확실한 것은 그가 갑옷 무사의 존재를 의식하고 있다는 거였다.

―그게 세이메이의 식신들 중 하나인가? 넷이라고 하더니 어째서 하나뿐이지?

"직접 느껴 봐라."

노인의 손짓에 갑옷 무사가 성도를 향해 달려 나왔다. 커다란 체격에 긴 검. 고작 몇 발자국 만에 거리는 무의미해졌고 무사는 무거운 살기를 머금은 그 도를 휘둘렀다.

잿빛 살기를 머금은 무사의 도는 성도를 감싸고 있는 황금빛 기운을 그대로 파고들었다.

―……!

상대의 기량을 볼 생각으로 잠자코 있던 성도는 급히 힘을 더했고, 칼날은 거세진 황금빛 기운에 막혀 더 이상 파고들지 못했다. 하지만 거기서 끝은 아니었다. 성도가 숨을 돌리려는 찰나 무사의 다른 손이 움직였다.

챙!

두 번째 도가 첫 번째 도의 날 뒤편을 내려치자 멈춰 섰던 칼날이 황금빛 기운을 갈랐고 그 사이로 잿빛 기운이 빠르게 스며들었다.

―어디서 잔재주를!

성도의 몸에서 섬광이 뿜어져 나오며 칼날과 검은 무사를 그대로 뒤로 날려 버렸다. 하지만 바로 그 순간, 섬광이 잦아드는 그때 그사이로 붉은 화살들이 날아들었다.

―이……!

성도는 화살이 날아드는 방향을 향해 손을 뻗었다. 화살들은 황금빛 기운을 그대로 꿰뚫고 들어왔고 성도의 손 바로 앞에서야 겨우 멈춰 섰다. 만일 그가 손을 올리지 않았다면 비록 치명상은 아니라 할지라도 화살은 그대로 성도에 몸에 상처를 냈을 터였다.

―그래. 그놈이 두 번째 식신인가?

성도의 시선은 노인의 왼편, 언제 나타났는지 모를 붉은옷의 궁사에게 향해 있었다. 검은 관을 쓰고, 흰 천으로 얼굴을 가린 그 궁사는 다시 활시위를 당기고 있었다.

성도의 입가에서는 옅게나마 남아 있던 미소가 지워졌다.

―좋아. 그럼 나머지 두 개도 어서 꺼내 보도록.

성도가 거칠게 손을 휘젓자 스파크가 일며 번개들이 허공을 뒤덮어 가기 시작했다. 그것이야말로 제우스 신의 번개창. 수없이 많은 번개의 창들이 그의 적들을 겨눈 채 빛을 뿜어내고 있었다.

"……"

하지만 아베노 쿠시기는 안색 하나 변하지 않고 성도를 똑바로 노려보았다. 그리고 그런 눈빛이 성도를 더욱 불쾌하게 만들었다.

―내놓아 보라 하지 않았나!

그의 외침과 함께 번개의 창들 중 하나가 빛을 뿜어내더니 이내 한 줄기 거대한 번개가 되어 그대로 쿠시기를 향해 내리쳤다. 지금까지의 전격과는 비교할 수조차 없는 그 일격은 상대를 흔적도 없이 태워 버리기 충분했다.

하지만 그 황금빛이 사라졌을 때, 아베노 쿠시기는 원래 모습 그대로 그 자리에 서 있었다. 그뿐만이 아니라 붉은 궁사와 검은 무사 또한 멀쩡했다. 그들의 머리 위에는 사람보다 더 큰 거대한 백사(白蛇)가 반쯤 똬리를 튼 채 허공에 여유롭게 떠 있었다.

―세 번째는 하얀 뱀인가.

성도는 자신의 번개가 통하지 않았음에도 그리 개의치 않았다. 한 발의 번개는 고작해야 경고일 뿐. 달라질 건 없었다. 허공을 뒤덮고 있는 수많은 번개들 앞에서는 다른 어떤 것도 결국은 그저 부질없는 짓이 될 터였다.

"백사라……"

조금 뒤쪽에서 가만히 상황을 지켜보고 있던 진강은 백사의 등장에 자신 옆에 떠 있던 사마엘을 가만히 돌아보았다.

"……."

사마엘은 자신을 향하는 진강의 시선에 불쾌한 듯 꼬리를 내쳤다. 특별히 입 밖으로 내지는 않았다 해도 진강의 그 시선이 무슨 의미였는지 모를 리가 없었다.

"아니. 아무것도."

"쉐에에……."

진강은 가만히 성도와 노인, 그리고 노인의 식신들을 바라보았다. 처음 두 식신이 성도의 간담을 잠시 서늘하게 만들기는 했지만 통했다 한들 치명상도 아니었으며, 그것은 순전히 성도의 방심 때문이지 그 이상은 아니었다. 하지만 진강은 성도를 탓하거나 어리석다 여기지는 않았다. 애초에 아무리 뛰어난 술사라 한들 신의 대리자에 비할 수는 없는 법. 마치 개울과 호수처럼 그 둘 사이에는 메울 수 없는 근원적인 차이가 있었다.

그런 상태에서 방심이란 죄악도 아니고 약점도 아니다. 그저 당연한 것일 뿐이었다. 마치 진강 자신이 워커나 다른 하급 사신들을 두려워하지 않는 것처럼 말이다.

―자, 나머지 하나도 꺼내라. 이 땅을 떠나면서 마지막 미련을 남기고 싶지 않거든.

"……."

성도의 그 말에도 노인은 아무 말도 하지 않았다.

―좋다. 몇 발 정도 더 맞으면 싫어도 꺼내게 되겠지.

성도의 손짓에 허공에 가만히 떠 있던 번개창들 중 세 개가 사나운 굉음을 내며 스파크를 뿜어내기 시작했다.

검은 무사가 다시 몸을 날리고 붉은 궁수의 활시위가 다시 당겨졌지만 부질없는 짓이었다. 세 개의 번개창은 하나로 모여들더니 조금 전과는 비교도 되지 않는 거대한 번개로 변했고, 마치 야수의 사나운 발톱처럼 그대로 대지를 쓸어버렸다.

그 황금빛 섬광 속에서는 검은 무사도, 붉은 궁수도 그 형체를 유지할 수 없었다. 두 식신은 말 그대로 지워져 버렸다.

백사의 경우 투명한 막을 만들어 내며 용케 버티기는 했지만 이미 그 몸이 반쯤 바닥에 떨어져 내린 게 지친 기색이 역력했다.

―끝까지 내놓지 않을 생각인가?

성도는 쉴 틈을 주지 않겠다는 듯 다시 손을 움직였고 이번에는 4개의 창이 빛을 내기 시작했다.

"……?!"

바로 그 순간 진강의 눈에 뭔가 기묘한 검은빛이 아베노 쿠시기의 등 뒤로 일렁였다가 사라지는 게 보였다. 너무도 잠시라서 잘못 본 게 아닌가, 진강 스스로도 확신은 할 수는 없었지만 뭔가가 보였었다.

하지만 말 그대로 잠시일 뿐, 변한 것은 없었다. 여전히 노인의 곁에는 거대한 백사 뿐이었고 그에게 다음 공격을 막아낼 방법은 없어 보였다.

―…….

그런데 어째선지 성도의 표정이 변했다. 그는 묘한 미소를 지어 보이더니 다시 손을 움직였고 이제는 허공에 떠 있는 번개창 전부가 사납게 울부짖기 시작했다.

―그런데 저 어린아이들과 여인들을 밖에 둔 것은 결사항쟁의 표시였나?

성도의 물음에 아베노 쿠시기는 단호한 얼굴로 외쳤다.

"물론!"

너무도 자랑스런 외침, 일본어를 모르는 진강조차도 그 뜻을 느낄 수 있을 정도였다. 하지만 그 자랑스런 대답에 돌아오는 것은 경박하게 들릴 정도로 큰 폭소였다.

―푸하하하하!

듣는 사람이 미안할 정도로 성도의 웃음은 한참 동안 계속해서 이어졌다. 그는 이미 이 상황을 전혀 신경 쓰지 않는 듯 보였다.

―하하하하하!

"무안하겠군."

사마엘마저 그 모습에 아베노 쿠시기를 안쓰럽게 바라보았다.

"뭐가 그리 웃기냐!"

마침내 가만히 참고 있던 아베노 쿠시기 또한 더 이상 참지 못하겠다는 듯 소리를 높였다. 하지만 그저 고함을 치는 것이 전부였다. 그에게 성도의 웃음을 멈출 방법 같은 건 없었다. 틈을 노린다와 같은 것은 그야말로 헛소리. 사방을 뒤덮은 신의 번개들이 언제라도 덮쳐 올 수 있는 이 상황에 상대가 웃든 울든 하물며 졸고 있다 한들 무슨 의미가 있겠는가.

―하하하하!

성도는 계속해서 웃었다. 지금 그의 육체는 신에 가까운 상태. 호흡 따위는 아무 제약도 될 수 없었다. 그 웃음소리는 결계 전체에 울려 퍼졌고, 아베노 쿠시기 또 진강과 사마엘은 그 웃음소리 속에서 그저 가만히 서서 기다릴 수밖에 없었다.

―하하……

그렇게 한참이 지나고 성도는 그제야 웃음을 멈췄다. 하지만 그는 결코 그 얼굴에서 비웃음을 지우지 않았다.

―그래. 결의였구나. 그렇다면 무엇을 위한 결의더냐?

"긍지를 지키기 위해서다. 네놈들 따위가 이곳을 더럽히게 둘 순 없으니!"

―긍지라……

 바로 그 순간 번개창 하나가 백사를 향해 떨어져 내렸다. 이번에는 거대한 번개로 변하지 않고 작은 창의 모습 그대로 백사를 노렸다. 백사는 온 힘을 다해 번개창을 막아 내기 위해 투명한 벽을 만들어 냈지만 번개는 그대로 백사의 몸을 꿰뚫었다.

 백사는 황금빛 번개 속에서 몸을 한 번 뒤틀고는 그대로 형체를 잃고는 사라졌다.

―무슨 긍지? 침략전쟁으로 수많은 생명을 빼앗은 긍지 말이더냐? 아니면 의미 없이, 그저 명령이란 이유로 목숨을 바친 어리석은 자들의 긍지더냐?

"감히!"

 그가 인을 맺자 사라졌던 세 식신이 다시 그 모습을 드러냈다. 본래 식신이란 술사의 영력으로 움직이는 분신 같은 존재. 영력만 있다면 몇 번이고 되살려 낼 수 있다고는 해도 이 정도 수준의 식신 셋을 한꺼번에 되살리다니, 음양사 가문의 당주다웠다.

―감히? 내가 뭐 못할 말했나?

 하지만 아무리 뛰어나다 한들 신의 대리자 앞에서는 하찮은 재주에 불과했다. 성도의 손짓에 또다시 번개가 대지를 휩쓸었고 식신들은 다시 그 황금빛 속에서 형체를 잃었다. 성도는 미소를 지운 채 차가운 눈으로 그를 노려보았다.

―헛소리하지 마라. 네놈 나름대로 정말 이곳과 이곳에 있는 영혼들에게 긍지를 느끼고 있었다면 연맹의 제안에 응하지도 않았을 터!

 성도의 목소리에 노기(怒氣)가 서리고 허공에 떠 있는 번개들이 내는 광채도 더욱 사납게 변했다.

―네놈은 단지 이 힘을 혼자 사용하고 싶었던 것 아니더냐. 어린아이와 여자들을 희생한 건 단지 명분 때문이었겠지. 너희는 긍지를 위해

죽는 거다. 라고 그들을 속인 거다. 너희 민족이 그렇듯, 자신의 욕심 때문에 일어난 일이란 걸 인정하고 싶지 않았을 테니까.

"……."

아베노 쿠시기의 눈빛이 변했다. 지금까지 한 번도 흔들린 적이 없던 그의 눈동자가 미약하게 흔들리고 있었다.

―그런데 정말 궁금한 건, 가솔들까지 희생하면서 얻은 힘으로 대체 뭘 하려던 거냐? 이 죽어 버린 세상에서 할 수 있는 선택이란 하나뿐임을 네놈도 알 터인데.

"……이 힘을 네깟 놈들이 사용하게 둘 것 같았나! 이 힘을 다룰 자는 바로 나다! 이 힘으로 바로 이 내가, 이 내가 야마토국을 재건할 거다!"

숨이 넘어갈 듯 소리쳐 대는 그 모습에 성도의 입가에는 다시 미소가 떠올랐다.

―그래. 내가 확인하고 싶은 건 그게 끝이다. 너무 뻔해서 설마 싶었지만 역시나였군.

성도가 손가락을 튕기자 허공을 뒤덮고 있던 모든 번개창들이 그대로 노인을 향해 쏟아져 내리기 시작했다. 그야말로 번개의 비. 노인은 그 속에서 아무것도 하지 못한 채 시커먼 재로 변했다.

―자, 그럼…….

성도는 갑자기 몸을 돌려서는 진강을 바라보았다.

―이왕 왔는데, 이 나머지는 맡기도록 하지.

"……?"

진강은 그가 무슨 말을 하는지 이해하지 못했다. 하지만 성도는 단지 그 말뿐, 다시 몸을 돌렸다. 그의 걸음에 맞춰 공간이 찢겨지며 문이 만들어졌고, 성도는 그 속으로 사라졌다.

"무슨…… 말이었지?"

"글쎄……."

사마엘과 진강은 서로를 바라보았지만 답을 내릴 수는 없었다. 그들은 결국 일단 성도의 뒤를 따르기로 했다.

"……일단 가도록 하지."

성도의 힘을 관찰한다는 본래 목적은 큰 성과 없이 끝났지만 위험도를 생각한다면 이 정도면 무난한 결과였다. 더구나 이 정도의 시간을 저 상태로 유지할 수 있다는 점을 확인한 것만도 위험을 감수한 보람은 있었다.

"잠깐!"

그런데 몇 발자국 떼려는 순간, 사마엘이 그의 걸음을 막았다.

"쉐에에……!"

"……그래. 이런 뜻이었군."

그들은 눈앞에 스멀스멀 모여드는 검은 기운을 보았다. 그제야 진강은 조금 전 성도가 한 말과 조금 전 자신이 본 것 그리고 어째서 성도가 갑자기 네 번째 식신에 대한 관심을 끊어 버렸는지 알아차렸다.

스멀스멀 모여든 검은 기운은 한곳으로 모여들더니 어떤 형체를 잡아 갔다. 그것은 처음에는 마치 장막 뒤로 드리우는 그림자와 같았고 그 다음에는 끓어오르는 타르와 같았다.

"아까 잠깐 보였던 그 기묘한 검은빛이 네 번째 식신이었군."

그리고 마침내 그것은 두 개의 뿔을 단 귀녀(鬼女)의 모습으로 변했다. 상복과 같은 검은 넝마를 걸치고 한 손에 식칼을 다른 손에는 짚인형을 든 그것은 그야말로 귀신 그 자체였다.

"설마 네 번째 식신이란 게 주살용일 줄이야. 그러니 사용하고 싶어도 사용할 수 없었겠지. 신의 대리자에게 주살이 통할 리가 없으니까."

―평범한 주살이 아니다.

진강은 갑자기 들려온 걸걸한 노파의 목소리에 적지 않게 놀랐다.

말을 한다는 것 자체에 놀란 것은 아니었다. 애초에 술사가 죽은 이후에 나타난 식신이었다. 어느 정도 의지를 지닌 식신이란 건 예상했던 바였다. 그가 놀란 것은 너무도 완벽하게 구사하고 있는 신의 언어였다.

요괴나 정령, 혹은 이타콰와 같은 존재들도 신의 언어를 사용할 수는 있었다. 허나 이토록 완벽하게 구사하는 것은 최소 중상위에 속하는 신이나 그에 준하는 정신 능력을 가지지 않고서는 불가능했다.

"네놈은 뭐지?"

─내 이름은 바바카미. 나는 아베노 세이메이와의 계약으로 그 계승자들의 마지막을 지켜보는 자이다.

귀녀는 품속에서 곡옥(曲玉)을 꺼내 보였다. 손가락만 한 작은 곡옥은 검붉은빛으로 미약하게 일렁이고 있었는데 진강은 그것이 아베노 쿠시기의 영혼임을 알아볼 수 있었다. 그리고 동시에 눈앞에 귀녀의 정체 또한 알아차릴 수 있었다.

"그 모습, 그리고 그 이름……. 그래, 알겠다. 네놈은 허신이구나. 허신 자체를 매개로 주술을 구축해서 특정한 조건이 채워졌을 때 한시적이고 제한적이지만 고위 신에 준하는 능력을 쓸 수 있게 만든 거였어."

진강의 얼굴에서 조금이나마 드리우려 하던 불안이 완전히 사라졌다. 그런 정도라면 걱정할 필요 없었다. 허신을 매개로 했다는 점에서는 꽤나 참신했지만 그는 이와 같은 주술들을 잘 알고 있었다. 고위 신에 준하는 능력을 가진다고는 해도, 이런 주술의 특성상 아주 복잡하고 까다로운 조건들에 매여 있을 터였다.

그의 얼굴에는 이 결계 속으로 들어온 후 처음으로 여유가 돌아왔다.

"과연 아베노 세이메이라는 이름에 걸맞게 꽤나 실력이 있었던 모양이군. 그런데 마지막을 지켜본다는 건 무슨 뜻이지? 영혼을 그런 모습으로 바꿔서 뭘 어쩌겠다는 거냐?"

그의 물음에 바바카미의 흉측한 얼굴이 더욱 일그러졌다.

—말조심해라 인간아. 나는 그 여우 꼬마가 태어나기도 훨씬 전부터 존재했도다.

진강은 사마엘을 바라보았다. 적어도 지금은 고위 신에 준하는 바바카미조차 그를 평범한 인간으로 보고 있었다. 이는 사마엘이 그의 역할을 충실하고 있다는 증거였다.

"그래서 예를 갖추기라도 하란 말인가?"

진강의 냉소적인 물음에 바바카미는 신경질적으로 손을 휘저었다.

—됐다! 어차피 그 목숨도 이제는 사라질 터이니!

바바카미는 들고 있던 짚인형을 진강을 향해 들어 올렸다. 그러자 사람 모양의 일반적인 짚인형 모습이 점점 변해 가더니 날개가 달린 조그마한 뱀의 모습으로 변했다.

"쉐에에?!"

그리고 그와 동시에 갑자기 사마엘은 당황한 듯 몸을 버둥거렸다.

—네놈이 그 하찮은 뱀을 믿고 오만방자하게 구는 모양이지만, 그 정도로는 내게 어림도 없다!

바바카미는 뱀의 모습으로 변한 짚인형을 땅으로 내던졌고, 진강의 옆에 떠 있던 사마엘 또한 마치 그 인형처럼 그대로 땅으로 떨어졌다.

"쉐에에······!"

땅에 달라붙은 사마엘은 필사적으로 그 날개와 몸을 움직이려 했지만 단지 미미한 몸짓일 뿐이었다.

바바카미의 입가에서는 소름 끼치는 미소와 함께 듣기 싫은 기괴한 웃음소리가 흘러나왔다.

—낄낄낄낄. 어떠냐? 이제 그 뱀은 네놈을 보호해 줄 수 없다.

"쉐에엣! 뱀이 아니다! 내 이름은 사마엘! 신의……!"

목소리를 높이려는 사마엘을 진강이 손을 들어 막았다. 진강은 자신을 올려다보는 사마엘을 향해 묘한 눈짓을 했고, 입에 독기마저 품고 있던 사마엘은 곧 얌전히 입을 다물었다.

"좋아. 그럼 이제 뭘 어쩔 생각이지?"

―…….

바바카미는 예상외로 너무 태연한 진강의 태도에 의아해했지만 이내 곧 조금 전 기세를 되찾았다.

―허세를 부려도 소용없다. 이걸로 네놈은 끝이니.

"그러니까 어떻게 끝을 낼 거냔 말이다."

이미 바바카미의 능력이 주살 계통이란 걸 알고 있는 이상 진강으로서는 두려울 게 없었다. 기어드는 혼돈의 일면인 그 자신에게 저주나 주살 같은 게 통할 리가 없었다.

허나 그런 사실을 모르는 바바카미는 예상과는 전혀 다른 상대의 태도에 당황하기 시작했다.

―네놈…… 뭐 달리 믿는 거라도 있는 거냐?

"글쎄. 꼭 믿는 게 있다기보다는 기껏해야 주술의 재료에 불과한 네놈 정도를 두려워할 이유가 없는 게 아닐까?"

―……!

진강의 도발에 바바카미의 몸 뒤로 눈에 보일 정도로 짙은 살기가 피어올랐다.

―네놈이 감히……!

바바카미는 그대로 몸을 날려서는 진강의 바로 눈앞에 그 흉측한 얼굴을 들이밀었다.

―감히 천오백 년이 넘게 살아온 나를 조롱하다니!

바바카미는 들고 있던 낡은 식칼을 세워 금방이라도 찔러 넣을 듯 진강의 가슴에 갖다 댔다. 하지만 바바카미의 사나운 숨결이 그의 뺨을 스치고, 날카로운 칼끝이 가슴에 닿아 있었지만 진강은 눈 하나 깜박하지 않았다.

"그래서 대체 뭘 어쩌겠다는 거냐? 이 칼로 찌르기라도 할 생각인가?"

진강은 바바카미의 식칼을 향해 손을 내저었다. 그러자 그의 손이 그대로 식칼을 통과해 지나쳤다.

"네놈이 단순한 정신체란 건 이미 알고 있다. 그래서 주살용 식신이란 걸 알아볼 수 있었던 거니까."

진강은 마치 장난을 치듯 식칼과 바바카미의 손 위로 팔을 휘저었다.

"술사가 죽은 뒤에서나 나타나고, 술사의 영혼을 그런 형태로 만들어 들고 있는 걸 보면 반혼술의 일종인가?"

반혼술이라는 말에 바바카미의 눈이 흔들렸고 그 순간 진강의 입가에는 미소가 떠올랐다.

본래 곡옥이라 함은 고대에서부터 강한 생명력의 상징으로 받아들여져 왔으며, 때로는 부활의 상징이기도 했다. 진강의 입장에서는 단지 그런 점들을 생각해 넌지시 짚어본 거였지만 정답이었다.

"훗. 이리도 뻔하다니."

바바카미는 진강의 그 비웃음에 더 이상 참지 못하겠다는 듯 칼을 꽂아 넣었다. 칼은 그대로 진강의 가슴 깊이 꽂혔지만 애초부터 실체가 없는 칼. 고통은커녕 피 한 방울조차 나오지 않았지만, 바바카미는 회심의 미소를 지어 보였다.

─그래! 반혼술이다! 허나 보통의 반혼술이 아니다! 네놈의 몸에서 네 영혼을 뺀 뒤 이자의 영혼을 넣어 되살릴 것이다!

"호오. 그래서 기다렸던 거냐? 네놈 정도로는 제우스 신의 대리자인 성도의 영혼을 빼낼 수 없었을 테니까."

―그래! 아까 그놈과는 달리 네놈은 하찮은 인간에 불과하니까! 자! 이 칼을 빼는 순간 네놈의 영혼도 같이 딸려……?!

그런데 칼을 뽑으려는 순간 바바카미의 눈동자가 당혹감으로 물들었다. 뽑혀져 나와야 할 칼이 마치 뭔가에 단단히 걸린 듯 아무리 당겨도 뽑히지 않았다.

―이, 이건 대체?!

"후후후후."

바바카미는 그 기분 나쁜 웃음소리와 눈빛에 자기도 모르게 몸이 움츠러들었다. 진강은 사마엘을 향해 손짓을 했다.

"사마엘. 이제 됐다."

"쉐에에……."

사마엘이 힘을 풀고 진강을 감싸고 있던 장막이 벗겨졌다. 물론 겉으로는 아무런 변화도 없었지만 바바카미의 눈에는 전혀 달랐다. 모든 것을 꿰뚫어보는 신의 눈. 그 눈에 보이는 광경은 조금 전과는 비할 수 없었다.

―네, 네놈?! 네놈은 대체?!

바바카미의 얼굴은 경악으로 일그러졌고 그 눈동자는 경악을 넘어서 공포로 물들었다. 꽂아 넣은 칼이 영혼에 닿는 길을 연 덕분에 지금 바바카미의 눈동자에 비치는 것은 아직 깨어나지 않은 기어드는 혼돈 그 자체였다.

―대, 대체……?!

바바카미는 여전히 칼자루를 쥔 상태에서 온 힘을 다해 몸을 뒤로 빼려 노력하고 있었다.

사신들의 다섯 왕 중 하나이자 절대 암흑신 아자토스의 사자인 나알라호텝. 아무리 주술로 힘을 키웠고, 그 또한 아직 제대로 깨어나지 않은 상태라고는 해도 하찮은 허신 따위가 감당할 수 있는 존재가 아니었다.

"보아하니 태어난 지 얼마 안 됐나 보구나. 세상의 끝도 이번이 처음이었나?"

─……네놈, 네놈은 대체 누구냐? 어둡다. 두렵다. 그 빛, 그 어둠! 그 혼돈! 대체 네놈, 아니, 당신께서는 누구십니까?

바바카미는 혼란스러운지 말도 제대로 잇지 못했다.

"기어드는 혼돈. 얼굴 없는 신. 나알라호텝."

허나 그러한 소개에도 바바카미는 처음 듣는 얼굴이었다.

"이, 이름조차 들어본 적이 없다니. 맥이 빠지는구나."

그저 가만히 서 있기만 하던 진강은 천천히 바바카미를 향해 얼굴을 들이밀었다. 그리고 그런 진강의 모습에 바바카미는 두려운 듯 두 눈을 질끈 감았다.

─다, 당신이 누구든지 상관없습니다! 용서하십시오! 나를 놓아주십시오! 더 이상 당신을 귀찮게 하지 않겠습니다!

바바카미는 이제 진강을 애원하고 있었다. 허나 진강은 그런 바바카미의 귓가에 잔인하게 속삭였다.

"어리석구나. 두려움 때문에 자신의 상황조차 잊은 거냐?"

어느새 진강의 몸에서는, 박혀 있는 칼자루를 타고 검은 빛이 흘러나와 바바카미의 손을 휘감고 있었다.

"이미 네가 칼을 꽂은 그 순간부터 의식은 시작되었다. 네놈은 이 주술을 이루고 있는 단순한 매개체. 네가 관두고 싶다고 해서 이 의식이 중단되는 게 아니지 않나. 이제는 이 몸에서 내 영혼을 빼거나, 주문을 이루는 재료인 네가 소멸하거나. 이 두 가지 경우가 아니고서는 의식을 멈출 방법은 없다."

─제발, 제발……!

"내 영혼을 꺼내기 전에는 이 의식은 끝나지 않는다. 허나 고작 네놈 정도가 꺼낼 수 있을 만큼 나알라호텝의 영혼은 하찮지 않으니, 결국 반대로 네놈이 빨려 들어갈 뿐이겠지."

진강의 몸에서 흘러나온 어둠은 이제 바바카미의 팔을 타고 그 몸을 잠식해 갔다. 그리고 잠식된 몸은 천천히 어둠이 흘러나오고 있는 구멍 속으로 빨려 들어가고 있었다.

—제……발……!

어둠이 목까지 올라왔을 때 바바카미의 눈동자는 초점을 잃었다. 두려움 때문에 정신을 놓은 듯 보였다. 바바카미의 몸은 마침내 완전히 어둠에 물들었고, 진강의 몸속으로 빨려드는 속도도 더욱 빨라졌다.

"과연 악취미구나. 기어드는 혼돈이여."

진강이 빨려 드는 어둠을 내려다보는 사이, 이제 다시 떠오를 수 있게 된 사마엘이 그의 옆으로 다가오며 말했다.

"설사 일면에 불과하다고는 해도 역시 그 기분 나쁜 본성은 변하지 않나 보구나. 여전히 약자를 조롱하고 공포를 선사하는 걸 즐기는구나."

그렇게 말하는 사마엘의 목소리는 옛 기억들 때문인지 무겁게 가라앉아 있었다. 진강은 가만히 그런 사마엘을 돌아보더니 쓸쓸한 미소를 지어 보였다.

"그럴지도……."

마침내 바바카미의 모든 것이 빨려 들어가고 진강의 가슴에 났던 구멍도 메워지자 진강은 가볍게 손을 움직였다. 이미 성도가 만들었던 틈은 사라졌으니 결계를 나가기 위해서는 새로운 틈을 만들어야 했다.

그의 손짓에 비록 조금 작기는 해도 성도 때와 마찬가지로 허공에 틈새가 벌어졌다.

"사마엘."

"알고 있다."

사마엘은 다시 자신의 기운으로 진강을 휘감았고 그제야 진강은 틈새를 향해 걸음 뗐다.

10
요그 쇼토스

　제진은 자신이 꿈을 꾸고 있다는 걸 알아차렸다. 언제나와 같은 검은 방. 그곳에는 금방이라도 부러질 듯한 낡고 조잡한 나무 의자가 하나 서 있고, 그는 한 무리의 사람들에게 잡혀 그 의자에 앉는다.
　콰직!
　소리와 함께 의자는 부서지고 언제나처럼 그는 바닥을 구른다. 사람들 중 누구도 그를 일으켜 세우지 않고, 제진을 떠난다. 그리고 검은 방에 그는 홀로 남는다.
　'안 돼, 안 돼!'
　그는 비명을 질렀지만 목소리는 나오지 않았다.
　'싫어! 싫어!'
　그는 자신을 향해 다가오는 방의 어둠에 뒷걸음질 쳤지만 어둠은 방 안 전체에 깔려 있었다.
　'……!'

침묵이 그를 먹었다. 그리고 그는 어둠이 되어 갔다. 제진은 절망했다. 이 악몽에서 벗어날 방법은 없었다. 특히나 이것이 단순한 악몽이 아니라는 사실을 알게 된 지금, 절망은 더 깊고 어두워져 있었다.

 이제 자신은 이빨이 없는 거대한 맹수가 될 것이다. 모든 것을 집어삼키는 맹수가 되고 그렇게 스스로를 완전히 잃을 것이다.

 지금까지는 잠에서 깨어나 눈을 뜨면 다시 자신으로 돌아왔지만, 이번에도 그럴 거란 보장은 없었다.

 ―뭐하고 계십니까?

 "……!"

 그런데 갑자기 꿈의 내용이 변했다. 지난 몇 년간 자신의 목소리를 제외하고는 들린 적 없던 꿈속이었는데 갑자기 다른 누군가의 목소리가 들려왔다.

 ―일어나십시오. 아직은 때가 아닙니다.

 부드러운 목소리와 함께 방 안의 어둠이 사라져 갔다. 그리고 그의 눈앞에는 사타나키아가 서 있었다.

 "……."

 제진은 눈을 떴다. 습관적으로 살펴본 팔에서는 이제 주사 자국을 찾을 수 없었다.

 "괜찮으십니까?"

 제진은 사타나키아가 내민 손을 잡고 자리에서 일어났다. 지금까지 한 번도 중간에 잠을 깬 적이 없었다. 언제나 그가 마지막에 겪어야 했던 그것은 단순한 공포가 아니었다. 자신을 잃는다. 그 한순간 한순간이 생생하게 전해지는 그 느낌은 제진으로서는 도저히 견딜 수 없는 고통이었고 그는 그 고통의 절정에서야 겨우 눈을 뜰 수 있었다.

 하지만 지금 그는 그 고통이 시작되기도 전에 잠에서 깨어난 것이다.

"……."

제진은 아직도 믿겨지지 않는 듯 멍하니 사타나키아의 얼굴만 바라보았다. 눈앞의 상대가 누구고, 그가 잡은 손이 무슨 의미인지 그런 것은 중요하지 않았다. 그는 악몽의 중간에서 깨어날 수 있다는 것만으로 세상을 다 가진 얼굴이었다.

그리고 그 모습에 사타나키아의 입가에도 미소가 떠올랐다.

"암시가 잘 먹혔나 보군요."

"예. 변하기 전에 깰 수 있었어요."

사타나키아는 제진에게 모든 것을 설명했다. 지금 이 세상, 자신의 정체 그리고 곧 그가 사신으로 변할 거란 것.

하지만 모든 이야기를 들은 뒤 제진의 행동은 전혀 뜻밖이었다. 물론 그는 꽤 오랜 시간 충격을 받은 듯 멍하니 서 있었다. 하지만 정신을 차리고 자신의 가족의 최후가 그다지 고통스럽지 않았을 거란 걸 확인하자마자 제진은 사타나키아를 향해 말했다.

'악마라면 나와 계약해 주세요.'

그는 별다른 소원을 말하지도 않았다. 그가 원한 것은 단지 악몽에서 벗어나는 것뿐이었다. 그렇게만 해준다면 영혼이고 뭐고 모든 것을 주겠다며 사타나키아의 손까지 붙잡았다.

그리고 당연히 사타나키아는 그 요청을 받아들였다. 다른 것도 아니고 카오스 헤드의 영혼이었다. 그것은 곧 사신, 우더 바이바야의 영혼. 인간의 영혼처럼 그 소유권을 주장하기는 힘들 테지만 그와의 관계에서 상당한 우위에 설 수 있는 건 분명했다.

허나 애초에 제진의 악몽은 우더 바이바야의 태동 때문. 아무리 위대한 흑산양 사타나키아라 할지라도 쉽게 없앨 수 있는 게 아니었다. 그래서 사타나키아는 제진에게 암시를 걸었다.

악몽이 심해지려는 순간 잠에서 깨어나도록 말이다. 제진이 꿈속에서 들었던 사타나키아의 음성, 그게 바로 암시의 효과였다.

제진은 천천히 주변을 둘러보았다. 정말 오랜만에 배가 출출했다.

"저기……?"

"시장하십니까?"

그런 제진의 마음을 알아차린 사타나키아는 가볍게 손가락을 튕겼다. 그들의 눈앞에 기다란 식탁과 함께 각종 요리들이 나타났다.

"마음껏 드십시오."

사타나키아 입장에서는 너무 손쉬운 거래에 서비스를 하는 거였지만, 제진은 의자까지 빼 주는 사타나키아의 친절에 조금 감동했다.

"이것부터 드시지요. 요리사가 살아생전 가장 자신 있게 내놓았던 요리거든요."

뭔가 어마어마한 이야기였지만 제진은 듣고 있지 않았다. 사타나키아가 그의 앞으로 끌어다 준 것은 한눈에 보기에도 화려했다. 너무나 예쁜 색채를 지닌 재료들이 한 입 크기로 돌돌 말려 있었는데 언뜻 보기에는 마치 보석반지 같았다.

"이 요리의 이름이 약혼(engage)이라고 하더군요. 실제로 요리사가 혼약자에게 해 주기 위해 만들었다고 합니다. 뭐 정작 그녀는 다른 남자와 결혼했지만요."

제진은 손으로 그것을 집어 입안으로 가져갔다. 눅눅하지도, 딱딱하지도 않는 딱 좋은 식감, 과일향과 함께 입안 전체에 퍼지는 상큼함. 뭔가 살짝 부족한 느낌이 없는 건 아니었지만 그 덕분인지 음식을 다 넘기고 나자 입맛이 조금 전보다 훨씬 더 돌고 있었다.

"그 다음은……."

제진은 사타나키아가 권하는 대로 순서대로 음식들을 음미했다. 접시 하나에 담겨진 양은 그리 많지 않았지만, 식탁 전체로 본다면 혼자 먹기는 불가능할 만큼 많은 양. 허나 제진은 계속해서 음식들을 입안으로 가져갔다.

"자, 이게 마지막입니다."

그리고 마침내 제진은 식탁에 올라 있는 가장 마지막 접시를 비웠다.

"……"

하지만 제진은 여전히 부족한 듯 식탁 위, 이미 비어 있는 접시들을 두리번거렸다.

"부족하십니까?"

사타나키아의 질문에 제진은 멋쩍은 듯 살짝 고개를 끄덕였다.

"그렇군요. 그럼 이번엔 조금 색다른 걸 드리도록 하죠."

사타나키아가 다시 손가락을 튕기자 이번에는 주변 풍경이 변했다. 여전히 그는 의자에 앉아 있었지만 식탁 대신 그 앞에는 워커가 서 있었다.

"……!"

"쿠에에에!"

제진이 놀라는 사이, 워커 하나가 제진을 덮쳐 왔다.

"요리가 손님에게 덤벼들어서야 쓰나."

하지만 사타나키아가 그런 워커를 향해 손가락을 뻗자 워커의 머리는 마치 유리처럼 깨져 바닥으로 떨어져 내렸다.

"이, 이건 대체……?"

제진은 눈앞에 상황을 쉽게 이해하지 못했다. 그는 사타나키아가 어째서 자신을 이런 곳으로 데려왔는지 짐작이 가지 않았다. 아무리 생각해도 이런 곳에 음식이 있을 것 같지는 않았다.

"……?"

그런데 제진은 갑자기 어디선가 아주 맛있는 냄새가 나는 것을 알아차렸다.

'뭐지……?'

제진은 고개를 돌렸다. 하지만 주변에 이러한 냄새를 풍길 만한 건 없었다. 그러다 마침내 제진은 그 냄새가 눈앞에 쓰러져 있는 워커에게서 나고 있다는 걸 알아차렸다. 그리고 그것을 깨닫는 순간, 그의 어깨에서 표범의 머리가 얼굴을 들이밀었다.

크르르르르!

제진은 놀라 사타나키아를 바라보았지만 사타나키아는 웃고만 있었다. 제진은 가만히 자신의 옆에 있는 표범을 바라보았다. 표범은 마치 강아지처럼 제진을 향해 칭얼거리며 아래를 쳐다보고 있었다.

제진이 표범의 시선을 따라 다시 바닥을 보았을 때 거기 있는 건 더 이상 시체가 아니었다. 거기에는 머리 없는 노루가 쓰러져 있었다.

"괜찮습니다. 즐기게 해주세요."

사타나키아에 그 말에 제진은 표범을 향해 고개를 끄덕였다.

그리고 바로 그 순간 표범 머리가 그대로 뻗어 나와서는 노루의 목부터 씹어 먹기 시작했다.

투둑!

뼈가 부서지는 끔찍한 소리와 함께 노루는 목부터 조금씩 표범의 입안으로 사라져 갔다.

살이 찢겨지고 뼈가 부서지는 소리가 계속해서 이어졌다. 이미 한 번 보았듯, 이것은 자연스러운 약육강식 속 맹수의 식사가 아니었다. 표범은 마치 지옥의 악귀처럼 게걸스럽게 먹어댔다.

그런데 제진을 당황시키는 것은 그렇게 표범이 노루의 몸을 조금씩 집어삼킬 때마다 공복감이 덜어진다는 점이었다. 그렇게 많은 맛있는 음식들을 먹어도 채워지지 않던 공복감이 표범의 턱이 움직일 때마다 점점 줄어갔다.

그리고 마침내 노루의 모습이 완전히 사라졌을 때 공복감은 크게 줄어 있었다.

크르르.

표범의 머리는 다시 그의 어깨로 돌아와 있었다. 그러나 아직 만족하지 못한 듯 보였다.

"조금 더 드릴까요?"

사타나키아는 짓궂은 표정을 지으며 물었다. 제진은 잠시 아무 말없이 그를 바라보더니 이내 고개를 끄덕였다.

* * *

도시의 외곽부, 워커들이 몰려드는 중심에서 하나의 검이 종횡무진으로 움직였다. 워커가 검을 피하려 몸을 뒤로 빼면 어느새 뒤쪽에서 목을 꿰뚫고, 서로에게 섞여 달려들며 그 모두를 그대로 갈라 버렸다.

"하하하하!"

주변에는 수백의 워커들이 있었고, 그를 돕는 한 명의 아군조차 없었지만 검을 든 사내는 웃고 있었다.

하늘 위에 떠 있는 태양은 그의 머리 위에서 떠나지 않았는데, 마치 그 혼자만을 비추고 있는 듯 보였다.

이 순간 그는 제왕이었다. 주변의 모든 것은 그의 시종일 뿐이었고 그의 무용을 돋보이게 하는 장식에 불과했다.

"크에에에!"

강렬한 일검에 또 워커 하나가 쓰러졌다.

"이거뿐인가?"

그의 손짓에 검이 춤을 추었다.

"크아아!"

워커들의 목은 그가 움직일 때마다 바닥으로 떨어져 내렸고 그가 걷는 곳마다 시체의 길이 이어졌다.

요란한 소리를 내며 뱀처럼 휘어지는 연검, 보랏빛 도포에 긴 흑발.

무협영화에서 그대로 뛰어나온 듯한 복장이었지만 그의 눈동자는 푸른 색이었고, 이목구비 또한 전형적인 서구인이었다.

그의 이름은 에드가 레이스. 연맹의 간부 중 한 명이자 신지학회의 최고 수장이었다.

"이 모습이 너무 강한가? 그럼 이건 어때?"

그가 한 바퀴 턴을 돌았을 때 그의 복장과 머리 스타일은 전혀 달라져 있었다. 검과 도포는 사라지고 머리색도 옅은 갈색으로 변했다. 대신 그는 각종 총기와 수류탄들을 몸에 휘감은, 흡사 오래된 영화 속 람보와 같은 모습으로 변해 있었다. 다만 영화와는 달리 그에게 우람한 근육은 없었지만 말이다.

"어때? 이 정도면 할 만한가?"

그는 워커들을 향해 총을 난사하기 시작했다. 총알이 몸 어딘가에라도 맞은 워커들은 그대로 바닥으로 쓰러져 일어나지 못했다. 그곳이 손바닥이나 귓불 같은 아무 타격이 되지 않는 곳이라 할지라도 말이다.

"자, 이것도 받아라!"

그가 던진 수류탄은 정확히 워커들 사이에 떨어졌고, 폭발과 함께 워커들은 산산조각 났다.

"하하하하!"

마치 영화의 한 장면이라도 되는 듯 그는 사방을 향해 되는 대로 총을 갈겨 댔다. 소총을 쏘다가 양손으로 두 자루의 권총을 쏘고, 수류탄을 던진 뒤 다시 다른 권총을 꺼내 들어 쏴 댔다. 마치 전쟁놀이를 하는 어린아이처럼 그의 입가에서는 미소가 지워지지 않았다.

그의 능력은 모방. 그것이 현실이든 가상이든 거의 완벽에 가까울 정도로 흉내 낼 수 있는 이 힘은 그야말로 어떤 면에서는 신에 가까운 능력이었다. 비록 그 외형적인 모습은 크게 변하지 않다 보니 그냥 멀리서 보면 변신보다는 단순한 변장이나 어설픈 흉내 정도로 보이겠지만 말이다.

어쨌든 마침내 주변에 몰려들었던 모든 워커들을 처리한 그는 다시 한 바퀴 턴을 하여 평범한 복장으로 갈아입었다.

"오래 기다리게 했군. 나도 모르게 흥분해서 말이야."

그의 뒤를 돌아보며 그렇게 묻자 어느새 나타난 검은 옷의 젊은 사내가 그에게 고개를 숙여 보였다.

"아닙니다. 오히려 지켜보는 내내 감탄하느라 시간 가는 줄 몰랐습니다."

젊은 사내의 그 말에 에드가 레이스는 또다시 한 바퀴 몸을 돌렸다. 그는 이제 젊은 사내의 모습을 흉내 내고 있었다.

"그랬다면 다행이군. 그보다 자네가 여기에 온 이유는 뭐지?"

"예. 데이곤 밀교와의 협정이 깨졌다는 사실을 전해드리기 위해 왔습니다."

사내의 그 말에 에드가 레이스는 시시하다는 듯 손을 내저었다.

"하! 어차피 깨질 동맹이지 않았나. 그깟 물고기 놈들 따위야 크툴후의 가호를 받은 지금은 아무 의미도 없는 것 아닌가."

"예. 허나 만에 하나라도 그들이 이상행동을 할 수 있으니 미리 경고를 해드리는 게 좋을 거라 여겼습니다. 어찌 되었든 데이곤 또한 신의 일족. 어떻게 나올지 알 수 없으니 말입니다."

허나 사내의 그 말에도 에드가 레이스는 여전히 건성이었다.

"그래. 잘 알겠네. 그보다 근데, 대체 무슨 일로 깨진 건가? 저번 간부회의 때는 특사들까지 파견해서 동맹을 돈독히 하기로 했지 않나."

"그것이······."

사내는 잠시 뜸을 들이더니 부끄러운 듯 입을 열었다.

"데이곤 밀교 놈들에게 속았습니다."

"속았어? 그 물고기들 따위가 뭘 속였단 말인가?"

"그게…… 특사를 요청한 건 그들의 희생제에 쓸 제물을 얻기 위한 속임수였습니다."

"뭐?!"

분명 그들로서도 데이곤 밀교에 희생제가 있다는 사실 정도는 잘 알고 있었다. 허나 감히 연맹의 일원을 제물로 쓰려 할 줄은 상상도 하지 못했었다.

"그럼 그 빌어먹을 것들이 연맹의 사람을 죽였다는 건가!"

에드가 레이스의 분위기가 일순간 무섭게 변했다. 사내는 그 살기에 잠시 심호흡을 하고서도 재빨리 말을 이었다.

"……다행히 인스머스 시로 가셨던 분께서 전부 내로라할 만한 실력자이시다 보니 그런 일은 일어나지 않았습니다. 모두 무사히 본부로 돌아오셨습니다. 오히려 데이곤 밀교가 인스머스 시를 잃게 되었죠."

사내의 그 말에 그제야 에드가 레이스의 표정이 풀렸다.

"그래? 그럼, 그래야지! 감히 물고기들 따위가 어디서 우리 연맹 사람을 건드려. 그보다 인스머스로 갔던 자들은 누구지? 나중에 만나면 술이라도 해야겠어."

"예. 아르카나 소속, 메이저 아르카나 N. 19 태양(The Sun) 알베르트 폰 애쉬람, N. 6 연인(The Lovers) 이리나 J 레이크, N. 12 매달린 자(The Hanged Man) 모한다스 라이. 그리고 코트 검의 왕(King Of Swords) 베놈. 지팡이의 기사(Knight Of Wands) 버닝핸드. 이렇게 다섯 명입니다."

"호오. 과연 아르카나뿐만 아니라 연맹 내에서도 이름이 높은 그 다섯이라면 충분했겠군. 하지만 이거 곤란하군."

"무슨……?"

"다른 네 명은 몰라도, 그 꼬마 녀석에게 술을 줄 수는 없잖아. 이거 졸지에 자네 앞에서 스스로 내뱉은 말도 지키지 못하는 사람이 되어 버렸군."

* * *

"연락은 아직 안 되는 거냐?"

턱수염이 난 사내의 물음에 갈색 머리 사내는 비통한 표정으로 고개를 저었다.

"죄송합니다. 아무래도 저 녀석 가까이에 있으면 통신이 안 되는 모양입니다."

그들의 시선은 성벽 아래 저 멀리 숲 쪽에서 그들을 향해 다가오고 있는 기괴한 형상의 존재에 닿아 있었다. 언뜻 보면 점액질 같기도 했지만 중심에 달려 있는 거대한 눈동자와 소용돌이치는 듯한 수없이 많은 크고 작은 손발들. 그것은 너무도 흉측하여 뭐라 형언하기 어려운 모습이었다.

"어쩔 수 없군. 우리끼리 상대하는 수밖에."

"하지만……"

이곳은 연맹에 속한 지부들 중 하나로, 유럽에 한 고성이었다. 그리고 이 지부를 맡고 있는 자들은 일루미나티. 연맹의 다른 조직들과 마찬가지로 신세계를 꿈꾸는 비밀결사 중 하나로, 그들은 주문이나 주술이 아닌 염력이나 발화 능력 같은 초능력을 이끌어 낸 자들이었다.

허나 현재 일루미나티가 연맹에서 차지하는 비중은 다른 조직들에 비해 너무도 미비했다.

사실 종말 전까지만 해도 물체를 띄우고, 허공에 불을 붙이고 물체 속을 투시하는 그들의 힘은 분명 경이롭다 말할 수 있는 것들이었다.

허나 종말이 온 뒤 이 세상에서는, 그 정도 힘은 아무런 의미도 없었다. 신이나 다른 상위 존재들의 힘을 빌려 쓸 수 있는 아르카나나,

초능력을 뛰어넘는 힘을 손에 넣은 신지학회, 고대마법을 이어오고 있는 장미십자기사단과 비한다면 그들은 거의 일반인과 다름없었다.

"크툴후의 가호가 있는데도 이곳으로 오고 있다는 건 보통이 아니란 뜻입니다. 원래라면 있을 수 없는 일이라고요! 그런데 그런 괴물을 저희들만으로 상대하는 건……!"

"그럼 뭐 어쩌겠다는 거냐! 이 성을 버리고 도망이라도 칠까? 그랬다간 연맹 내에서 우리 일루미나티의 존재는 그야말로 끝이야, 끝!"

"하지만 수장님도 안 계시고, 1급 능력자 분들은 죄다 본부에 가 계시잖습니까? 지금 이곳에서 1급 능력자는 단장님과 저뿐이라고요!"

"어찌 되었든 해봐야 될 거 아냐! 당장 전원 무기 들고 성벽 위로 올라오라 그래!"

턱수염 단장의 명령에 갈색머리 사내는 어쩔 수 없다는 듯 재빨리 아래로 내려갔다.

"발사 준비!"

성벽 위로 올라온 칠십여 명의 단원은 어느새 성벽 바로 밑까지 다가온 그 괴상한 형상을 향해 총구를 조준했다. 애초에 전투가 가능한 1급 능력자들이 없는 이 상황에서, 비전투 능력자인 2급 회원인 그들이 할 수 있는 것은 이 정도밖에 없었다.

"우욱."

허나 그마저도 잘되지 않았다. 그 형상의 흉측한 모습에 사람들은 총구를 그대로 고정시키고는 저마다 고개를 돌려 헛구역질을 해대거나 시선을 피하고, 차마 볼 수 없다는 듯 눈을 감고 말았다.

"이런……."

단장은 입밖으로 튀어나오려는 욕지거리를 속으로 삭혔다. 지금 이 상황에서 다그친다 해서 달라질 일이 아니었다. 그것은 마치 생리작용처럼 너무나 당연한 반응이었다. 그는 대신 그가 낼 수 있는 가장 근엄하고 단호한 목소리로 외쳤다.

"발사!"

그 소리와 함께 총소리가 성벽 위를 가득 뒤덮었다. 소총에 권총에 사냥용 엽총까지. 사람들 손에 들려 있던 총들은 불을 뿜어 댔다. 기본적인 군사훈련은 종말 이전에 미리 받아 두었던 그들이었지만, 제대로 조준을 할 수 없는 상황이다 보니 목표에 명중한 탄알은 전체에 1/3 정도밖에 되지 않았다.

"……."

허나 그 정도로도 충분했다. 그 정도만으로도 저 괴물에게 총알 같은 건 통하지 않는단 걸 확실히 알 수 있었다.

"……."

단장은 천천히 눈을 감았다. 그리고 잠시 뒤 그의 몸 주변으로 미약한 불길이 일었다. 그리고 단장의 그런 모습에 갈색머리 사내는 소리를 질렀다.

"당장 눈 뜨고 똑바로 쏴!"

"……!"

총소리마저 묻혀 버릴 만큼 커다란 그 고함 소리에 그제야 단원들은 제대로 겨냥을 하고 사격을 하기 시작했다.

"사격 준비!"

단장이 불길에 휩싸인 두 손을 아래로 향하게 하고 있는 것을 보고는 갈색머리의 사내가 대신 신호를 보냈다.

"발사!"

요란한 총소리들과 함께 다시 총탄들이 상대를 노리고 쏟아졌다.

괴물은 특별히 다른 행동을 하지는 않았다. 그저 지금까지 그랬듯 성벽을 천천히 기어오르고 있을 뿐이었다. 하지만 조금 전과는 상황이 달랐다.

 콰광!

 폭음과 함께 자욱한 흙먼지가 괴물과 성벽을 뒤덮었다. 단장의 능력이었다. 단원들은 성벽 아래에 구멍을 뚫은 만큼 커다란 폭발과 흙먼지에 잠시 사격을 멈췄다.

 "뭘 멍하니 있어! 계속 쏴!"

 그러나 저 폭발을 눈으로 보았음에도 갈색머리 사내는 재차 발사를 준비했다. 그들의 힘은 주술이나 주문이 아니었다. 주문이나 신의 힘을 빌린 불길은 보통의 불길과는 다른 법. 허나 지금의 폭발은 말 그대로 단순한 폭발. 강력하긴 해도 저 정도 폭발력은 보통 폭탄을 던진 것과 그리 다를 바 없었다.

 "발사!"

 그제야 단원들은 다시 총을 쏘기 시작했다. 흙먼지 때문에 정조준은 불가능했지만 그들에게는 괴물의 흉측한 모습을 똑바로 보지 않아도 되니 오히려 이게 훨씬 편했다.

 콰광!

 이번에는 시뻘건 불길을 뿜어내는 강렬한 폭발이 주변을 덮었다. 성벽이 흔들릴 만큼 커다란 폭발.

 "계속 쏴!"

 그러나 갈색머리 사내는 뭔가에 쫓기듯 다시 한 번 발사를 명했다. 도망치지 않을 거라면 최소한 그렇게라도 하라고 그의 본능이 외치고 있었다.

 "쏘라고!"

 그리고 그런 마음은 단장 또한 마찬가지인 듯싶었다. 불길이 다 꺼지기도 전, 폭음과 함께 또다시 시뻘건 화염이 일었다. 하지만 그게 마지막이었다. 단장의 몸 주변에 일고 있던 불길은 일제히 꺼져 버렸다.

힘이 다한 거였다.

"……."

갈색머리 사내 또한 그제야 발사 명령을 그쳤다. 이 정도면 괜찮지 않을까. 그런 희망에 가만히 연기와 흙먼지가 사라지기를 기다렸다.

"모두 대기하라."

그러나 단장이나 갈색머리 사내나 마음속에서 불안감이 사라진 것은 아니었다. 그는 가만히 잦아드는 불길을 바라보았다. 물론 그것은 다른 이들도 마찬가지였다. 그들 또한 어떤 불안감을 느끼고 있었다.

화르륵 화르륵.

그러나 특별히 불길 속에 보이는 것은 없었다. 사람들은 괜한 불안이었나 싶어 안도의 한숨을 내쉬려 했다. 그런데

"……!"

갑자기 불길이 갈라지며 그대로 꺼져 버렸다. 그리고 그곳에는 당연히 재가 되었어야 괴물이 너무도 멀쩡하게 있었다.

"……."

벽면 일부가 무너질 만큼 강력한 폭발 중심에 있었던 괴물이었지만, 마치 아무런 일도 없었던 듯 처음의 모습과 다를 바가 없었다.

"사격 준비!"

더 이상 폭발은 기대할 수 없었지만, 단장의 명령에 대원들은 다시 총구를 겨눴다.

"계속 발사해!"

그러나 이제 와서 단순한 충격이 통할 리가 없었다. 수백 개의 탄환이 쉴 새 없이 괴물을 노렸지만, 괴물은 무너진 부분을 피해 계속해서 성벽을 올랐다. 그리고 그렇게 몇 분, 갑자기 총소리가 급격히 줄어들더니 이내 사격이 멈췄다. 탄환이 모두 떨어진 것이다.

그리고 당연히 괴물은 멀쩡했다.

"……."

"어서 피하시지요!"

눈앞 상황에 아무 말도 하지 못하는 단장을 향해 갈색머리 사내는 필사적으로 외쳤다. 비록 기지를 포기하는 한이 있더라도 도망쳐야 했다. 그들로서 어떻게 할 수 있는 상대가 아니었다.

"어서……!"

"젠장! 후퇴하라!"

단장의 명에 단원들은 저마다 등을 돌리고 도망치기 시작했다. 자기 총을 챙기는 자들도 종종 있긴 했지만, 대부분이 비어 버린 총 같은 건 버려둔 채 도망쳤다. 애초에 똑바로 보기도 힘든 상대였다. 그나마 그들을 잡고 있던 단장의 명령까지도 그들에게 후퇴를 말하자, 이제 그들은 오직 하나 자신들의 머릿속을 집어삼킨 본능에 충실하게 된 것이다.

"으아악!"

그런데 대원들이 도망치던 곳에서 갑자기 비명 소리가 들려왔다. 어디서 나타났는지 그곳에도 성벽을 기어오르는 것과 똑같이 생긴 괴물들이 서 있었다.

"사, 살려……!"

"으아악!"

대원들은 다시 단장과 갈색머리 사내가 있는 곳으로 돌아오기 시작했다. 허나 돌아오는 데 성공한 대원은 고작해야 이십여 명에 불과했다. 나머지들은 모조리 그 괴물에게 처참하게 죽어 나갔다.

단장의 얼굴에는 절망이 깃들었다. 도망칠 곳 따위는 없었다. 단장과 남은 대원들의 시선은 자연히 갈색머리 사내에게 닿았다. 이제 이곳에서 전투가 가능한 1급 능력자는 그밖에 없었다.

"……."

갈색머리 사내는 그런 다른 이들을 둘러보더니 이내 비장한 얼굴로

앞쪽으로 나섰다. 그리고

"……죄송합니다."

그는 그대로 반대쪽 성벽 아래로 몸을 던졌다. 그리고 잠시 뒤 그의 몸은 허공으로 두둥실 떠올라 하늘로 날아올랐다. 그는 비행능력자. 혼자 도망친 거였다.

"저, 저 빌어먹을!"

"이 겁쟁아!"

대원들은 그를 향해 욕을 했지만, 단장만은 가만히 있었다. 사실 애초에 그 혼자서 어떻게 할 수 있는 상황이 아니었다. 거기다 그 스스로 이미 후퇴를 명했던 상황. 혼자 도망친다고 해서 욕할 수는 없었다.

잠시 뒤 그들의 비명 소리가 울려 퍼지고 일루미나티의 지부는 기괴한 괴물들로 가득해졌다. 그리고 더 이상 아무도 없다는 것을 확인하자, 괴물들은 그 모습만큼이나 기괴한 소리로 뭔가를 말하기 시작했다.

─이그나이……. 이그나이……. 트폴프칸가……. 요그 쇼토스……. 야브트느크……. 헤이예 나그르크드라…….

그 알 수 없는 언어가 이어질수록 괴물들의 몸은 마치 물이 끓듯 부글거리더니 이내 그 몸에서 악몽에서 나올 법한 다른 괴물들을 쏟아내기 시작했다.

다른 괴물들을 쏟아 내고 있는 이 기괴한 괴물의 이름은 요그 쇼토스. 하나이면서 모두. 모두이면서 하나인 자. 사신들이 드나드는 문이자 열쇠, 그리고 동시에 그 수호자인 존재였다. 그리고 요그 쇼토스는 끊임없이 괴물들을 쏟아 내면서 중얼거렸다.

─찾았다……. 찾았다……. 우리의 왕……. 나알라호텝…….

11
도박

―왔나? 생각보다 늦었군.

진강이 밖으로 나오자 성도는 그를 향해 고개조차 돌리지 않고 말했다. 그가 식신에 당했을 수도 있다는 가능성 따위는 전혀 생각하지 않는 태도였다. 물론 그의 입장에서는 설사 진강이 당했다 한들 걱정거리가 아니라고 여기는 걸 수도 있었다. 하지만 아무리 그렇다 쳐도 고개를 돌려 확인 정도는 해야 할 터였다.

더구나 생각보다 늦었다니, 애초부터 결과를 예상하고 있었다는 말 아닌가.

"예. 덕분에……."

진강은 조심스럽게 답하며 사마엘을 바라보았다. 사마엘은 고개를 저었다. 물론 정체가 탄로 났을 리가 없다는 건 진강도 잘 알고 있었다. 신의 독이라는 이름답게 그의 신이 다스리는 천년왕국의 한 축을 책임지던 천사. 썩어도 준치라는 말처럼, 설사 이런 모습이 되었다 한들 눈을 속이는 것 정도야 쉬운 일이었다.

　실제로 조금 전에도 바바카미의 눈을 훌륭히 속였지 않은가.

　―너무 언짢아 말게나. 고작 그 정도 식신이라면 충분히 처리 가능할 거라 믿어서 맡긴 거니까. 더구나 여기까지 왔는데 즐기기도 해야지.

　성도의 그 말에 조금 전 바바카미의 얼굴이 생각났는지 진강의 입가에는 묘한 미소가 떠올랐다. 그리고 사마엘은 진강의 그 미소에 노골적으로 싫은 기색을 내비쳤다.

　"미야베 씨나 다른 분들은 어디에……?"

　진강은 주변을 둘러보았지만 미야베를 비롯한 다른 마이너 아르카나들, 그리고 연맹의 다른 이들은 더 이상 보이지 않았다.

　―미야베와 백귀야행은 아베가 식솔들을 어딘가로 데려갔다더군. 다른 이들은 내가 입구에서 기다리라고 했네. 사실 이건 우리 가족사이기도 하니까.

　성도는 본전 안쪽 신단과 벽들에 가득 놓여 있는 수많은 위패들을 하나하나 살피고 있었다.

　"가족사……라니요……?"

　진강의 물음에 성도는 여전히 눈으로 위패들을 살피며 답했다.

　―내가 말하지 않았던가? 내 할머님께서는 옹주(翁主)셨다네. 옅기는 해도 내 몸에도 대한제국 황족의 피가 흐르고 있다는 거지.

　진강의 눈빛이 살짝 변했다. 역사 속에서 그 의미를 잃어버린 황족의 후손. 이제 와 그리 큰 의미는 없었지만 조금은 흥미로운 것도 사실이었다.

　'과연, 엠페러라는 칭호와 저 태도는 나름 의미가 있었다는 건가.'

　―뭐 자네 같은 젊은이들에게는 아무래도 상관없는 이야기겠지. 나도 마찬가지고.

그런 것 치고는 칭호나 직위, 태도 등 꽤나 황제에 가까운 모습들이었지만 말이다.

―다만 이 죽은 세상에 남겨진 마지막 황족으로서, 설사 계승식도 못한 반쪽짜리라고는 해도 대한제국 황제의 이름으로 꼭 해야 할 일이 있었을 뿐이다.

"야스쿠니 파괴……인 겁니까?"

야스쿠니가 상징하는 것은 침략전쟁과 군국주의, 그리고 동시에 일본 왕실에 대한 충성이자 일본의 정신 그 자체. 설사 이런 방식이라 할지라도 확실히 그 과거를 청산하는데 이보다 좋은 상징은 없었다.

하지만 성도는 고개를 저었다.

―아니. 그것은 그저 당연한 일일 뿐이고, 우선 그전에 해야 할 더 중요한 일이 있다.

그 순간 성도의 움직임이 멈췄다. 그의 앞에는 주변의 보통 위패들보다 조금 더 특별하기는 해도 일본 왕실의 위패들이나 다른 화려한 것들에 비한다면 살짝 초라해 보이는 위패가 놓여 있었다.

"……?"

진강이 그 위패에 적혀 있는 글자를 읽으려 고개를 뺐지만, 이(李) 자만이 보였을 뿐 이내 불길 속에 타서 흩어졌다.

'과연. 그래서 가족사라는 거였나.'

대한제국 황족 중 누군가의 위패가 이곳에 있다는 말은 그 또한 몇 번 들었다. 정확히 누구인지 밝혀지지는 않았지만, 일본 왕실에서 일본 왕의 충신이라는 굴욕적인 이유를 멋대로 가져다 붙여서는 낮은 단에 다른 보통 일본인들의 위패와 함께 놓았다고 했다.

―비록 혼백이 없는 껍데기뿐인 위패라고는 해도 대한제국 황족의 위패가 이딴 곳에 저런 놈들의 위패와 함께 놓여 있는 우습지도 않은 만행은, 설사 세상이 멸망했다 한들 참을 수 없다. 또한……!

성도가 팔을 뻗는 것과 동시에 본전 내에 있던 위패들 일부와 벽들에서 불길이 일었다.

―감히 희생자들의 위패를 침략자들의 신사에, 가해자들의 위패와 함께 두는 만행을 저지르고 반환조차 거부하다니! 설사 세상이 끝났다 한들 이를 어찌 바로잡지 않을 수 있는가!

 불길에 사라진 위패들은 모두 일본에 의해 침략을 당한 국가의 국민들이었다. 망자의 정신을 농락하고, 위패 반환을 요구하는 남겨진 후손의 가슴에 그들은 일본왕에 충성을 다하며 죽었다며 다시 한 번 그 심장에 칼을 꽂은 짐승과도 같은 만행. 성도는 그 모든 것들을 하나하나 바로잡고 있었다.

 위패 중 일부에서는 불길이 일자 마치 기다렸다는 듯 한 줄기 빛이 뿜어져 나왔다. 바로 희생자들의 영혼이었다. 비록 그 대부분이 영혼이 없는 껍데기뿐인 위패였지만 주술과 주문으로 인해 위패에 매여 있던 영혼들도 있었던 것이다.

 그 영혼들은 마치 인사를 하듯 성도의 주변을 빙글 빙글 돌더니 이내 빠르게 하늘로 사라져 갔다. 마침내 주박에서 벗어나 생명의 순환 속으로 돌아가는 거였다.

 그리고 마침내 모든 희생자들의 위패가 불타고 오직 일본인들의 위패만이 남았을 때, 성도는 들어 올렸던 손을 다시 아래로 내렸다. 그리고 그의 몸을 감싸고 있던 황금빛 기운이 흩어지는 듯하더니 이내 지금까지와는 전혀 다른 붉은 기운이 그를 감쌌다.

 "……!"

 "쉐에에……!"

 사마엘과 진강은 경악을 금치 못했다. 이제 성도의 배후에서 보이는 형상은 더 이상 올림푸스의 제왕, 하늘과 번개의 신 제우스가 아니었다. 그의 배후에서 보이는 잔영은 지옥의 왕이자 영혼의 판결자인 염라대왕이었다.

'설마 여러 신의 가피(加被)를 얻은 것인가!'

주술이나 기도를 통해 여러 신들의 힘을 빌리는 것은 가능하다. 하지만 각기 다른 신들이 한 인간을 대리자를 삼는 일은 본래 없다. 설사 있다 한들 그것은 제우스의 이름으로 올림푸스와 그 올림푸스의 신들 전체를 대변하는 그런 식이지, 이와 같이 서로 아무런 관련도 없는 신들이 한 인간을 대리자로 삼은 것은 나알라호텝의 기억을 지닌 진강조차 보기는커녕 들은 적도 없었다.

'미트라의 불길 속에서 멀쩡했던 건 저 힘 덕분이었군.'

여러 신의 대리자라고 그 힘 자체가 두 배나 세 배가 되는 건 아니었다. 애초에 대리자는 그가 감당할 수 있는 만큼만 신의 힘을 쓸 수 있기 때문이다. 다만 그 능력의 차이였다. 제우스 신의 힘이 번개라면, 염라대왕의 힘은 저승과 지옥, 그리고 불의 힘. 미트라의 불길이 그에게 치명상을 주지 못한 이유가 바로 그것이었다.

드드득 드드득.

염라대왕의 기운에 위패 속 영혼들은 두려운 듯 들썩거렸다.

—마음 같아서는 당장 무간지옥의 불길을 불러와 잿더미로 만들고 싶다만.

이내 성도의 몸에서 흘러나오던 기운들이 조금씩 잦아들고 그의 모습이 다시 신에서 인간에 가깝게 돌아왔다.

"연맹의 이상을 위해 조금 더, 즐거운 마음으로 기다리도록 하지."

성도는 몸을 돌려서는 진강을 향해 손짓을 했다.

"자, 그럼 돌아가도록 하지. 결계를 깨뜨리다 보니 온갖 것들이 몰려와 좀 지저분해질 수는 있겠지만, 백귀야행 그 노인네에게 맡겨두면 되겠지."

성도는 본전에서 나와서는 그대로 입구 쪽으로 되돌아가기 시작했다.

"……."

진강은 사마엘은 바라보았다. 애초에 불완전한 계약. 시간이 지날수록 계약이 깨질 위험도 늘어가고 있었고 성도도 본래의 모습으로 돌아오긴 했지만 그래도 아직 안심할 수는 없었다.

아직 드레이크의 용안이 있었다. 그가 용을 불러낸 상태가 아니란 걸 확인하기 전까지는 사마엘을 돌려보낼 수 없었다.

"안 오나?"

"갑니다."

진강은 사마엘에게 짧은 눈짓을 하고는 성도의 뒤를 따랐다.

"……."

진강은 가만히 주변을 둘러보았다. 본전을 제외하고 이제 주변에 보이는 것이라고는 나무들과 검은 잿더미들뿐이었다.

"기분이 어떤가?"

"예?"

"오늘 우리는 침략전쟁에 희생당한 자들의 염원을 이뤘다. 그 기분이 어떤가?"

진강은 금방 답을 하지 못했다. 사실 그로서는 별다른 감흥은 없었다. 단편적이긴 해도 나알라호텝의 기억과 전생 기억들을 지니고 있는 그에게 비극적인 역사는 특별한 게 아니었다.

"글쎄요……."

진강의 대답에 성도는 씁쓸한 미소를 지어 보였다.

"나도 마찬가지다. 그저 허무할 뿐이야."

성도는 잿더미를 밟으며 말했.

"사과를 할 자도, 사과를 받을 자도 없는 세상이 되어 버렸으니까. 가능했다면 이렇게 되기 전에 해결되었다면 좋았을 것을."

＊　　　＊　　　＊

"괜찮으시겠습니까?"

재원과 성진, 성은, 그리고 소연은 엘리베이터 문 앞에 서 있었다. 엘리베이터 안에는 인수가 타고 있었는데, 그의 손에는 네크로노미콘에서 뜯어낸 책장들이 쥐어져 있었다.

"예. 괜찮습니다."

인수는 비교적 아무렇지 않게 대답했지만, 그를 지켜보는 다른 이들의 표정은 어둡기 만했다. 이대로 그의 모습을 보는 게 마지막이 될 수도 있었다.

"정말 이렇게 할 필요가 있겠습니까?"

"맞아요. 너무 위험해요."

재원과 소연이 마지막으로 그를 말리려 했지만 인수의 태도는 단호했다.

"꼭 해야 됩니다."

그 눈빛에 다른 사람들은 더 이상 아무 말도 하지 못했다.

"제가 옥상에 도착하면 곧바로 모두 1층 입구로 가도록 하십시오. 최대한 거리를 두기 위해 옥상으로 향하는 거지만, 상대는 신들이니까요."

인수는 그렇게 말하며 성은을 바라보았다. 여차하면 차를 타고 도망가라는 의미였지만, 굳이 말로 하지 않은 이유는 그 또한 그것이 얼마나 무책임한 말인지 알기 때문이었다.

애초에 도망쳐야 될 상황까지 된다면 이미 끝이었다. 또한 어떻게 도망치는데 성공한다 할지라도 대체 어디로 가야 한다는 말인가. 진강 없이 그들끼리 이 세상에서 살아남기란 어려웠다.

"그럼 올라가 보겠습니다."

인수는 버튼에서 손을 뗐다.

"조심하십시오."

닫히는 엘리베이터 문 사이로, 그렇게 말하는 사람들을 향해 인수는 고개를 숙여 보였다. 엘리베이터는 천천히 옥상을 향해 올라갔다.

"……"

그리고 엘리베이터 층수가 올라갈수록 인수의 표정은 굳어져 갔다. 그라고 두렵거나 긴장되지 않을 리가 없었다. 그가 스스로 말했듯 성공 확률은 고작 1할도 되지 않을 터. 사실상 이것이 끝이나 마찬가지란 걸 그도 잘 알고 있었다.

그는 어느새 떨리고 있는 자신의 오른팔을 붙잡았다. 그의 눈은 자기도 모르게 자꾸만 엘리베이터 버튼들에 가 닿고 있었다.

"역시…… 아무리 말을 그렇게 해도 별수 없는 건가."

자조 섞인 쓸쓸한 그 중얼거림이 끝나갈 때쯤 엘리베이터는 옥상에 도착했다. 인수는 잠시 호흡을 가다듬더니 엘리베이터를 나섰다.

옥상 문을 열자 마치 그를 거부하듯 세찬 바람이 그의 몸을 덮쳐 왔다. 인수는 그 바람에 눈을 질끈 감았다. 그리고 눈꺼풀 안 어둠 속에서 몇 가지 생각이 자신의 나약함을 파고드는 것을 느꼈다.

"……"

인수는 그 생각들을 쫓으려는 듯 고개를 세차게 저었다. 바람이 그치는 그 짧은 시간 동안 몇 번이나 고개를 흔들었는지 모른다. 마침내 바람이 멎었을 때, 그는 천천히 눈을 떴다.

"쓸모없는 자는 쓸모없이 죽으면 된다. 그것은 비극도 아니고 특별한 것도 아닌 법."

그는 그렇게 차갑게 중얼거리며 밖으로 걸음을 뗐다. 팔다리의 떨림은 멈췄고 그 눈동자에도 더 이상 흔들림은 없었다.

인수는 밖으로 나왔다. 구름 한 점 없는 파란 하늘이 펼쳐져 있고 저 멀리에는 태양이 떠 있었지만 인수에게는 너무나 차갑고 어둡게만 느껴졌다.

아마도 그의 마음이 이미 세상 밖 어둠에 닿아 있기 때문일 터였다. 심연을 바라보면 심연 또한 이쪽을 바라본다. 그가 심연을 향해 다가간 만큼 심연 또한 그에게 다가오고 있었다.

"……켈테인사그다. 툼그드 사그낙. 아눆……."

크툴후의 표식이 새겨져 있는 옥상 중앙에서 그는 주문을 읽어 나가기 시작했다. 그의 목소리가 점점 어두워져 갔고, 주변의 공기는 무거워졌다.

"……네메크트라!"

주문이 끝나고 허공에 기묘한 빛들이 일렁이기 시작했다. 마치 금이 가듯 허공에 커다란 상처가 났고 뭔가 거대한 무언가가 빠져나오려는 듯 그 상처를 두드려댔다.

그가 부른 것은 물이 깊은 연못에 사는 자, 아트락 나카. 그 사악한 신이 그의 부름을 듣고 다가오고 있는 거였다.

"아그나시드크라. 네케두드라……."

하지만 인수는 아직 아트락 나카가 그 모습을 드러내기도 전에 곧바로 다음 책장에 적힌 주문을 읽어 나가기 시작했다.

이게 바로 그가 생각해 낼 수 있는 최선의 방법이었다.

그는 책장에 적혀 있는 세 명의 신에 대해 아무것도 알지 못했다. 그들이 무엇에 흥미를 느끼고, 어떤 성격을 지니고 있는지 그는 아무것도 듣지 못했다. 하지만 그런 건 상관없었다. 만일 그런 정보들을 통해 뭔가 변할 거였다면 노덴스가 그냥 침묵했을 리가 없었다.

노덴스가 별다른 말을 하지 않은 이유는, 설사 안다고 한들 그것이 아무런 의미도 없었기 때문이었고, 그것은 인수 또한 예상했던 바였다.

애초에 신들, 아니, 정확히 말하자면 사신들에게 인간을 포함한 필멸종들은 벌레라고 말하기조차 힘들 만큼 하찮은 존재였다. 생각해 보라. 어느 날 아침 창문 틈새로 들어온 햇빛 속에서 먼지들이 날리고 있다면 어떻게 하겠는가? 혹은 앉아 있는데 갑자기 날파리가 앞에 앉는다면?

허공을 떠다니는 먼지들의 모습을 잠시 아무 생각 없이 바라볼 수도 있고, 아니면 곧바로 시선을 뗄 수도 있다. 청소기를 돌릴 수도 있고, 전혀 다른 행동을 할 수도 있다.

날파리의 경우라면, 손을 들어 내려칠 수도 있고 파리채를 찾거나 살충제를 찾아 사용할 수도 있었다. 아니면 그냥 무시하거나, 창문을 열어 밖으로 쫓을 수도 있다. 하지만 확실한 건 아마 아주 드문 경우에서나 날파리를 위해 먹을 것을 챙겨 주거나 좋은 생활환경을 만들어 줄 거란 것이다.

지금 인수는 바로 그 날파리였다. 그가 어떤 말을 해도, 그가 어떤 태도를 보여도, 그것은 결국 날파리의 날갯짓이고, 날리는 먼지의 흔들거림에 불과했다.

"……키레제도그 베기사푸테!"

두 번째 책장에 적힌 주문이 끝나자 이번에는 기묘한 연기와 안개들이 주변을 덮어 갔다. 뿐만 아니라 이미 처음 허공에 난 거대한 상처를 비집고 거대한 곤충의 다리 같은 것들이 삐져나오고 있었지만 인수는 곧바로 세 번째 책장에 적힌 주문을 읽기 시작했다.

그 자신이 하찮은 날파리에 불과하고, 어차피 희박한 확률이란 사실만이 확실하다면, 오히려 변수를 늘리는 것만이 유일한 답이었다.

서로 다른 세 명의 사신이 한자리에 선다. 그것만큼 예측불가능한 상황이 있을까.

"아구스. 노카스프흐. 아투라!"

마침내 세 번째 주문을 마친 인수는 그대로 바닥에 몸을 바짝 엎드렸다. 아무리 자신의 예의가 상대에게 아무런 의미도 없다 한들 무례를 범하는 위험을 감수할 필요는 없었다.

스스스스.

가장 먼저 그 모습을 드러낸 이는 즐기는 자 지토 수룬가였다. 크기가 제각각인 크고 작은 구슬들이 불규칙하게 쌓여 있는 것과 같은 외형인 지토 수룬가는 마치 철가루 위를 걷는 듯한 소리를 내며 안개와 연기 속에서 걸어 나왔다.

─…….

그는 마치 미끄러지듯 인수에게로 다가왔다. 족히 성인 남성의 두 배는 될 법한 체격이었지만, 마치 어린아이의 장난감과 같은 모습이었다.

─…….

"위대한 지토 수룬가시여."

인수는 숨을 죽이며 머리를 조아렸다. 지토 수룬가의 시선이 자신의 몸 구석구석에 닿는 것을 느낄 수 있었다. 그가 지금 할 수 있는 일이라고는 오직 그가 조금 더 자신을 살려두길 바라는 것뿐이었다.

그리고 바로 그 순간, 수없이 많은 유리가 깨지는 소리가 나더니 허공에 난 구멍 속에서 버스 크기만 한 검은 생명체가 걸어 나왔다.

─크르르르. 누구더냐. 누가 나를 불렀더냐?

물이 깊은 연못에 사는 자 아트락 나카. 그 기괴한 형상을 다른 어떤 것에 빗대는 것 자체가 무의미해 보였지만, 굳이 빗대야 한다면 커다란 거미에 비교적 가깝다 말할 수 있었다. 십여 개가 넘는 긴 다리들에는 관절이 여러 개 있었고 새카만 몸통에는 사람 얼굴 비슷한 것들이 빼곡히 붙어 있었는데 얼굴들은 모두 눈을 감고 있었다.

─……아트락 나카. 이런 곳에서 볼 줄은 몰랐군.

그의 등장에 지토 수룬가가 입을 열었다. 그 목소리는 외관에 어울리지 않게 무척이나 정중하고 신사다웠다.

—지토…… 수룬가……?

아트락 나카는 지토 수룬가의 존재에 적지 않게 놀란 듯 보였다. 그런 아트락 나카의 태도에 지토 수룬가는 즐겁다는 듯 목소리를 높였다.

—그렇다네. 그보다 그대가 둥지에서 나오다니 놀랍군. 지난 몇 번의 유흥이 지나는 동안에도 그대는 둥지에서 나오지 않았잖나.

지토 수룬가의 그 말에 아트락 나카는 그 날카로운 두 개의 턱을 빠르게 움직였다.

—이번 유희는 지금까지와는 다르다. 내 둥지를 지탱하는 망각의 탑들이 흔들리고 있다. 그 흔들림의 원인을 찾아야 한다.

몸을 엎드리고 있던 인수는 아트락 나카의 목소리에 불안과 함께 조급함이 묻어 있다는 사실에 적지 않게 놀랐다. 사신의 일족인 그가 마치 뭔가에 쫓기듯 전전긍긍하고 있었다.

—후후후후. 뭔가 변했는가 했더니, 여전히 그깟 둥지에 마음을 다하고 있는가?

—……내 둥지를 함부로 말하지 마라.

아트락 나카는 낮은 위협성을 내며 불편한 심기를 그대로 드러냈지만 지토 수룬가는 오히려 그에 더 즐거워하고 있었다.

—뭐 어쨌든, 흔들림의 원인을 찾으려 나왔다고는 해도 이곳까지 온 건 꽤 놀라운 일이군.

—누군가가 나를 불렀다. 내 이름을 아는 자가, 우리들의 언어를 아는 자가 나를 불렀다. 그래서 확인하러 온 것이다. 둥지를 흔드는 원인을 알 수도 있기에.

—후후후후.

지토 수룬가는 아트락 나카의 그 말에 웃음을 참지 못하겠다는 듯 몸을 흔들었다. 크고 작은 구슬들이 불규칙하게 쌓여 있는 듯한 그의 몸은 마치 파도가 치는 바다처럼 요동쳤다.

—고작 그런 이유로 이 부름에 응했다는 건가? 이 세계의 신들도 아니고, 고작해야 필멸자가 심연에 구덩이 속 흔들림의 이유를 어떻게 안단 말인가?

지토 수룬가는 점잖은 말투로 아트락 나카를 조롱하고 있었다. 아트락 나카 또한 그 사실을 알고 있었지만 단지 위협성을 낼 뿐, 별다른 행동을 하지는 못했다.

즐기는 자, 지토 수룬가.

인수는 알지 못했지만 그는 다섯 왕과 비견되는 고위 사신들 중 하나였다. 물이 깊은 연못에 사는 자, 아트락 나카와 같은 중급 사신 따위는 당장에라도 그 다리를 뽑아 버릴 수 있었고, 그 목을 베는 것도 너무 쉬운 일이었다.

그리고 두 사신 간에 그런 대화가 이어지는 사이, 마침내 마지막 사신이 그 모습을 드러냈다.

—하우우움. 지겹다, 지겨워.

늘어지는 하품 소리와 함께 늑장을 부리며 나타난 자는 거룩한 게으름, 사토과였다. 10살쯤 되는 어린아이와 같은 키에 박쥐 같은 털을 기른 졸린 두꺼비와 같은 이 신은, 자신에 앞서 와 있는 다른 두 사신을 보고서도 별다른 감흥이 없는 듯 막 잠에서 깬 것처럼 짧은 두 손으로 연신 눈을 비벼댈 뿐이었다.

—대체 누가 나를 부른 거야? 한참 잘 자고 있었는데. 제대로 된 제물이 준비되어 있지 않다면…….

그는 만사가 귀찮은 듯 무기력한 목소리로 느릿느릿 말을 이어 갔다.

—사토과? 자네까지? 이거 참 놀랍군. 응 카이에 있던 자네의 왕국이 망한 이후로는 비교적 부지런해졌다는 말은 들었지만, 고작 필멸자

들이 준비하는 제물을 바라고 이런 곳까지 올 정도로 타락했을 줄이야.

―…….

지토 수룬가의 말에 사토과의 표정이 살짝 일그러졌다. 거룩한 게으름 사토과. 그는 사이크라노슈 계에 있는 응 카이에서 그 자신의 동족인 백성들과 왕국을 다스리던 중하위급에 속하는 사신이다.

허나 그의 왕국은 오래전 다른 사신에 의해 무너졌고, 이제 그는 자신의 왕국에서 쫓겨나 여러 세계를 방랑하는 처지가 되었다.

―어쨌든 정말 놀랍군. 얼굴 보기 어려운 두 사신을 한곳에서 만나다니.

"……!"

인수는 갑자기 자신의 몸을 일으키는 어떤 힘을 느꼈다. 그리고 그가 몸을 일으켰을 때, 눈앞에는 지토 수룬가가 그 둥근 머리를 기울이며 자신을 내려다보고 있었다.

―자, 그럼 이 진귀한 상황을 만들어 준 이의 말도 한 번 들어 봐야겠지?

지토 수룬가의 머리에는 눈이 없었다. 아니, 다른 어떤 것도 없었다. 그저 동그란 은색 구체뿐. 하지만 인수는 그가 자신을 똑바로 바라보고 있다는 걸 느낄 수 있었다.

―어째서 우리를 불렀더냐? 그것도 세 명이나 동시에.

인수는 마치 영혼을 꿰뚫리는 듯한 느낌 때문에 대답은커녕 눈앞에 초점조차 흐려져 갔다. 신의 존재란 그런 것이었다. 비록 이곳으로 내려선 그들은 지금 자신들 힘에 십분지 일도 드러내지 않고 있었지만 그조차도 인간에게는 감당하기 어려운 정도였다.

"……저, 저는……."

하지만 인수는 멀어지려는 정신을 온 힘을 다해 붙잡으며 그 입을 뗐다. 이대로 무너질 수는 없었다. 그 모든 위험을 감수하고, 그는 세

명의 신 앞에서 섰다. 그리고 적어도 아직은 살아 있었다. 이미 그것만으로도 희박한 확률 도박에서 크게 성공한 거였다.

더구나 지금 지토 수룬가가 자신에게 관심을 보이고 있다. 지금까지의 언사들로 지토 수룬가가 이들 중 가장 영향력이 높다는 건 인수도 알고 있었다.

그렇기에 이 기회를 놓칠 수는 없었다. 아니, 놓쳐서는 안 된다. 그는 그 일념으로 필사적으로 입을 열었다.

"위대한 신들께 감히 청하고자 하는 것이 있습니다."

―그래. 청이 있겠지. 그렇지 않고야 우리를 부를 리가 없으니까. 묻고자 하는 것은 그 청이 무엇이냐는 거다.

"……힘을 빌리고 싶습니다."

―고작 그딴 이유로……!

지토 수룬가는 팔을 들어, 사납게 달려들려는 아트락 나카와 불쾌한 기색을 드러내는 사토과를 막았다.

―자자, 진정들 하게나. 아직 이야기를 다 듣지도 않았잖나.

부드럽지만 단호한 그 태도에 두 신은 움직임을 멈췄다.

―우리에 대해서는 어떻게 알게 되었지? 다른 사신도 아닌 우리 셋을 부른 게 단순한 우연은 아닐 테지?

"백색의 노덴스께서 알려주셨습니다."

―……!

―흡!

백색의 노덴스라는 말에 아트락 나카와 사토과가 한 발자국 뒤로 물러섰다. 허나 지토 수룬가는 오히려 노덴스의 이름이 나오자 훨씬 더 흥미를 표했다.

―백색의 노덴스! 그리운 이름이군. 허나 우리를 불렀던 그 방식, 그건 노덴스가 아닌 또 다른 그리운 이름을 생각나게 하던데…… 아닌가?

"예. 그 방식은 나알라호텝께서 남기신 기록에 의한 겁니다."

나알라호텝의 이름에 사토과는 졸려 보이던 두 눈을 번쩍 떴고, 아트락 나카는 다리들을 모으며 몸을 웅크렸다. 그들은 그제야 어째서 자신들이 이 부름에 순순히 따랐는지 이해했다. 그들 스스로 인지하던 표면적 것들 또한 물론 중요한 이유였지만, 그 이전에 이미 무의식적으로 나알라호텝의 존재를 느꼈기 때문이었다.

―역시나. 과연 그였군.

인수는 자신을 붙잡고 있던 기운이 사라지는 것을 느꼈다. 또한 동시에 인수는 자신을 향하는 지토 수룬가의 시선이 한결 부드러워졌음을 알 수 있었다.

―그런데 우리 셋을 함께 부른 건 누구 생각이었지? 내 기억 속에는 이런 건 논센스나 나알라호텝의 스타일이 아니었는데.

그 물음에 인수의 입가에 옅은 미소가 떠올랐다. 지토 수룬가는 이미 그 답을 알고 있었다. 허나 굳이 그 자신에게 묻고 있었다.

"……제 생각이었습니다."

―어째서 그런 거지?

"그것은……."

지토 수룬가의 부드러운 말투에 답을 하려던 인수는 순간 입을 다물었다. 성공을 자축하기에는 너무 일렀다.

분명 그의 도박은 맞아떨어졌다. 아직 살아 있을 뿐만 아니라, 지토 수룬가의 관심을 끄는 데 성공했으니 그것만으로도 천문학적인 확률을 깬 거였다.

허나 반대로 말하자면, 그만큼 확실한 건 아무것도 없다는 반증일 뿐이었다. 상대는 사신이었다. 잠시 흥미를 끌었다 한들 그것이 그 자신의 목숨을 살려 주는 구명줄이 될 거란 보장은 없었다.

한마디 말실수로, 혹은 변덕으로 언제든 무너질 수 있는 모래탑. 그는 지금 그 위에 서 있는 거였다.

―왜 말을 못하지?

인수는 지토 수룬가의 부드러운 말투가 이제는 마치 먹잇감을 앞에 둔 맹수의 잔인한 울음처럼 들렸다.

"저, 저는……."

그런 생각이 드는 순간, 그때까지 겨우 유지되고 있던 인수의 의식은 빠르게 무너져 내리기 시작했다. 초점은 흐려지다 못해 마치 심연 깊은 곳으로 가라앉듯 주변 모든 것들이 검게 변해 갔다. 인수는 자신이 죽는다고 생각했다. 온몸에 힘이 빠지며 의식이 멀어지고 생각들과 기억들이 머릿속에서 지워져 갔다.

"……그렇게 해야지만 신들께서 제 말을 들어주실 거라 생각했습니다."

그는 마치 잠꼬대를 하듯, 혹은 임종을 앞둔 병자가 유언을 하듯 어눌한 발음으로 말을 내뱉었다. 그것은 단지 물음에 의한 반사적인 반응에 가까웠지 결코 의식적인 대답은 아니었다. 그는 이미 자신의 이름조차 잊어 가고 있었다.

―그래. 잘 생각했구나. 허나 단지 그것만으로 네게 힘을 빌려 줄 수는 없다. 내 이름은 지토 수룬가. 유흥을 즐기는 자로니. 내게 줄 수 있는 것을 말해 보거라.

지토 수룬가는 이미 인수의 눈동자에 의식이 사라져 가는 것을 알고 있었다. 그의 영혼이 심연에 물들어 가고 있다는 걸 느끼고 있었다. 허나 그는 개의치 않은 채 물음을 던졌다. 마치 장난감을 거칠게 다루는 아이처럼 인수를 몰아붙여 갔다.

망가진다면 그뿐, 견뎌낸다면 또 그뿐. 그는 그저 인수의 반응과 모습을 말 그대로 즐기고 있을 뿐이었다.

"……미래."

인수는 상대가 무슨 말을 하는지도 이해하지 못한 채 아무렇게나 내뱉었다.

"천년왕국⋯⋯. 구원, 새로운 세계⋯⋯."

―그게 네 이상이더냐? 하지만 그건 너의 즐거움이지 나의 즐거움이 아니다.

"힘을⋯⋯ 쓸모없는 자가 될 수는⋯⋯."

이제 그에게 더 이상 대화는 무리로 보였다. 그는 의식 가장 깊은 곳에 담겨 있던 단편적인 단어와 문장만을 되뇌고 있을 뿐이었다.

―이런, 벌써 끝인가?

그리고 그런 인수의 모습에 지토 수룬가는 흥미를 잃은 듯 시선을 돌렸다. 그리고 그와 동시에 인수의 몸은 바닥으로 쓰러졌다. 의식을 잃기 시작할 때부터 그를 지탱한 것은 지토 수룬가의 힘이었다.

―아쉽군. 노덴스에 나알라호텝의 이름까지 나와서 조금 기대를 했는데 결국 잠깐의 심심풀이였나.

지토 수룬가는 아직도 불안해하고 있는 사토과와 아트락 나카를 향해 손짓했다.

―어떻게 할 텐가? 내 기억하기는 자네들은 제물을 먹는 취미가 있었지 아마?

지토 수룬가의 그 말에 사토과와 아트락 나카는 입맛을 다시며 천천히 걸어왔다. 지토 수룬가는 그런 그들의 모습에 인수에게서 비켜서려고 했다. 그런데

―⋯⋯?!

의식을 잃었다고 생각했던 인수가 갑자기 몸을 일으켰다. 그리고는 여전히 초점이 없는 그 눈으로 지토 수룬가를 똑바로 바라보며 마치 그를 붙잡으려는 듯 손을 뻗었다.

"쓸모없는 자가 될 수는⋯⋯!"

처절하게까지 들리는 그 외침. 그 외침을 끝으로 인수는 그대로 다시 바닥으로 쓰러졌다.

―하하하하!

그가 잠시 의식을 되찾았던 것인지, 아니면 무의식 가장 깊은 곳에 있던 의지의 발현인지는 지토 수룬가조차 쉽게 알 수 없었다. 하지만 확실한 건, 바로 그 행동이 지토 수룬가 자신을 즐겁게 했다는 거였다.

―재밌구나! 아주 즐거워!

물론 인수의 그 행동이 지토 수룬가에게 어떤 충격을 줄 만큼 특별했던 건 아니었다. 필멸자들이 생각하는 시간 개념과는 아예 전혀 다른 차원의 시간을 사는 신들에게 아주 새로운 것이란 존재하지 않는다.

단지 마치 어느 날 갑자기 들린 옛노래에 자기도 모르게 눈물을 흘리듯, 어느 날 아침 떠오르는 태양을 보며 자기도 모르게 벅찬 가슴을 부여잡듯, 마침 인수의 그 행동이 그의 마음을 움직일 만한 범주에 들었을 뿐이었다. 그야말로 천운, 기가 막힌 행운이었다.

지토 수룬가는 그 자신의 몸을 길게 흩트려서는 인수의 주변을 빙 둘러쌌다.

―좋다. 너에게 힘을 주지.

그리고 그와 함께 지토 수룬가의 몸에서 흘러나온 검은빛이 인수의 몸을 덮쳤다.

―나를 즐겁게 한 대가로, 한동안은 네 장난에 어울려 주도록 하마.

12
예언

"……."

―…….

계정과 아라디아는 서로를 바라보며 아무 말도 하지 못했다. 오늘이 바로 아바돈이 말한 의식의 밤. 이미 그 명령에 따르지 않기로 마음을 정했고, 악마왕들 중 하나인 위대한 흑산양 사타나키아마저 조력을 약속한 이상 걱정할 건 없을 터였지만, 그럼에도 그들은 불안감을 지울 수 없었다.

상대가 바로 지저의 제왕들 중 하나이자 기아와 질병의 신 아바돈인 이상 어쩔 수 없는 일이었다.

"사타나키아…… 믿을 수 있는 건 확실하겠지?"

―멍청하구나. 악마를 믿어서 어쩌겠다는 것이냐?

계정은 아라디아의 태도가 지금까지와는 어딘가 달라져 있다는 걸 알아차렸다. 그리고 그게 사타나키아의 등장 때문이란 건 두말할 필요도 없었다.
"믿지 않으면, 어떻게 해야 하지?"
―…….
그녀는 아무 말도 하지 않았다. 사실 지금 그들로서 사타나키아를 어떻게 할 수 있는 방법은 아예 없었다.
그나마 온전하지 못한 아바돈조차 상대하지 못하는 그들이 악마왕들 중 한 명인 위대한 흑산양 사타나키아를 상대할 수 있을 리가 없지 않은가.
"뭐, 굳이 그가 우리를 속일 이유도 없겠지만……."
―흥! 그런 식으로 마음을 놓고 있다 큰 코 다칠 거다.
말은 그렇게 해도 그게 그녀의 본심이 아니란 건 확실했다. 그 말투와 몸동작들에 담겨 있는 건 불신이나 분노라고 하기에는 너무나 부드러웠다.
"그럴지도……."
계정은 조금 복잡한 표정으로 시선을 돌렸다. 힘의 균형은 이미 깨져 버렸다. 더구나 사타나키아가 아라디아에게 호감을 표하는 한, 그로서는 희망이 없었다. 다행히 아라디아와 자신은 인류 재건이라는 목적을 공유하고 있기는 했지만, 이대로라면 인류 재건 이후에 뱀파이어 종족의 입지는 좁아질 수밖에 없었다.
'하긴, 이제 그런 건 의미 없으려나.'
악마왕에 마신, 사신 거기에 처음 보는 괴물들이 넘쳐 나는 세상. 애초부터 뱀파이어들만으로는 인류 재건을 이루는 건 불가능한 일이었는지도 몰랐다.
"대장."
문이 열리며 다른 뱀파이어들이 들어왔다. 그들의 옷 여기저기는 뭔가 날카로운 것에 찔린 듯 찢겨지고 잘려져 있었다.

"뭐지? 옷 꼴은 또 왜 그렇고?"

"그게······."

"이것들이 멋대로 몇 병을 챙겨가려고 하잖아."

다른 뱀파이어들을 헤치고 걸어 나온 이는 저장고를 관리하고 있던 바텐더였다. 그는 보랏빛 기운에 휩싸여 있는 아라디아를 향해 가볍게 고개를 끄덕이는 것으로 인사를 대신했다. 비록 직접 만나는 건 처음이었지만 혈액들을 운반하던 뱀파이어들과 계정에게 전해 들어 그녀의 존재에 대해서는 알고 있던 그였다.

"후후. 그렇다면 옷만으로 끝난 게 다행이군."

계정은 손짓으로 다른 뱀파이어들을 물러가게 했다. 저장고의 관리자인 그가 여기까지 직접 온 것은 단순히 피 몇 병 때문이 아닐 터였다. 뱀파이어들이 방을 나서자 바텐더는 장난스러운 미소를 지웠다.

"다른 로드들과 연락이 닿았어."

"그래?"

계정은 비교적 무덤덤했다. 아바돈을 상대해야 하는 이 상황에 다른 로드들 따위는 그리 중요한 문제가 아니었다.

"지금 상황에 대해 이해하고 있던가?"

"아무래도 본부가 있는 유럽 쪽은 어느 정도 상황 파악을 끝낸 모양이야. 오라클, 그 할망구를 깨웠다는군. 다만 아시아나 중동, 아프리카 쪽 지부들과는 대체로 연락이 안 되는 상황 같은데, 그다지 별 걱정은 안 하는 모양이야."

"애초에 아직도 유럽이 세계의 전부인 줄 아는 게 원로원 그 늙은이 놈들이니 별로 새삼스럽지도 않군."

본래 뱀파이어의 시초가 유럽에서 생겨났는지는 확실치 않지만, 지금의 기틀이 잡힌 것은 유럽이었다. 현재에 원로들 중 대다수가 유럽을 떠난 적이 없었고 그 법률들 또한 과거 유럽에 그것과 별반 다를 바 없었다. 전 세계에 지부를 두고 모든 뱀파이어들 위에 군림하게 된 지금조차도 그들은 유럽 이외에 곳들을 단순한 식민지 정도로 치부하고 있었다.

"그래서, 그들이 뭐라던가?"

"빠른 시일 내로 저장되어 있는 혈액과 생존자들을 런던으로 운반하라더군."

"미친"

계정은 자기도 모르게 자리에서 일어났다. 본부가 있는 런던으로 혈액을 운반하라니, 다른 자들은 어찌 되든 자기들만 패닉룸에서 안전하게 지내겠다는 속셈 아닌가.

―그런 자들을 신경 쓸 필요는 없다. 이 일이 끝난 뒤 해결하면 되니.

아무렇지 않게 넘기려던 아라디아였지만 그 다음으로 이어진 말 때문에 그럴 수 없었다.

"그건 조금 어려울 거 같군. 원로들이 그런 멍청한 결정을 내린 이유가 오라클 그 할망구가 예언을 했기 때문이거든."

그의 말에 계정의 표정이 굳어졌다. 오라클. 2천 년이 넘게 살아온 그녀는 뱀파이어 종족에 가장 위대한 예언자였다. 그녀는 자신의 몸에 흐르던 피가 따뜻했던 그때도, 그 피가 차갑게 식어 버린 지금도 자신의 시간 대부분을 꿈속에서 위대한 신들과 소통하는데 보낸다.

허나 때때로 깨어나 자신이 본 것들의 일부를 말해 주는데, 그 예언은 모호하지도 않고 비유적이지도 않다. 너무도 간결하고 분명한데 단한 번도 틀린 적이 없었다. 온갖 예언서와 예언자들이 갖가지 방식으로 예언했다는 히틀러의 등장이나 로마의 멸망 따위의 것들은 아무것도 아니다.

그녀는 그 오랜 예전 이미 인간이 달에 가는 것을 예언했다. 그 당시 존재조차 알 지 못했던 먼 나라의 왕조들과 그 멸망을 정확히 이야기했다.

비록 당시 사람들과 뱀파이어들은 그녀가 말하는 예언의 진위를 밝힐 능력이 없었기에 그녀의 예언 중 대부분은 쓸모없는 지식으로 치부됐지만 몇 가지, 가까운 미래나 가까운 지역에 대한 예언들은 그녀의 주변 사람들, 그리고 이후로는 뱀파이어들에게 커다란 이익을 주었다.

많은 국가, 단체들의 멸망과 크고 작은 전쟁들 속에서 뱀파이어들은 이익을 챙기고, 그 몸을 숨겼다. 지금의 이 뱀파이어 사회는 그녀의 예언들로 인해 구축되었다고 해도 과언이 아니었다. 만일 그녀가 뭔가를 예언했다면 그것은 틀림없는 사실이었다.

"그녀가 뭐라고 했지?"

계정의 조심스런 물음에 그는 잠시 난감한 듯 씁쓸한 미소를 지어 보였다.

"곧 이 땅에 재앙과 기아의 신 아바돈이 강림한다더군. 검은 메뚜기 떼가 하늘을 덮을 거라고."

"……!"

계정의 안 그래도 창백한 얼굴은 아예 새하얗게 질려 버렸다. 계정은 아라디아를 돌아보았다. 이 말대로라면 그들의 계획이 실패한다는 뜻이었다.

―고작 예언자 따위의 예언에 뭘 그리 놀라는가?

하지만 오라클의 예언에 대해 잘 모르는 아라디아로서는 상황이 얼마나 심각한지 그리 크게 와 닿지 않는 모양이었다.

―애초에 필멸자들이 하는 예언이라는 것은 불완전할 뿐이다. 더구나 이미 봤듯이 아바돈은 지금도 이 땅에 존재한다. 아마 우리에게 일어난 광경을 그녀가 본 거겠지.

"그건 잘 몰라서 하는 소리다. 그녀의 예언은……!"

―그녀의 능력이 아무리 뛰어나다고 한들 신에게 비할 거 같나!

아라디아는 보랏빛 날개를 펼치며 목소리를 높였다. 하지만 계정은

"신도 신 나름이지. 반쪽짜리 신을 어떻게 믿으라고."

―이……!

아라디아의 말이 완전히 틀린 말은 아니었다. 아무리 능력이 높고, 신들과 소통한다 해도 필멸자들의 예언이란 불완전할 수밖에 없었다. 허나 불완전하다는 그 말이 무시해도 된다는 뜻은 아니었다.

본래 신들은 기본적으로 모두 혜안을 지니고 있고, 일반적인 시간 속에 속해 있지 않기 때문에 어느 정도의 예언 능력은 모두 가지고 있다.

하지만 그것은 오직 하계에 대한 것뿐, 그들이 속한 상위 세계나 신들에 대한 예언을 할 수 있는 자들은 신들 중에서도 특별한 이들뿐이었다.

오딘이나 노른, 바프스루드니르 등이 바로 그들인데, 이와 같은 신들의 축복을 받은 자들은 때때로 비록 제한적이나 신들조차 보지 못한 미래를 보기도 하는 것이다.

오라클이 그 위대한 신들 중 누군가에게 축복을 받지 않았다는 보장도 없었고, 허신인 그녀에게 다른 신들에 관한 예언을 하는 능력은 없었다.

―그럼 뭘 어쩌겠다는 거냐?

화를 내려던 그녀는 이내 마음을 가라앉히고 계정을 향해 되물었다.

―아예 없었던 일로 하기라도 할까? 만일 그렇다면 그 예언 그대로 되겠지.

"……."

계정은 아무 말도 하지 못했다. 그녀의 말이 맞았다. 그렇다고 아무 것도 하지 않을 수는 없었다. 상대는 아바돈, 시키는 대로 한 다음 손

흔들며 제 갈길 가자고 할 수 있는 상대가 아니었다. 온전한, 아니, 정확히 말하자면 절반 정도의 힘을 지닌 채 그가 이 땅에 내려앉는다면 그야말로 미래 같은 건 없었다.

"사타나키아와 상의해 볼 수는 있지 않겠나."

―하! 그래 봤자 뭐가 달라질까!

"뭐가 말이죠?"

그녀의 말이 끝나자마자 고혹적인 목소리가 방 안을 채웠다. 몸을 돌리자 자줏빛 의복을 차려입은 사타나키아가 비스듬히 몸을 기댄 채 웃고 있었다.

"달라질지, 달라지지 않을지는 일단 이야기부터 해 봐야 알 수 있겠죠."

사타나키아는 마치 장난을 치듯 아라디아를 향해 걸어왔다. 그녀는 고개를 돌렸고 그 모습에 사타나키아는 매혹적인 미소를 지어 보였다.

"자, 그럼 제게 상의할 게 뭐죠?"

"……."

갑작스런 사타나키아의 등장에 바텐더는 바짝 얼어붙었다. 사실 그는 아직 사타나키아에 대해서 듣지 못했었다. 하지만 별다른 설명을 듣지 않고도 그는 한눈에 알 수 있었다. 보랏빛 기운을 온몸으로 뿜어내고 있는 아라디아보다 오히려 그저 웃고 있는 이 사내가 훨씬 더 위험했다.

―웬 예언자가 아바돈이 지상에 강림할 거라고 했다는군요.

아라디아는 불쾌한 기색을 그대로 드러내며 말했다.

"호오. 그렇습니까? 뭐 새삼스러울 건 없군요. 이미 지금도 아바돈께서는 이 지상에 있고, 또 본래부터 예언자들은 아바돈이란 이름을 운운하길 좋아했으니까요. 그 유명한 묵시록에도 나오지 않습니까."

사타나키아 또한 아라디아와 마찬가지였다. 예언 따위는 예삿일로 보고 그다지 중요하게 여기지 않고 있었다.

"그렇게 넘길 일이 아닙니다. 오라클의 예언은 단 한 번도 어긋난 적이 없습니다."

계정으로서는 그저 답답한 마음에 한 말이었는데 갑자기 사타나키아의 안색이 변했다.

"오라클? 설마 차가운 무녀 말인가?"

차가운 무녀. 이미 뱀파이어들조차 잊은 자가 많은 오라클의 옛 칭호들 중 하나였다.

"예, 그렇습니다."

사타나키아의 갑작스런 태도 변화에 계정은 다소 당황한 듯 어색하게 답했다. 그리고 그 대답에 사타나키아의 눈빛이 날카롭게 변했다.

"이거, 생각보다 심각하군요."

─무슨 말이죠?

사타나키아의 그런 태도에 아라디아 또한 그제야 사태의 심각성을 깨달았다.

"차가운 무녀의 예언은 유명하지요. 오랜 시간 드림랜드를 여행할 수 있는 몇 안 되는 예언자들 중 하나니까요."

─드림랜드?!

아라디아는 자기도 모르게 그 자리에서 일어났다.

드림랜드. 뛰어난 예언자들조차 깊은 꿈속에서 아주 잠시만 찾을 수 있다는 환상의 세계. 그곳은 모든 이들의 꿈에 닿는 통로이자, 운명의 신인 노른의 정원이었다.

"그녀가 정확히 뭐라고 예언을 했지?"

사타나키아의 물음에, 숨을 죽이고 있던 바텐더가 입을 열었다.

"그녀가 한 말을 그대로 읽는다면 이렇습니다. 동쪽 땅에서 밤하늘을 덮으며 검은 메뚜기 떼가 내려앉는다. 검은 산양도, 방랑하는 신도 막지 못한다. 그것은 내려앉는다. 그리고 그 갈증과 허기를 채우리라."

―…….

"……."

"……."

예언을 모두 전해 들은 그들은 쉽게 입을 떼지 못했다. 검은 산양과 방랑하는 신. 분명 그것은 그들 자신을 가리키고 있었고 더구나 막지 못한다고 했다.

"이거 참……."

사타나키아는 입술을 깨물었다. 아마 평소의 그였다면 보는 이들의 마음을 요동치게 할 만큼 너무도 매혹적인 행동이었지만, 아쉽게도 지금은 그 눈동자에서 흘러나오는 깊은 불길함 때문에 그런 느낌은 전혀 없었다.

물론 말했듯이 그 예언이 완벽한 것은 아닐 터였다. 하지만 조금 전처럼, 그저 보통 예언자들의 예언이라며 넘겨들을 수도 없었다.

"……이제 어떻게 하면 좋겠습니까?"

한참의 침묵 후 계정이 조심스럽게 입을 열었다. 지금까지처럼 예언이 들어맞는다면, 계획을 수정할 필요가 있었다.

"만일 그 예언대로 정말 우리가 실패한다면, 그냥 아바돈의 심기를 거스르지 않는 게 최선이겠지요."

말을 끝낸 사타나키아는 아라디아를 가만히 바라보았다. 의견을 표하기는 했어도 결정권은 그녀에게 넘기겠다는 의미였다.

―……계획에 변화는 없습니다.

"하지만!"

계정과 바텐더가 뭐라고 하려 했지만 사타나키아의 손짓에 입을 다물었다. 사타나키아 자신 또한 그리 표정은 밝지 않았음에도 그는 아라디아를 향해 부드러운 미소를 지어 보였다.

"역시나. 당신이라면 그렇게 말할 거라 생각했습니다."

그는 애정과 그에 비례하는 염려가 담긴 눈으로 그녀를 바라보았다. 그녀는 자신을 향하는 그의 시선에 부끄러운 듯 살짝 고개를 돌렸다. 다만 그녀의 표정은 한결 편안해져 있었다. 사타나키아는 그런 그녀를 향해 다시 미소를 지어 보이더니 곧 몸을 돌렸다.

"하지만 예언이 그렇게 나온 이상, 조금 더 신경 쓸 필요는 있겠지요."

그가 손을 흔들자 허공에 검은 틈이 생겼다.

―뭘 어떻게 할 생각이죠?

"조력자들을 데려오도록 하지요."

사타나키아는 고개를 돌려 살짝 윙크를 해 보이고는 그대로 그 틈새 속으로 사라졌다.

―당신들은 어떻게 할 생각이죠?

아라디아는 계정을 향해 물었다. 이미 결론은 났지만, 그것을 따르라 강요할 수는 없었다. 그 자신들의 예언자가 실패를 예언했고 원로원이 철수를 명한 이상, 그들로서는 떠나는 것이 옳은 일이었다.

"……"

계정은 가만히 그녀를 바라보았다. 사실 자신들이 남는다 한들 이제 이 계획에서 뱀파이어 정도가 할 수 있는 일은 없었다. 이제는 마법과 주문에 관한 것뿐, 모든 것은 사타나키아와 아라디아에게 달려 있었다. 거기다 그들 사이에 특별한 의리가 있는 것도 아니고, 자신들이 지금 떠난다고 해서 특별히 문제될 것도, 양심의 가책을 느낄 이유도 없었다.

"……어쩔 수 없군."

계정은 자신의 친우를 향해 손짓하며 자리에서 일어났다. 그의 얼굴에는 자포자기식에 용기와 여유 그리고 약간의 비장함이 한데 뒤섞여 있었다.

"어차피 끝이라면 우리도 마지막까지 최선을 다해보도록 하지."

진정 예언대로 그들에게 희망이 없다면 도망친다고 해도 그 결과는 같았다. 별들마저 집어삼키는 재앙의 신 앞에 런던 지하에 있다는 패닉룸 따위가 무슨 의미일까. 계정은 어차피 끝이라면 발버둥이라도 치고 싶었다.

"뭐, 그전에 마지막 만찬 정도는 즐긴 뒤에 말이지."

계정은 자신의 친우와 함께 방을 나섰다. 밤이 되기 전에 혈액 창고의 병들을 가져와 다른 뱀파이어들에게 나눠 줄 생각이었다.

―…….

혼자 남은 아라디아는 가만히 눈을 감았다. 그녀의 의식이 뒤로 물러서고 주선의 의식이 밖으로 나왔다. 밤이 될 때까지 힘을 아낄 생각이었다.

"정말 괜찮으시겠습니까?"

주선은 아라디아를 향해 물었다. 의식의 뒤편에서 계속 아라디아의 심경을 지켜보았던 주선이었기에 지금 그녀가 어떤 마음인지 잘 알고 있었다. 주선은 그녀가 처음 아바돈의 존재를 느꼈을 때 얼마나 두려워했었는지 기억하고 있었다.

"차라리……."

주선이 뭐라고 말을 꺼내려는 순간, 마치 해서는 안 될 말인 것처럼 보랏빛 불길이 확하고 일었다가 사라졌다.

"……예. 알겠습니다."

그녀는 일단 고개를 숙였지만 불안한 표정을 지우지는 못했다.

* * *

"미야베는?"

절레절레.

성도의 물음에 사람들은 고개를 저었다.

"하긴 그렇겠지."

비록 시간이 꽤 지나긴 했지만, 아베가 사람들이 안전하게 지낼 수 있는 장소를 찾기가 쉬울 리가 없었다. 메이저 아르카나인 그녀가 이대로 아예 아르카나를 떠날 리는 없겠지만, 사실상 그들을 버리지 않는 한은 한동안 돌아오기 힘들 터였다.

"그럼 백귀야행도 돌아오지 않겠군."

그 능력은 미야베 쪽이 훨씬 월등했지만, 미트라 신의 힘은 대규모 인원을 이동시키는 데는 적합하지 않았다. 사람들을 데리고 안전하게 이동하기 위해서는 그의 힘이 꼭 필요할 터였다.

"……어쩔 수 없군."

성도의 몸이 다시 황금빛으로 물들었다. 그의 손짓에 허공과 바닥에 황금빛 구름들이 모여들어 사람들을 감싸 갔다.

"일단은 돌아가도록 하지."

그리고 구름이 걷혔을 때 그들은 어느새 교토 지부 로비에 돌아와 있었다.

"……!"

사람들은 상당히 놀란 눈치였다. 오늘 아침에도 야스쿠니로 향할 때는 백귀야행의 화차와 드레이크가 불러낸 용들의 등을 타고 이동했었기에 이렇듯 한번에 이동이 가능하다고는 생각지 못했었다.

"모두 자기 방에 가서 쉬도록. 식사도 알아서 해결하고."

성도는 그렇게 자기 할 말만 끝내고는 곧 먼저 자리를 옮겼다. 신의 음성에 가까웠기 때문에 별다른 해석이 필요한 건 아니었지만, 그럼에도 너무 무성의한 태도였다.

예언 215

"그럼 저도 이만······."

하지만 그런 성도의 태도가 진강으로서는 오히려 고마울 뿐이었다. 오랜 실체화 시간 때문인지 사마엘과의 연결이 점점 불규칙해지고 있는 걸 느끼고 있던 터였다.

그는 엘리베이터가 아니라 반대 방향에 위치한 비상 계단 쪽으로 들어갔다. 문을 닫고 타인의 시선을 완전히 차단한 그는, 재빨리 품 안에서 카드를 꺼내 들어서는 사마엘을 향해 흔들었다.

"이제 돌아가도 좋다."

"아쉽군. 이걸로 네놈과 끝일 수 있었는데."

사마엘은 짐짓 아쉬운 듯 혀를 내밀며 허공에서 사라져 갔다. 그리고 그제야 진강은 한결 편안한 표정을 지을 수 있었다. 그가 재혁으로 또 아르카나의 일원으로 있기 위해서는 아직 사마엘의 힘이 필요했다. 계약이 깨져 버리기라도 했다면 그로서도 상당히 곤혹스러울 수밖에 없었다.

"걱정 마라. 그리 안달하지 않아도 곧 이 불완전한 관계는 끝날 것이니."

그는 카드를 내려다보며 그렇게 중얼거리고는 천천히 계단을 오르기 시작했다. 2층에 모여 있을 인수와 다른 이들을 보기 위해서였다. 그런데

"······!"

진강은 희미하게 느껴지는 어떤 익숙한 기운에 자기도 모르게 걸음을 멈췄다. 비록 정신을 집중하지 않으면 느끼지 못할 만큼 희미하기는 했지만 그는 이 기운의 주인을 잘 알고 있었다. 그리고 그 주인은 결코 이곳에 있어서는 안 됐다.

계단을 오르는 진강의 발걸음이 빨라졌다. 고작 2층, 그는 다소 거칠게 문을 열고 안으로 들어갔다.

"아! 돌아오셨습니까?"

문소리를 듣고 나온 성은이 그를 향해 다가왔다.

"가셨던 일은 어떻게 되셨습니까?"

"……."

하지만 진강은 대답할 여력이 없었다. 그는 가만히 성은을 위아래로 훑어보더니 곧바로 시선을 돌렸다.

"다른 분들, 다른 분들은 어디 계십니까?"

어딘가 다급하게 들리는 진강의 물음에 성은은 자신이 나온 사무실을 가리켰다.

"모두 저기……."

"알겠습니다."

진강은 말이 채 끝나기도 전에 그를 지나쳐 사무실 안으로 걸음을 옮겼다. 사무실 안으로 들어서자 의식을 잃은 인수가 소파에 누워 있었고, 다른 이들이 그런 인수를 염려스럽게 바라보고 있었다.

"진강 씨!"

소연은 진강을 보고는 급히 다가왔다. 걱정 때문인지 그녀의 얼굴은 약간 초췌해 보였다. 그녀는 진강의 팔을 끌어 인수의 곁으로 데려왔다.

"도와주세요! 인수 씨가……!"

진강은 우선 그녀를 진정시키며 조심스럽게 인수의 모습을 살폈다. 그리고 곧 진강의 표정이 굳어졌다.

"……."

진강은 가만히 다른 사람들을 둘러보았다. 그는 최대한 아무렇지 않게 말하려 하고 있었지만 굳은 얼굴과 다소 무거워진 목소리는 어쩔 수 없었다.

"무슨 일입니까? 어떻게 된 일이지요?"

"그, 그게……."

진강의 물음에 재원은 복잡한 표정을 지어 보이며 지금까지 있었던 일을 설명하기 시작했다.

"……."

설명을 듣는 진강의 표정은 점점 더 어둡고 무거워져 갔다. 네크로노미콘을 통해 노덴스와 접속, 또 다른 세 명의 신을 소환. 지금 그가 이렇듯 살아 있는 것 자체가 놀라운 일이었다.

"……그렇군요."

진강은 인수를 향해 손을 뻗었다. 더구나 놀라운 일은 그 정도가 아니었다. 그는 어째서 인수가 정신을 차리지 못하고 있는지 알고 있었다.

스스스스.

진강의 손이 인수의 머리 위로 향하자 그의 이마에 기묘한 표식이 떠올랐다. 지토 수룬가의 표식이었다.

"정말 저를 놀라게 하시는군요."

인수가 정신을 차리지 못하고 있는 건 오히려 좋은 징조였다. 힘을 그 몸으로 제대로 받아들이고 있다는 뜻이었다.

'설마 지토 수룬가의 마음을 얻을 줄이야.'

진강의, 아니, 나알라호텝의 기억 속에 지토 수룬가는 상당히 상대하기 어려운 자였다. 즐기는 자라는 칭호답게 그 관심은 오직 자신의 유흥과 흥미뿐. 변덕스럽고 돌발적인 그의 행동을 예측하는 건 불가능했으며 왕인 자신들의 요청조차 번번이 무시되기 십상이었다.

비록 그가 평소 필멸자들에게 관심을 가졌다고는 해도 그것은 결국 호감이나 친절 같은 게 아니었다. 하위 사신들처럼 간식거리 삼아 그 고기를 취하지는 않아도 그에게 필멸자들이란 단순한 장난감이었다. 가지고 놀다가 흥미가 떨어지면 미련 없이 던져 버릴 그런 장난감.

그런데 지토 수룬가는 인수에게 자신의 표식을 새겼다. 그리고 인수가 이 표식을 제대로 받아들인다면, 그는 지토 수룬가의 대리자가 될 것이었다.

"괜찮습니다. 일단은 이대로 가만히 놔두시면 됩니다."

진강은 손을 거둬들였다. 인수는 표식을 순조롭게 받아들이고 있었다. 거부반응이 일어나거나 힘이 폭주하지 않는 이상 그가 손을 쓸 필요는 없어 보였다. 소연과 사람들은 진강의 그 말에 그제야 불안한 표정을 지웠다.

"그런데 대체 어떻게 된 일입니까? 인수 씨가 불러낸 사신은요?"

"잘 모르겠습니다. 온몸이 떨리는 불길한 기운이 갑자기 사라져서 올라가 보니 인수 씨 혼자 바닥에 정신을 잃고 누워 있었습니다."

허나 처음 익숙한 기운을 느끼고 진강이 걱정했던 건 인수에 대한 게 아니었다. 상대는 바로 그 지토 수룬가, 만일 그가 진강의 존재를 알아차린다면 어떤 일이 일어날지 장담할 수 없었다.

"그렇습니까……."

물론 진강 또한 그들이 답을 해줄 거라 생각지는 않았다. 만일 그들이 지토 수룬가를 대면했다면 이렇듯 이곳에 서 있을 수는 없을 터이니. 다만 인수가 이렇듯 무사하다 보니 혹시나 싶어 확인한 거였다.

진강은 인수와 뒤쪽 문을 번갈아 바라보았다. 그로서는 지금 당장 노덴스와 상의할 필요가 있었다. 하지만 아무리 지금은 괜찮아 보인다고 해도 인수를 이대로 놔두고 갈 수는 없었다. 사신들의 표식은 신들의 것과는 달리 불안정하며 비호의적이다. 비록 지금은 인수의 몸과 영혼이 별다른 거부반응을 보이지 않고 있다고는 해도 완전히 받아들이기 전까지는 언제든 잘못될 수 있었다.

"어쩔 수 없군요."

결국 진강은 자리에 앉았다. 그는 인수가 깨어날 때까지 기다리기로 했다.

"제가 옆에 있도록 하겠습니다. 다른 분들께서는……."

나가셔도 된다. 그렇게 말하려던 진강은 그냥 입을 다물었다. 딱히 그들에게 이곳에서 해야 할 다른 일이 있을 리가 없었다.

굳이 있다면 식사 정도겠지만, 그게 무슨 중요한 일이란 말인가. 그런 말을 해 봤자 그저 쫓아내는 것으로밖에 들리지 않았다.

"……아니, 아닙니다."

13
마녀 집회

해가 지고, 하늘이 붉게 물들었다.

"……."

얼마 남지 않은 시간을 보며 주선은 복잡한 마음을 숨기지 못했다. 뱀파이어가 되고, 아라디아의 대리자로서 새로운 삶을 얻은 그녀였지만 그녀 자신이 어떻게 변한 건 아니었다.

신념이 깊은 것도, 의지가 강한 것도 아니다. 그렇다고 목표가 있는 것도 아니다. 설사 자리가 사람을 만든다 할지라도, 그러기엔 시간이 너무 짧았다.

그녀는 흔들리고 있었다. 몸을 공유하고 있기 때문에 그녀는 아라디아가 얼마나 불안해하고 있는지 잘 알고 있었다.

피 흘리는 신을 숭배할 신자는 없다. 인간의 마음이란 간사하여, 자신에게 도움이 되는 것과 그렇지 않은 것을 너무도 빨리, 그리고 쉽게 구분한다. 이미 아라디아는 그녀에게 신으로서의 의미를 잃어가고 있

마녀 집회 221

었다.

"신이여……."

주선은 조심스럽게 그녀를 불러 보았지만 대답은 없었다. 힘을 비축하기 위해서인지, 아니면 다른 이유가 있는지 몇 시간 전부터 아라디아는 이렇듯 침묵하고 있었다.

주선은 고개를 돌려 창밖을 바라보았다. 해가 지는 것을 보며 곧 찾아올 밤을 생각했다. 그것은 지금까지 그 어떤 밤보다 길고 깊을 게 분명했다.

"뭘 그리 걱정하고 있는 거지?"

매혹적인 목소리에 주선은 고개를 돌렸다. 거기에는 사타나키아가 마치 오페라들에서 쓸 법한 기묘한 가면을 머리 위에 살짝 얹은 채 서 있었다.

"오, 오셨습니까."

주선은 자리에서 일어나 그를 맞이했다. 아라디아의 뒤편에서 언제나 함께 있기는 했지만, 이렇듯 직접 마주한 것은 처음이었다.

"그녀는 쉬고 있나?"

주선은 달라진 사타나키아의 태도에 적지 않게 놀라고 있었다. 목소리 자체는 여전히 연인을 유혹하듯 감미로웠지만, 그 태도는 지금까지와는 확연히 달라져 있었다. 그 눈은 분명 주선을 보고 있었지만, 지금 그의 눈 안에 주선은 없었다.

"예."

하지만 주선은 그런 것은 곧 잊어버렸다. 그 모습을 보는 것만으로도 정신을 혼미하게 만드는 외견과 마음을 움직이는 묘한 눈빛. 주선은 자기도 모르게 사타나키아에게 눈을 빼앗기고 있었다.

아라디아의 뒤편에서는 잘 느껴지지 못했는데, 이렇듯 직접 마주 서니 그녀의 마음은 요동치고 있었다.

"너무 걱정할 필요는 없다. 너도 그녀의 대리자라면 그에 걸맞게 행동하도록 해라."

"아, 알겠습니다."

그리고 잠시, 그녀는 말없이 가만히 사타나키아를 바라보았다. 그 머릿결, 그 눈, 그 입술. 순간 주선의 얼굴이 붉게 물들었다. 아라디아와 그의 키스가 생각난 것이다.

"저, 저……!"

주선은 사타나키아에게 뭐라고 말하려 했다. 특별히 어떤 내용을 생각한 것은 아니었지만, 그 심장은 마치 어린 소녀로 돌아간 것처럼 빠르게 두근거렸다. 그러면 자신의 이 불안을, 얼음을 녹이듯 없애 줄 것만 같았다. 하지만

"착각하지 마라."

그 순간 사타나키아의 목소리와 눈빛이 그녀를 내치듯 차갑게 변했다. 그는 마치 거리를 벌리듯 한 손을 뻗어 주선의 얼굴을 가리켰다.

"너는 단순한 아라디아의 그릇. 그 이상도 그 이하도 아니다."

주선은 순간 사타나키아의 눈빛에 깃든 경멸을 보았다. 그것은 자신을 향하던 인수의 눈빛과 소름이 끼칠 정도로 닮아 있었다.

"대체 왜 그녀가 너 같은 걸 마음에 들어 했는지는 모르지만, 네겐 아무런 가치도 없다. 악마인 나는 잘 알지. 내가 보는 것은 이 겉이 아니다. 이런 외면 따위는 아무것도 아니지. 이 작은 별에서조차 미의 기준은 제각각이니까. 내가 보는 것은 영혼이다."

그의 손끝에서 불길이 일었다. 그리고 허공으로 점점 흩어져 또 다른 불길이 되었다. 가지각색, 갖가지 형태를 가진 수많은 불길들이 사타나키아의 주변에 떠올랐다.

"영혼이란 불길과 같지. 그 색이 어떻든 그 모양이 어떻든 주변에 그 빛을 발한다. 사랑도 미움도, 행복도 비참함도 그 나름의 빛을 발한

다. 허나 네 영혼은······."

이제 사타나키아의 손에 떠오른 것은 조그마한 불길이었다.

"자신의 빛을 전혀 발하지 않지."

사타나키아의 그 말에 주선은 자기도 모르게 한 걸음 뒤로 물러섰다. 그런데

"키득."

"후후."

주선은 등 뒤에서 들려온 웃음소리에 기겁을 하며 몸을 돌렸다. 그곳에는 검은 드레스를 차려입은 소녀와 그 언니로 보이는 갈색머리의 여인이 서 있었다. 그들은 장난기 가득한 미소를 지으며 주선을 바라보고 있었다.

"누, 누구······?!"

주선이 그녀들의 정체를 물으려는 순간, 소녀들은 주선을 지나쳐 사타나키아를 향해 달려갔다. 그리고는 마치 연인처럼 사타나키아의 양팔에 사랑스럽게 매달렸다.

"주인님도 참 잔인하시다니까요."

"꺄르르르. 차였다. 차였어."

주선은 자신을 비웃는 소녀들의 말에 얼굴이 붉게 달아올랐다. 사타나키아에게 거절당한 것뿐만 아니라, 자신보다 족히 열 살은 어려 보이는 소녀들에게 조롱거리가 되어 버린 자신의 처지가 너무 부끄럽고 한심스러웠다.

더구나 새하얀 피부와 아름다운 머릿결, 마치 외국 인형을 떠올리게 만드는 소녀들의 외견은 그녀를 더 비참하게 만들었다. 설사 검은 옷을 입고 있다 한들 그야말로 마치 하늘에서 내려온 천사 같았다.

"이들은 누······?"

주선은 말을 채 끝내지 못했다. 침묵하고 있던 아라디아의 의식이

밖으로 나오며 그녀의 의식을 다시 뒤로 밀어냈다.

―지원군이란 게 이들이었나요?

아라디아는 소녀들을 향해 곱지 않은 시선을 보냈다. 그리고 그런 아라디아의 시선에 두 소녀는 조금 전까지와는 달리 조금 위축된 태도로 살짝 고개를 숙여 보였다.

"아라디아 님."

"……아라디아 님."

하지만 그녀들의 인사에 아라디아는 그대로 시선을 돌려 사타나키아를 바라보았다.

―……하긴, 이들밖에 없겠죠. 고작 둘만 데려온 건 아닐 테고, 다른 이들은 어디에 있지요?

"밖에서 의식 준비를 하고 있지요."

사타나키아는 부드러운 미소를 지으며 그렇게 말했다. 조금 전과는 달리 아라디아의 등장에 그의 말투와 눈빛은 다시 평소의 모습으로 돌아와 있었다.

―그렇군요.

아라디아는 고개를 돌려 문 쪽을 바라보았다. 사타나키아와 그녀의 기운을 읽었는지, 그곳에는 어느새 계정이 서 있었다.

―그럼 슬슬 준비하도록 하죠.

밤이 찾아오고, 아라디아와 계정 그리고 그들에 의해 조종당하는 사람들이 우루루 호텔 밖으로 걸어 나왔다. 밖에는 검은 의복을 차려입은 백여 명의 여인들이 지팡이로 두드리며 불꽃들을 일으키고 있었다.

그들은 사타나키아를 숭배하는 흑마녀들로, 중세에서부터 그 유구한 역사를 지켜온 검은 덩굴회였다.

마녀들은 때때로 유황 가루와 뼛조각들을 바닥에 뿌려댔는데 그것들은 마치 보이지 않는 손에 이끌리듯 뭉쳐지고 흩어져 사타나키아의 문장을 바닥에 새겼다.

―카오스 헤드는요?

"그는 아직 때가 아닙니다. 무대가 갖춰져야 하거든요."

―무대?

그녀의 물음에 사타나키아는 묘한 표정을 지어 보였다. 그것은 마치 선물을 준비하는 연인의 것과 같았고, 승리를 앞에 둔 승부사의 그것과 닮아 있었다.

"설명해 주시진 않겠죠?"

계정의 물음에 사타나키아는 가볍게 고개를 끄덕였다.

"아는 사람이 많을수록 불안해지는 법이니까. 그냥 나를 믿도록 해 봐."

―악마를 믿으라니. 참으로 안심되는 말이군요.

사타나키아는 자신의 뒤를 따르고 있던 두 소녀에게 손짓을 했다. 그녀들은 사타나키아에게서 떨어져 다른 마녀들의 곁으로 걸어갔다. 그녀들이야말로 이 검은 덩굴회의 수장. 300년이 넘게 살아온 대마녀들이었다.

"오시는군요."

사타나키아의 그 말에 사람들은 한쪽 하늘을 바라보았다. 그리고 잠시 후 불길한 날갯소리와 함께 하늘 한편이 더욱 어두워졌다.

―…….

"모두 준비!"

아라디아와 계정의 손짓에 사람들과 뱀파이어들은 가만히 자리를 잡았다.

우우우웅!

불길한 소리가 울려 퍼지며 하늘이 검은 메뚜기 떼로 뒤덮였다. 메뚜기 떼 대부분은 하늘에 떠 있고 그 일부만이 원을 그리며 천천히 아래로 내려왔다.

―준비는 다 끝났나?

무덤가의 비석을 긁는 듯한 기분 나쁜 아바돈의 목소리가 사방에 울려 퍼졌다.

"물론입니다."

아라디아와 계정이 숨을 죽이는 사이 사타나키아가 앞으로 나섰다. 그 얼굴에는 부드러운 미소가 떠 있었으며 조금의 어색함도 보이지 않았다.

―그렇다면 시작하도록 해라.

하늘 위에 남아 있던 검은 메뚜기 떼가 거대한 원을 그렸다. 그리고 아래에 내려왔던 일부는 다시 날아올라 그 원 안을 교차 비행하며 허공에 상처를 냈다. 그렇게 상처는 점점 커져 갔다. 그는 거대한 문을 만들어 낼 생각이었다.

사실 아바돈 그 자신의 힘만으로도 흩어져 있는 나머지 조각들을 불러오는 것은 충분히 가능했다. 다만 급격한 이동으로 인해 상당량의 메뚜기 떼를 잃을 위험부담이 있었기에 아라디아와 사타나키아의 힘까지 빌리고자 한 것이다.

굳이 오늘 밤을 택한 이유 또한 의식에 방해가 될 여러 요소들을 제거하는 데 그만한 시간이 필요했기 때문이었다.

―…….

"……."

아라디아와 계정은 사타나키아를 바라보았다. 사타나키아는 미소를 지으며 머리 위로 올렸던 그 가면을 아래로 내렸다. 그리고 그와 함께 사타나키아의 모습에 검은 흑산양이 덧씌워졌다.

"아라디아! 아라디아!"

아라디아 또한 그 보랏빛 날개를 펼쳤다. 숭배자들은 홀린 듯 그녀의 이름을 불러댔고, 흑마녀들도 하늘을 향해 지팡이를 들어 올렸다.

마녀들과 아라디아, 사타나키아의 몸에서 빛이 뿜어져 나와 그 검은 원을 이룬 메뚜기 떼에게 스며들어 갔다. 잠시 후 상처는 구멍이 되었고, 그 구멍은 점점 더 커져 갔다.

"시작입니다."

마침내 문이 열리고 공기가 소름 끼치게 무겁고 어두워졌다. 하늘에 나 있는 거대한 구멍 속에서는 마치 지옥문이 열린 듯 온갖 불길함이 뿜어져 나왔다. 귀를 찢는 듯한 날갯소리는 이제는 세상에 유일한 소리가 되어 버렸고, 검은 메뚜기 떼의 그림자가 하늘과 대지를 완전히 덮어 갔다.

—…….

"……."

계정과 아라디아는 걱정스런 눈으로 사타나키아를 바라보았다. 아바돈은 이 땅으로 내려서고 있었고, 그들은 계획이 뭔지 알지 못했다. 그렇다고 사방에 아바돈의 눈과 귀가 있는 이 상황에서 물을 수도 없었다. 그들은 그저 답답한 마음으로 사타나키아를 바라볼 뿐이었다.

싱긋.

사타나키아는 그들을 안심시키듯 미소를 지어 보였다. 그리고 그와 동시에 상황이 변했다. 검은 메뚜기 떼들이 하나둘 갑자기 터져 버리기 시작한 것이다.

—……?!

아바돈은 갑작스런 그 변화에 당황한 기색이 역력했다. 검은 메뚜기 떼는 그의 힘을 담아두는 그릇. 본신 아닌 이상 그 그릇이 깨진다면 그 자신 또한 유지할 수 없었다.

—네놈! 사타나키아! 무슨 짓을 한 거냐!

분노에 찬 아바돈의 고함 소리가 울려 퍼졌지만, 메뚜기 떼들의 폭발은 멈추지 않았다. 그런 아바돈을 향해 사타나키아는 웃어 보였다.

"무슨 짓이냐니요? 당신의 강림의식 아닙니까."

이 강림의식은 메뚜기 떼에 부담을 줄이기 위한 안전한 통로를 만드는 것. 하지만 지금 사타나키아는 그 통로를 통해 일부의 메뚜기 떼를 불러옴과 동시에, 그보다 더 많은 메뚜기 떼에서 오직 아바돈의 힘만을 끌어오고 있었다.

결국 불려온 힘은 다른 메뚜기 떼의 몸으로 스며들고, 그 힘을 견뎌내지 못한 메뚜기는 터져 버린다. 그리고 그렇게 다시 그릇을 잃은 힘은 다른 메뚜기에게 스며들고 다시 터져 버리기를 계속해서 반복하는 거였다.

―네놈……!

아바돈은 우선 문을 닫으려고 했다. 하지만 그럴 수도 없었다. 그릇들이 터지고 갈 곳을 잃은 힘들이 뒤섞여 힘을 제대로 제어하기 어려울 뿐만 아니라, 본신이 아닌 아바돈으로서는 사타나키아의 마력 운영을 따라갈 수 없었다.

"저를 누구라 생각하십니까? 한 번에 천 개의 주문을 외우는 흑산양 사타나키아입니다. 아무리 아바돈이시라도 이미 시작된 주문을 막으실 수는 없으실 겁니다."

―사타나키아! 당장 그만두지 못하나!

검은 메뚜기 일부가 사타나키아를 향해 달려들었지만, 사타나키아가 두 손가락을 하늘을 향해 들어 올리자 검붉은 불길에 휩싸여 사라졌다.

"이런! 전 약속을 지키려고 했는데, 강림의식이 끝나기도 전에 이리 나오시면 곤란합니다."

몸이 검은빛에 휩싸이는 듯하더니, 검은 깃털 날개와 흑산양의 머리를 한 그 본래 모습으로 돌아왔다.

"하지만 걱정하지 마십시오. 전 약속은 지키는 법이니까요."

구멍은 닫히지 않았고, 메뚜기 떼의 폭발도 멈추지 않았다.

이것이 바로 사타나키아, 아니, 악마의 방식이었다.

내려서는 걸 막을 수 없다는 게 예언이라면, 오히려 내려서게 만든다. 예언을 바꿀 수 없다면 예언이 이루어진 다음 상황을 바꾼다.

악마는 하찮은 사기꾼이 아니다. 악마는 거짓말을 하지 않는다. 그것에 속는 자들은 그저 어리석은 자들뿐 그들이 원하는 자들이 아니다. 악마는 오히려 진실도 거짓도 아닌 것들을 진실과 거짓으로 만든다. 맹목적인 신앙을 부추기고, 악에 대한 경멸과 멸시를 드높여서는 서로를 반목시킨다.

진실에 다른 것을 섞고, 거짓에 다른 것을 섞어 그 경계를 흐려 놓는다. 예언 속 사실들에 다른 것을 섞어 자신이 원하는 것을 도출한다. 그것이 악마의 방식이자 능력이었다.

—사타나키아! 아라디아! 이러고도 네놈들이 무사할 성싶으냐! 감히 내게 대들다니!

"죄송합니다. 지저의 왕이시여."

미안함 따위는 전혀 느껴지지 않는 무심한 대답에 아바돈은 더욱 분노했다.

—네놈! 이 세상이 끝이라 착각하고 있는 건 아니겠지! 다음 세상에서도, 그 다음 세상에서도 네놈의 이름 따윈 불릴 일 없을 것이다! 내 직접 네놈의 모든 것을 집어삼켜 없애 줄 테니!

아바돈의 엄포에도 사타나키아는 여유로울 뿐이었다. 아니, 오히려 기쁜 듯

"그럼 이 세계는 포기하실 모양이군요. 다행입니다. 저는 내심 본신의 몸으로 돌아오진 않을까 걱정했거든요. 위대한 아바돈께서도 패권이 걱정되긴 하는 모양이군요."

여유로울 뿐인 사타나키아의 그 말에 아바돈의 기세가 변했다. 분노만이 가득했던 그 목소리에 의아함이 섞였다.

―네놈, 설마 악마 주제에 이 죽어 버린 세계에 남을 생각이더냐?

"글쎄요. 못할 이유는 없지요."

―헛소리! 지금은 괜찮다고 해도 결국은 저 심연에 떨어질 터! 그렇게 되면 네놈도 심연에 휩싸여 사신으로 전락할 텐데, 악마로서 언제나 다른 생명들의 영혼을 탐하는 네놈이 그런 선택을 할 리가 없다! 설마 다른 세상을 찾기라도 한 것이냐? 다른 신들이 찾지 않는 또 다른 세상을?

아바돈의 말에 사타나키아는 웃음을 참지 못했다. 지금 이 상황에서조차 혹시나 있을 새로운 영토의 존재에 태도를 바꾸다니.

"그 대답을 대신해서 하나만 말해 드리지요."

사타나키아는 고개를 돌려, 옆에 서 있는 아라디아를 바라보았다.

"사랑은 그 어떤 것도 가능하게 한답니다."

―사타나키아!

메뚜기들의 폭발은 시간이 갈수록 더 빨라졌고, 그만큼 그 수도 늘어났다. 구멍을 통해 끊임없이 메뚜기 떼가 도착하고 있긴 했지만 이미 폭발은 그 수를 넘어서고 있었다.

그렇게 시간이 지났다. 때때로 제어력을 되찾은 아바돈이 반격을 시도하기도 했지만 사타나키아의 손짓에 불타 사라졌다.

결국 구멍에서 더 이상 메뚜기 떼가 나오지 않을 때까지 폭발은 계속되었고, 구멍은 결국 닫혔다. 이제 아바돈에게는 구멍을 유지하고 있던, 사타나키아의 마력으로 우선 보호를 받고 있던 메뚜기들만이 남게 되었다.

―기다리고 있겠다! 네놈이 사신이 되든 다른 세계로 도망치든 내 눈에 네놈의 흔적이 보인다면 내 친히 네놈을 찾아 집어삼키겠다!

아바돈은 무덤가의 비석을 긁는 듯한 그 목소리로 저주를 퍼부었다. 하지만 확연히 줄어든 메뚜기 떼의 규모는 그 목소리를 그저 공허하고 초라하게만 만들었다.

"그때를 기대하도록 하죠."

사타나키아의 두 손가락이 뒤집혀진 오망성을 그렸고 남아 있던 메뚜기 떼는 일제히 검붉은 불길에 휩싸여 사라졌다. 이제 더 이상 이 세상에는 아바돈의 권속인 검은 메뚜기 떼는 없었다.

"훗."

사타나키아는 손가락을 튕겨 다시 미청년의 모습으로 변했다. 흑마녀들 또한 주문을 멈췄고, 아라디아와 계정 또한 긴장을 풀었다.

—……끝이군요.

"생각보다 쉽게 끝나서 다행입니다."

계정은 안도의 한숨을 내쉬었다. 아바돈의 분노가 사타나키아와 아라디아에게만 쏠리다 보니 그는 마치 이 자리에 없던 것처럼 비교적 안전하게 있을 수 있었다.

그는 즉시 다른 뱀파이어들을 불러들여 서로 살아남았다는 사실을 자축했고, 아라디아 또한 사람들을 다시 호텔 안으로 들어가도록 명령했다.

—……저들은 어떻게 할 생각이죠?

아라디아는 흑마녀들을 가리키며 말했다. 계획이 성공하기는 했지만, 여전히 아라디아에게 흑마녀들의 존재는 눈엣가시였다.

마녀들의 신인 아라디아였지만, 사타나키아를 따르는 흑마녀들은 한때 아라디아 교단에 가장 큰 적이었고, 그들 때문에 한때 아라디아는 자신의 숭배자들 대다수를 잃어야만 했다.

"지금 돌려보내도록 하죠."

사타나키아는 흑마녀들, 특히 그들의 수장인 두 소녀에게 손짓을 했

다. 아라디아를 생각해 우선은 돌려보낼 생각이었다. 그런데

"……?"

그들의 신이자 연인인 사타나키아의 부름에도 그녀들은 움직이지 않았다. 고개조차 돌리지 않은 채 그 자리에 가만히 서 있을 뿐이었다.

"무슨……?"

사타나키아와 아라디아는 뭔가 이상함을 감지했다. 검은 덩굴회는 사타나키아의 수족. 저런 반응을 보일 리가 없었다.

―후후후후.

그런데 갑자기 마녀들의 입을 타고 기분 나쁜 비웃음이 흘러나왔다. 그것은 지저에서 울리는 마왕의 웃음이었다.

―……!

"모두 도망쳐!"

계정이 소리쳤지만 이미 늦었다. 사라진 줄만 알았던 아바돈의 기운이 다시 살아나며 사방을 완전히 감쌌다. 도망칠 수 없다. 그 생각만이 모든 이들의 마음에 떠올랐고 몇몇은 아라디아와 계정의 세뇌가 풀리며 그 자리에서 기절하고 말았다.

―어리석구나, 사타나키아.

마녀들의 입에서는 단 하나의 목소리만이 흘러나왔다.

―내가 정말 네놈들 속셈도 모를 줄 알았더냐? 내가 정말 그토록 쉽게, 그리고 하찮게 사라질 거라 여겼더냐?

"……무슨 짓을 하신 겁니까?"

사타나키아의 표정이 어두워졌다. 아바돈을 처리하지 못했을 뿐만 아니라 자신의 흑마녀들마저 아바돈에게 잡혔다. 아무리 모략과 변수에 강한 악마라 할지라도 결코 좋은 상황이 아니었다.

―그릇이 사라졌다 한들 나 아바돈의 반신이 그저 힘없이 소멸할 줄 알았더냐? 네놈의 실수는 어찌 되었든 내 모든 조각을 이곳으로 모았

다는 거다.

사타나키아는 아바돈이 그 힘을 운용하기 힘들게 만들고 동시에 그릇인 검은 메뚜기 떼를 빠르고 손쉽게 파괴하기 위해 아바돈의 힘을 이 땅에 끌어왔다. 그리고 그릇을 잃은 힘들이 그대로 사라지지 않고 남도록 하여 다른 메뚜기들에게 흡수될 수 있도록 만들었다.

하지만 바로 그것은 아바돈이 노린 바였다. 애초에 그가 모으려 한 것은 검은 메뚜기 하나하나에 담겨 있는 자신의 힘이었지, 검은 메뚜기 떼가 아니었다.

애초에 유흥을 위해 뿌려놓은 힘들, 달리 말하자면 하나하나 자체는 미약한 힘들이었기에 그릇이 필요했을 뿐이었다. 아바돈은 지지의 왕들 중 하나. 그 반신의 힘이 하나로 모인다면 그릇 따윈 필요 없었다.

―그보다 조금 전 상당히 방자하게 굴더구나. 기다려 보겠다고?

"……."

사타나키아의 몸이 다시 검붉은 불길에 휩싸이더니 흑산양의 모습으로 변했다.

―어디 지금도 그 입을 놀릴 수 있는지 친히 확인해 보겠다.

마녀들의 몸에서 일제히 검은 액체가 흘러나왔다. 그리고 잠시 후 그 몸 전체가 검은 액체로 변해 녹아내렸다.

"……!"

사타나키아는 오랜 세월 자신을 숭배해 온 연인들이 죽어 가는 것을 바로 눈앞에서 보았다. 하지만 그에게는 할 수 있는 일은 커녕, 슬퍼할 시간조차 없었다. 그 검은 액체는 대지를 덮어 갔고 검은 액체에 닿은 대지에서는 검은 메뚜기들이 천천히 기어 나왔다. 힘을 담는 그릇 따위가 아니라, 아바돈의 의지 그 자체였다.

지금의 아바돈은 그가 원하기 만한다면 그 어떤 형상으로도 변할 수 있었지만, 그가 선택한 것은 역시 또다시 메뚜기 떼였다. 모든 필멸종을 하찮게 보는 아바돈다운 선택이었다.

"⋯⋯!"

사타나키아는 양손을 교차시켰다. 허공에는 각기 다른 수많은 문장이 떠오르며 마치 보호벽처럼 그와 아라디아, 그리고 다른 사람들을 둘러쌌다.

─후후후.

하지만 그 모습을 보며 아바돈은 비웃음을 흘릴 뿐이었다.

─과연 한 번에 천 개의 주문을 외운다는 그 명성에 걸맞구나. 정확히 천 개야.

검은 메뚜기 떼가 하늘을 향해 날아오르고, 그 수많은 눈동자들은 사타나키아와 다른 이들을 둘러싼 장벽을 노려보았다.

─허나 그 천 개의 주문 중 과연 몇 개나 버텨 줄까?

아바돈의 그 말과 동시에 검은 메뚜기 떼가 그들을 향해 몸을 날렸다.

"⋯⋯!"

사타나키아는 재빨리 다시 두 손을 움직였고, 허공에 펼쳐 놓은 문장들 위로 또 다른 문장들이 겹쳐졌다.

검은 메뚜기 떼가 장벽을 덮쳤고, 다행히 장벽은 뚫리지 않았다. 허나 그것도 잠시 문장들이 점차 흐려지며 조금씩 무너지기 시작했다.

"뭐 다른 방법 없습니까?!"

"⋯⋯."

사타나키아는 대답 대신 두 손을 신경질적으로 움직였다.

"⋯⋯!"

계정과 아라디아는 장벽이 점차 무너지는 것을 보며 마지막 발악을 위해 그 힘을 끌어올렸다. 그런데 갑자기 그들의 머리 위로 검붉은 장막이 드리우는 듯하더니 주변 풍경이 바뀌었다.

"⋯⋯?!"

―여긴⋯⋯?

그들은 주변을 둘러보았다. 태양이 머리 위에 떠 있었고 바로 앞에는 꽤나 오래된 저택이 서 있었다. 사타나키아가 남아 있는 이들을 모두 한꺼번에 다른 곳으로 이동시킨 거였다.

"우선 숨은 돌리게 되었군요."

하지만 그렇게 말하는 사타나키아의 표정은 여전히 딱딱하게 굳어 있었다. 그의 손이 다시 움직이고 하늘과 대지에 또다시 문장이 떠올랐다. 이번에는 단 한 가지뿐이었고 그 수도 단 하나에 불과했지만, 그 크기는 저택과 정원, 그리고 그 주변을 완전히 덮을 만큼 거대했다.

"이건⋯⋯?"

―은신(隱身) 결계다.

"그럼 아바돈에게서 숨을 수 있는 겁니까?"

―⋯⋯.

아라디아는 말없이 고개를 저었다. 아바돈이 불완전하던 그전이라면 몰라도, 반신의 힘을 찾은 지금은 이 정도 결계는 없는 거나 마찬가지였다. 아바돈이 마음만 먹는다면 이 별 정도는 순식간에 먼지로 사라질 터였다.

"이건 그저 만약을 대비할 뿐입니다."

허나 사타나키아는 아무렇지도 않은 목소리로 답했다.

―대비? 설마 다른 수가 있다는 말인가요?

아라디아의 물음에 사타나키아는 답을 하지 않았다. 대신 그녀를 향해 그 커다란 산양의 눈으로 윙크를 보냈다.

"물론이죠."

그 순간, 사타나키아의 몸이 검붉은 빛에 휩싸이는 듯하더니 그대로 사라졌다.

"……?!"

―무슨?!

아라디아와 계정은 서로를 바라보았다. 하지만 그들로서는 아무리 생각해도 사타나키아의 그 말을, 그리고 그 의도를 짐작할 수 없었다.

* * *

계정과 아라디아의 눈앞에서 사라진 사타나키아는 어느새 다시 아바돈 앞에 서 있었다. **당장**에라도 자신을 덮칠 것 같은 수백만 마리의 검은 메뚜기 떼와 그 **속**에서 자신을 바라보는 아바돈을 마주한 채, 그는 당당하게 서 있었다.

―네놈 족속들 치고는 용감하구나. 아니, 멍청하다고 해야 하나?

당장에라도 그들을 찾아 몸을 움직이려던 아바돈은 갑자기 다시 나타난 사타나키아의 모습에 천천히 땅으로 내려서 그를 둘러쌌다.

―끝까지 도망쳐 보지 그랬느냐? 이 조그마한 별을 벗어나, 이 죽은 세계를 벗어나 온 힘을 다해 도망쳐 보지 그랬느냐. 내 즐거운 마음으로 친히 끝까지 쫓아가 멸해 줄 터였을 텐데.

검은 메뚜기들, 아니, 아바돈은 당장에라도 사타나키아의 육체를 찢어발길 듯 입맛을 다셨다.

―혼자 다시 온 것은 당당히 네 운명을 맞이하기 위해서였나? 아니면 설마 다른 놈들의 생명을 담보로 타협이라도 할 수 있을 줄 알았나? 어느 쪽이든 상관없다. 네놈은 이곳에서 죽을 테니.

"글쎄요."

하지만 사타나키아는 아바돈을 앞에 두고도 여유로웠다. 조금 전, 그의 특기인 천 개의 주문조차 지금의 아바돈에게는 단순한 시간 벌이 그 이상은 되지 못한다는 게 증명되었고, 이렇듯 다시 돌아오긴 했어도 이미 한 번 도망치듯 몸을 피했던 그의 태도라 보기에는 확실히 어울리지 않았다.

"혹여 제게 당신을 이길 마지막 한 수가 있을 거라고는 생각지 않으십니까?"

사타나키아의 그 말에 순간 침묵이 내려앉았다. 하지만 그것도 잠시, 날갯짓 소리보다 더 요란한 웃음소리가 모든 것을 집어삼켰다.

—푸하하하하! 재밌는 농담을 하는구나.

"왜요? 저 또한 악마왕이란 칭호를 쓰는 자. 반신에 불과한 지금의 당신을 이기지 못할 이유가 무엇입니까?"

—네놈, 설마 진심으로 하는 이야기는 아니겠지?

사실 사타나키아 또한 악마왕들 중 하나. 결코 아바돈에 비해 현저히 약하다거나 하는 것은 아니었다. 다만 이는 상성에 대한 문제였다. 사타나키아는 단순히 힘 자체보다는 주술과 마법 등 기교에 능한 자였고, 아바돈은 파괴자라는 그 이름처럼 강력한 힘을 지닌 자였다.

조금 전과 같은 마력 운영이나 기교 싸움이라면 사타나키아가 월등해도, 이와 같은 정면 대결에서는 아바돈을 이기기란 힘들었다.

"진심이라면요?"

하지만 사타나키아는 어딘가 믿는 구석이라도 있듯 당당할 뿐이었다. 그리고 그런 사타나키아의 태도가 잠시 사그라들었던 아바돈의 분노를 다시 일깨웠고, 주변은 다시 무겁고 사나운 기운에 뒤덮였다.

—어디 한 번 해 보거라!

검은 메뚜기 떼는 사타나키아를 덮치려 했다. 그런데 사타나키아의 손이 다시 허공을 휘젓고 검붉은 빛과 함께 새로운 형상이 나타났다.

"이런, 벌써 내 차례인가?"

그는 바로 제진, 아니 사신 우더 바이바야였다. 하지만 아바돈은 새 인물의 등장에도 개의치 않았다. 그 누구, 혹은 무엇을 데려온다 할지

라도 감히 자신을 막을 수 있다고는 생각지 않았다. 그런데

—……!

아바돈은 흠칫 놀랐다. 자신의 의지, 즉, 검은 메뚜기 떼가 더 이상 앞으로 나아가지 않는 거였다. 모든 것을 집어삼키는 자신을 막아선 것은 갑자기 쏟아져 나온 수많은 검은 뱀 떼. 그 뱀들에게는 자신의 의지를 대변하는 검은 메뚜기들의 이빨이 전혀 통하지 않았다.

결국 아바돈은 검은 메뚜기들을 뒤로 물렸다. 자신의 힘을 막아선 정체불명의 힘을 제대로 확인할 필요가 있었다.

그리고 그런 아바돈의 행동을 따라 검은 뱀들도 조금씩 흩어지더니 이내 안쪽에 있던 사타나키아와 우더 바이바야가 모습을 드러냈다.

—이건 또 무슨 잔재주지?

사타나키아는 다소 지친 표정으로 우더 바이바야의 어깨를 붙잡고 서 있었다.

"이거, 생각보다 더 힘들군."

"그런가? 나는 잘 모르겠는데?"

조금 전 아바돈을 막은 것은 우더 바이바야의 힘. 사타나키아가 우더 바이바야의 영혼을 자신에게 겹쳐 일시적으로 그 힘을 끌어낸 거였다.

본디 악마들은 계약자의 영혼과 동조하여 그 힘을 끌어내는데 능하다고는 해도, 아직 우더 바이바야는 태어나지 않은 존재. 그 인격을 불러내는 것 정도는 어떻게 가능하다해도, 그가 가진 힘까지 끌어내는 것은 전혀 다른 이야기였다.

수없이 많은 주문과 미세한 마력 조정을 말 그대로 끊임없이 유지해야 가능한 일. 그것은 흑마법의 제왕이라 불리는 사타나키아에게조차 버거운 일이었다.

—네놈, 그게 네가 믿는 한 수더냐.

아바돈은 그제야 우더 바이바야를 자세히 바라보았다.

—카오스 헤드. 꽤나 진귀한 장난감을 찾았구나.

아바돈은 한눈에 지금의 우더 바이바야가 사타나키아가 카오스 헤드를 매개로 불러낸 것임을 알아차렸다.

—애처롭구나 사타나키아. 고작 태동조차 하지 않은 그런 사신의 힘에까지 기대다니.

하지만 그렇게 말하면서도 아바돈은 그들을 경계하고 있었다. 조금 전 우더 바이바야의 힘은 확실히 그 자신의 것과 비슷한 성질의 것이었다. 더구나 사타나키아 자신의 힘도 더해지는 것이기에 얕볼 수만은 없었다.

"……저도 가능하면 이러고 싶진 않았습니다."

사타나키아는 우더 바이바야를 슬쩍 바라보고는 말을 이었다.

"하지만 그 덕분에 더 큰 걸 잃은 이상, 이제 제게는 망설일 여유는 없습니다."

사실 본래 사타나키아가 처음 생각했던 방법은 지금과 같이 우더 바이바야의 힘을 끌어내는 것이었다. 허나 복잡하고 어려운 이 주문을 제대로 성공시키기 위해서는 우더 바이바야의 협조가 필요했고, 우더 바이바야는 협조의 대가로 제진과의 계약으로 사타나키아가 얻게 된 영혼의 소유권을 다시 되찾기를 요구했다.

결국 사타나키아는 차선책을 선택했다. 아바돈의 힘이 사라지지 않을 수 있다는 위험부담에 대해서는 그 또한 알고 있었지만, 우선 상황을 살피고서도 늦지 않을 거라 생각한 거였다. 그리고 그 결과, 그는 자신의 오랜 연인들인 검은 덩굴회를 잃고 말았다.

"그러게 진작 내 제안을 받아들이지 그랬나?"

"아무리 그래도 설마 아바돈께서 필멸자들의 몸을, 그것도 여인의 몸을 이용하실 줄은 몰랐거든요."

―감히……!

 사타나키아의 도발에 주변을 뒤덮은 아바돈의 분노는 더욱 커졌고, 그와 함께 검은 메뚜기 떼의 일부가 검은빛이 되어 사타나키아와 우더 바이바야를 향해 쏟아져 내렸다.

 "……!"

 사타나키아의 손짓에 검은 뱀들이 다시 그들을 감쌌다. 검은빛은 뱀들의 몸을 꿰뚫지는 못했지만, 그 수만큼의 뱀들은 힘없이 소멸되었다.

 신들의 대전은 결코 요란하지 않다. 그들의 공격은 오직 그 대상만을 노리고, 그 충격도 온전히 목표에만 집중되기에 결코 그 여파가 주변에 미치거나 하지 않는다.

 만일 그렇지 않았다면 지구 따위는 그 여파에 휩쓸려 한순간에 소멸했을 터였다.

 ―후후후. 방어하는데도 급급한 주제에 입만 잘 놀리는구나!

 떨어져 내리는 검은빛에 따라 뱀들의 수도 점차 줄어 갔다. 그런데 갑자기 뱀들 사이로 붉은빛이 뿜어져 나왔다.

 모든 것을 집어삼킬 듯한 짐승의 포효와 함께, 뱀들이 부풀어 오르는 듯하더니 이내 흩어지며 거대한 괴수가 그 모습을 드러냈다. 회색빛 용과 같은 얼굴에 사자의 입, 이마에 솟아 있는 거대한 뿔과 붉은 두 눈. 그것이야말로 모든 짐승을 먹는 자, 우더 바이바야의 본모습이었다.

 "그렇군요. 그럼 한 번 공격해 볼까요?"

 사타나키아의 목소리가 울려 퍼지며 우더 바이바야의 그 거대한 몸에 천 개는 가볍게 넘어설 만큼 수없이 많은 문장이 그려졌다.

 우더 바이바야와 사타나키아의 힘이 완벽하게 융합된 거였다.

 ―…….

 그 모습에 천하의 아바돈조차 긴장한 듯 말을 잊었다. 그리고 그런 아바돈의 모습에 괴수의 얼굴에는 비릿한 미소가 떠올랐다.
"왜 그러시지요? 설마 겁이라도 먹은 겁니까?"
아바돈은 대답하지 않았다. 대신 마치 힘을 모으듯 주변을 포위하고 있던 메뚜기 떼를 한군데로 불러모았다. 그리고 그런 모습에 사타나키아 또한 더 이상 입을 여는 대신 천천히 자세를 잡았다.
아바돈과 사타나키아는 단 일격으로 결판이 날 것을 알고 있었다.
잠시의 침묵이 흐르고, 아바돈과 거대한 괴수는 서로를 향해 몸을 날렸다.

14
사신의 예언자

"으, 으으……."

뒤척임과 함께 인수가 눈을 떴다.

"정신이 드십니까?"

진강은 미소를 지으며 인수에게 손을 내밀었다. 그는 표식을 받아들이고 지토 수문가의 대리자 자격을 얻는데 성공한 거였다.

"……."

진강의 손을 잡고 몸을 일으키면서도 인수는 멍한 표정으로 제대로 정신을 차리지 못하고 있었다. 그리고 잠시 후 그제야 인수는 정신을 차린 듯 고개를 흔들었다.

"오셨습니까?"

"예. 그보다 저를 정말 놀라게 해 주시는군요. 지토 수문가라니요."

진강의 그 말에 인수는 멋쩍은 미소를 지어 보였다.

"운이 좋았습니다."

"그냥 좋은 정도가 아니지요."

사신들을 만나고서도 목숨을 부지한 것만 해도 놀라운 일인데 대리자가 되다니. 그냥 운이 좋았다라는 정도로 표현하기는 너무도 부족했다.

"깨어나셨습니까?"

"괜찮으세요?"

말소리에 밖에서 기다리고 있던 다른 이들도 안으로 들어왔다.

"걱정을 끼쳐드렸습니다."

인수는 그들을 향해 깊이 고개를 숙여 보였다. 감사함과 미안함의 표현이었지만 실질적으로 그 행동은 안도감과 승리감에 의한 여유였다.

"기억나는 건 있으십니까?"

진강의 물음에 인수는 재빨리 답하지 못했다. 사실 인수로서는 어떻게 된 일인지 잘 기억나지 않았다. 그가 기억하는 것은 어느 순간 의식이 멀어져 가며 어둠이 덮쳐 온 것과 마지막에 지토 수문가의 음성이 머릿속에 울렸다는 것 정도였다.

"알겠습니다."

그런 인수의 태도에 진강은 고개를 끄덕였다. 기억하지 못한다 해도 이상한 건 아니었다.

"그럼 힘을 조절하실 수 있으십니까?"

인수는 천천히 손을 들어 올렸다. 그러자 그의 손안에서는 여러 개의 구슬들이 나타나더니 천천히 춤을 추기 시작했다. 사람들은 저마다 그 구슬들의 춤에 눈을 빼앗겼다.

"……!"

허나 그것도 잠시, 구슬들은 갑자기 속도가 빨라지며 인수의 손을 빠져 나오려 했다.

"그렇군요."

진강의 손짓에 그 구슬들은 곧 사라졌다.

"죄, 죄송합니다. 생각보다 쉽지 않아서……."

"괜찮습니다. 이 정도면 양호하신 편이니까요."

진강은 자리에서 일어났다.

"하지만 연습은 필요하겠지요."

진강은 인수를 향해 따라오라는 듯 손짓을 했다. 방금 깨어난 사람에게 너무 갑작스런 요구이긴 했지만, 인수도 고개를 끄덕이며 몸을 일으켰다. 능력자들이 가득한 이 속에서 지체할 시간이 없다는 건 인수도 이미 알고 있었다.

힘을 제대로 사용하기 위해서도, 그리고 힘을 제대로 숨기기 위해서도 그는 어서 이 힘에 익숙해져야 했다.

"사람들이 많은데 괜찮겠습니까?"

재원은 자신의 컴퓨터를 살피며 말했다. 화면에는 빌딩 내부 인원의 대략적인 위치가 한눈에 보이게 표시되어 있었다. 아마 방범 시스템에 연동하여 카메라들에 잡히는 움직임들을 표시하고 있는 듯 보였다.

"괜찮습니다. 그들은 눈치채지 못할 겁니다."

방을 나서려는 그들은 소연과 눈이 마주쳤다. 그녀는 걱정 가득한 얼굴로 당장에라도 따라나서고 싶은 표정이었지만 진강은 고개를 저었다. 진강과 인수는 방에서 나와 계단 쪽으로 향했다. 엘리베이터를 타는 게 편할 터였지만, 사람들의 이목을 조금이라도 더 피하기 위해서였다.

"들어오십시오."

그들은 진강의 방 안으로 들어갔다. 진강은 방문을 닫자마자 자신의 가방으로 가서는 부적들을 꺼내 들었다. 진강의 손이 움직이자 부적들은 허공에 흩날리더니 그대로 벽과 천장에 붙었다.

"이 정도면 괜찮겠지요."

그리고 진강의 손짓에 허공에 검은 통로가 나타났다.

"이, 이건?"

인수는 눈앞에 그것이 자신이 다른 사신들을 불러낼 때 보았던 것과 같은 것임을 알 수 있었다.

"따라오십시오."

인수는 진강을 따라 검은 통로 안으로 걸음을 옮겼다. 기묘한 감각이 몸을 스치고, 어느새 그들은 파란색 풀들로 가득한 이질적인 언덕에 서 있었다.

"여긴……?"

"노덴스가 다스렸던 옛 왕국들 중 하나입니다. 뭐 그래 봤자 이제 남은 건 이 작은 언덕뿐이지만요."

말 그대로였다. 시선을 조금만 옮기면 저 멀리 검은빛에 막혀 있는 언덕의 끝부분이 보였다.

"그럼 여기서 일종에 수련을 하면 되는 건가요?"

진강은 고개를 저었다.

"원래라면 그랬겠지만, 지금은 그럴 시간이 없습니다."

진강이 몸을 돌려 손을 뻗자 허공에 푸른 불길이 일었다. 그리고 잠시 뒤 그 푸른 불길은 백색으로 변했고 노덴스의 의식 일부가 그들 앞에 나타났다.

―……놀랍군. 정말 성공할 줄이야.

노덴스는 인수를 바라보며 놀라움을 금치 못했다.

―더구나 다른 자도 아니고 지토 수룬가라니.

"위대하신 노덴스 님께서 도와주신 덕분입니다."

인수는 겸손하게 말했지만 그것이 단지 형식적인 말일 뿐이란 알 수 있었다.

─그렇게 말할 필요 없다. 진짜 도움은 이제부터니까.

노덴스와 진강 사이에 시선이 오가고, 잠시 후 백색 빛이 인수의 주변을 둘러쌌다.

"노덴스께서 그 힘을 자유자재로 쓸 수 있도록 도와주실 겁니다. 그냥 가만히 계시면 됩니다."

진강의 그 말에 인수는 가만히 빛에 몸을 맡겼다. 그리고 잠시 후 그의 온몸과 눈에서 백색의 빛이 뿜어져 나왔다.

지금 노덴스는 그 자신의 지식과 경험의 일부를 인수의 몸과 의식에 직접 새겨 넣고 있었다. 몸이 따라가지 못하거나 알 수 없는 이질감에 삐걱거리는 조잡한 수준의 기억 전송이나 암시 따위가 아니다. 무슨 기계에 프로그램을 깔듯 단순한 것도 아니다.

수행으로 인해, 연습으로 인해 인수 스스로가 결과적으로 얻게 되었을 경험, 습관, 능숙함 그리고 부족함까지 그 모든 것이 완벽하게 '재현'되는 것, 즉, 있었던 일이 되는 것이다.

이루어지지 않은 미래를 보고, 그 미래를 완벽하게 재현한다. 거기에는 부작용도 없고, 조금의 이질감도 없다. 그야말로 신들만이 할 수 있는 방식이었다.

"……"

잠시 후 노덴스의 빛이 인수에게서 떨어졌고, 인수는 아무렇지 않은 얼굴로 그 자리에 서 있었다. 그리고 그런 인수를 향해 진강은 그대로 손을 뻗었다.

"……!"

그리고 그런 진강의 행동에 인수 또한 손을 뻗었다. 보이지 않는 기류가 허공에서 격돌하고 이내 사라졌다.

─쓸데없는 짓을. 내가 직접 한 일이다. 실수가 있을 리 없지 않나.

그것은 문답이었다. 상대의 힘과 정확히 같은 힘으로 공격을 상쇄

한다. 이는 그 어지간한 고위 주문이나 의식을 행하는 것보다 까다로운 일이었다. 그리고 인수는 성공했다. 이보다 정확한 대답은 없었다.

"그저 자신의 힘을 직접 느껴 볼 수 있게 해 본 것뿐입니다."

진강의 말대로 인수는 너무나 쉽게 막아 낸 자신의 행동에 놀라워하고 있었다. 몸이 멋대로 반응했다거나 하는 것이 아니었다. 의식적인 행동이었지만 너무나 자연스럽게, 그리고 완벽하게 이루어 낸 것이다.

"놀랍군요. 마치 아주 오랫동안 수련해 온 느낌입니다."

"그렇지요?"

인수는 잠시 자신의 손을 내려다보더니 다시 고개를 들었다.

"그럼, 이게 끝인가요?"

인수의 물음에 진강은 고개를 저었다.

"그건 아닙니다. 이왕 이렇게 된 거 인수 씨께서도 앞으로의 계획에 대해 아시는 게 좋을 테니까요."

진강의 그 말에 인수의 눈동자가 빛났다.

"계획이요?"

"예. 사실 그에 대해 노덴스 님과 의논할 생각이었거든요."

─뭘 말이지?

"아르카나, 아니, 연맹이란 단체의 움직임이 심상치 않습니다."

─움직임이 심상치 않다? 분명 그들이 네크로노미콘, 네 유흥의 흔적들을 가지고 있다고는 하지만 그래 봐야 인간이지 않나. 크투가에 대한 게 아니라면 우리 계획에 영향을 줄 리는……

"그런 정도가 아닙니다."

진강은 자신이 보았던 것들을 설명하기 시작했다. 연맹의 존재와 신의 대리자들, 의식 그리고 그들의 이상. 그런 이야기들이 흘러나올수록 분위기는 조금씩 어두워졌다.

―……신의 대리자들이 그렇게 많이 있다고? 그것도 이 별에만? 거기다 세상을 되살리려 한다?

노덴스 또한 진강의 말에 적지 않게 놀란 듯 보였다. 그리고 그런 노덴스의 태도에 진강의 표정은 더욱 굳어졌다.

물론 노덴스는 크투가와 그 권속들을 감시하는데 대부분의 신경을 쏟는 터라, 지상에 대해서는 그 시선을 소홀히 한 것은 사실이다.

하지만 노덴스는 아무것도 알지 못했다. 신의 대리자와 상위 능력자들로 이루어진 연맹의 존재는 물론이고, 데이곤 밀교와 같은 디프원들의 세력이 힘을 키우고 있다는 것도 전혀 알지 못했다. 그리고 그것은 본질적으로 불가능했다.

지금 노덴스가 거짓말을 하고 있는 것이 아니라면, 뭔가 노덴스의 눈을 가리는 힘이 존재한다는 것이었다.

"……"

―…….

그들 사이에 잠시 침묵이 흘렀다.

"……그럴 리는 없겠지만, 혹시나 싶어 묻는데, 설마 따로 다른 계획을 진행 중인 건 아니겠지요?"

―다른 계획이 내게 있었다면 굳이 네게 접촉할 필요도 없었다.

"그렇겠지요."

다시 침묵이 내려앉았다. 그들은 마치 꺼내기 싫은 어떤 말을 삼키고 있듯 가만히 서로를 바라볼 뿐이었다.

"……"

―…….

그들은 서로가 무슨 말을 하려고 하는지 알고 있었다. 자신이 하려는 말 또한 그것이었으니까. 그리고 그렇기에 그들은 그 말을 꺼내기가 얼마나 힘든지 알고 있었다.

—……어쩔 수 없군.

결국 노덴스가 담고 있던 이야기를 입 밖으로 꺼냈다.

—우보 사틀라에게 가는 수밖에.

우보 사틀라. 그 이름과 함께 진강의 표정이 일그러졌다. 혐오와 짜증, 그리고 분노가 뒤섞여 있는 얼굴이었다.

"우보 사틀라?"

인수가 물었지만 진강도 노덴스도 곧장 답해 주지 않았다. 조금 전과 마찬가지로 마치 그에 대해 이야기하는 것조차 싫은 듯 보였다.

"……하위 사신들 중 하나입니다."

진강은 그 이상은 말하지 않았고, 인수도 우선은 그 이상 묻지 않았다. 그가 알고 싶은 것은 다른 거였다.

"대체 두 분의 계획은 무엇입니까?"

—세상의 부활.

잠시의 망설임도 없이 노덴스는 답했다.

"정확히 말하자면 완전한 부활은 아니지요."

인수는 그리 놀라지는 않았다. 미야베에게서였지만 어쨌든 이미 한 번 들었던 이야기였고, 그 당시 이야기를 듣던 진강의 표정이 심상치 않다는 것도 눈치챘었다.

"어떻게 말입니까?"

"고위 사신의 죽음으로."

본래 사신들은 세상과는 전혀 반대되는 힘을 몸에 지닌다. 말하자면 세상과 그에 속한 모든 것이 기본적으로 생(生)이라면, 절대심연에 속하는 모든 것들은 기본적으로 사(死)이다. 물론 이는 단지 상징적인 표현이지만 이보다 정확한 표현은 없었다.

사신들은 절대심연 속에서 살아가며 그 몸에 사(死)를 채워 간다. 처음부터 절대심연에서 태어난 게 아니라 나중에 세상에서 추방된 신들조차 사신이 되어 다시는 세상 속으로 돌아오지 못하는 이유가 바로 이 때문이었다.

일단 절대심연에 속하게 되면 그 몸이 점점 사(死)로 채워지고, 시간이 지나 결국에는 사신이 되어 버리고, 반발력에 의해 쉽게는 세상 속으로 되돌아올 수 없다.

그런데 이처럼 사신들의 힘과 세상의 힘이 전혀 반대라면, 어떻게 사신의 죽음으로 세상을 되살려 낼 수 있을까.

바로 정반대의 속성이기에 가능한 일이었다. 세상과 절대심연은 동전의 양면과 같고, 세상은 죽어서 절대심연이 된다. 그렇다면 절대심연이 죽는다면 무엇이 될까?

생명의 죽음은 죽음 자체이지만, 죽음의 죽음 그것은 전혀 반대의 결과를 내놓는다. 생명에 가까운 어떤 힘을 방출하며 그것은 새로운 세상을 탄생시키는 초석이 된다.

그리고 강한 힘을 지닌 고위 사신의 죽음은, 이러한 절대심연의 죽음과 비슷한 결과를 만들어 낸다.

"간단히 말하자면 고위 사신을 죽임으로서 생기는 힘으로 세상에 다시 생명을 공급하는 겁니다."

"그렇게 하면 세상이 되살아나는 겁니까?"

―완전히 되살아나는 건 아니다. 그 일부만 되살아나는 거지.

"일부요?"

"아무리 고위 사신의 죽음이라 할지라도 세상을 완전히 되살릴 정도의 에너지를 낼 수는 없습니다. 정확히 말하자면 되살아난 부분만이 다시 세상이 되는 거지요."

"그렇다면 그 일부란, 어느 정도입니까?"

"그건……."

―단순히 물리적 공간으로 표현할 수 있는 게 아니다. 애초에 본래 이 세상에는 네놈들의 물리적 차원뿐만 아니라 수많은 다른 차원들도 함께 존재해 왔으니까.

인수는 고개를 끄덕였다. 세상을 되살린다라며 쉽게 말을 해서 그렇지 사실 인간인 그가 세상의 본질이나 구성을 완전히 이해하기란 불가능한 것이었다.

"그런데 그렇다면 연맹과 목적이 같은 것 아닙니까? 그게 어떻게 문제가 되는 거지요?"

"확실히 그들의 움직임이나 계획 자체는 문제될 건 아닙니다. 그들이 어떤 방식을 계획하고 있는지에 따라 오히려 도움이 될 수 있으니까요. 다만……."

"다만?"

"그들이 대체 어떻게 정보를 알게 되었는지 알 수 없다는 겁니다. 고위 사신을 죽여 세상을 되살리는 이런 방법은 인간이 알 수 있는 지식이 아닙니다. 더구나 비정상적으로 몰려 있는 신의 대리자들까지, 뒤에 뭔가가 있지 않은 이상은……."

그제야 인수는 처음 미야베의 말을 들었을 때 진강의 표정이 심상치 않았던 이유를 알아차렸다.

"무언가라면?"

"글쎄요. 그건 이제부터 알아보면 되겠지요."

진강은 다분히 불편해 보이는 표정으로 노덴스를 돌아보았다. 그리고 그런 진강의 시선과 함께 노덴스의 주변에는 꽤 많은 백색의 문들이 나타났다.

―……그렇다면 나 또한 그에 맞는 준비를 해야겠지.

노덴스의 그 말과 함께 문들이 열렸다. 그리고 그 문들에서 나타난 것은 지금의 노덴스와 똑같이 생긴 또 다른 노덴스들이었다.

"……!"

"그의 다른 조각들입니다. 그곳으로 가려면 힘이 조금 더 필요하거든요."

인수는 놀라는 인수를 위해 가볍게 상황을 설명했다. 지금 노덴스는 자신의 의식과 힘을 수많은 조각으로 나눠 놓은 상태였다. 하지만 그들이 향하는 곳은 이 세상이 아닌 절대심연에 속하는 사신들의 공간, 조각 하나의 힘으로는 턱없이 모자랐기에 필요한 만큼 다른 조각들을 부른 거였다.

백색 빛으로 나타나는 노덴스의 조각들은 서로에게 겹쳐지며 더 밝은 빛을 뿜어내더니 이내 점차 형상을 이루기 시작했다.

―이 정도면 충분하겠지.

노덴스는 이제 너무나 아름다운 소년의 모습으로 변해 있었다. 마치 백옥과도 같은 그 피부는 그를 감싸고 있던 빛이 사라졌다는 사실을 잊게 만들었고, 그 외견은 설사 고대 그리스의 조각 작품일지라도 그 옆에서는 단순한 돌덩이에 불과하게 보일 정도였다.

"과연 미적 감각이 뛰어나시군요."

그 아름다움에 말을 잃은 인수와는 달리 진강은 살짝 비꼬듯 그렇게 중얼거렸다. 현재 노덴스 본신은 그 깊은 동굴, 처량한 노인의 모습을 한 채 빛바랜 왕좌에 앉아 있었지만, 조각은 저토록 어리고 아름다운 소년의 모습이라니.

―이왕이면 다홍치마라 하지 않나.

하지만 노덴스는 자신이 취한 모습이 마음에 드는 듯 보였다.

―자, 그럼 가 보도록 하지.

진강은 노덴스의 곁으로 다가서더니 인수를 향해 손짓했다. 인수는 진강을 따라 노덴스의 곁에 섰고, 이내 백색의 빛이 그들을 감쌌다.

빛 자체는 아무런 느낌도 없었다. 시야에도 영향을 주지 않아 마치 새하얀 방에 들어온 것처럼, 주변 공간 일부분이 하얀 것일 뿐 여전히 옷 색깔과 상대의 얼굴이 그대로 보였다.

—그럴 리는 없겠지만, 혹여라도 빛 밖으로 나가거나 손을 뻗을 생각은 마라. 잠깐이라지만 지금부터 우리가 지나야 할 통로는 그야말로 절대심연 그 자체니까. 특히나…….

노덴스의 시선은 진강에게 향해 있었다.

—정신을 똑바로 차려라.

"알고 있습니다. 잘못하다간 '육체'에 끌려갈 테니까요."

현재 나알라호텝의 육체는 절대심연 아자토스의 신전 깊은 곳에 잠들어 있었다. 아자토스의 유일한 사자라는 칭호에 걸맞게, 아자토스에 의해 다른 왕들과 사신들에게서 보호받고 있는 거였다.

그렇기에 나알라호텝의 육체가 갑자기 나타난 진강의 존재를 느끼고 나타날 염려는 없었다. 허나 본래 하나였던 정신과 육체는 서로를 강하게 끌어당기며, 그로 인해 간신히 잠재워 놓고 있는 본래의 인격이 깨어날 위험이 있었다.

—그럼 간다.

"……!"

노덴스의 그 말과 함께, 그들은 어느새 절대심연 속에 있었다. 그것은 인수는 물론이고, 진강에게조차 감당하기 어려운 것이었다. 눈으로 본다는 것이 아니다. 귀를 듣는다는 것이 아니다. 느낀다는 것이 아니다.

혹시라도 개미가 태양 중심에 있다 한들, 혹은 블랙홀 속으로 빨려들고 있다 한들 이 기분의 일부분일지라도 알 수 있을까. 나알라호텝의 기억을 가지고 있는 진강조차, 인간의 인격으로서는 정신을 붙잡고 있는 게 할 수 있는 전부였다.

인수는 진강에게서 보았던 그 검은 그림자를 떠올렸다. 허나 바로 그때조차도 지금에 비한다면 아무것도 아니었다.

하물며 노덴스의 빛이 그들을 보호하고 있는데 이 정도라니. 과연 절대심연. 인간이 속할 수 있는 세계가 아니었다.

그렇게 얼마나 시간이 지났을까. 주변 풍경이 다시 변했고 그들은 기묘한 문 앞에 서 있었다.

"……."

"하아……. 하아……."

진강과 인수는 그제야 숨을 돌렸다. 특히나 기본적인 지식이 없던 인수의 경우는 다리가 풀린 듯 주저앉았다. 몇 번의 심호흡을 한 뒤에서야 인수는 고개를 들어 문의 존재를 알아차렸다.

전체적인 모습은 그 형태나 세세한 무늬들, 그리고 조각상들만 보면 매우 아름다웠지만, 그 위에 덧씌워진 기괴한 문장들과 기호들 때문에 기괴한 분위기를 자아내고 있었다.

"저건……."

그리고 그 기괴한 문장들 중 인수는 몇 가지를 알아볼 수 있었다. 문장은 총 다섯 개였는데, 하나는 진강이 그 집에서 방마다 새겨넣었던 것, 즉, 나알라호텝의 문장이었다. 그리고 또 하나는 네크로노미콘에서 노덴스에 관한 책장에 있던 노덴스의 문장, 그리고 마지막은 아르카나 지부 건물 옥상에 새겨져 있던 문장이었다.

"크툴후의 문장입니다."

인수의 시선을 읽고는 진강이 말했다.

"저것들은 모두 다섯 왕의 문장입니다. 그리고 이곳이 다섯 왕에 의해 봉해졌다는 표식이지요."

"봉해졌다고요?"

―걱정 마라. 이 문은 내가 만든 것. 내게는 아무런 영향도 주지 못한다. 곧바로 통하는 통로를 열거나 하지는 못해도, 들어갔다가 나오는

정도는 할 수 있다.

노덴스의 손짓에 문장들은 빛을 발하더니 이내 천천히 문이 열리기 시작했다.

―그럼 다시 가 보도록 하지.

주변을 감싼 빛과 함께 그들의 몸은 바닥에서 살짝 떠올랐다. 그리고는 빠르게 안쪽으로 날아가기 시작했다.

문 안쪽은 평범한 종유석 동굴과 그리 다를 바 없었다. 단지 무서울 정도로 넓을 뿐이었다. 빠르게 옆을 지나치는 돌들을 한참을 바라보던 인수는 침묵을 깨려는 듯 입을 열었다.

"그런데 세상을 살리기 위해 죽인다는 고위 사신, 그는 누구입니까?"

"다섯왕 중 하나인 크툴후입니다."

너무나 아무렇지 않게 답한 진강의 태도에 인수는 자신이 잘못 들었다고 착각했다.

"예?"

―제대로 들었다.

"하지만 크툴후라면 조금 전 다섯 왕 중 하나라고 하시지 않으셨습니까?"

사신들에 대해 잘 알지 못하는 인수였지만, 다섯 왕 중 하나라는 의미가 얼마나 큰 것인지는 짐작할 수 있었다.

"그 정도는 되어야 필요한 에너지를 얻을 수 있습니다."

진강의 그 말에 인수는 더 이상 뭐라 하지는 않았지만 걱정되는 그 마음을 숨기지는 못했다.

―걱정 마라. 크툴후가 가장 적합한 상대니까.

인수는 노덴스의 어감에서 뭔가 묘한 느낌을 받았지만 그것에 대해 물을 수는 없었다. 갑자기 전방이 뿌연 안개로 뒤덮이는 듯하더니 이내 아래로 추락하기 시작했다.

"노, 노덴스 님!"

―괜찮다. 원래 이 증기 터널을 지나야 한다. 놈은 가장 밑바닥 동굴에 존재하니까.

15
우보 사틀라

진강과 노덴스, 그리고 인수는 증기로 가득한 어두운 통로를 지나 마침내 우보 사틀라가 있는 그 밑바닥 동굴에 도착했다.

"이, 이곳인가요?"

인수는 자기도 모르게 손을 들어 입을 막았다. 동굴 바닥에는 기괴한 것들이 잔뜩 쌓여 있었는데 그것은 마치 죽은 달팽이나 껍질을 잃은 조개 같기도 했고, 금방 잘려진 고깃덩어리 같기도 했다. 하지만 그것들이 뭐건 차마 똑바로 바라보기 힘든 모습이란 건 확실했다.

―그래. 슬슬 이 기분 나쁜 것들이 보이기 시작하면 다 와 가는 거다.

노덴스의 빛이 동굴을 환하게 밝혔다. 동굴은 바닥뿐만 아니라 천장과 벽면까지도 기분 나쁜 것들로 가득했다.

꿈틀 꿈틀.

그 정체를 알 수 없는 기분 나쁜 물체들은 드문드문 꿈틀대기까지

했는데, 안쪽에 있을수록 움직임이 더 활발했다.

"……"

그 기분 나쁜 풍경에 진강은 자기도 모르게 손을 뻗었지만 노덴스가 그를 막았다.

―그만두어라. 소용없다는 걸 잘 알고 있지 않나.

그들은 안쪽으로, 안쪽으로 계속해서 걸음을 옮겼다.

"이곳은 여전하군."

동굴은 갈수록 넓어졌지만 누구도 그것을 실감할 수는 없었다. 넓어진 면적 그 이상되는 부분을 꿈틀거리는 기분 나쁜 물체들이 채우고 있었다.

"대체 저것들은 무엇입니까?"

―우보 사틀라의 자식들이다.

"제 아비를 닮아 추악하지."

인수는 가만히 진강을 바라보았다. 진강은 아까부터 우보 사틀라를 향해 노골적인 적대감을 보이고 있었다. 그리고 그런 인수를 향해 노덴스가 말했다.

―이해하도록 해라. 다섯 왕에게 있어서 우보 사틀라는 처음부터 경멸의 대상이었다. 그놈은 스스로를 '잊을 수 없는 근원'이니 모든 사신들의 아버지니 하며 다섯 왕을 부정하고, 스스로를 절대암흑신 아자토스와 동일시하기도 했었지.

"실제로 그가 그렇습니까?"

인수의 물음에 진강은 코웃음을 쳤다.

"헛소리입니다. 진실을 모르는 어린 사신들을 현혹시켜 자신의 잇속을 챙기려는 것뿐이지요. 사이비 교주, 미친 예언자 정도로 생각하시면 됩니다."

사이비 교주, 설마 사신들의 세계에도 그런 것이 있을 거라고는 생각지 못한 인수는 놀라움을 감추지 못했다.

"그런데 다섯 왕은 왜 그런 자를 살려 둔 겁니까? 그만큼 힘이 강한 건가요?"

"그건……"

진강은 대답하려다 분한 듯 곧 다시 입을 다물었다. 대신 노덴스가 그 질문을 이어받았다.

—힘 자체는 강하지 않다. 추종자들만 없다면 오히려 필멸자들에게도 당할 만큼 형편없지. 실제로 다섯 왕은 한때 우보 사틀라를 죽이는 데 합의하기도 했었다. 다섯 왕은 녀석을 추종하는 수많은 사신들을 모조리 처단하고 우보 사틀라 앞에 섰지. 하지만 결국 녀석을 죽이진 않았지.

"어째서지요?"

—녀석의 능력 때문이지. 녀석의 능력은 그만큼 희귀한 것이니까.

"나는 동의하지 않았습니다."

진강은 노덴스를 살짝 노려보며 말했다. 사실 우보 사틀라 처단에 가장 앞장섰던 것은 나알라호텝이었다. 다섯 왕 중 하나이자 아자토스의 유일한 사자인 그로서는 스스로를 아자토스를 동일시하는 우보 사틀라의 존재 자체가 모욕이었고, 그는 손수 우보 사틀라의 추종자들을 모두 어둠에 묻어 버렸다.

허나 그는 마지막 순간, 마음을 바꾼 네 명의 왕들에 의해 우보 사틀라를 죽이는데 실패하고 말았는데 당시 그 네 명의 왕 중 한 명이 바로 노덴스였다.

—이제 와 그때의 불평을 할 셈인가? 어찌 되었든 결과적으로는 지금 이렇게 그 덕을 보게 된 것 아닌가.

"흥!"

진강은 다시 고개를 돌려 앞쪽을 바라보았다. 이제 그 괴상한 물체들은 그들의 발아래까지 가득 메우고 있었다.

"조금 더 높게 뜨면 안 되겠습니까?"

인수는 고개를 돌리며 조심스럽게 부탁했다. 노덴스의 기운에 둘러싸여 안전하게 허공에 떠 있었지만, 인수는 발아래 그 흉측한 광경들에 몸에 소름이 돋을 것만 같았다.

—뭐, 그러지.

노덴스는 인수의 부탁을 받아들여 조금 더 위로 떠올랐지만 그것도 곧 의미가 없어졌다. 그들이 떠오른 만큼 그 흉측한 살덩이들은 또 늘어났고 그 형상도 더 기괴해졌다.

꿈틀 꿈틀.

스걱 스걱.

그저 꿈틀거릴 뿐이었던 그전 것들과는 달리 안쪽 것들은 톱니 같은 작은 이빨들을 들이밀며 서로를 뜯어먹고 있었다. 꼬리를 뜯어 먹히고 있으면서도 눈앞에 상대를 씹어 삼키는 그 끔찍한 모습들에 인수는 자기도 모르게 몸을 움츠렸다.

"갈수록 더해질 겁니다. 마음 단단히 먹으십시오."

인수는 진강의 그 말에 과연 여기서 더 어떻게 끔찍해질 수 있을지 상상하기가 힘들었다. 세 명의 사신을 바로 눈앞에서 마주했던 인수였지만 지금 이 광경이 주는 감정은 그것과는 전혀 달랐다. 사신을 마주했을 때 그가 느낀 것은 감정을 넘어서는 어떤 절대적인 힘, 영혼이 사라지는 것만 같은 아득함이었다. 허나 지금 이 광경이 그에게 주는 것은 오직 하나 온몸이 떨릴 정도로 강렬한 혐오감이었다.

분노를 넘어서서 아예 공포를 느낄 정도로 강렬한 혐오감. 그는 당장이라도 눈앞에 있는 모든 것을 이 세상에 존재했다는 흔적조차 남기지 않고 모조리 태워 버리고 싶었다.

화르륵!

인수의 손에는 어느새 검은 불길이 일었다. 지토 수룬가의 대리자가 된 인수에게 그 바람은 허황된 게 아니었다.

—그만.

하지만 노덴스가 그를 막았다.

—우보 사틀라가 특별히 이 녀석들에게 관심을 가지는 건 아니지만, 지금 그 충동을 다스리지 못하면 우보 사틀라를 만나서도 마찬가지다. 이 모든 것은 우보 사틀라에게서 태어난 거니까.

"……"

노덴스의 그 말에 인수는 손에 일었던 불길을 천천히 꺼뜨렸다. 그 말대로였다. 만일 노덴스와 진강의 말처럼 안쪽으로 갈수록 더 심각해지고, 더 나아가 그 근원으로 향하는 중이라면, 자신은 이 충동을 견뎌내야 했다.

"……알겠습니다."

조금 더 안쪽으로 들어가자 이제는 그 규모와 크기 자체가 완전히 달라졌다. 이제 그것들은 마치 산처럼 쌓여 있었고, 바닥과 벽면을 완전히 뒤덮고 있었다. 그리고 그 위에서는 달팽이와 닮은, 하지만 훨씬 더 끔찍하고 기괴한 괴물들이 그 커다란 몸을 움직이며 주변에 작은 것들을 뜯어먹고 있었다.

가장 큰 것은 인수의 두 배는 될 법한 크기였는데 입도 여러 개였다. 그것은 끊임없이 입을 움직여댔고, 다른 커다란 것들조차도 두려운 듯 그것에게는 다가가지 않았다. 하지만 괴물이 아무리 입을 움직여대도 쌓여 있는 것들이 줄어들거나 하는 일은 없었다. 괴물들이 아무리 삼켜대도 작은 것들은 꾸물거리며 마치 지층처럼 계속해서 쌓여 갔다.

아마도 그들이 처음 보았던 작은 것들은 모두 이곳에서 도망쳐 나갔거나, 밀려났던 것이 분명했다.

—이제 시작이군.

인수는 자신의 귀를 의심했다. 이제 시작이라니. 그는 그 말을 부정해 주길 바라며 진강을 바라보았다. 하지만 진강은 아무 말없이 앞을 바라보고 있을 뿐이었다.

 잠시 뒤 통로가 조금씩 줄어드는 듯하더니 어느 순간 확하고 넓어졌다. 동굴이 아니라 마치 거대한 계곡과 같은 공간이 나타났고, 그 뒤로는 밖으로 나온 것으로 착각할 만큼 광활한 공간이 펼쳐져 있었다. 천장이고 벽면이고 전혀 보이지 않는 그 광활한 평야에는 조금 전 보았던 달팽이 같은 괴물들이 사람이 아니라 버스만 한 크기로 꾸물거리며 다른 작은 것들로 이루어진 바닥과 벽을 뜯어먹고 있었다.

 "우, 우욱!"

 인수는 순간 헛구역질을 참을 수 없었다. 눈앞에 것들은 몸이 커진 만큼 더 끔찍해져 있었고 쌓여 있는 작은 것들의 움직임도 지금까지보다 훨씬 활발했다. 거기다 소리들. 지금까지는 애써 무시해 왔던 기분 나쁜 소리들이 이제는 무시할 수 없을 정도로 크게, 그리고 계속해서 귓가로 파고들어 왔다.

 그런데 갑자기 그 버스만 한 달팽이 괴물이 한 바퀴 몸을 구르더니 그들을 향해 기어오기 시작했다.

 "……!"

 인수는 반사적으로 손을 들어 올렸다. 저것이 다가온다는 사실만으로 온몸이 뒤틀리는 느낌이었다.

 그런데 갑자기 백색빛이 뿜어져 나와 괴물의 몸통을 꿰뚫었다. 인수가 고개를 돌려보니 노덴스가 굳은 얼굴로 손을 뻗고 있었다.

 ─감히 어디서……!

 아무래도 노덴스 또한 이것들에 혐오감을 느끼는 건 마찬가지인 듯했다. 사실 노덴스는 이 세상 속에 살기 위해 그 자신의 육체와 다섯 왕 중 하나라는 칭호마저 버렸던 자였다. 어쩌면 그가 이 광경에 느끼는 혐오감 자체는 인수의 것과 그리 다르지 않을 지도 몰랐다.

괴물은 새하얀 빛에 휩싸여 마치 종이가 바스러지듯 흩어졌다.

―주제도 모르는 것들이!

노덴스가 다소 격앙된 목소리로 외쳤고, 그 순간 기괴한 괴물들의 움직임은 그대로 멎었다. 그리고 그 모습에 진강이 작게 중얼거렸다.

"훗. 한계였군."

괴기스럽고 혐오스러운 풍경은 그 이후로도 한참이나 계속되었다. 10분, 20분, 꽤나 빠른 속도로 움직이고 있는 그들이었지만 목적지는 보이지 않았다. 그나마 다행인 건 이제는 안쪽으로 간다고 해서 풍경이 특별히 더 나빠지거나 하지는 않는다는 것뿐이었다.

그렇게 거의 한 시간을 지났을 때, 마침내 저 멀리 뭔가가 보였다.

―도착했군.

"예전보다 더 커졌군."

"어, 어디요?"

인수의 물음에 진강이 손가락을 들어 앞을 가리켰다.

"……?"

하지만 인수는 아무리 그 손가락을 따라 시선을 옮겨 보아도 그들이 말하는 것을 쉽사리 찾을 수가 없었다. 그 모습에 진강은 손가락을 살짝 더 위로 올렸다. 하지만 인수는 여전히 찾을 수 없었다. 그러자 진강이 다시 한 번 손가락을 위로 올렸다.

"대체 어디……?!"

그리고 마침내 인수는 알아차렸다. 너무 거대해서 배경으로밖에 인식할 수 없었던 그것은 어지간한 산맥보다 더 거대한 검붉은 살덩어리였다.

"서, 설마 저거, 아니 저깁니까?"

그것은 아무리 봐도 사물이 아니라 장소로밖에 보이지 않았다.

―그렇다.

"아마 저기쯤에서 '뇌'를 찾을 수 있겠군요."

인수는 머리가 멍해지는 느낌 속에서 한동안 빠져나오지 못했다. 그야말로 스케일이 달라도 너무 달랐다. 필멸자들도 처리할 수 있는 하급 사신이라고 해서 다소 깔보는 마음도 가져봤던 인수였지만, 이제 보니 도대체 필멸자들이 어떻게 해야 저걸 처리할 수 있는지 도저히 이해되지 않았다.

이제 노덴스는 우보 사틀라의 몸체를 내려다보기 위해 점점 위로 날아올랐다. 얼마나 넓은지, 아무리 높이 올라도 천장은 전혀 보이지 않았고 계속해서 바닥만 더 멀어질 뿐이었다. 하지만 그보다 더 놀라운 것은 그렇게 높이 올라갔음에도 우보 사틀라의 거대한 몸을 한눈에 내려다보기 힘들다는 점이었다.

"저기, 저깁니다."

진강이 발아래 한 곳을 가리키자 노덴스는 다시 아래로 내려갔다. 진강이 가리킨 그곳에는 마치 스톤헨지와 비슷한 구조물들이 수없이 늘어서 있었는데, 하나하나 모두 흠집 하나 없는 커다란 검은 석판들이었다.

"저게 '뇌'라는 겁니까?"

"예. 우보 사틀라의 유일한 기관이죠."

그들은 그 검은 석판들 앞으로 내려갔다. 그 기분 나쁜 검붉은 살덩어리로 내려서지는 않았지만 그들은 석판이 박혀 있는 지면 바로 앞까지 내려왔다.

가까이서 본 석판은 묘한 느낌이었다. 이 땅으로 온 뒤 불쾌감만을 느꼈던 인수였지만, 이 석판만은 조금 달랐다. 약하기는 해도 위압감과 함께 다른 사신들에게서 느꼈던 아득함, 그리고 더 나아가 어떤 어두운 거룩함마저 느껴졌다.

하지만

"잠자코 있지 말고 당장 입을 열어라."

진강은 그 검은 석판을 아무런 망설임도 없이 발로 차댔다.

―우리가 오고 있다는 건 이미 알고 있었을 터. 쓸데없는 장난칠 생각 마라.

노덴스 또한 백색의 빛을 휘감은 팔로 검은 석판을 때려댔다. 그리고 잠시 후 그에 반응하듯 검은 석판들이 번쩍번쩍 빛을 내기 시작했다.

―백색의 노덴스. 나알라호텝, 진강, 인간의 아이.

석판들에서 울려 나오는 기묘한 목소리는 마치 기계음처럼 부자연스러웠다.

―너희가 올 줄 알았다. 내 신관들을 부를 수도 있었지만 나는 너희가 내게 최소한의 예의는 갖출 거란 걸 알고 있다.

하지만 우보 사틀라의 그 말에 진강과 노덴스는 코웃음 쳤다.

"장난질은……."

―칠 생각하지 말라고 했을 텐데.

노덴스의 손끝에서 빛줄기들이 뿜어져 나왔고, 곧 아무것도 없는 줄 알았던 허공들에서 빛줄기에 꿰뚫려 생명을 잃은 기묘한 괴물들의 시체가 나타났다. 바로 우보 사틀라의 신관들이었다.

―불쌍하구나. 이제는 사신이라는 이름을 쓰기도 힘든 이런 것들만이 추종자들이라니.

"지난번 전투 이후로는 네 사기가 잘 안 먹히나 보지?"

진강과 노덴스의 비아냥에 석판의 빛은 더 빠르게 깜박거렸다.

―……내게 원하는 게 있을 터. 더 이상의 무례는 삼가도록 해라.

"네놈이 제대로 대답만 한다면 말이지."

진강과 석판 사이에는 무거운 침묵이 내려앉았다. 일종의 신경전이긴 했지만, 인수가 보기에는 이미 승패는 정해져 있었다. 적대감을 그대로 드러내고 있는 진강과는 반대로, 석판의 불빛들은 두려움을 억지로 참고 있는 기색이 역력했다.

　―……알겠다.

석판, 아니, 우보 사틀라가 힘겹게 내뱉은 그 말에 진강은 미소를 지었다.

"그럼 어서 답해라. 아르카나, 연맹의 계획이 무엇인지."

　―무슨 계획? 언제에? 내게 정보를 더 말해라.

"오, 위대한 사신들의 예언자께서 그것도 모르시나?"

진강이 다시 비아냥거리자 석판의 빛이 차가운 느낌으로 변했다. 그리고는 마치 인정하기는 싫은 듯 천천히 말했다.

　―……내 능력이 어떤지, 그 방식이 어떤지 잘 알고 있을 텐데.

"훗."

진강은 비릿한 조소를 보내며 그 손을 석판에 갖다 대었다.

"자, 어서 말해 봐라."

스스스스.

진강이 손을 댄 석판은 그 빛을 진강의 손이 닿아 있는 부분으로 집중시켰다. 그리고 잠시 후 모든 석판들에 기묘한 문자들이 떠오르기 시작했다.

　―아르카나. 그들이 속한 연맹은 세상의 소생을 계획하고 있다.

"그 정도는 알고 있다. 하지만 어떻게?"

　―너희의 계획과 같다. 죽음을 죽여 생을 끌어낸다. 최상위 사신의 죽음. 크툴후의 죽음.

"그 또한 알고 있다. 허나 그 방법은?"

　―크툴후를 부른다. 각각의 지점에서 크툴후를 부른다. 땅의 힘으로. 의지의 힘으로. 크툴후 자신의 힘으로. 나누어진 신은 결코 신 자

체가 아닐지니 그 신성은 옅어지고 힘 또한 나누어진다.

"……!"

―과연.

진강과 노덴스는 그제야 아르카나의 계획을 알 수 있었다. 어째서 야스쿠니를 공격했던 건지, 그 본전을 남겨놓은 이유가 무엇인지도 알아차렸다.

―확실히 그 수라면 가능성은 있겠어.

"무슨 방법입니까?"

―그것은…….

"영락(靈落)입니다."

진강은 석판에서 손을 떼며 말했다.

"영락(零落)이요?"

"뭐 뜻은 크게 다르지 않지만, 떨어지는 비 영(零)이 아니라 신령 령(靈) 자를 쓰는게 더 정확하겠지요."

"그게 무슨……?"

진강은 손가락으로 노덴스를 가리켰다.

"현재 노덴스께서 하고 계신 것과 비슷한 겁니다."

―근본적으로는.

"예. 근본적으로는 말이죠."

지금의 노덴스가 하고 있듯, 본래 신들은 자신의 몸을 여러 조각으로 나누어 동시에 존재할 수도 있다. 하지만 동시에 그렇게 떨어져 나온 조각은 그 힘과 신성의 일부를 잃는다.

보통 때라면 바로 그 조각을 영락(靈落)한 신이라 한다.

하지만 이런 신의 능력을 역이용해서 억지로 신의 몸을 수없이 많은 조각으로 나눈다면? 물론 그 본신의 힘에 따라 달라지겠지만, 성공한다면 결코 닿을 수 없는 곳에 존재하는 신을 땅 아래에까지 끌어다 내리게 된다.

　신에게서 신성을 빼앗는다. 그야말로 진정한 의미에서의 영락인 것이다.

　물론 그것만으로는 부족하다. 설사 성공하여 신을 영락시켰다고 해도 그것만으로는 신에게 아무런 타격도 주지 못한다. 그 힘과 육신이 갈기갈기 찢겨져 나누어졌다 해도, 결국 나누어진 조각은 다시 그 근원으로 돌아오고, 다시 신의 모습을 되찾는다. 그렇기에 영락시킨다 해도, 또 나아가 그 조각을 처리한다 해도 특별히 본신에게 타격이 가지는 않는다. 조각이 죽으면 그 힘은 다시 본신으로 돌아갈 뿐 결코 사라지지 않는 것이다.

　아바돈이 어째서 자기 힘의 반을 이 세상에 남겨 놓았겠는가. 신의 힘이 담겨 있는 그릇을 파괴하는 것은 가능해도, 신의 힘 그 자체를 없애는 일은 결코 쉽지 않다.

　하지만 어디까지나 쉽지 않다는 것이지, 불가능하다는 뜻은 아니다. 상대 또한 신이라면 신의 조각을, 그 힘을 없애 버리는 것도 가능하다.

　"신의 대리자들이라면, 조각의 정도에 따라 불가능하지는 않겠지요."

　"하지만 상대는 크툴후, 다섯 왕 중 하나라고 하셨잖습니까. 영락시키는 게 가능하겠습니까?"

　"그래서 야스쿠니를 공격한 겁니다. 그 장소가 가지는 주술적 의미, 그리고 그 땅에 모여 있는 지기와 힘을 이용하기 위해서."

　신이 몸을 나누는 경우는 크게 두 가지다. 지금의 노덴스나 아바돈처럼 그 자신의 의지인 경우와 신자들의 기도, 혹은 주술사들의 주문과 의식에 반응해 응답하는 경우다.

　야스쿠니와 같은 곳은 어찌 되었든 신을 숭배하기 위한 곳. 그만큼 신을 부르기에 적합한 장소란 것이며, 아직 그 힘 또한 남아 있었다. 바로 본전에 모여 있던 영혼들과 그 영혼들을 붙잡고 있는 지기였다.

진강은 다시 석판에 손을 갖다 대었다.

"말해라. 지금 지구에 아직 그러한 힘이 남아 있는 장소가 몇 군데나 있지?"

석판은 다시 빛을 냈고, 우보 사틀라는 잠시 후 말했다.

―143곳이다.

143이라는 숫자에 진강의 표정이 어두워졌다.

"그렇다면 그 장소들을 모두 연맹에서 파악하고 있나?"

―아니다. 그들은 고작해야 67곳 밖에 파악하지 못했다. 그리고 그 67곳만으로 진행할 생각이다.

진강은 입술을 깨물었다. 인간이란 얼마나 오만하고 무지한가. 67곳만으로 진행이라니, 대체 상대가 누구라고 생각하고 있는지 의심스러웠다.

설사 143곳이라고 해도 그 정도로는 턱없이 모자랐다. 143 조각으로 나누는 정도로는 다섯 왕 중에 하나인 크툴후 정도의 고위신을 영락시킬 수 없다.

본래 신이란 어떤 존재인가. 말 그대로 몇 차원 위에 존재하는 고위 존재다.

그들은 어떤 물체나 물리적 존재가 아니라, 그 이전에 존재하는 법칙 그 자체에 가까운 자들. 이 죽은 세상을 찾은 사신들이 처음 원자력이나 세균, 병들의 법칙을 바꿔 아무런 의미도 없는 것으로 만들었듯, 신들은 마음만 먹는다면 당장에라도 태양과 별들 구성을 바꾸고, 물과 불, 흙과 바람의 성질을 완전히 바꿀 수 있다.

주문이나 힘으로 억지로 움직이거나 변화시키는 게 아니다. '아예 처음부터 그러한 것'으로 만드는 것이다.

단순한 힘의 차이가 아니라 2차원에 속하는 그림이 3차원의 인간에게 해를 가하지 못하듯, 아예 차원이 다른 존재인 것이다.

물론 그것은 보통의 필멸자들과 물리적 힘에 대한 것이고, 신의 대리자와 다른 능력자들은 어느 정도 3차원에 속해 있는 힘을 쓰고 있다 할 수 있지만, 그렇다 해도 애초에 힘의 차이가 너무 컸다.

  상대는 사신들 중에선 최고위신 중 하나인 크툴후. 143조각 정도로는 어림도 없었고, 하물며 67조각 정도로는 그들로서는 크툴후 본신을 상대하는 것과 별다른 차이도 느끼지 못할 터였다.

  "역시, 생각대로군요. 그들만으로 가능할 리가 없었어요."

  진강은 고개를 돌려 노덴스를 바라보았다. 연맹의 계획이 부질없는 짓임을 확인했으면서도, 그들은 서로를 향해 미소를 짓고 있었다.

  ─하지만 우리의 계획에는 어느 정도 도움은 되겠지.

  "예. 그것만으로도 부담이 많이 줄겠지요."

  진강은 다시 석판을 향해 말했다.

  "자, 그럼 마지막 질문이다. 그리고 가장 중요한 질문이지. 대체 연맹과 아르카나들이 어떻게 이 방법을 알고 있는 거지?"

  고위사신을 죽여 세상을 소생시킨다. 그리고 신을 죽이는 방법. 이것은 인간이 알 수 있는 것들이 아니다. 또한 사신들을 숭배하는 디프원들이 알 수 있는 것들도 아니다.

  이것은 오직 신들만이 알 수 있는 지식이었다.

  "로이고르냐? 아니면 신들인가? 누구냐? 대체 누가 뒤에 숨어 있는 거냐?"

  진강의 물음에 석판은 한참이나 빛을 깜박였다. 인수는 그 모습을 보며 거대한 컴퓨터를 떠올렸다. 어릴 적 본 공상과학 영화에 나오는 자판과 몸통이 번쩍이는 비효율적인 컴퓨터 말이다.

  ─…….

  우보 사틀라는 한참이나 시간을 끌더니 곤란하다는 듯 입을 열었다.

  ─……모르겠다.

퍽!

우보 사틀라가 말을 끝낸 그 순간 진강은 그대로 석판을 발로 찼다.

"장난질 칠 생각 말라고 했을 텐데?"

진강은 발길질만으로는 부족했는지 노덴스를 향해 손짓을 했고, 노덴스 또한 그 손에 백색의 빛을 휘감았다. 그 모습에 석판은 다급하게 빛을 번쩍거렸다.

―자, 잠깐! 거짓이 아니다!

하지만 진강과 노덴스는 그 말을 믿지 않았다.

"헛소리! 설사 정확히 '찾을' 수는 없을지라도 네놈이 모를 리가 없지 않나!"

―당혹스러운 건 나도 마찬가지다! 분명 나는 알아야 한다. 하지만 모른다. 단지 찾을 수 없다 정도가 아니라 아예 전혀 모르겠다! 나로서도 도저히 이해되지 않는 일이다!

우보 사틀라의 그 필사적인 외침에 노덴스와 진강은 곤혹스러운 듯 서로를 바라보았다. 이대로 석판을 하나하나 부술 수도 있긴 했지만, 단순한 거짓말이라고 치부하기도 어려운 반응이었다.

"어쩔 수 없군."

결국 진강은 석판에서 손을 뗐다.

"만일 거짓이라면 그때는 네놈의 존재를 이번에야말로 지워 버리겠다."

―마음대로 해라.

진강의 그 말에 안심한 듯 석판에 빛은 잦아들어 갔다.

―더 이상 묻고 싶은 게 없다면 나를 귀찮게 하지 말고 떠나라.

"남아 있으라고 잡아도 이런 곳에 더 있을 생각 없다."

노덴스는 천천히 석판에서 떨어지더니 다시 위로 날아올랐다. 돌아갈 길을 생각하면 당장에라도 통로를 열고 싶었지만, 지금은 단지 속도를 좀 더 올리는 수밖에 없었다. 그들은 왔던 길을 그대로 다시 돌아가기 시작했다.

"그를 믿을 수 있겠습니까?"

―아니.

"절대로 못 믿지요."

인수의 물음에 노덴스와 진강은 동시에 답했다.

"그, 그럼 왜……?"

―어차피 녀석이 저렇게 나오면 어떻게 할 방법이 없다. 나알라호텝의 일면인 이 녀석에게까지 거짓말을 하는 거라면, 죽음을 각오했거나 혹은 그보다 두려운 상대가 뒤에 있다는 거겠지.

"……대체 그는 뭡니까? 어떻게 이런 걸 알 수 있는 거지요?"

―녀석은 조금 특별한 능력을 가지고 있다.

"특별한 능력이요?"

"아까 제가 녀석을 미친 예언자라고 불렀지만, 그건 잘못된 단어입니다. 녀석은 예언을 하는 능력 같은 건 전혀 없거든요."

"그럼?"

―녀석은 과거를 본다. 아니, 정확히 말하자면 과거의 기억, 생각들을 보지.

"필멸자들, 그리고 그 필멸자에 가까운 하급 신과 하급 사신들의 감정, 기억, 생각들은 끊임없이 그에게로 흘러들어 옵니다. 엄밀히 말하자면 그것은 녀석의 의지로 조절되는 능력도 아닙니다. 단지 우보 사틀라라는 존재 자체가 그런 존재인 거지요."

"그, 그럼 제 생각도요?"

―너나 네 세상뿐만 아니라 모든 세계, 모든 살아 있는 것들의 생각과 감정이 그에게 흘러들어 오지.

인수는 감히 상상도 할 수 없었다. 본래 생각이나 감정은 단순한 단어나 문장이 아니다. 기쁨이나 슬픔이라는 단어로 칭할 수도 있고, 언어로 바꾸어 나타낼 수도 있지만, 그 자체는 복잡하기 그지없으며 무작위적이다.

그런데 한 두 사람의 것도 아니고 모든 생명체의 감정을 동시에 느끼고 받아들여야 한다니. 인수의 인식 속에서는 그것은 설사 신이라 할지라도 도저히 감당할 수 있는 정도가 아니었다.

"그걸 감당할 수 있습니까?!"

"사신인 우보 사틀라의 정신으로도 감당할 수 없는 거지요. 애초에 녀석의 능력은 신들의 것과는 달리 테크닉도 무엇도 아닌 단순 노동이나 마찬가지니까요. 그래서 평소에는 자신의 정신을 그 석판들에 나눠 놓는 겁니다."

우보 사틀라. 스스로를 사신들의 예언자, 잊을 수 없는 근원이라고까지 칭하는 그였지만 실상은 초라기 그지없는 하급 사신에 불과했다.

사라져 가는 과거의 흔적을 그 거대한 몸에 새겨 넣는 그의 본성은 분명 사신들 중에서도 특별한 편에 속했다. 하지만 그것은 신들의 것과는 달리 그 스스로가 감당할 수 있는 것이 아니었다. 끊임없이 쏟아져 내리는 방대하고 무질서적인 정보들은 우보 사틀라 자신의 정신마저 위협할 수준이었고, 결국 우보 사틀라는 자신의 정신을 석판 속에 따로 나눠 담을 수밖에 없었다.

더구나 그 정보들을 이용하려 해도 애초에 감정이나 기억, 생각들은 진실이나 실제 상황과는 차이가 있는 법. 더구나 같은 상황, 비슷한 상황이 한둘도 아니고 상상이나 전혀 다른 시각들이 한데 섞여 있다.

그 혼자서는 진위를 밝힐 수도, 방대하고 무질서적인 정보들 속에서 원하는 정보를 찾아내는 것도 불가능했다. 타인의 도움을 받아야만 했다.

조금 전 진강이 석판에 손을 올려놓은 이유가 바로 그것이다. 그렇게 함으로써 우보 사틀라는 자신의 방대한 정보들 속에서 진강과 관련

된, 혹은 그에 가까운 정보들만을 찾을 수 있고 그 속에서 결과를 도출해 낼 수 있게 된다.

타인의 도움을 받아, 그 타인과 관련된 정보들에 대략적 범위를 지정하고 그 속에서 정보를 조합, 정리.

그것이 우보 사틀라가 그 자신의 능력을 발휘할 수 있는 최선의 방법이었다.

바로 이 때문에 그는 스스로를 절대암흑신 아자토스의 일면이라 칭하며 숭배자들을 끌어모았던 것이다. 그 혼자서는 자신의 정보를 제대로 확인하는 것조차 힘들기 때문에.

"마치 컴퓨터 같군요."

"아니면 인터넷 검색엔진이거나요."

진강은 장난스럽게 덧붙였다.

"그런데 배후를 밝혀내지 못해 어떻게 합니까?"

―수확이 아주 없는 건 아니다. 그리고 정보를 얻을 방법은 우보 사틀라만 있는 게 아니니.

"로이고르 말이겠지요?"

그렇게 말하는 진강의 표정은 어딘가 조금 굳어 있었지만, 인수와 노덴스는 단지 그가 로이고르에게 속았던 것 때문이라고 생각했다.

―그래. 죽었던 주제에 어떻게 되살아났는지는 모르겠지만, 어떤 식으로든 이 상황에 간섭하고 있는 게 분명하다.

"찾으실 수 있겠습니까?"

―찾아야겠지. 만반의 준비를 위해서는 필요한 일이니까. 하지만 그 연맹인가 하는 자들에 대한 것까지 알아볼 여유는 없을 것 같군.

"그렇다면 연맹의 작전 날짜는 저희가 알아보도록 하겠습니다."

―그래. 그러도록 해라.

그들은 다시 통로로 돌아왔다. 다만 조금 전과는 달리 노덴스도, 인수도, 그리고 진강도 자신의 충동을 참지 않았다. 그들의 손이 움직일 때마다 동굴 속 풍경은 변했다. 기괴한 살덩이들과 괴생물체들은 사라졌고, 그것들이 존재했다는 조그마한 흔적조차 보이지 않게 될 때까지 그들은 손을 멈추지 않았다.

―다시 안 오면 된다.

노덴스는 때때로 그렇게 중얼거렸고, 진강과 인수 또한 그때마다 고개를 끄덕였다.

증기 터널을 지나 그들은 다시 문 밖으로 나왔다. 노덴스의 손짓에 문은 다시 닫혔고 빛을 잃었던 다섯 왕의 문장이 다시 빛을 발하며 처음 모습으로 돌아왔다.

―자, 그러면 다시 마음을 잡도록 하……

노덴스는 말을 끝내지 못했다. 위화감과 함께 주변 풍경이 일그러지기 시작한 거였다.

―…….

"낌새를 알아차린 모양이군요."

"알아차리다니요?"

―보통 이 문 근처를 맴도는 사신들은 두 종류다. 문지기 그리고 우보 사틀라의 추종자.

"그리고 도착했을 때 아무도 없었던 걸 생각한다면……."

"문지기보다는 추종자일 가능성이 높겠군요."

그들은 잠시 아무 말없이 방문자가 나타나길 기다렸다. 그리고 일그러진 풍경들 속에서 걸어 나온 것은 기사였다. 말 그대로 중세 서양의 철갑옷을 입은 기사. 하물며 그 갑옷의 형태조차 특별할 것 없이 평범했다. 인수는 고개를 갸웃거렸다. 아무리 봐도 절대심연에 속한 존재라고 생각하기에는 무리였다.

―……?!

"……?!"

그리고 당혹스러운 것은 진강과 노덴스도 마찬가지였다. 절대심연 속에서는 보기 힘든 외견도 그렇지만, 그들을 더 당혹시킨 것은 기사의 기운을 가늠할 수가 없다는 거였다.

"처음 뵙겠습니다. 백색의 노덴스 님, 나알라호텝 님."

기사는 한쪽 무릎을 바닥에 꿇으며 정중하게 말해 왔다.

─꽤나 정중하다만, 자기소개부터 하는 게 예의 아니더냐?

"죄송합니다. 두 분께 이름을 댈 만큼 대단한 자가 아닌지라 본의 아니게 무례를 범했습니다."

기사가 가볍게 손을 내젓자 바닥에는 비교적 익숙한 문자들이 새겨졌다.

─아에슈마. 앙그라 마이뉴를 따르는 군단장의 이름이구나.

"백색의 노덴스께서 제 이름을 알고 계신다니 황공할 뿐입니다."

인수는 숨을 죽였다. 아에슈마라는 이름을 들어본 적은 없었지만, 앙그라 마이뉴라는 이름 정도는 그 또한 알고 있었다. 조로아스터교에서 모든 악의 근원이라 말하는 마신으로 그의 군단장이라면 눈앞에 기사 또한 상당한 거물일 게 분명했다.

─허나 앙그라 마이뉴는 다른 세상으로 떠났을 터. 그의 군단장인 자가 어찌 이 절대심연 속에 있는가?

"제 주인님의 명으로 잠시 다른 분을 보필하고 있습니다. 이 땅에 온 것은 바로 그 분의 명으로 두 분께 전할 말이 있기 때문입니다."

"그자가 누구지?"

"황송하오나, 그분에 대해 말하는 것은 제게 허락되지 않았습니다. 부디 답할 수 없는 저를 용서해 주시길 간청 드립니다."

그들은 다시 한 번 머리를 조아리는 기사에게서 시선을 떼고는 가만히 서로를 바라보았다. 상대가 정중하게 나오고 있긴 했지만 지금 눈앞에 기사가 정말 그의 말처럼 앙그라 마이뉴의 군단장인 아에슈마인지 조차 확신할 수 없는 상황이었다.

―그래서, 전하고자 하는 말이 뭐지?

"다름이 아니라, 두 분께서 계신 그 별에 요그 쇼토스가 도착했다는 점을 알려드리고자 합니다."

"요그 쇼토스가?!"

요그 쇼토스의 이름에 진강은 노덴스를 돌아보았다. 요그 쇼토스는 사신들이 드나드는 문이자 문지기. 그의 출현은 그 뒤를 따를 무수한 사신들의 전주에 불과했다.

―헛소리! 요그 쇼토스가 왔다면 내가 모를 리가 없다.

"황송하오나 지금 노덴스 님께서는 적어도 그 별에서 일어나는 일들은 제대로 보실 수 없으십니다."

―네놈, 그게 무슨 말이냐?

하지만 아에슈마는 대답하지 않았다. 대신 그가 손을 다시 움직이자 바닥에는 몇 개의 좌표가 나타났다. 그리곤 마치 자신의 일은 다했다는 듯, 아에슈마의 몸은 처음과 마찬가지로 풍경들 속으로 사라져 갔다.

―네놈 당장 말하지 못할까!

노덴스의 빛이 뿜어져 나왔지만, 이미 아에슈마는 사라진 뒤였다.

"쫓을 수 있겠습니까?"

진강의 물음에 노덴스는 고개를 저었다.

―너희를 보호하면서는 힘들다.

노덴스의 목소리는 분한 듯 떨리고 있었다.

"우선은 돌아가도록 하죠. 사실이든 아니든 확인할 필요성이 있습니다."

16
조력자

진강과 인수는 방으로 돌아왔다. 우선 아에슈마가 말한 요그 쇼토스에 관해서는 노덴스가 나이트곤들을 보내 확인하기로 했으며, 연맹에 대해서는 진강과 인수가 확인하기로 했다.

"요그 쇼토스라는 사신, 그렇게 대단한 존재입니까?"

"그 본인의 힘도 물론 문제지만 요그 쇼토스는 사신들의 문이자, 문지기라 불리는 존재. 그가 나타났다는 것은 무수한 사신들 또한 함께 왔다는 뜻입니다."

인수는 순간 머릿속에 사토과와 아트락 나카가 가득 모여 있는 장면을 떠올리고 말았다.

"그렇다면 큰일 아닙니까!"

"큰일이지요. 하지만 지금으로선 할 수 있는 일은 없습니다. 노덴스께 맡겨 놓을 수밖에요."

"그런데 그 아에슈마라는 자, 그는 어떻게 요그 쇼토스가 나타났다는 걸 알았고, 왜 그런 사실을 알려 준 걸까요?"

"글쎄요. 솔직히 짐작도 가지 않습니다. 하지만 시간이 지나면 알게 되겠죠."

진강은 비교적 침착한 목소리였다. 가방으로 걸어가 경면주사를 꺼내 들었다.

"지금은 우리가 할 수 있는 걸 하는 게 최선입니다. 뒤에 누가 있든 무슨 생각이든 계획은 진행되어야 하니까요."

진강은 물과 함께 경면주사를 입안에 털어 넣었다. 이제 가방 속 유리병들은 모조리 비어 있었고, 남은 경면주사는 극히 미량이었다.

"얼마 남지 않았군요."

인수는 조금 걱정스럽게 진강을 바라보았다. 경면주사 자체가 한국에만 있는 광물은 아니었지만, 일본은 한국과는 달리 부적에 경면주사를 잘 쓰지 않는다. 시장이나 상점과 무속용품점들에서 쉽게 구하기는 힘들다는 뜻이었다.

"생각보다 일이 빠르게, 그리고 복잡하게 돌아간 덕분이죠."

"더 구하실 수 있겠습니까?"

"불가능한 건 아니지만, 쉽지는 않겠지요."

진강은 가방에서 빈 병과 통들을 꺼내 한쪽 구석으로 치우기 시작했다.

"두 분께서 세상을 되살리려 하시는 이유는 역시, 두 분 모두 이 땅을 떠나실 수 없기 때문이십니까?"

진강은 인수의 그 물음에 잠시 멈칫하더니 곧 고개를 끄덕였다. 진강 자신의 목적이 현재의 자아를 유지하는 것임은 이미 스스로도 밝혔던 일이었지만, 노덴스에 대한 것은 말한 적이 없었는데도 인수는 이미 정확하게 예상하고 있었다.

"거기까지 생각할 여유가 있으셨는지 몰랐군요."

물론 딱히 예상하기 어려운 사실은 아니었지만, 인수가 겪었던 여러 일들을 생각한다면 거기까지 생각할 여유가 있었다는 게 놀라운 일이었다.

"며칠 전 노덴스에 대해 이야기하셨을 때, 본래 사신이셨다는 말을 듣고 혹시 그렇지 않을까 예상한 것뿐입니다."

그렇게 말하는 인수의 태도는 겸손했지만, 그 목소리와 표정 속에는 옅은 우월감도 묻어 있었다.

"그럼 저는 이제 내려가서 다른 분들과 앞으로의 일들을 상의하도록 하겠습니다."

"예. 그렇게 해 주십시오. 저는 조금 있다가 성도 씨를 만나보도록 하겠습니다."

인수가 나가고 진강은 가만히 침대에 걸터앉았다. 말은 그렇게 했지만 이 상황이 신경 쓰이건 어쩔 수 없었다.

"방해가 아니라 오히려 도움이라……."

유희 장소가 줄어드는 것을 염려한 사신들이 방해할 수도 있다는 점은 예상했던 진강이었다. 로이고르의 반지나 요그 쇼토스의 등장 또한 그런 의미일 터. 하지만 연맹의 행동이나 아에슈마의 경고는 아무리 생각해도 방해보다는 도움이었다.

"신들인가? 하지만 세상이 되살아난다 하여 이익을 볼 신은 없다. 되살아난 불완전한 세상에 신경 쓰기 보다는 새로운 세상에서 그 영향력을 넓히는 게 훨씬 이익일 테고……."

순간 진강의 머리에는 주선, 그리고 아라디아의 존재가 스쳤다.

"설마 아라디아도 이와 관련이 있는 건가?"

가능했다. 필연적으로 숭배자를 찾아야 하는 허신이 죽어 버린 세계에 나타났다면 그에 걸맞는 목적이 있을 터. 그저 방해가 되지 않을 거란 생각에 무시했지만, 그렇게 넘길 일이 아니었을지도 몰랐다.

"거기다……."

진강은 몸을 일으켰다. 몸은 이미 지쳐 있었지만 이대로 잠들 수는 없었다. 그는 방을 나서 엘리베이터를 타고 위로 올라갔다. 성도가 어디에 있는지 알지는 못했지만, 일단 회의를 진행했던 방부터 들를 생각이었다.

그런데 몇 층을 남겨두고 엘리베이터 문이 열렸고, 그 앞에는 성도가 서 있었다.

"음. 자네도 내게 할 말이 있나?"

성도의 그 물음에 진강은 내심 흠칫했지만 조심스럽게 고개를 갸웃거렸다.

"예?"

"아니, 아니네. 조금 전 쓰네…… 백귀야행이 미야베에 대해 묻더군."

아마도 이름에 대해서는 외우지 않은 모양이었다.

"지금 당장은 아니더라도, 계획을 생각하면 찾아서 데려오긴 해야겠지."

진강은 속으로 먼저 말을 꺼내 준 성도에게 감사했다.

"계획이라면……?"

"세계 소생의 마지막 의식 말이다."

엘리베이터가 멈추고, 성도가 내리자 진강도 재빨리 그 뒤를 따랐다. 성도의 입장에서는 이미 끝난 대화인 듯 보였지만, 진강은 자연스럽게 그 끝을 이었다.

"하지만 아직 시간이 남아 있지 않습니까?"

"그래. 모든 준비를 끝내려면 몇 주는 더 필요하겠지. 하지만 연맹에서는 일을 조금 앞당기기를 바라더군."

신사에서 돌아온 뒤 성도가 급히 자리를 피했던 것은 연맹에 상황을 보고하기 위해서였던 듯 보였다.

"어째서지요?"

"데이곤 밀교와의 동맹이 깨졌다는군. 그래서 이제 그놈들이 어떻게 나올지, 무슨 짓을 할지도 모르는 일이고 거기다 사신들에 대한 반발력이 이 이상 떨어진다면 위험하다는 거겠지."

진강은 속으로 아무리 그래 봤자 부족하다고 몇 번이고 말했다.

'뭐, 이해는 하지만.'

아르카나 그리고 연맹의 사람들은 본래부터 뛰어난 능력자들이었다. 허나 아직 세상이 살아 있고 신들끼리의 규율이 유효했을 때 그 힘은 제한적이었고, 신의 대리자로서 그 힘을 마음껏 휘두르게 된 것은 세상이 죽은 이후부터였다.

그렇기에, 그 막강한 힘에 취해 고위 사신인 크툴후조차 상대할 수 있다는 다소 안일하고 교만한 마음을 가지는 것은 어쩌면 당연한 일일 수 있었다.

"그럼 언제쯤……?"

"정확히 일주일 후 오늘이라는군. 아마 내일쯤 각자 가야 될 장소들이 정해질 거야."

"일주일 후……입니까."

"그래. 뭐 자네는 걱정할 필요 없어. 마이너 아르카나인 자네 정도는 다른 쪽으로 배정된다 해도 내가 이쪽으로 바꿔 달라 요청하면 되니까."

진강은 성도를 따라가던 발걸음을 멈췄다. 필요한 정도는 이것이 전부였다.

"음? 내게 볼일이 있었던 게 아닌가?"

"충분합니다."

"그런가?"

진강의 대답에 성도는 다시 걸음을 옮겼다. 그에게는 이 대화 자체는 물론이고, 진강의 존재도 그다지 대수로운 게 아니었다.

"일주일 후라……."

길다면 길고, 짧다면 짧은 시간이었지만, 그와 노덴스의 계획에 비한다면 획기적인 시간 단축이었다.

"원래는 적어도 일 년은 걸릴 거라 생각했는데."

진강은 몸을 돌렸다. 그로서는 한 가지, 꼭 확인해야 할 문제가 남아 있긴 했지만, 그는 애써 모른 척 그냥 방으로 향했다.

"괜찮겠지. 조금만 더, 그래 조금만 더……."

*　　*　　*

―…….

"기분이 어떠십니까?"

흑산양의 모습으로 돌아온 사타나키아는 바닥에 쓰러져 누워 있는 검은 메뚜기 십 수 마리를 향해 묻고 있었다. 다만 그 목소리에 승리의 환희나 패자에 대한 비웃음은 찾을 수 없었다.

―……종이 한 장 차이였거늘.

아바돈은 한참을 잠자코 있더니 그렇게 내뱉었다. 그 목소리는 여전히 불길함을 담고 있었지만, 지금까지와 같은 분노는 느껴지지 않았다. 이제는 체념한 듯 보였다.

아바돈과 사타나키아(그리고 우더 바이바야)의 마지막 격돌 때 그 승패를 좌우한 차이는 그 말처럼 너무도 미비했다. 아마 똑같이 다시 격돌한다 해도 결과가 같다고는 장담할 수 없을 거였다.

분명 온전한 우더 바이바야의 힘과 마녀의 신, 흑마술의 제왕이라는 칭호를 가진 사타나키아의 마력이 합쳐진 그 짐승의 모습은 아바돈의 반신을 압도하고도 남을 정도의 힘을 가지고 있었지만, 그만큼 아바돈의 일격은 두려운 파괴력을 가지고 있었다.

반신의 몸으로도 나알라호텝을 노릴 만했었다.

"과연 멸망자, 아바돈이십니다. 설마 이 방법을 썼는데도 이렇게 애먹을 줄은 몰랐습니다."

사타나키아는 진심으로 경의를 담아 말하고 있었다.

―……대체 어째서 나를 방해한 것이냐?

"그대께서 이 별에 내려앉으시는 걸 보고 있을 수는 없었습니다."

―하! 이 별이 뭐가 그리 중요해서? 이와 같은, 혹은 이보다 좋은 별은 이미 죽어 버린 이 세상에만도 수없이 많이 남아 있다. 대체 무엇이 네게 이런 도박을 할 이유를 주었더냐?

"……."

사타나키아는 잠시 고개를 돌렸다. 거기에는 제진, 아니, 우더 바이 바야가 서 있었다.

"말하지 않았습니까. 사랑 때문이라고."

―호오. 고작 그런 이야기를 하려 저 카오스 헤드의 눈치를 보았느냐?

쓰러져 있는 검은 메뚜기들 중 한 마리가 연기로 변해 사라졌다.

"저는 거짓을 말하지 않습니다."

―거짓이 아니라고 꼭 온전한 진실인 건 아니지.

사타나키아는 잠시 아무 말없이 그를 내려다보았다. 그는 죽어 가고 있었다. 그리고 이 이후로는 굳이 되돌아오지도 않을 터. 사타나키아는 결국 조심스럽게 입을 열었다.

"……이 별은 중요합니다. 이 별에서부터 이 세계는 다시 되살아날 테니까요."

―되살아난다?

"예. 당신께선 모르셨겠지만 꽤 많은 분들께서 계획하던 일이지요."

―대체 왜? 되살아나 봤자 불완전하기만 할 터. 왜 그런 의미 없는 짓을……

"글쎄요. 그분들도 나름대로 다 목적이 있으시겠죠. 전 그저 조력자에 불과합니다."

―하지만 내 목적은 나알라호텝 그놈뿐이었다. 계획이 방해받을까 걱정되는 거였다면 그저 말만 했으면 됐을 터.

"죄송합니다만, 그럴 수는 없었습니다."

―어째서?

"바로 그가 이 세상을 되살릴 테니까요."

검은 메뚜기들의 움직임이 멎고 또다시 연기로 변해 사라졌다. 이제 남은 것은 고작 두 마리.

"만일 당신께 말했다 해도, 당신은 개의치 않고 그를 노렸겠지요."

―그래, 그랬겠지.

그 말과 함께 또다시 한 마리가 연기로 변했고, 마지막 한 마리만이 남았다.

―허나 잊지 마라. 네놈은 스스로 무덤으로 걸어간 것임을. 다음에 네 이름이 들릴 시에는……!

사타나키아의 손짓에 아바돈은 완전히 사라졌다.

"그 정도는 이미 알고 있습니다."

검붉은 불길이 일고 사타나키아는 흑산양의 모습에서 사람의 모습으로 변했다.

"자아, 그럼 이제 이걸로 끝인가?"

우더 바이바야는 그에게 다가와 장난스럽게 어깨에 손을 걸쳤다.

"예."

사타나키아는 허공에 가볍게 손을 휘젓고는 자신의 어깨에 올라온 우더 바이바야의 손을 떼어냈다.

"이것으로 당신의 영혼은 온전히 당신의 것입니다."

"매정하군. 바로 조금 전까지는 한 몸이지 않았느냐."

"지금은 아니지요."

사타나키아는 거리를 두려는 듯 몇 발자국 걸음을 옮겼다.

"사랑이니 연인이니 하더니 결국 그 허신에게 한 말들은 모두 이 사실을 숨기기 위한 거짓말이었군."

"……거짓말이 아닙니다. 내 말은 모두 진심이었으니까요. 다만……."

"그게 전부가 아니었을 뿐이다. 라고 하고 싶은 건가?"

"마음대로 생각하십시오."

그런데 갑자기 우더 바이바야의 분위기가 변했다.

"그보다 세상을 되살린다니, 그렇게 되면 나의 탄생은 어떻게 되는 거지?"

카오스 헤드는 죽어 버린 세상에서 태어날 새로운 사신을 담는 알. 그러나 세상이 되살아나게 된다면 새로운 사신은 태어나지 않은 채 다음 멸망을 기다리며 윤회의 고리로 돌아간다.

"무슨 말을 하시고 싶으신 거지요?"

우더 바이바야의 몸 주위로 검은 짐승들의 머리가 나타나며 그 이빨을 드러내기 시작했다.

"나로서는 가만히 보고만 있을 수는 없다는 거지."

우더 바이바야의 손짓과 함께 수많은 검은 짐승들이 사타나키아를 덮쳐 왔다. 하지만

"역시 아무리 지능이 높아도 자신의 존재가 위협받을 시에는 제대로 된 판단을 하긴 어려운가 보군요."

짐승들의 머리는 사타나키아의 앞에 다다랐을 때 허망하게 사라졌다. 아직 태어나지도 않은 우더 바이바야를 지금 존재하게 만들고 있는

것은 사타나키아의 주문. 애초에 우더 바이바야가 사타나키아에게 해를 입힐 수 있을 리가 없었다.

"……!"

"협조에 감사드립니다. 다음에 또 뵙도록 하지요."

사타나키아의 그 말과 함께 우더 바이바야는 바닥에 쓰러졌다.

"이제는 그냥 기다리는 것뿐인가."

─아니. 그럴 수는 없지.

사타나키아는 갑자기 등 뒤에서 들려온 청아한 소년의 음성에 급히 고개를 돌렸다. 그의 주변에는 다시 천 개의 문장이 떠오르며 빛을 내기 시작했다.

─아서라. 누구인지는 모르나 지금의 그 몸으로 내게 이길 수 있을 리 없으니.

그곳에 서 있는 것은 노덴스였다. 그는 어린 소년의 모습을 한 채 흡사 천과 같은 백색 빛으로 휘감겨 있었다.

"……백색의 노덴스께서 어찌 이곳에 계십니까."

사타나키아를 알아보지 못하는 노덴스와는 달리, 그는 한눈에 노덴스를 알아보았다. 그의 주변에 나타났던 천 개의 문장들은 빛을 잃고 사라졌고, 그는 살짝 굳은 얼굴로 노덴스를 바라보았다.

─놀랍더구나. 이 별에 직접 내려선 순간 보이는 이 모든 것들. 대체 어떻게 이것들을 못 본 것인지 알 수 없구나.

"글쎄요. 본래 어딘가에 집중하다 보면 다른 한쪽은……."

장난스런 미소를 지으며 말하는 사타나키아를 향해 백색의 빛이 사납게 뿜어져 나와 주변을 감쌌다.

─헛소리하지 마라.

아름다운 소년의 외관과 목소리였지만, 그 위압감은 상당했다.

─네놈이 정확히 누구인지는 몰라도 악마왕들 중 하나인 것 정도는

알고 있다. 그리고 조금 전 카오스 헤드와의 대화도.

빛은 한층 더 거세져 갔다.

―네가 아는 모든 걸 말해라. 대체 누가, 무슨 일을 꾸미고 있는 거냐.

"대체 무슨 말씀을 하시는지 저로서는……."

―나와 장난칠 생각은 마라.

노덴스의 빛은 마치 칼날처럼 사타나키아의 목을 겨누었다.

"……알겠습니다."

결국 사타나키아는 고개를 끄덕였다. 그의 얼굴은 다시 산양의 모습으로 변했고, 검붉은 후광이 그의 머리 뒤에 일었다. 그것은 자신의 말을 증명하는 맹약의 의식이었다.

―제가 아는 모든 걸 알려드리지요. 하지만 제 이름을 걸고 맹세하건데, 저도 자세한 내용은 알지 못합니다.

―그 정도로도 충분하다. 위대한 흑산양 사타나키아여.

검붉은 후광이 사라지고, 다시 사람의 얼굴로 돌아온 사타나키아는 자신이 아는 것들을 털어놓기 시작했다.

―그러니까 신들이 세상을 되살리는 걸 도우라고 했다?

"그렇습니다. 몇몇 대신(大神)들의 이름으로 판데모니움에 몇몇 고위층들에게 협력 요청이 왔었지요."

―이유는?

"묻지 않았습니다. 아니, 정확히 말하자면 물을 수 없었습니다."

노덴스는 불편한 심기를 얼굴에 그대로 드러냈다. 이런 정보라면 안 들으니만 못했다.

―그래서 아바돈의 분신을 처리했다는 건가?

"그렇습니다."

―대체 왜? 단지 요청을 받았다는 이유만으로 그 정도의 위험을 감

조력자 289

수할 이유는 네게 없을 텐데?

"처음에는 그저 신들의 체면을 생각해 흉내만 낼 생각이었습니다만, 저도 사정이 생겨서 말입니다."

―무슨 사정?

사타나키아의 얼굴에 미소가 떠올랐다.

"오랜 연인의 마음을 다시 얻을 기회가 생겼거든요."

노덴스는 그의 말을 쉽게 이해할 수는 없었지만, 그 이상 묻지는 않았다. 맹약의 말을 한 이상 거짓일 리는 없었다.

―대체 어떻게 내가 이런 일들을 알지 못한 거냐?

"신들께서 결계를 쳐 놓으셨거든요. 밖에서는 이 별에 대해 제대로 볼 수 없습니다."

―하지만 신들이 나를 도우라 했다면 이 사실을 내게, 그리고 나알라호텝에게 숨길 이유는 없을 텐데?

"꼭 두 분께만 숨기려 한 건 아닙니다. 두 분보다는 다른 신들의 눈을 속인 거지요. 뭐 두 분께 직접 말을 하지 않은 이유는 잘 모르겠지만 말입니다."

―그럼 마지막으로 묻지. 요그 쇼토스에 대해 뭔가 아는 게 있나?

"모른다고 할 수는 없지요. 하지만 설마 요그 쇼토스에 대해 몰라서 물으시는 건 아닐 테고, 무엇에 대해 물으시는 겁니까?"

―아에슈마가 내게 말했다. 요그 쇼토스가 이 별에 도착했다고.

"아에슈마께서요?"

뜻밖의 이름에 사타나키아는 흥미를 보였다. 아에슈마는 앙그라마이뉴를 따르는 군단장으로, 판데모니움에도 속하지 않는 자. 그로서는 과연 이 계획이 어느 정도까지 퍼져 있는지 새삼 궁금해질 정도였다.

―허나 녀석이 가르쳐 준 그 장소에는 단지 그 흔적만이 남아 있을

뿐, 요그 쇼토스나 사신들의 모습은 보이지 않았다.

"글쎄요. 저는 전혀 알지 못하는 일입니다."

―그런가.

노덴스는 사타나키아에게서 빛을 거두었다. 엄밀히 말하자면 특별히 새로 알게 된 사실은 아무것도 없었지만, 상황을 다시 확인한 것만도 그에게는 충분했다.

―뭐 좋다. 신들이 무엇을 꾸미고 있든 방해만 하지 않는다면 상관없으니.

노덴스가 세상을 되살리려 하는 이유는, 억지로 변환시킨 지금의 육체로는 새로운 세상에 적응할 수 없기 때문. 일단 되살려 내기만 한다면, 그 다음 일 따위는 아무 상관도 없었다.

"그럼 저는 이만 가 봐도 되겠습니까?"

사타나키아의 물음에 노덴스는 고개를 끄덕였다.

"그럼 가보도록 하겠습니다."

사타나키아는 가볍게 손가락을 튕겼고, 제진과 함께 그 모습은 사라졌다.

―하나······.

혼자 남게 된 노덴스는 가만히 주변을 둘러보더니 하나둘 그 몸을 나누기 시작했다. 아름다운 소년의 모습은 수많은 백색 형상으로 나누어져 갔고, 그 형상들은 각각 여러 곳으로 날아가기 시작했다.

―로이고르. 네놈만은 무슨 일이 있어도 찾고야 말겠다.

*　　*　　*

"모두 찬성하시겠습니까?"

아르카나의 본부. 둥근 원탁에 둘러앉은, 연맹에 속한 각 단체의 수장들은 서로를 보며 고개를 끄덕였다. 일주일 후에 있을 의식에 대한 배치와 시간에 모두 합의한 거였다.

"……이것밖에 남은 답이 없다면 어쩔 수 없지."

"그런데 조금 이른 감이 있지 않습니까? 고작 일주일이라니요."

프리메이슨의 총수장인 아더 줄 조르쥬 경. 그는 가장 마지막으로 연맹에 가입한 자이자, 연맹의 이 최종 계획 실현성에 대해 늘 의문을 제시했던 자였다.

"이미 각 장소들에 결계를 치는 작업은 마쳤습니다. 그리고 아직 세상의 반발력이 남아 있을 때 서두르는 게 좋습니다."

"아베가의 불참이 조금 아쉽기는 하군요."

신지학회의 수장, 에드가 레이스는 검은색 닌자복을 입은 채 그렇게 중얼거렸다. 그 자신의 능력으로 닌자를 재현하고 있는 거겠지만, 다른 이들이 보기에는 어설픈 코스프레 정도에 불과했다.

"인술(忍術)이란 걸 한 번 직접 배워 보고 싶었는데."

"그들의 것은 인술이 아니라 음양술입니다."

"그 노인네가 노망이 난 거지. 이제는 연맹의 방식 말고는 다른 길 따위는 없을 터인데 고작 그 정도 힘에 욕심을 부리다니."

"흥! 남의 것도 자기들 거라고 우기는 족속들인데 자기들 걸 내놓으라 했으니 할 리가 있나."

그들은 의석들 중 비어 있는 한 곳을 바라보며 저마다 한마디씩 던졌다. 바로 아베가의 수장 아베노 쿠시기의 자리였다.

"그럼 각각 배정된 장소로, 적어도 3일 전까지는 모일 수 있도록 해주시길 바랍니다."

페어리테일의 그 말에 수장들은 저마다 천천히 자리에서 일어났다. 그들의 손에는 저마다 몇 장이나 되는 서류들이 들려 있었다. 그런데 그렇게 그들이 저마다 자리를 떠나려는 순간, 갑자기 문이 열렸다.

"문제가 생겼습니다."

전령의 그 말에 사람들의 눈빛이 변했다.

"무슨 일이지?"

"벨저성과의 연락이 끊겼습니다."

"뭐?!"

일루미나티의 수장 코먼엘스는 전령을 향해 다가왔다.

"연락이 끊어지다니, 그게 무슨 말이지?"

"몇 시간 전부터 정기 연락이 끊어졌습니다. 그리고 술사들에 말을 따르자면 생명 반응이 전혀 느껴지지 않는다고 합니다."

"공격인가?"

"하지만 누가? 크툴후의 가호가 있는 이상 어지간한 사신들이나 다른 괴물들은 공격하지 않을 텐데?"

"데이곤 밀교인가?"

"아니. 바닷가라면 또 몰라도 산중에 있는 벨저성을 공격하기엔 데이곤 밀교의 전력은 너무 낮아."

수장들은 저마다 지금 상황에 대해 의견을 내놓았다. 최종 계획이 일주일 후로 정해진 지금, 방해가 될 만한 변수들은 미리 처리할 필요성이 있었다.

"뭐, 그래도 다행이군. 벨저성이라면 포인트들 중 하나도 아니고, 특별히 중요 전력이 있는 곳도 아니니까."

그런데 장미십자단의 수장 알비에르가 무심코 던진 그 말에 코먼엘스의 표정이 변했다.

"지금 뭐라고 하셨습니까?"

목소리에 담겨 있는 서슬 퍼런 분노에 사람들은 순간 긴장했다. 일루미나티의 수장 코먼엘스. 비록 신의 대리자는 아니었지만, 강력한 염동(念動) 능력자이자 동시에 금속과 기계를 원하는 형태로 바꿔 조종할 수 있는 그의 힘은 결코 무시할 만한 수준이 아니었다.

"아, 아니 제가 실언을 했군요. 용서하십시오."

알비에르는 재빨리 사과했지만, 코먼엘스의 표정은 쉽게 풀리지 않았다. 안 그래도 연맹 내에서 좋은 대우를 받지 못하던 일루미나티였기에 평소 불만이 쌓여 있었던 터였다.

"분명 벨저성에 남은 인원들에게 전력이라 부를 만한 힘은 없지만 그들 또한 연맹의 일원. 경솔한 발언은 삼가도록 하십시오."

"예. 물론입……."

"그런데, 솔직히 사실이잖아?"

"……!"

코먼엘스뿐만 아니라, 방 안 모든 이들의 시선이 한 곳으로 모였다. 거기에는 별의 인도자들, 조디악의 수장인 페페루페가 심드렁한 표정으로 앉아 있었다.

"지금 뭐라고 하셨습니까, 페페루페?"

코먼엘스는 페페루페를 향해 몸을 돌렸다. 30대 초반에, 무례하게 한쪽 다리를 원탁 위에 올려놓은 자세, 고대 마야제국 최고 제사장의 마지막 혈통이자 조디악의 수장이라고는 보이지 않는 외견이었다.

"벨저성에 남은 자들이야 연맹의 계획에 아무런 도움도 되지 않는 자들이잖아. 아니, 애초에 일루미나티에 도움이 되는 자들이 몇이나 있지?"

"페페루페. 그만하십시오."

"말이 심하십니다."

다른 이들이 그의 말을 막으려 했지만 소용없었다. 페페루페는 마치 뱀이 혓바닥을 내밀듯 계속해서 말을 이어 갔다.

"나름 이름에 걸맞은 마술 몇 가지 정도는 부릴 수 있겠지. 하지만 아무리 염동력이니 초능력이니 해봤자 결국 마법이나 주술과는 방향이 달라. 기껏해야 물리력 수준. 신들에게는 통하지 않지."

"감히 갓잖은 애송이 놈이!"

코먼엘스의 눈동자가 빛나고, 방 안의 금속 물체들이 한데 모여서는 날카로운 검들로 변해 페페루페를 향해 뻗어 갔다.

"……!"

놀란 페페루페는 몸을 일으키다 꼴사납게 뒤로 자빠졌고, 검들은 그 바로 앞에서 움직임을 멈췄다. 옆에 서 있던 페페루페의 부관이 그의 주변에 결계를 친 거였다. 코먼엘스는 신경질적으로 검들을 다시 뒤로 물리더니 목소리를 높였다.

"그러는 네놈들 조디악도 기껏해야 점술과 결계에 대한 것 말고는 전력이라 부를 수 있는 자가 몇이나 되나! 결계 작업이 다 끝난 지금 오히려 네놈들이 제일 전력으로 쓸모없지 않나!"

"이……!"

페페루페 또한 몸을 일으켜 세우더니 부관을 향해 손짓을 했다. 사실 그가 수장이기는 했지만 그것은 오직 혈통 때문이었고 능력은 부관이 페페루페보다 월등히 위였다. 그들 사이에는 당장에라도 불이 붙을 듯 사나운 기세가 서로 충돌하고 있었다.

─그만!

"그만하십시오!"

"적당히 하란 말입니다!"

엄숙한 그 외침들이 방 안을 집어삼켰고, 코먼엘스는 물론이고 페페루페와 그 부관 또한 그대로 굳어 버렸다. 아무리 그들이 뛰어난 힘을 지니고 있다 한들 지금 이 방 안에 있는 자들은 모두 상상을 초월하는 고위 능력자들. 그들이 힘을 모으면 두 명을 제압하는 것 정도는 간단한 일이었다.

"서로 힘을 모아야 할 때 대체 뭣들 하시는 겁니까."

"이번에는 분명 페페루페께서 도가 지나쳤습니다. 사과하시지요."

페페루페는 다른 이들의 그 말에 마지못해 고개를 숙였다.

"……제가 무례를 범했습니다."

"……"

코먼엘스는 여전히 분이 풀리지 않은 듯 고개를 돌렸지만, 그 이상 특별히 다른 행동을 하지는 않았다. 사람들은 겨우 진정된 분위기에 저마다 힘을 거둬들였다.

"좋습니다. 그럼 벨저성에서 무슨 일이 일어났었는지 조사대를 보내도록 하겠습니다. 그리고 결과를 보고받은 뒤에 어떻게 해야 할지 의논해 보도록 하지요."

"세 시간 후에 다시 모여 주시길 바랍니다."

* * *

사람들에게로 돌아온 인수는 가볍게 지금의 상황을 설명했다. 고위 사신을 죽여 세상을 되살린다는 등의 자세한 이야기는 하지 않았지만, 사람들에게 '알고 있다' 라는 생각을 심어 주기는 충분할 정도로.

본래 인간은 '알기' 를 원하는 게 아니다. '모른다' 라는 이름으로 찾아오는 불안감을 떨쳐 내기 위해 '알고 있다' 가 필요할 뿐.

쓸데없는 불안감을 만들어 낼 진실은 오히려 그들의 마음을 어지럽히는 독이었다.

"그럼 저는 이만 가서 쉬도록 하겠습니다."

인수는 자리에서 일어났다. 특별히 육체적으로 피로하다거나 한 것은 아니었지만, 사람들에게는 자신의 생각들을, '안다' 고 느끼게 만든 정보들을 받아들일 시간이 필요했다. 그리고 그 시간 동안 자신이

여기에 있다면, 그 모든 것은 질문이 되어 인수 자신에게 향할 터였다.

그는 방을 나서 엘리베이터 가까이, 잠을 청했던 작은 식당으로 향했다. 진강의 방에 갔다온 터라, 상대적인 박탈감이 느껴지는 것도 사실이었지만, 그건 어쩔 수 없었다.

지금으로서는 그들이 자신들에게 신경 쓰지 않는 게 훨씬 안전했고, 적어도 이곳에는 식량이 충분했다. 잠자리 정도에 불평할 상황이 아니었다.

"잠시만 기다리십시오."

그런데 그가 문을 여는 순간 성은과 재원이 그를 불렀다.

"조금 더 이야기를 나누고 싶은데 괜찮으시겠습니까?"

그들의 표정은 어딘가 무거웠다. 거기 담겨 있는 것은 단순한 물음 따위가 아니었다. 그들의 표정을 읽은 인수는 손을 들어 안쪽을 가리켰다.

"들어가시지요."

유리문을 통해 안으로 들어간 그들은 조그마한 의자들에 걸터앉았다.

"무엇을 더 묻고 싶으십니까?"

"……기분이 어떠십니까?"

인수는 뜻밖에 질문에 잠시 아무 말도 하지 못했다. 전혀 예상하지 못했던 물음이었다.

"무슨 말씀이신지……?"

"우리는 당신이 했던 말들을 들었습니다. 노덴스 앞에서."

"그리고 버스 안에서 말입니다."

인수는 그들이 무슨 말을 하는지 알아차렸다. 그 두 번은 인수가 그 자신의 마음을 깊숙이까지 드러냈던 때였다. 그들은 인수의 마음속 일부를 보았고 그 속에 있는 그림자도 보았다.

"……그러시군요."

"당신께서는 지금 힘을 얻으셨습니다."

"그 생각들에 변함은 없으십니까?"

그는 버스에서 말했다. 인간이란 불완전하고 어리석은 존재이며, 절대적인 힘을 지닌 자가 구원이 될 거라고. 그리고 또한 노덴스 앞에서 말했다. 수많은 쓸모없는 것들과 자신이 다를 바 없는 게 죽는 것보다 견딜 수 없다고.

비록 그가 한 행동들은 모두 놀라운 일이었고, 그의 생각이나 행동이 틀린 것이라 할 수는 없었지만, 그의 사상이 비교적 위험한 감이 있는 것도 사실이었다.

그리고 그는 지금 힘을 얻었다. 그것도 진강과 비할 수 있는 힘을. 그것도 진강과는 달리 그 힘을 억제할 필요도 없었다.

"……무슨 말을 하시는지는 알겠습니다."

그들은 걱정하고 있었다. 인수가 이제 단순한 조력자가 아니라 스스로 독재자가 될 수도 있었기에.

"하지만 걱정하지 마십시오. 그럴 일은 없습니다."

인수는 그들을 향해 부드러운 미소를 지으며 말했다.

"제게는 지배자의 자리는 어울리지 않습니다. 그러기에는……."

그런데 순간 인수는 말을 멈췄다. 마치 기분 나쁜 기억이 떠오른 듯 시선을 허공에 둔 채로. 하지만 그것은 곧 혼란으로 물들더니, 갈등으로 변했다.

"그러기에는?"

그러한 변화를 보며 성진은 불안감에 그 다음 말을 재촉했고, 인수는 정신을 차린 듯 말했다.

"……제게는 어울리지 않잖습니까."

성진과 재원은 서로를 바라보았다. 그들은 잠시 눈빛을 교환하더니 천천히 자리에서 일어났다.

 "알겠습니다."

 "그럼 가 보도록 하겠습니다."

 "예. 그럼 나중에……."

 성진과 재원은 문을 나서 걸었다. 그들은 계속해서 걸으며, 불안감이 담긴 눈으로 서로를 보았다.

 "……보았습니까?"

 의미 없는 물음이었다.

 "……."

 그들은 조금 전, 대답 사이 침묵 속에 있던 것을 보았다. 그들은 침묵했지만, 그들의 마음속은 그 어느 때보다도 복잡해져 있었다.

 "……."

 인수는 한참 동안이나 가만히 허공을 바라보았다. 기분 나쁜 기억이 그의 머릿속을 휘저어 댔다.

 "어울리지…… 않지."

 그것은 어떤 충격적이거나 일발적인 사건은 아니었다. 아마 누군가에는 아무것도 아닌 평범한 일들. 일상에 찾아드는 크고 작은 일들과 타인과의 대화. 그리고 어릴 적 부모의 이야기들이 쌓이고 일그러져 만들어 낸 기억들의 파편이었다.

 "나는……."

 그는 탁자 저편에 있는 꽃병을 향해 손을 뻗었다. 꽃병은 허공에 떠오르더니 가루로 변해 바닥으로 떨어져 내렸고 그가 다시 손을 움직이자 가루들은 떨어지는 것을 멈췄다. 가루는 그가 원하는 정확히 그대로 움직였고, 이내 불길 속에서 사라졌다.

조력자

"조력자가 더 어울려."
그는 의자들을 모아 거기에 몸을 눕혔다.
"아직까지는."

17
크툴후

 며칠이 지나 성도가 말했던 최종 의식이 바로 다음 날로 다가왔을 때, 진강과 인수 그리고 노덴스는 그 이질적인 언덕에 다시 모였다.
 "준비는 다 끝났습니까?"
 진강의 질문에 빛의 형상을 한 노덴스의 뒤편에 어떤 풍경이 떠올랐다. 그것은 밤하늘, 아니, 우주였는데 거기에는 태양과 별들을 이용한 거대하고 복잡한 진이 갖추어져 있었다.
 ─보이는 대로다.
 "정확히 내일 어떻게 하면 되는 겁니까?"
 인수의 물음에 진강은 가볍게 손을 뻗었다. 노덴스의 뒤편에 펼쳐졌던 우주의 풍경은 사라졌고 대신 어떤 지도가 나타났다.
 "인수 씨께서는 이 이후에 저곳으로 다른 분들을 데려가 주시기 바랍니다. 아마 내일 야스쿠니로 출발할 때 제가 보이지 않으면 성도는 여러분을 찾을 겁니다."

"그리고는……?"

"그곳에서 다른 분들을 보호해 주시길 바랍니다."

진강의 그 말에 노덴스의 빛이 살짝 일렁였고, 인수의 눈에도 약간의 당혹감이 떠올랐다.

"하지만……."

─그의 힘은 조금 더 쓸모가 있을 것이다.

하지만 진강의 태도는 단호했다.

"물론입니다. 하지만 지금은 제 말을 들어주시길 바랍니다."

진강의 그런 태도에 인수는 더 이상 이견을 달지는 않았다. 이것은 그들의 계획이었고, 지토 수룬가의 대리자가 되었다고는 하지만 신의 대리자급이라면 연맹에도 차고 넘쳤다. 분명 그의 힘이 필수적인 건 아닐 터였다.

"알겠습니다."

"저도 노덴스께서 준비해 둔 곳으로 지금 향할 것입니다. 계획이 성공한다면, 일이 끝난 뒤 제가 여러분을 찾을 것이고, 실패한다면……."

─그때는 이 별은 크툴후의 것이 되겠지. 모든 대지는 바다에 잠길 것이고 너희도 살아남지 못할 것이다.

인수는 자기도 모르게 마른침을 삼켰다.

"……그런데 연맹의 부름에 크툴후가 응하지 않을 수도 있지 않습니까?"

─그럴 수도 있지. 하지만 부르는 건 저들이 아니다.

"노덴스께서 저들의 소환 주문을 강화시킬 겁니다. 신의 대리자들이 아무리 많다 한들 소환 주문이 신을 상대로 가지는 강제성이란 부족한 감이 있으니까요."

인수는 내일 있을 일들에 대해 조금 더 자세히 묻고 싶었지만, 그러지는 않았다. 도움이 되려 노력하기는 했지만 어찌 되었든 전장에 나서지 않게 된 자신으로서는 무의미한 물음이었다.

"알겠습니다. 그럼 지금……?"

"그래 주시길 바랍니다."

진강은 노덴스를 향해 눈짓을 했고, 노덴스의 빛이 인수를 감쌌다.

"내일 뵙겠습니다."

"예. 기다려 주십시오."

인수의 모습이 사라지고, 진강과 노덴스는 가만히 서로를 바라보았다.

"생각보다 빨랐군요."

―그래. 이렇게 빠를 줄은 나도 생각하지 못했다.

"이렇게 될 줄 알았다면, 제게 이 제안을 하지도 않으셨겠지요?"

세상을 되살리는 것을 도와라. 세상이 되살아난다면, 나알라호텝으로 돌아가는 것 또한 자연히 지연될 것이다. 진강은 노덴스의 제안을 수락했고, 서로를 돕기로 했었다.

―아니. 크툴후를 죽이기 위해서는 네 협력이 꼭 필요하다. 여러 가지 중간 과정이 생략되기는 했지만, 그것에는 변함이 없다.

원래라면 적어도 1년. 크툴후의 소환 의식이나 여러 가지 기타 의식 준비와 재료들이 필요했을 테고 진강과 노덴스, 둘 모두 분명 그럴 거라 생각했었지만 결과적으로는 아무것도 하지 않고 마지막을 맞이한 거였다.

"어찌 되었든 내일로 당신과의 협력 관계도 끝나겠군요."

―그럴 수도 있고, 아닐 수도 있지.

노덴스의 그 말에 진강은 묘한 미소를 지었다.

"불안……하신가 보군요. 그런 말도 하시고요."

―부정할 수는 없구나. 성공한다 한들 한 번 죽어 버린 세상을 다시 되살렸던 신은 수없이 많지만, 나와 같이 본질이 사신인 자는 없었으

니까.

"어찌 될지 확신할 수…… 없다는 겁니까?"

―그래. 허나 걱정 마라. 분명 세상이 되살아나는 데는 변함이 없으니. 네 자신의 인격을 유지하는 데는 무리가 없을 거다. 다만……

"다만?"

―분명 종래의 신들의 것과는 다르겠지.

진강과 노덴스 사이에 침묵이 흘렀고 잠시 후 그들은 빛에 휩싸였다.

"이곳입니까?"

백색으로 가득한 공간. 진강은 몸을 감싸는 이질감과 함께 그 속에 아련한 그리움을 느꼈다. 이곳은 노덴스가 만들어 낸 공간. 신들의 세계를 흉내 낸 상위 공간이었다.

―그래. 어서 빨리 익숙해져라.

* * *

"모두 모여 주십시오."

인수의 안내에 따라 사람들은 그의 주변에 모여들었다. 이동이 필요할 거란 이야기는 이미 며칠 전부터 들었기에 그들의 손에는 저마다 필수용품과 식료품들이 들려 있었다.

"낌새는……?"

인수의 물음에 재원은 손안에 기계를 바라보며 고개를 저었다.

"괜찮습니다. 움직임은 보이지 않습니다."

재원의 대답에 인수는 가만히 손을 들어 올렸다.

"후우."

짧은 심호흡과 함께 허공에 균열이 일더니 회색빛의 기묘한 통로가 나타났다. 사실 성도가 그랬듯, 신의 대리자들에게 어느 정도 거리의 이동은 가능했다. 진강이 그 힘을 사용하지 않았던 이유는 어디까지나 힘을 억눌러야 했기 때문. 그럴 필요가 없는 인수라면 진강과 노덴스가 말한 장소로 무사히 이동하는 것은 어려운 일이 아니었다.

다만,

"방문이 열렸습니다!"

통로를 열며 생기는 파동을 연맹의 다른 능력자들에게 숨기는 것은 불가능했다.

"모두 들어가십시오!"

인수의 말에 사람들은 저마다 통로 속으로 몸을 날렸다. 그리고 마지막으로 인수가 통로 속으로 걸어 들어갔고, 균열은 사라졌다.

이후 몇 분 후 성도와 미야베, 그리고 몇몇 능력자들이 내려왔지만 인수와 사람들을 찾을 수는 없었다.

"그를 찾아봐라."

성도는 다시 진강의 방으로 사람들을 보냈지만, 당연히 방 안에는 아무도 없었다.

"방에는 없습니다."

미야베의 그 말에 성도의 표정이 굳어졌다.

"역시 뭔가 숨기고 있었나 보군. 평범한 마이너 아르카나 정도의 그릇이 아닌 건 알고 있었지만 통로를 만드는 것까지 가능했을 줄이야."

"어떻게 된 것입니까? 설마 디프원 측의 첩자였던 것은……?"

"아니. 그랬다면 조금 더 정보를 캐 갔겠지. 그가 아는 것이라곤 내일이 시행일이란 것 말고는, 야스쿠니 한 곳 정도다."

성도는 미야베와 다른 이들을 향해 가볍게 손을 내저었다.

"아마 두려움에 졌겠지. 아니면 다른 이유가 있거나. 어느 쪽이든 상관없다. 단순 탈영병으로 생각하면 충분하다."

"하지만!"

성도의 몸에서 한 줄기 옅은 황금빛 기운이 일렁이자 미야베는 자기도 모르게 뒤로 물러섰다. 성도와의 대결 이후 미야베에게 저 황금빛은 일종의 트라우마가 되어 있었다.

"내가 자네의 억지에 어울려 주었듯, 자네도 내 억지에 어울려 주길 바라네."

"한 곳만 무너져도 계획 전체가 위험할 수 있습니다."

"물론."

황금빛은 더욱 강렬해져 성도의 몸을 휘감았고, 미야베는 떨리는 손을 뒤로 감추었다.

―하지만 그 한 곳에 내가 있다. 설마 내가 실패할 거라 생각하는가?

"……"

미야베는 두려움에 입을 떼지도 못한 채 그저 고개를 저을 수밖에 없었다. 그리고 그녀의 그런 모습에 성도는 만족스러운 듯 천천히 황금빛을 거둬들였다.

"분명 조각이라 할지라도 상대는 신. 질 수도 있고 계획이 실패해서 모든 것이 끝날 수도 있지. 그래, 그건 운명에 맡겨야겠지. 하지만 방해? 신을 상대하고자 마련한 무대를 대체 무엇이 망칠 수 있단 말이냐?"

틀린 말은 아니었다. 애초에 신을 상대하고자 준비한 결계를 깰 수 있는 자가 몇이나 될까. 그리고 결계만 무사하다면 그 다음은 어찌 되든 힘 싸움으로 흘러갈 터. 성도로서는 자신이 있었다.

"그럼 연맹에 보고는……."

"할 필요 없다. 여긴 상관없지만 혹여라도 다른 곳의 사기를 떨어뜨릴 수 있으니까."

성도는 내려와 있는 다른 몇몇 이들을 향해 올라가라는 손짓을 했다.

"모두 돌아가서 쉬도록."

성도는 그렇게 말하고는 먼저 엘리베이터를 타고 올라가 버렸다. 다른 이들은 미야베의 눈치를 보더니 이내 하나둘 방으로 올라갔고, 혼자 남은 미야베만이 걱정스러운 표정으로 텅 빈 층을 바라보았다.

만일 그녀가 상황을 제대로 안다면 걱정할 리 없겠지만, 안타깝게도 그것을 설명해 줄 수 있는 이들은 이미 떠난 지 오래였다.

* * *

장소와 하늘의 밝기와는 상관없이 연맹원 각자가 맞춰 놓았던 시계들이 하나의 시간을 가리켰다. 그리고 전세계 각지 포인트, 그곳에 모인 이들의 입에서 하나의 주문이 흘러나왔다.

"훈구루이 무구루우나후 크툴후 르 리에 우가후나구루 후타군."

그것은 결계의 힘을 이용해 강렬한 파동이 되어 뻗어 나갔다.

―온다.

그리고 그 파동들은 이공간으로 흘러들어 노덴스에게로 모여들었다. 본신은 아니시만, 노덴스의 모든 조각과 본신을 유지할 최소한의 힘을 제외한 모든 것이 집중되어 있는, 노덴스의 전력(全力)이라 해도 무방했다.

허나 그럼에도 노덴스는 마치 약간의 힘조차 낭비할 수 없는 듯 자신의 미학조차 포기한 채 그저 빛의 형상을 하고 있을 뿐이었다.

그리고 그의 앞에는 진강이 서 있었다. 검은 연기를 온몸에 휘감은 채 불길함을 뿜어 대고 있는 진강은, 원래라면 당장에라도 그 힘에 먹혀 나알라호텝으로 변했어야 했지만 어째선지 지금 진강에게 그런 기색은 없었다.

 진강은 노덴스를 향해 손을 뻗었고 노덴스와 진강 둘의 목소리가 하나로 겹쳐졌다.

 훈구루이 무구루우나후 크툴후 르 리에 우가후나구루 후타군. (르리에의 집에서 죽은 크툴후는 꿈을 꾸면서 기다리는구나.)

 그리고 노덴스의 몸에서 한 줄기 강렬한 빛이 공간을 찢으며 뻗어 나갔다.

 "……."

 진강은 숨을 죽이며 노덴스의 곁으로 한 걸음 더 다가갔다. 수많은 신의 대리자와 능력자들의 소환 의식. 그것을 다시 신의 힘으로 극대화시킨 이상 이제 곧 크툴후는 이곳에 나타날 터였다.

 사신들을 지배하는 다섯 왕 중 하나이자, 죽음 아래에서 꿈꾸는 자. 크툴후.

 "오랜만의 재회가 되겠군요."

 ─그래. 참으로 오랜만이지.

 그들이 이 계획을 세웠을 때, 다른 왕들이 아닌 크툴후를 택한 건 이유가 있었다. 정신과 육체를 나누어 세상 속을 돌아다니며 혼돈을 퍼뜨리길 즐겼던 나알라호텝과 자신의 미학을 위해 사신의 모든 것을 버리더라도 세상 속으로 스며들고 싶어 했던 노덴스와는 달리, 크툴후가 원한 것은 세상 속 숭배자들이었다.

 그는 다섯 왕 중 가장 권력욕이 높았고, 절대심연뿐만 아니라 세상 속에까지 자신의 영향력을 드높이길 원했다. 그 때문에 다곤 신이 흘린 피에서 태어난 데이곤을 수하로 삼고, 그 정신의 일부를 융합하였다. 본래 데이곤은 신의 일족. 세상의 반발력은 줄어들었고 그는 자신의 영향력과 이름을 세상 속에 퍼뜨려 갔다.

 하지만 신들은 그것을 두고 보지 않았고, 절대심연에 속해 있는 크툴후 본신을 노린 신들의 일격에 심각한 상처를 입고는 자신의 왕국, 르 리에 깊은 곳에 회복을 위해 기나긴 잠에 들었다. 하지만 신들은 그에 그치지 않고 크툴후에게 강력한 저주를 걸었다. 숭배받기를 원한 그의 욕망을 이용해서.

훈구루이 무구루우나후 크툴후 르 리에 우가후나구루 후타군. (르 리에의 집에서 죽은 크툴후는 꿈을 꾸면서 기다리는구나.)

이것은 크툴후의 숭배자들, 데이곤 밀교와 같은 디프원들이 크툴후에게 올리는 기도문이자, 크툴후의 부활을 촉진하는 주문. 허나 신들에 의해 이 주문은 동시에 크툴후를 깨어나지 못하게 하는 가장 강렬한 저주가 되었다.

르 리에의 집에서 죽은 크툴후는 꿈을 꾸면서 기다리는구나.

디프원들과 크툴후의 숭배자들에게 이 기도는 '크툴후는 죽지 않았다.' 그리고 '언젠가 부활할 그날을 기다린다.' 라는 의미이며 실제 그것을 위한 것이지만, 신들은 물질세계에 속한 이들의 불완전들 중 하나를 이용했다.

바로 언어의 불완전함이었다.

그들과 크툴후의 의도와는 달리, '꿈을 꾸고 기다리고 있다.' 라는 말 자체에 더 큰 힘을 준다면, 그것을 기도가 아닌 강렬한 선언으로 바꿔 버린다면, 크툴후를 영원히 르 리에에서 잠들게 만드는 저주가 되는 것이다.

진강과 노덴스는 바로 이 저주 때문에 크툴후를 선택한 거였다. 세상이 죽고, 저주가 가진 힘은 약해졌기에 부활에 의미를 둔 강렬한 주문이라면 크툴후를 깨울 수 있다. 하지만 저주로 인해 언어 속에 생겨난 모순은 틈새를 만들고 그것은 균열이 되어 크툴후에게 영향을 미친다.

진강이 시간이 날 때마다 크툴후의 주문을 외운 것 또한, 이 마지막 계획을 위해 크툴후의 부활을 촉진함과 동시에 바로 그 틈새를 조금씩 더 벌려 놓기 위함이었다.

'생각지도 못한 조력자들이 생겼지만 말이지.'

진강으로서는 연맹이 거기까지 생각했었는지는 알 수 없었지만, 신의 대리자들이 대거 포함된 그들의 주문 또한 결과적으로는 크툴후를 부활시키는 것과 동시에 그 틈새를 벌리는데 큰 도움이 되었다.

"……!"

진강은 몸을 휘감고 있는 검은 기운이 사납게 일렁이는 것을 느꼈다. 그것은 자신의 의지나 방어본능 같은 게 아니라 다가오는 불길함에 대한 동조였다.

저 멀리, 공간이 찢겨지며 마치 도화지에 먹물을 쏟은 듯 어둠이 공간을 잠식해 들어왔다.

―왔군.

"조금 미안하기도 하군요. 정말 오랜만에 잠에서 깨어난 걸 텐데 이것이 끝이라니."

노덴스의 빛이 한층 더 강렬해지고, 찢겨졌던 공간이 닫히며 잠식해 오던 어둠이 일순간 사라졌다.

"오랜만이군요."

어둠이 사라진 그 중심에 서 있는 것은, 거리감을 잊을 정도로 거대한 괴수의 모습이었다. 산을 베고 누울 수 있을 정도로 거대한 몸체에, 머리 부분은 문어와 같으며 비늘에 싸인 몸통 위에는 무수한 촉수가 자라고 있다. 갈고리와 같은 거대한 손톱과 발톱은 투박하여 더 위협적으로 보였고 등에는 박쥐와 같은 날개가 활짝 펼쳐져 있었다.

그것이야말로 다섯 왕 중 하나이자 르 리에의 지배자인 크툴후의 본신이었다.

―누가 나를 부르는가 했더니, 이거야 그리운 옛 친우들이 아닌가.

흡사 모든 세포를 바늘들로 꿰뚫듯, 듣는 이로 하여금 고통을 느끼게 하는 목소리. 진강은 새삼 다섯 왕이 어떤 존재인지 기억해 낼 수 있었다. 만일 이곳이 노덴스가 만들어 낸 공간이 아니었다면, 아무리 나알라호텝의 꿈의 파편인 자신일지라도 그의 존재를 보는 것만으로도 목숨을 잃었을 터였다.

"오랜 잠에서 깨어나신 소감은 어떠십니까?"

―좋구나. 옛 친우들이 이토록 나를 도와줄 줄은 몰랐구나.

진강은 자기도 모르게 얼굴을 찌푸렸다. 분명 다섯 왕으로서, 우보 사틀라 때와 같이 때때로 뜻을 같이하던 순간이 있었던 것은 사실이다. 허나 그들은 늘 서로를 견제하며 크고 작은 전쟁을 계속해 오던 사이.

특히나 크툴후의 경우 그 특유의 지배욕으로 아자토스의 유일한 사자인 나알라호텝과 가장 많이, 그리고 가장 철저하게 반목했던 사이. 결코 친우라는 단어는 맞지 않았다.

―그런데 그 모습들은 어찌 된 거냐? 애처롭기 그지없구나.

진강과 노덴스는 흉흉한 크툴후의 그 눈빛에 뭔가가 스치는 것을 보았다. 그것은 오랜 시간이 흘러도 변하지 않는 그의 욕망이었다. 그는 진강과 노덴스가 온전하지 못하다는 것을 알아채고는 서서히 그들을 향해 걸어왔다.

"역시 변하지 않았군요."

―변했을 리가 없지. 뭐, 덕분에 마음은 한결 더 편해지지만.

노덴스의 빛이 뻗어 나가고, 크툴후의 주변과 그 거대한 몸뚱이 곳곳에 노덴스의 문장이 떠올랐다.

―……!

뒤늦게 반응해 봤자 이미 늦었다. 이 공간은 애초부터 노덴스의 힘으로 가득 차 있는 노덴스의 세계. 잠시 동안만이라면 크툴후의 움직임을 묶는 것은 쉬운 일이었다.

―네, 네놈 무슨 짓을……!

―아직 저주의 영향이 남아 있는 건 확실하군요. 아니면 너무나 하찮은 우리의 모습에 방심했던가요?

노덴스의 문장들이 검은빛으로 물들었다. 허나 그것은 문장의 힘이 약해지거나 크툴후의 힘에 잠식되는 것이 아니었다. 바로 크툴후의 힘을 그에게서 뽑아내고 있는 거였다.

―노덴스, 설마 내게 덤빌 생각이더냐?!

크툴후는 온 힘을 끌어올려 자신을 잡고 있는 노덴스의 힘을 떨쳐내려 했다.

―……!

그리고 노덴스 또한 온 힘을 다했다. 같은 다섯 왕 중 하나라고는 해도 사신의 육체를 버리며 상당량의 힘을 잃은 노덴스로서는 홀로 크툴후를 당해 내기에는 역부족이었지만, 그에게 필요한 것은 아주 잠시의 시간일 뿐이었다.

―……!

크툴후는 온몸을 타고 오르는 듯한 기묘한 기분에 급히 고개를 돌렸고, 바로 그곳에는 진강이 서 있었다.

"훈구루이 무구루우나후 크툴후 르……."

지금 현재 이 공간은 지구에 있는 연맹의 모든 포인트에 동조되어 연결되어 있는 상태. 진강의 주문은 각 포인트들에서 올리는 강림 의식이나 마찬가지였고, 크툴후의 몸에 쳐져 있는 노덴스의 문장들은 각각의 포인트로 연결된 문.

"……우가후나구루 후타군! 흩어져 떨어져라!"

진강의 외침과 함께 크툴후의 몸에서 문장들을 통해 검은빛들이 뿜어져 나왔다. 최종 계획의 첫 번째 단계, 크툴후의 영락(靈落)이 성공이었다.

―크오오오!

 그러나 진짜는 이제부터가 시작이었다. 수많은 조각들이 빠져나갔음에도, 크툴후는 오히려 지금까지보다 훨씬 격렬하게 저항하기 시작했고 마치 상처를 입은 짐승처럼 사나운 포효와 위협성이 공간을 뒤덮었다. 영락되었다고 보기 어려울 정도로 그 힘은 여전히 신의 것이었다.

―물러서라.

 노덴스는 더 이상 크툴후를 잡고 있지 못하겠는지 진강을 향해 그렇게 말했고, 그들은 그 거대한 크툴후가 한낱 점으로 보이는 곳으로 몸을 날렸다. 본래라면 이는 부질없는 짓이었다. 조금 전이야 크툴후가 그럴 마음을 먹지 않아서이지, 설사 이곳이 신들의 세계를 흉내 낸 유사 공간이라 한들 신들에게 거리란 것은 무의미한 것. 주박에서 풀려난 이상 크툴후가 원하기만 한다면 당장에라도 공격을 시작할 터였다.

―크오오!

 하지만 크툴후는 그러지 않았다. 그는 마치 그런 것을 잊은 것처럼 그 거대한 몸체를 움직이며 진강과 노덴스를 향해 달려올 뿐이었다.

 "일단 성공했군요. 진은 발동시키셨습니까?"

―물론이다.

 그들이 지상으로 떨어뜨린 것은 분명 크툴후의 조각들이다. 하지만 그 조각들에 담겨 있는 것은 단순한 힘이 아니었다.

 언어의 모순으로 생겨난 균열. 노덴스와 진강은 그 균열을 이용해 크툴후의 정신과 육체를 분리시켰다. 애초에 정신과 육체를 나누는 것은 나알라호텝의 특기였고, 크툴후 또한 오랜 잠을 자느라 육체와 정신 간에 틈이 생겨 있었기에 가능한 일이었다.

 그리고 그들은 방금 오직 그 정신들을 조각내 지상으로 떨어뜨렸다. 즉, 지금 크툴후는 의식이나 의지라고는 없는 본능뿐인 짐승이나 마찬가지인 것이다.

―진이 발동한 이상, 설사 인간들이 크툴후의 조각들을 소멸시키는 데 실패하더라도 그 힘이 육체로 돌아오는 데는 시간이 걸릴 터!

"그 사이에 처리하면 우리의 승리입니다!"

*   *   *

사람들은 하늘에서 떨어져 내리는 검은빛에 숨을 죽였다. 노덴스가 만들어 낸 공간과 그들 간에 시간 축은 어긋나 있었기에 그들에게는 지금은 의식 직후나 마찬가지였다.

검은빛은 결계의 중심으로 떨어져 내렸다. 비록 그 조각이라고는 해도 다섯 왕 중 하나이자, 르 리에의 지배자. 심연의 공포 크툴후의 등장이었다.

"……."

사람들은 온몸을 덮쳐 오는 불길함과 이질감에 헛구역질마저 나올 것 같았지만 안간힘을 다해 참아 냈다. 과연 크툴후 본신에 비한다면 그 일부라고 표현하기도 민망할 정도였음에도 얕볼 수 없는 힘이었다.

"크윽!"

"읍!"

흙먼지와 어둠이 걷히고, 크툴후의 모습이 드러났을 때, 크툴후의 등장과 함께 공기가 변했다. 깊은 심해에 가라앉는 것 같은 차갑고 무거운 불길함이 주변을 덮었고 세상 모든 공포들이 한데 모여 크툴후의 뒤를 따랐다.

사람들은 숨을 쉬는 것보다 숨을 참는 것이 훨 자연스럽게 느껴졌다. 호흡할 때마다 불길함은 폐 속으로 차고 들어왔고 영혼은 잘게 쪼개져 밖으로 새어 나가는 것만 같았다.

―모두 진정해!

―정신을 똑바로 잡아라!

메이저 아르카나, 상위 능력자 그리고 지휘관들의 외침에 사람들은 그제야 정신을 차렸다. 신의 대리자 급의 상위 능력자만 해도 족히 십여 명. 그 이외의 능력자들까지 친다면 이곳엔 사십여 명의 능력자들이 모여 있었다. 더구나 상대는 크툴후의 무수한 파편들 중 일부에 불과했고 지맥과 별들을 이용한 광범위 결계까지 쳐져 있었다. 아무리 그 본신이 다섯 왕 중 하나인 크툴후라 할지라도 이기지 못할 상대라고는 생각되지 않았다.

―감히 내게 이런 짓을 하다니. 기어드는 혼돈, 백색의 노덴스, 용서하지 않겠다! 용서하지 않겠다!

외관과는 달리 그 목소리 자체는 마치 학식이 높은 학자처럼 지적이었지만, 그 목소리에 담긴 분노와 불길함은 이 세상 어떤 맹수나 야수의 광기보다 두려운 것이었다.

크툴후는 그 거대한 날개를 펼쳐 하늘로 날아오르려 했다. 나뉘어져 버린 정신을 하나로 모아 진강과 노덴스에게 잡혀 있는 자신의 육체로 되돌아갈 생각이었다.

―……!

하지만 크툴후는 날아오르기는커녕 날개를 펼칠 수도 없었다. 연맹의 결계가 그의 온몸을 묶어 들어가고 있었다.

―이, 이건?

크툴후는 그제야 자신을 포위하고 있는 필멸자들의 존재를 알아차렸다. 그리고 그 필멸자들의 힘에 자신이 묶여 있다는 것도 깨달았다.

―날벌레들 따위가!

크툴후는 몸을 돌려 연맹의 사람들을 향해 팔을 뻗었다. 비록 그 본래의 모습에 비한다면 초라했지만, 여전히 한 손으로 성인 남성 한 명을 움켜쥘 수 있을 만큼 거대했다.

하지만 크툴후의 손은 갑자기 하늘에서 나타난 거대한 검은색 창에 그대로 꿰뚫려 바닥에 꽂혀 버렸다.

―……?!

크툴후는 눈앞의 상황을 믿을 수 없는 듯, 아니, 그걸 넘어서 아예 인식 자체가 되지 않는 듯 바닥에 박혀 버린 자신을 손을 그저 가만히 바라보고 있을 뿐이었다.

―무슨……?!

그렇게 잠시의 시간이 지나고 크툴후는 그제야 자신의 손을 꿰뚫어 바닥에 박아넣은 검은 창을 살피기 시작했다. 혼돈의 표식, 폭풍의 문장, 하마와 자칼, 당나귀와 악어 등이 정교하게 새겨져 있는 그 검은 창은 이집트에 혼돈의 신이자 폭풍의 신, 세트의 창이었다.

―……세트?

크툴후는 급히 고개를 돌려 세트 신을 찾으려 했지만 그에게 그럴 여유는 없었다. 또 다른 신들의 무기와 그 권능들이 일제히 크툴후를 덮쳐 오고 있었다.

북유럽의 뇌신 토르의 망치 몰미르, 오딘의 창인 궁그닐, 비슈누 신의 윤보(輪寶), 인드라의 바스라. 이름 높은 신들의 무구가 크툴후의 온몸을 강타했고 크툴후는 충격에 신음조차 흘리지 못했다.

―……뭐냐, 뭐냐! 신들마저 노덴스를, 나알라호텝을 돕는 것이냐?! 아니면 그들이 신들에게 붙은 것이냐?!

크툴후는 신들의 무구에 온몸을 찔린 채 독기가 섞인 거친 숨을 내쉬었다. 어차피 대리자들에 의해 불려 나온 것들. 신들의 손에 들렸을 때인 본래 위력에 비한다면야 그 발끝에도 미치지 못할 수준이라고는 해도, 지금의 영락되어 버린 크툴후에게는 충분히 위협적이었다.

"대체 무슨 말을 하는 걸까요?"

그들은 크툴후가 무슨 말을 하는지 알지 못했지만 그런 것을 신경 쓸 여유는 없었다. 상당한 상처를 입히는 데는 성공했다지만, 애초에 일격으로 처리하려 했던 계획. 그것이 실패한 이상 결국 승패가 어떻게 나든 쉬운 전투가 되지는 않을 터였다.

—모두 온 힘을 다해 간다!
—어찌 되었든 상대가 신이라는 점을 잊지 마라!

18
낮과 밤을 잇는 전투

—네놈들……!

전 세계 각지에서도 저마다 크툴후와의 전투는 이루어지고 있었다. 페어리테일과 알베르트가 배속된 그리스 파르테논 신전 하늘 위에는 이미 다섯 개의 태양이 떠 있었다.

헬리오스. 라. 아폴론. 아툼. 위대한 네 명의 태양신이 만들어 낸 태양은 실제 태양보다 더 밝게, 그리고 강렬하게 타고 있었다.

"아직 멀었나?"

페어리테일의 물음에 알베르트는 말없이 고개를 저었다. 오늘 일출 때부터 시작해서 마침내 네 개의 태양을 불러내는 데는 성공했지만 아직 시간이 필요했다.

—감히! 감히 내가 누군 줄 알고!

그 육체에서 추출당해 또다시 수많은 조각으로 쪼개진 크툴후의 정신들은 저마다 조금씩 다르고, 또한 어긋나 있었다. 비록 그 힘은 신의 대리자들이 전력을 다해 상대해야 할 만큼 여전히 강력했지만, 지금 이곳에 있는 크툴후는 위대한 다섯 왕도, 신도 아니었다.

신성을 잃고 저 높은 차원에서 완전히 영락(靈落)해 버린 그는 단순히 강한 마물, 혹은 요괴에 불과했다.

"위대한 요정왕 오베론이시여."

페어리테일이 자신의 카드를 들어 올리자 어디선가 숲에 노래가 울려 퍼졌다. 경쾌하고 밝은 님프들의 노랫소리와 투박한 듯 강렬한 노움의 연주, 그리고 위스프들의 아름다운 춤들이 크툴후가 내뿜는 불길함을 쫓아냈다. 그리고 마침내 그 연주가 피날레에 다다랐을 때 밝은빛과 함께 위대한 요정왕 오베론이 대지에 섰다.

―벗의 부름에 나 오베론 이곳에 섰노라.

월계수관을 머리에 쓰고, 등에는 황금빛과 검은빛으로 아름답게 빛나는 거대한 나비날개. 보석 박힌 검을 허리에 찬 채 거만한 눈으로 크툴후를 바라보는 그는 모든 요정들의 왕 오베론이었다.

―하찮은 요정들의 왕 따위가 감히 누구에게 그런 눈초리를……!

크툴후는 오베론과 사람들을 향해 검은 숨결을 내뿜었다. 그 숨결은 악령의 무리이자 귀신의 행렬. 그것은 거대한 해일처럼 사람들과 오베론을 덮쳐 왔다. 하지만 오베론이 그 검을 뽑아 들어 한 번 휘두르자 악령의 무리는 그대로 사라져 버렸다.

―감히 누구에게 하찮다 말하느냐.

오베론은 크툴후를 향해 손을 뻗자 땅에서 수없이 많은 나무줄기가 뻗어 나와 크툴후를 옭아매기 시작했다.

크툴후는 그 턱 아래에 달린 촉수들과 갈고리처럼 생긴 손톱을 휘두르며 나무줄기들에 저항했다. 그 발로 나무줄기들 밟아 댔고, 날카로운 손톱으로 잘라 냈다. 하지만 부질없는 짓이었다. 결국 나무줄기들이 크툴후의 몸을 완전히 휘감았고 크툴후의 거대한 몸은 바닥으로 쓰러졌다. 하지만 고작 그 정도로 어떻게 할 수 있는 상대가 아니었다.

―크아아!

잠시 뒤 쓰러진 크툴후의 몸에서 검은 기운이 흘러나왔고, 나무줄기들은 일제히 말라비틀어지더니 이내 검게 썩어 문드러졌다.

―감히! 감히!

힘의 사용도 그렇고, 어휘력을 보아 이곳에 크툴후는 다른 조각들에 비해서 지능이 떨어지는 것으로 보였다. 몸을 일으킨 크툴후는 오른쪽 다리를 높이 들어 올리더니 그대로 발을 굴렀다.

마치 지진이 난 듯 대지는 들썩이며 요동쳤다. 사람들은 중심을 잃고 그 자리에 몸을 낮췄고 오베론은 품위를 지키려는 듯 지면에서 살짝 떠올랐다.

하지만 그런 문제가 아니었다. 크툴후가 발을 구를 때마다 대지에는 금이 갔고 그 금을 따라 검은빛이 대지를 덮어 갔다. 크툴후는 이곳의 지맥을 손상시켜 결계의 일부를 무너뜨리려 하고 있었다.

"그렇겐 못한다!"

"공격!"

페어리테일과 알베르트의 활약에 잠시 상황을 지켜보고 있던 다른 이들은 일제히 손을 뻗었고, 마이너 아르카나들이 불러낸 계약자들 또한 저마다 자신의 힘을 뿜어냈다.

"오베론!"

―걱정 마라!

수많은 빛들이 뿜어져 나와 크툴후를 덮쳤지만, 크툴후의 촉수들이 검게 빛나더니 이내 자신을 향하는 빛들을 하나씩 쳐내기 시작했다. 비록 때때로 촉수를 꿰뚫거나, 크툴후의 몸에 적중하기는 했지만 크툴후의 행동을 저지하지는 못했다. 그나마 오베론의 힘만이 크툴후의 움직임을 둔화시키고 있을 뿐이었다.

계속 힘을 쏟아 내고는 있었지만 사람들의 표정은 점점 무거워졌다. 이대로 결계가 풀려 버린다면 크툴후의 힘이 강해지는 것은 물론이고, 더 이상 이곳에 잡아 둘 수 없게 된다.

애초에 이 계획은 각개격파. 크툴후를 수많은 조각을 나누어 하나씩 처리하는 것. 만일 풀려난 크툴후가 그의 다른 조각이 있는 곳으로 향하기라도 한다면, 이 계획은 그 순간 끝이었다.

이 계획을 위해 연맹 또한 흩어져 있는 상황, 각개격파를 당하는 쪽은 크툴후가 아니라 그들이 될 터였다.

"제기랄!"

몇몇 마이너 아르카나들과 프리메이슨의 기사들은 팔을 내렸다. 애초에 그들은 이런 원거리 공격이 특기가 아니었다. 프리메이슨의 기사들은 그 힘을 검에 실어 돌격하는 것이 특기였고 마이너 아르카나들의 계약자들 중 대다수는 근접전을 특기로 하는 신수와 마수였다.

그들은 대신 카드와 검을 들어 올렸다. 위험이 크긴 했지만 이대로 넋을 놓고 있을 수는 없었다. 결계를 깨지게 할 수는, 그들의 이상을 포기할 수는 없었다.

설사 허무하게 그 생명을 잃을지라도, 단지 종언을 몇 초 늦출 뿐이라도.

"모두 돌⋯⋯!"

"잠깐!"

그런데 그들이 필사의 돌격을 하려는 그 순간 알베르트의 외침이 그들을 막았다.

"됐습니다."

지친 기색이 역력한 알베르트였지만, 그의 그 한마디에 무거운 그림자가 드리웠던 사람들의 얼굴에는 환희가 떠올랐다. 알베르트는 다섯 태양이 떠 있는 하늘을 향해 그 손을 들어 올렸다.

"거룩한 태양의 의지(The Great Solar System)!"

알베르트의 거룩한 그 외침과 함께 그가 불러낸 네 개의 태양이 황금빛으로 물들었다. 그 성스럽고 위대한 빛에 크툴후조차 순간적으로 움직임을 멈추고 두 손을 들어 올려 눈을 가릴 수밖에 없었다.

그리고 그 네 개의 태양에서 네 줄기 빛이 뻗어져 나와 알베르트의 몸을 뒤덮었다.

조용한 불길 알베르트 폰 애쉬람. 네 태양신의 대리자인 그는 사실 성도처럼 각기 다른 신의 권능을 자유자재로 사용하지는 못했다. 아니, 자유자재는커녕 네 태양신의 대리자로서 그 균형을 유지하느라 특별한 경우가 아닌 이상 다른 대리자들처럼 쉽게 신에 가까운 모습으로 변하지도 못했다.

허나 그는 다른 메이저 아르카나, 신의 대리자들과는 분명히 구별되는 능력을 가지고 있었는데 그것이 바로 이 거룩한 태양의 의지(The Great Solar System)였다.

비록 준비 과정이 오래 걸려서 긴박한 전투에서는 사용할 수 없다 해도 이렇듯 발동되기만 한다면 그 누구도 어찌할 수 없는 절대적인 힘이었다.

네 개의 태양은 알베르트를 대리자로 삼은 네 명의 태양신. 네 줄기의 빛은 신들의 권능 그 자체. 네 신의 눈 아래에서, 네 신의 힘을 한꺼번에 몸에 담아낸 그는 대리자가 아니라 신 그 자체였다.

―만제트(Manzet, 낮의 배), 메세크테트(Mesenktet, 밤의 배).

알베르트의 손짓에 하늘에 두 개에 거대한 배가 모습을 드러냈다. 시간을 상징하며, 영원불멸토록 태양신 라를 태우는 두 개의 배는 라의 권능이자 특히 메세크테트는 밤의 신 아포피스와의 영원한 전투를 벌이는 불패의 전함이었다.

오직 라의 부름에만 모습을 드러내는 두 배 위에는 새의 머리를 한

라의 병사들이 신의 무구를 앞세운 채 위풍당당하게 서 있었다.

―위대한 밤의 신 아포피스조차 영겁의 시간 동안 단 한 번도 이기지 못한 태양신의 전함. 아무리 크툴후라 한들 한낱 조각 따위에게 쓰기에는 아깝지만, 어쩔 수 없지.

알베르트의 공격 신호와 함께 만제트와 메세크테트에서는 마치 유성우와 같은 아름다운 빛줄기가 크툴후를 향해 쏟아져 내렸다.

―크, 크웨에에에!

그 빛들은 한 치의 빗나감도 없이 크툴후를 꿰뚫었다. 본래 이 포격만으로 크툴후는 물론이요 파르테논 신전이 있던 이 언덕 전체가 날아가야 했지만 그런 일은 일어나지 않았다. 알베르트의 힘으로, 주변으로 퍼져 나갔어야 할 폭발력이 온전히 크툴후의 몸속을 파고들고 있었다.

포격이 계속되는 만큼, 영혼을 찢어발기는 것 같은 크툴후의 비명 또한 계속되었다.

"과연 알베르트 폰 애쉬람!"

연맹의 사람들은 눈앞에 광경에 감탄을 금치 못했다. 그야말로 압도적인 힘이었다. 처음에는 상위 능력자가 페어리테일과 알베르트 두 명밖에 없고, 전체 인원도 가장 적은 파르테논 신전에 배속된 걸 불안하게 여겼던 사람들이었지만 이제는 자신들이 얼마나 행운이었는지 깨달았다. 저 두 명이 있는 이상 그들은 나설 필요가 없었다.

―대단하군. 신들의 힘을 빌리고 있다고는 해도 저 정도일 줄이야.

그리고 그것은 오베론 또한 마찬가지였다. 비록 그 또한 지금은 본신의 힘을 낼 수 없는 상태라고는 해도, 자신조차 상대하기 쉽지만은 않았던 크툴후의 조각을 상대로 이 정도까지 압도적이라니. 오베론은 짐짓 아쉽다는 듯 페어리테일을 바라보았다.

―이럴 줄 알았으면 처음부터 전력으로 갈 걸 그랬군.

그런 오베론의 시선에 페어리테일은 부드러운 미소를 지으며 위로하듯 말했다.

"이 늙은이의 육체를 염려하신 거잖습니까. 위대한 오베론이여."

페어리테일. 그 또한 다른 메이저 아르카나들과는 또 다른 특별한 능력을 지닌 자였다. 그는 오베론의 영원한 벗으로, 그의 대리자이기도 했지만 요정왕인 오베론의 힘은 신들의 것과는 그 성격이 달랐다.

하지만 페어리테일은 그것을 자신의 장점으로 승화시키는 방법을 찾아냈고, 그 힘은 성도와 알베르트와 비교해도 결코 떨어지지 않았다.

다만 그 방법은 아무래도 페어리테일의 노쇠한 육체에 부담을 주는 것이었고, 알베르트도 있었기 때문에 사용하지 않은 것뿐이었다.

―…….

알베르트의 팔이 올라가며 공격 중지 신호가 떨어졌다.

―과연. 조각에 불과하다 할지라도 크툴후라는 건가.

그 어마어마한 집중 포격을 받았음에도 크툴후는 아직 살아 있었다. 비록 바닥에 쓰러져 가쁜 숨을 내쉬고는 있었지만 여전히 그 형체를 유지한 채 살아 있었다.

―감히……! 감히……!

크툴후가 지맥을 파괴하기 위해 펼쳐 놓았던 사기(邪氣)는 조금 전 포격으로 완전히 지워져 버렸고, 분노에 반응하듯 검붉은 기운이 흘러 나오고는 있었지만 크툴후 자신 또한 이제는 몸을 일으킬 힘조차 남지 않은 듯 보였다.

―하긴 아포피스와의 전투는 하계의 시간으로 치면 12시간 동안 이어지는 것. 고작 1, 2분도 버티지 못한다면 그것도 아쉽겠지.

알베르트는 다시 손을 들어 공격 명령을 내리려 했다. 그런데 바로 그때 크툴후의 입에서 한 줄기 처절한 외침이 울려 퍼졌다.

―데이곤! 데이곤은 어디에 있느냐!

자신의 수하인 데이곤의 이름에 매달릴 정도로 크툴후는 절박해져 있었다.

"……!"

프리메이슨의 기사들의 얼굴이 순간적으로 굳어졌다. 이곳의 바로 앞은 바다. 데이곤이 나타난다면 큰일이었다. 허나 그에 반해 알베르트의 얼굴에는 미소가 떠올랐다.

—어리석군. 데이곤이 온다 한들 상황이 달라질 거라 생각하나?

지금의 알베르트는 태양신 그 자체. 하위신인 데이곤이 어찌할 수 있는 상대가 아니었다. 더구나 본래 태양신 라와 아툼은 나일강의 범람 또한 조절하는 신. 설사 데이곤이 거대한 해일을 일으키려 한다 해도 그 권능 앞에는 무용지물이었다.

데이곤이 나타난다 해도 지금의 크툴후와 같은 결과를 맞을 뿐이었다. 거기다.

—그리고 설마 우리가 그것도 대비 안 했을 것 같나?

* * *

—쿠에! 쿠에에!

처절한 비명과 함께 데이곤의 촉수 또 하나가 바다로 떨어져 내렸고 검붉은 피가 마치 폭포처럼 흘러내렸다.

"하하하하! 신은 무슨! 다곤 신이 흘린 피에서 태어났다 뿐이지 단순한 괴물 아닌가!"

턱수염이 가득한 사내는 눈앞에 모습에 호탕하게 웃어 댔다. 그가 지금 타고 있는 것은 미항공모함이었고 그 주변에는 십여 척이 넘는 전함과 구축함이 늘어선 채 데이곤을 향해 포격을 계속하고 있었다. 또한 하늘에서는 전투기 편대가 데이곤의 머리을 향해 총공세를 펼치고 있었는데, 미사일이 바닥난 전투기는 그 즉시 주저 없이 데이곤에게 돌진해 그 스스로 미사일이 되었다.

"이게 바로 가미가제다!"

남자의 이름은 티모스 비딜프. 일루미나티의 부수장으로 별칭 캡틴 니모.

항공모함뿐만 아니라 텅텅 비어 있는 전함과 구축함, 전투기까지 지금 이곳에 있는 모든 기계장치를 움직이고 있는 건 바로 그의 힘이었다.

"……너무 기분 내진 마십시오."

물론 다른 이들이 그의 힘을 강화시키고 있기도 했지만 말이다. 지금 티모스를 둘러싸고 가부좌를 틀고 있는 이십여 명의 사람들은 신지학회 소속으로, 티모스의 의식과 자신들의 의식을 연결시켜 그의 힘을 몇 백 배로 증폭시키고 있었다.

"아직 의식이 완료되려면 시간이 조금 더 필요합니다. 우리의 목적은 어디까지나 시간을 끄는 것. 그전에 모두 격침되어 버리기라고 하면……!"

신지학회의 우려에 티모스는 오히려 너털웃음을 지어 보였다.

"처음엔 원자력 발전기의 반응이 예전과 전혀 달라 걱정하긴 했지만 이렇게 제대로 움직여 주고 있고, 초반에 그 괴물 같은 파도들도 견뎌 냈다. 행운의 여신께서는 이미 우리에게 미소를 지어 보이시고 있는데 무슨 걱정인가!"

티모스는 그렇게 말하고 있었지만, 사실 그리 낙관적으로 볼 상황은 아니었다. 항공모함에 실려 있던 전투기들을 모조리 출격시켰지만 지금 하늘에 남은 것은 눈으로 셀 수 있을 정도 뿐이었고, 슬슬 미사일이나 포탄들도 다 떨어져 갔다.

데이곤을 수면 위로 유인해 냈고, 촉수를 몇 개 잘라 내는 데도 성공했지만 단지 그뿐이었다. 어째서 데이곤이 집중 포격을 받으면서도 바다 밑으로 돌아가지 않겠는가. 어찌 되었든 데이곤은 신의 일족. 물리적인 화력만으로는 쓰러뜨릴 수 없었다.

―크오오!

데이곤은 촉수를 휘둘러 마지막 남은 전투기를 격침시키더니 그 몸을 함대가 있는 쪽으로 돌렸다.

"방향을 틀어야 합니다!"

그 모습에 신지학회의 사람들은 다급히 목소리를 높였지만 티모스는 오히려 미소를 지어 보였다.

"이미 늦었어!"

티모스는 모함을 제외한 모든 배에 돌격 명령을 내렸다.

"어차피 의식은 거의 다 끝나갈 터! 오히려 잘됐다! 자기가 이겼다고 생각하면 바다속으로 도망치거나 할 일도 없을 테니!"

티모스의 손짓을 따라 구축함과 전함들은 남은 모든 미사일과 포탄을 쏘아 대며 전진했다. 그리고 그때부터 그들 사이에 시간은 너무나 늦게 흐르기 시작했다. 마치 슬로우 비디오를 보듯, 포탄이 날아가 폭발하고 전함 한 대 한 대가 바다로 침몰하는 모든 과정이 전부 눈으로 들어올 정도였다.

그들에게 그것은 마치 며칠과도 같은 몇 분이었다. 그리고 마침내 마지막 호위함선이 침몰하고 데이곤의 몸체가 항공모함을 향하는 그 순간, 무전기가 잡음을 내더니 마침내 기다리던 연락이 왔다.

"준비 끝났습니다!"

"좋아!"

티모스의 손이 움직이자 갑판 중앙이 천천히 열렸다.

"발사!"

티모스의 외침과 함께 불길을 뿜어내며 하늘로 날아오른 것은 미사일이었다. 티모스와 신지학회에 사람들은 어느새 정신력으로 만들어

낸 투명한 막 속에서, 날아오르는 미사일을 바라보며 회심의 미소를 지었다.

그것은 단순한 미사일이 아니었다. 그것이야말로 그들의 비장의 무기. 데우스 엑스 마키나(deus ex machina, 기계장치로 내려선 신)였다.

"좋아! 모두 선내로 들어가!"

티모스와 사람들은 재빨리 선내로 뛰어들어 갔다. 그들은 앞으로 일어날 일들을 이미 알고 있었다.

데우스 엑스 마키나는 똑바로 날아가 데이곤의 가슴 부분에 명중했고 다른 미사일들처럼 시뻘건 불길을 토해 냈다. 그리고 바로 그 순간 데우스 엑스 마키나의 진가가 드러났다.

시뻘건 불길은 비정상적으로 팽창하더니 거대한 데이곤의 몸 전체를 덮어 갔다. 그리고 거대한 어떤 형상으로 변해 갔는데 그것은 바로 라그나로크 때 세계수를 넘어뜨리고 신들의 나라를 불태우는 불의 거인 수르트의 형상이었다.

데우스 엑스 마키나. 그것은 비교적 주술이나 신들과의 연결에 취약한 일루미나티가 독자적으로 만들어 낸 일종에 강림 의식. 미사일에 주문을 걸어 그 폭발을 신을 부르는 성화와 기도로 삼고, 그 힘으로 짧은 시간이나마 이 땅에 신을 강림시킨다.

지금의 수르트는 그야말로 기계장치로 내려선 신인 것이다.

―크에에에!

데이곤은 지금까지와는 전혀 다른 그 불길에 비명을 질렀다. 수르트의 불길은 신들의 세계마저 불태우는 겁화(劫火). 데이곤은 온몸이 타들어 가는 것을 느끼며 급히 바다 속으로 들어갔지만, 불길은 꺼지지 않았다.

데이곤은 자신이 살던 심해 깊은 곳으로 도망치려 했지만 그럴 수 없었다. 그의 촉수는 바다 속에서 재로 변해 갔고 그 육체도 빠르게 타들어 갔다. 데이곤은 괴로움에 몸부림쳤고, 그 반동으로 수면은 지금까지와는 비교도 되지 않을 정도로 사납게 요동쳤다.

항공모함 또한 금방에라도 침몰할 듯 들썩였고 거대한 파도는 몇 번이나 그 갑판을 집어삼켰다. 티모스와 신지학회의 힘으로 간신히 침몰을 면하고 있는 거지 본래라면 진작 뒤집히거나 부서져 내렸을 터였다.

그리고 잠시 후 바다는 잠잠해졌고 검은빛으로 물들어 갔다. 황금과 거짓 영생의 신이자, 크툴후의 수하인 데이곤의 죽음이었다.

* * *

모한다스 라이의 손짓에 거대한 검들이 크툴후의 촉수를 잘라 냈다. 아니, 그뿐만이 아니었다. 검날이 스쳐 지나간 크툴후의 몸 또한 마치 오래된 조각처럼 딱딱하게 굳어지며 금이 가 떨어지고 있었다.

——……대체 네놈은 뭐냐? 아무리 내가 영락한 조각에 불과하다고는 해도, 아무리 지맥과 별들을 이용한 광역 결계에 붙잡혀 있다고는 해도, 아무리 네가 신들의 힘을 빌려다 쓴다고 해도, 고작 혼자서 나를 이렇게 만들다니.

크툴후의 목소리는 침착하고 냉정했지만, 그 속에 담겨 있는 감정은 경악을 넘어선 허망함이었다.

이곳으로 떨어진 크툴후의 조각이 다른 모든 조각들 중 지적 능력이 가장 높은 것도 참으로 얄궂은 일이었다.

그는 그 어떤 조각들보다 먼저 자신의 상황을 정확하게 파악했다. 축출되어 여러 조각으로 나뉘어 버린 정신 그리고 주변에 펼쳐져 있는 광역 결계. 그는 상대의 계획을 눈치채고는 곧바로 전투 준비를 시작했었다.

비록 그 힘은 비참할 정도로 줄어 있었지만 상대가 누구든 틈을 봐서 도망칠 수만 있다면 전세는 역전될 터.

그리고 그의 앞에 나타난 이는 단 한 명의 어린아이였다.

메이저 아르카나 N. 12 매달린 자(The Hanged Man) 모한다스 라이. 여러 능력자들이 포진한 다른 지점들과는 달리 이곳에는 오직 그 혼자만이 배치되어 있었다.

크툴후는 모한다스를 보고는 노덴스와 나알라호텝의 일면을 비웃었다. 아무리 자신을 영락시켰다고는 해도 고작해야 한 명이라니. 그는 그들이 자신을 너무 얕보았거나 손이 부족했다고 생각했다.

물론 평범한 어린아이가 아닐 건 분명했지만, 기껏해야 신의 대리자에 불과할 터. 아무리 신의 대리자라 한들 한 명 정도는 쉽게 이길 자신이 있었다.

그러나 그런 확신에도 그는 방심하지도, 괜한 여유를 부리지도 않고 처음부터 전력을 다해 모한다스에게 덤벼들었다. 그에게는 시간이 없었고, 어서 빨리 이곳을 벗어나 다른 조각들을 찾아야 했다.

그리고 그 결과가 이것이다.

크툴후의 촉수는 모조리 잘려 나갔고, 그의 육체는 생명과 마력을 잃고 무너져 가고 있었다. 비록 조각이라고는 해도 바로 그 크툴후가 고작 단 한 명의 상대에게 패한 것이다.

"글쎄……."

모한다스는 무심한 듯 답했지만 그의 안색은 그리 좋지 않았다. 마치 금방에라도 쓰러질 듯 생기라고는 하나도 보이지 않았고, 오히려 그의 몸 주변에서는 지금의 크툴후보다 더 짙은 사기(死氣)가 풍겨 나오고 있었다.

―나를 더 이상 모욕하지 마라, 아이야. 어차피 나는 이곳에서 죽는다. 비록 한낱 조각에 불과해도 나는 크툴후. 라 이라(르 리에)의 지배

자이자 다섯 왕 중 하나. 자신을 쓰러뜨린 자의 이름도, 정체도 모른 채 사라지게 할 생각이더냐?

크툴후는 더 이상 서 있지 못하고 바닥에 주저앉았다. 그의 몸은 이미 반 이상 굳어서는 부서져 내리고 있었다.

"……"

모한다스는 가만히 크툴후를 바라보더니 거대한 검들을 곁으로 불러 들였다. 검들은 마치 호위를 하듯 주변을 맴돌았고, 모한다스는 천천히 자신의 겉옷을 벗었다. 그리고 모한다스의 어깨가 드러나는 순간, 크툴후의 눈빛이 변했다.

—그건……!

모한다스의 어깨에는 검은색 기묘한 반점이 있었다. 마치 누군가가 새겨 넣은 것처럼 정교하고 복잡한 형태에 그 반점은 바로 칼리 여신의 문장이었다. 그제야 크툴후는 이 상황을 이해할 수 있었다.

—그렇군. 그랬던 거군. 단순한 대리자가 아니었어. 설마 신의 일족일 줄이야.

모한다스 라이.

그는 아주 오래전부터 어둠 속에서 칼리 여신을 섬겨온 칼리가트(칼리의 계단) 일족의 마지막 후예였다. 한때 왕의 수호자로서 이름 높았던 그들 일족은 갑작스런 적국의 공격에 전멸하고 말았는데, 밤이 찾아오기 직전 붉게 물든 노을 속에서 나타난 칼리 여신이 그 자신의 피를 그들 입술에 떨어뜨렸다고 한다. 그들은 죽음에서 돌아왔고 막강한 힘으로 적국의 군대를 물리쳤다.

하지만 칼리는 죽음과 파괴의 여신. 그들은 알지 못했지만 그녀의 피를 마신 그들 일족은 죽음에서 돌아오는 대신 죽음을 그 몸에 두르게 되었다. 그들이 수호했던 왕가는 여덟 명이나 되는 후계자를 모두 잃어 결국 역사에서 사라졌고, 그들의 거주지 주변에는 작은 동물들조차 오지 않았다.

결국 사람들은 그들을 피하기 시작했고, 이후 그들은 스스로를 칼리가트라 칭하며 역사의 뒤편으로 그 모습을 숨겼다. 가능한 한 사람들과의 거리를 유지한 채, 서로를 의지하며 조용히 칼리 여신을 섬겼다.

유구한 역사 속에서 때로는 영웅으로, 때로는 암살자로 다시 그 모습들을 드러낸 적도 있긴 했지만, 그들은 언제나 결국은 다시 역사의 뒤편으로 몸을 숨겼다.

그렇게 시간이 지나고 세대가 바뀌며 그들 몸을 두르고 있던 죽음도 조금씩 옅어져 가자, 그 정도가 미비한 자들은 일족을 떠나기 시작했다. 세상 밖에 대한 동경도 있었겠지만 다른 일족들이 몸에 두르고 있던 죽음을 피했던 거였다.

그렇게 점점 일족의 수는 줄어 갔고, 마침내 모한다스의 조부 세대에 이르게 되어서는 칼리가트 일족은 두 개 가문밖에 남지 않았고, 그들이 두르고 있던 죽음도 옅어질 대로 옅어져 다른 이들과 어울리며 평범한 삶을 사는 것도 가능해졌다.

하지만 일족의 주술사이자 칼리 여신의 대신관은 한 가지 예언을 했다. 칼리가트 일족의 마지막 아이는 지금까지 그 어떤 일족들보다 칼리 여신의 축복을 깊이 받아들이며, 그의 뒤로는 항상 죽음이 뒤따른다고.

그 예언처럼, 태어났을 때부터 그 몸에 칼리 여신의 문장을 가지고 있던 모한다스는 오랜 일족의 역사 속에서도 가장 짙은 축복을 얻었고, 가장 짙은 죽음을 몸에 둘렀다.

그가 태어난 날 그의 어머니는 싸늘한 주검이 되었고, 그가 식사를 끝낸 식탁의 음식들은 그대로 썩어 버렸다. 예언자의 말처럼, 그의 뒤로는 항상 죽음이 뒤따랐다.

그래서 그는 어린 나이에 일족을 빠져나와 아르카나에 가입했다. 아르카나에서라면 자신에게 깃든 칼리 여신의 힘을 조절할 수 있을 거라 여긴 것이다.

그의 카드인 N. 12 매달린 자 또한 그 뒤에 오는 죽음을 예시하는 카드. 모한다스 자신을 상징하며 그 힘을 제어하기에 가장 적합한 카드였다.

그가 지금까지 이상할 정도로 늘 마지막에 집착해 왔던 이유 또한 혹시나 자신의 힘을 제어하지 못할 경우 일어날 피해를 줄이기 위한 방책이었다.

―그래 혼자 온 것이 아니라 혼자 올 수밖에 없는 거였구나.

그가 힘을 쓸 때마다 몸이 상했던 것도 다른 이들을 의식해 사기(死氣)를 그 몸 안으로 가둬두었기 때문. 주변에 아무도 없는 지금이야말로 힘을 온전히 발휘할 수 있는 기회였다. 만일 지금 그의 주변에 누군가가 있었다면 그 능력의 고하를 막론하고 지금의 크툴후와 마찬가지로 생기를 잃고 죽어 갔을 터였다.

―설마 신의 피를 잇는 자가 아직 이 땅에 남아 있을 줄은 나조차 생각지 못했구나.

"내가 마지막이야."

모한다스는 다시 손을 뻗었다. 거대한 검들이 다시 크툴후를 겨눈 채 떠올랐다. 크툴후는(비록 외관으로는 알아차릴 수 없었지만) 허탈한 웃음을 지어 보였다.

―그래. 이렇게 끝이구나.

거대한 검들은 그대로 크툴후를 향해 뻗어 가 그 몸을 꿰뚫었다. 크툴후의 몸은 피조차 흘리지 않은 채 마치 석고상처럼 부서져 내렸고, 그 눈에서도 빛이 천천히 사라져 갔다.

"……"

크툴후의 마지막을 확인한 모한다스는 다리가 풀린 듯 바닥에 주저앉았다. 이번에는 힘을 가둬두지 않았다고는 해도, 크툴후를 압도할 만

낮과 밤을 잇는 전투

큼 강렬한 사기(死氣)였다. 신의 피를 잇고, 그 대리자인 그라고 해도 영향을 받지 않을 수는 없었다.

*　　*　　*

야스쿠니 신사. 유일하게 남아 있던 본전은 이미 크툴후의 등장과 함께 무너져 내렸고, 잔재들조차 그 불길함에 잠식되어 썩어 문드러져 가고 있었다.

─버러지 같은 놈들이 감히!

크툴후의 두 손에서 검은 빛줄기들이 사방으로 뿜어져 나왔다. 하지만

─미야베.

성도의 신호에 맞춰 검은 천칭이 나타나고, 크툴후가 뿜어낸 빛들은 갑자기 휘어지듯 궤도를 벗어나 그대로 천칭 한 쪽에 담겨 버렸다.

─윽!

하지만 과연 크툴후. 천칭은 순식간에 한쪽으로 기울었고 부서져 버렸다.

─……두 배로 돌려드리지요!

천칭이 부서진 자리에 생겨난 거대한 푸른 불길은 크툴후를 집어삼켰고, 그와 함께 귀를 찢을 것만 같은 스파크가 일며 사방이 황금빛으로 뒤덮였다. 제우스 신의 번개창들이었다.

─자, 처음은 천상.

전격들은 일제히 크툴후를 향해 쏟아져 내렸고 귀를 찢을 듯한 굉음과 함께 크툴후의 비명이 사방에 울렸다. 마이너 아르카나는 물론이고, 미야베마저 순간적으로 정신이 아득해질 정도였다.

─두 번째는…….

하지만 성도만은 아무렇지도 않은 듯 다음 타를 준비했다. 번개가 잦아드는 순간 그의 손은 다시 움직였다.

―지옥.

성도를 감싸고 있던 황금빛이 붉은빛으로 변하고 그의 뒤쪽에 염라대왕의 형상이 흐릿하게 떠올랐다.

―바늘 지옥.

성도의 말과 동시에 땅에서부터 솟아오른 무수한 검은빛 바늘들이 크툴후의 몸을 꿰뚫었다. 단 한 번 찔리는 것만으로도 생전에 겪었던 모든 고통을 한꺼번에 느끼게 된다는 지옥의 바늘. 본래라면 신에게는 통할 리 없었지만, 영락되어 버린 크툴후에게는 고통을 주기 충분했다.

하지만 그게 끝이 아니었다.

―무간지옥.

성도의 말과 함께 무간지옥의 업화가 검은 바늘들을 타고 올랐다. 무간지옥의 업화에 크툴후의 피부들은 녹아 떨어져 내리기 시작했다.

―크아아아!

포효와 함께 크툴후의 몸에서 흘러나온 질척거리는 어둠의 업화는 결국 꺼지고 바늘들도 사라졌지만, 이미 몰골은 처참해져 있었다.

―치욕스럽다! 원통하다! 이 내가 고작 인간 따위에게……!

크툴후의 머리 위로 기묘한 문장들이 떠올랐다. 크툴후 자신의 것이 아니라 다른 사신들의 문장. 그것은 필멸자들이 신에게 힘을 빌리는 방식이었다. 신으로서, 다른 신의 힘을 끌어와 사용하는 이러한 주술은 신으로서는 치욕 그 자체였지만, 그만큼 그는 궁지에 몰려 있었다.

―……!

하지만 그러한 시도조차 허무하게 무산되었다. 문장들이 갑자기 그 빛을 잃고 부서져 내린 것이다.

―부질없는 짓.

이제는 회색 기운에 휩싸여 있는 성도의 뒤편에는 마술과 지식의 신 오딘이 서 있었다.

―세 번째는 영계(靈界).

성도의 손이 하늘을 가리키자, 황금빛 문이 나타나며 백색의 영혼들이 빠져나왔다. 그것은 발할라의 문. 오딘이 라그나로크를 대비해 위대한 전사들의 영혼을 모아 놓았던 영웅의 전당이었다.

문을 빠져나온 백색의 영혼들은 이내 형체를 이뤄가기 시작했고 곧 생전의 모습을 되찾았다.

―비록 예언에 나온 신을 물어 죽이는 늑대 펜릴은 아니지만 상대로는 부족함이 없을 터.

성도의 손짓과 함께 전사들의 영혼은 크툴후를 향해 돌진했고, 크툴후는 마지막 남은 힘을 모조리 쏟아 내며 저항했지만, 결국 용을 죽인 위대한 영웅 시구르드에 의해 그 숨이 끊어졌다.

특정 지역 디프원들에게 크툴후가 쿠투형(구두룡九頭龍)으로 불리는 것을 생각한다면 얄궂은 일이라 할 수 있었다.

"생각보다 쉽게 끝났군요."

신에 가까운 형상에서, 다시 사람의 형상으로 돌아온 미야베가 성도를 향해 걸어왔다. 성도의 힘에 의해 여전히 크툴후의 조각은 소멸되고 있는 중이었지만 그들의 전투는 이제 끝난 것이었다.

―그래. 허나 그래도 너무 쉽구나. 아무리 여러 조각으로 나누었다고는 하나 상대는 신. 이 정도일 리가 없을 텐데.

마이너 아르카나를 포함해 연맹의 하위 능력자들은 그야말로 아무런 역할도 할 필요가 없었다. 십여 명이 모인다 해도 고위 능력자 하나를 상대할 수도 없는 하위 능력자들까지 모조리 이 계획에 참가시킨 것은, 그만큼 어려운 전투가 될 것이라 예상했기 때문인데 실제로는 성도 혼자서 처리한 것이나 다름이 없었다.

―지금 당장 본부에 연락해 어떻게 된 일인지 확인하도록 해.

*　　*　　*

―크오오오!

크툴후의 입에서 뿜어져 나온 거대한 검은 광선이 노덴스와 진강을 휩쓸었다. 그리고 잠시 후 진강과 노덴스는 조금 거리가 떨어진 장소에 모습을 드러냈다.

"과연 크툴후군요. 이성이라고는 없을 텐데도 이 정도 전투력이라니."

―그저 되는 대로 휘두르는 단순한 공격이라 해도, 가지고 있는 힘 자체가 다르니까.

비록 본능뿐인 육체만이라고 할지라도 그것은 신의 육체였다. 반응 속도는 물론이고 무의식적으로 뿜어내는 힘은 결코 만만히 볼 수 있는 정도가 아니었다.

"하지만 이래서는……!"

―걱정 마라.

공간이 기묘하게 일그러지는 듯하더니 크툴후와 그들 사이에 벽이 만들어졌다.

―이런 경우도 생각해서 만들어 낸 게 이 공간이니까.

하지만 진강은 노덴스의 빛이 줄어들고 있다는 것을 알아차렸다. 역시나 육체를 변환시키며 상당량의 힘을 잃은 노덴스로서는 시간을 끄는 건 불리했다.

"그렇다면 시작하도록 하죠."

진강은 주머니 속에 있던 아르카나 카드를 꺼내 바닥으로 던져 버렸다. 그리고 잠시 후 그의 몸에서 빛줄기 뿜어져 나와 허공으로 사라졌다. 바로 사마엘과 계약했던 소년의 영혼이었다. 그리고 그와 함께 카드는 푸른 불길에 휩싸여 사라졌다.

"마지막 인사는 필요없겠지."

진강의 목소리에는 결연함이 깃들고, 그 눈 또한 검게 물들어 갔다.

—마음을 단단히 먹어라. 잊지 마라. 아무리 내가 돕는다지만 네 의지가 가장 중요하다.

"알고 있습니다."

노덴스의 빛이 진강을 감쌌다. 그리고는 그 빛은 진강을 휘감고 있는 어둠 사이로 천천히 스며들어 갔다.

—크오오!

크툴후의 육체는 자신을 막아서는 벽을 향해 쉴 새 없이 팔과 촉수를 휘두르고, 검은 기운을 뿜어냈지만 벽은 쉽게 깨지지 않았다.

시간이 지나고 마침내 노덴스는 완전히 진강의 몸 속으로 스며들었다. 그리고 그 순간 진강의 몸에서 마치 처음 크툴후가 등장했을 때와 같은 불길하고 거대한 어둠이 뿜어져 나오기 시작했다.

—크오……?!

크툴후의 육체조차 그 강렬한 기운에 잠시 움직임을 멈출 정도였다. 어둠은 공간을 무서운 속도로 잠식해 갔고, 그 속에서는 그 어둠보다 짙은 무언가가 꿈틀거리고 있었다.

그리고 잠시 후 일순 어둠이 걷히며 그 모습을 드러낸 것은 크툴후만큼이나 거대하고 두려운 괴물이었다. 머리는 얼굴이 없는 원뿔 모양에 모양이 일정하지 않은 가느다란 몸, 인간의 팔처럼 생긴 다수의 촉수를 가진 그것은 얼굴 없는 신 나알라호텝의 수많은 모습들 중 하나였다.

——……하고 많은 모습들 중 하필 이 모습인가.

나알라호텝, 아니, 진강은 자신의 몸을 내려다보며 중얼거렸다.

─아마 무의식적으로 크툴후와 상대하기에는 그 모습이 좋다고 여겼겠지.

진강은 머릿속에서 들려오는 노덴스의 목소리에 가볍게 고개를 끄덕였다. 이것이 바로 그들이 크툴후를 죽이기 위해 택한 계획의 마지막 단계.

노덴스의 힘으로 진강의 인격과 정신을 보호한 채로 나알라호텝의 육체를 끌어와 융합시킨다. 자칫 잘못하면 나알라호텝이 완전히 부활할 가능성도 있었지만, 이것이 크툴후를 죽일 수 있는 가장 확실한 방법이었다.

─힘에 취해서 단순히 힘으로 찍어 누를 생각은 하지 마라. 상대는 크툴후다.

─걱정 마십시오. 힘을 어떻게 쓰는지는 기억하고 있으니까요.

허공에 수많은 나알라호텝의 문장들이 떠오르며 기괴한 형상들이 그 모습을 드러냈다. 그것은 과거 나알라호텝이 베어 냈던 다른 사신들의 머리들이었다.

─확실히 제대로 기억하고 있나 보군.

노덴스의 목소리에는 살짝 불쾌함이 묻어 있었다. 이는 본래 나알라호텝이 즐겨 사용하던 방식으로 노덴스는 물론이고, 잔혹하다 이름 높은 사신들조차 이 공격 앞에 치를 떨었었다.

─강건한 사자(死者). 오랜 시간이 흘렀지만, 여전히 보기 싫은 기술이구나.

─하지만 그만큼 확실하지요.

크툴후는 벽을 넘어 갑자기 허공에 나타난 수많은 사신들의 머리에 사납게 울부짖었다. 그 또한 기억 없는 육체뿐임에도 저 기술의 두려움을 알고 있는 것처럼 보였다.

─역시. 몇 번이나 호되게 당한 기술인 만큼 그 위력을 몸이 기억하

는 모양이군.

다섯 왕의 전쟁에서 나알라호텝은 언제나 우위에 서 있었다.

그것은 그가 다른 네 명과는 달리 아자토스의 뜻을 대변하는 사자로서 아자토스에 의해 영원히 왕이길 허락받은 유일한 자이기 때문이기도 했지만, 또한 바로 이 기술 때문이었다.

자신이 잘라 낸 상대의 머리와 함께, 그 본래 주인의 힘까지 조종하는 이 기술은 나알라호텝의 힘 자체를 증강시키는 건 아니었지만, 여러 사신들이 가졌던 고유 능력들의 조합은 적은 힘으로도 몇 배나 되는 효과를 발휘했고, 한때 나알라호텝은 이 기술로 자신의 숙적 크투가와 그의 군대를 궤멸 직전까지 몰고 간 적도 있었다.

—그럼 시작해 보도록 하죠.

진강의 말과 함께 크툴후와 그 사이에 있던 벽은 사라졌고 그와 크툴후 간에 본격적인 전투가 시작되었다.

19
가브리엘

"크웨에에!"

인수의 손짓에 워커는 바닥에 쓰러졌고, 시커먼 연기를 뿜어냈다.

"이 녀석이 마지막이군요."

그들이 도착한 곳은 한적한 시골 마을에 있는 버려진 신사였다. 진강이 어째서 다른 곳도 아닌 이곳을 택했는지는 알 수 없었지만 그들은 이곳에 도착했고, 우선은 주변을 정돈하고 있었다.

"진강 씨께서는 싸우고 계시겠군요."

재원의 중얼거림에 사람들의 표정이 살짝 굳어졌다.

"그렇군요."

사람들은 어딘가 허탈한 마음을 지우지 못했다. 세상의 운명을 정할 싸움. 그런 게 실제 있을 거라고는 생각도 하지 못했다. 수많은 신화와 예언들 속에서, 그리고 유흥을 위해 만들어진 여러 가지 것들에 단골로 등장하는 어찌 보면 흔한 소재였지만, 그것들과는 달리 그들이 느끼는 것은 오직 허탈감과 무력함이었다.

신들, 혹은 그에 준하는 존재들에 의해 정해질 뿐, 그들이 할 수 있는 일이라고는 아무것도 없었다.

"그저 결과를 기다릴 뿐……이란 거군요."

성진은 쓸쓸한 눈으로 하늘을 올려다보았다. 지금 이 시간이 어찌 살아남았다지만 단지 그뿐, 그야말로 아무것도 아니었다.

"인간이란 그런 존재인 거죠."

하지만 그들과는 달리 인수는 담담해 보였다. 그는 마치 이제야 그것을 깨달았냐는 듯 다른 이들을 애처롭게 바라보고 있었다.

"그렇습니다. 인간이란 결국은 하찮고 너무도 쓸모없는 존재일 뿐이지요."

깊은 절망과 함께, 그에 대비되는 강한 자신감이 섞여 있는 목소리. 그것은 마치 검게 빛나는 흑진주처럼 어두운 신념이었다.

"물론 인간이 그저 살아갈 뿐이라면, 그것만으로도 가치가 있을 수 있겠지요. 하지만 인간은 우습게도 이상을, 신념을 품는 존재. 그리고 영원히 그에 닿지 못하는 존재. 아무리 노력해서 손에 넣으려 해도 결국 그 손에 들리게 되는 것은 결함이 가득한 모조품뿐이며 그 모조품을 얻기 위해 다른 수많은 것들을 잃는 존재이지요."

사람들은 인수의 그 목소리에 빠져들었다. 그 말에 공감하거나 이해하는 게 아니었다. 그가 뿜어내는, 그리고 그 목소리에 담겨 있는 강렬하고 어두운 신념이 그들의 입을 막고 그들을 압도하고 있을 뿐이었다.

"……"

성진과 성은은 서로를 바라보았다. 본래 그들은 최후의 의식, 즉, 자신들이 자살을 돕게 될 회원을 뽑을 때 인수의 이름을 두고 한참을 망설였었다. 참가를 희망한다는 그의 짧은 글 속에서 성진과 성은이 각각 다른 것을 보았기 때문이다.

그때 성진은 그의 글에서 너무도 깊은 절망을 보았고, 반대로 성은은 강렬한 자신감을 보았다. 그들은 한참을 고민했고, 결국 나중에 그가 마음을 바꾸더라도 우선은 초대하기로 결정했었다.

그리고 그들은 이제야 왜 자신들이 같은 글에서 서로 다른 것을 보았는지 알아차릴 수 있었다. 그들은 사실 같은 것을 본 거였다.

"그렇다."

그런데 그들의 뒤쪽에서 들려온 낯선 목소리와 함께, 무거운 분위기가 거짓말처럼 흩어져 사라졌다.

"......!"

사람들은 급히 몸을 돌렸고, 그 눈을 의심할 수밖에 없었다.

"그렇기에 너희에게는 인도자가 필요한 거지."

새하얀 깃털에 날개. 백색의 천에 황금빛 수가 놓인 의복. 한 손에 들긴 빛나는 검. 강인하고 아름다운 얼굴. 그들 앞에 나타난 이는 천사, 아니, 천사들이었다.

"그리고 우리가 너희의 인도자가 되어 주겠다."

"처, 천사?!"

사람들은 눈앞에 나타난 천사에 당황하기는 했지만, 그들의 표정은 밝아져 있었다. 워커에 뱀파이어, 사신과 허신들까지 본 그들이었지만 천사가 가지는 의미는 확실히 달랐다.

"저, 저희를 도우러 오셨습니까?"

재원의 물음에 천사는 경건한 표정을 지으며 주먹을 자신의 가슴으로 가져다 댔다.

"그렇다 인간의 아이야. 위대한 그분의 뜻을 따라 우리는 이 땅에 진정한 창세를 이루러 왔노라."

"......!"

기뻐하는 다른 이들과는 달리 천사의 그 말에 인수의 표정은 굳어졌다. 그에게는 아무래도 '진정한 창세'라는 말이 거슬렸다.

"아, 그러셨군요."

하지만 그것도 잠시 인수는 얼굴에 환한 미소를 지으며 앞으로 나섰다.

"그런데 그 진정한 창세라는 것은 무엇입니까?"

하지만 돌아온 것은 대답 대신 날카로운 검끝이었다.

"……!"

천사의 검끝이 인수의 목을 겨눴고 인수는 앞으로 나서던 발걸음을 멈췄다.

"물러서라. 더러운 사신의 대리자여."

"……!"

당사자인 인수는 물론이고, 다른 사람들 또한 갑작스런 천사의 그런 행동에 당혹감을 드러냈다. 말 그대로 더러운 것을 보듯 혐오감이 가득한 눈빛. 단순한 위협이 아니었다. 한 발자국이라도 더 앞으로 나서려 한다면 그들은 망설임 없이 그 검을 인수에게 휘두를 터였다.

"호오."

인수는 일단 두 손을 펴 보이며 한 발자국 뒤로 물러났다. 허나 그의 얼굴에는 비릿한 조소가 떠올라 있었고 뒤로 물러서는 태도 또한 상대를 조롱하듯 장난스러웠다. 그리고 인수의 그런 태도는 천사들을 도발하기 충분했다.

"네놈, 감히 신의 뜻을 따르는 우리를 업신여기는 것이냐!"

"그럴 리가요. 말씀하신 대로 이렇듯 물러서지 않았습니까."

"이놈이……!"

더 이상 참지 못하겠다는 듯 천사들 중 하나가 몸을 날리려는 그 순간, 인수의 몸이 검은빛으로 물들며 몇 백 개가 넘는 검은 구슬들이 허공에 떠올랐다.

"……!"

천사들은 일제히 검을 앞세웠다.

"감히 신의 뜻을 따르는 우리에게 덤빌 생각이더냐!"

"글쎄요. 일단 저 또한 신의 대리자입니다만?"

"더러운 사신 따위를 우리의 신에 비하지 마라!"

천사들은 위협적으로 목소리를 높였지만, 정작 덤빌 생각은 하지 못했다. 천사라고는 해도 그들은 제대로 된 이름조차 받지 못한 하위의 천사들. 신의 대리자를 상대할 만한 힘은 없었다.

"뭐 좋습니다. 어찌 되었든 제 질문에 대답부터 해 주시지요."

인수는 여전히 구슬들을 떠올려 놓은 상태로 물었다.

"네놈의 지시를 따를 이유는……!"

인수의 손이 움직이고 몇 개의 구슬이 말을 이어 가던 천사의 바로 눈앞에서 멈춰 섰다.

"저는 지시가 아니라, 정중히 부탁드리고 있는 것입니다만?"

위압적인 인수의 태도에 천사들은 분한 듯 입술을 깨물었다.

"……우리 신의 이름으로, 이 세계는 되살아날 것이다. 그것이 바로 진정한 창세다."

"하지만 세상을 되살리는 건 진강, 아니, 나알라호텝과 노덴스이십니다만? 아니, 그전에 이것은 이미 다른 여러 신들이 계획하던 일이라고 들었습니다. 그대들 신만의 이름으로 이루어질 리가 없을 텐데요?"

"그건……."

천사들은 입을 다물었다.

"……."

인수는 가만히 그들을 바라보았다. 그들은 애써 담담함을 유지하고 있었지만, 지금 인수의 눈에는 그 뒤편에 흔들림이 보였다.

'분명 거짓말은 아니다. 하지만…….'

크툴후의 죽음으로 세상은 되살아난다. 인수는 진강과 노덴스에게 그렇게 들었다. 그리고 그렇다면 실제 그것이 누구에 의해, 혹은 누구의 이름으로 행해지든 그런 건 아무런 의미도 없을 터. 설사 세상을 되살렸다는 명예를 얻고 싶은 거라 할지라도, 신들은 지금까지 알게 모르게 진강과 노덴스를 돕는 듯 행동해 왔다. 그들 손으로 세상을 되살리고 싶은 거였다면 굳이 이런 귀찮은 일을 행했을 리도 없었다.

'모르겠군. 가능한 경우가 너무 많아.'

인수는 우선 다시 눈앞에 있는 천사들에게 집중했다.

"다른 걸 묻도록 하죠. 그럼 그 진정한 창세를 이루러 오셨다는 분들이 이곳에는 왜 오신 겁니까?"

지금까지 아무것도 하지 않고 있다가 세상의 운명이 정해지는 오늘, 그것도 정확히 그들이 있는 이곳에 우연히 나타났을 리는 없었다.

"……."

그러나 천사들은 입을 다문 채 아무런 대답도 하지 않았다. 인수는 다시 손을 움직였고, 허공에 떠올라 있던 수백 개의 검은 구술은 천사들의 주변을 완전히 에워쌌다.

"제가 묻고 있지 않습니까."

"……."

"별것도 아닌 일에 서로 귀찮을 필요는 없지 않습니까."

인수의 손짓에 허공에 떠 있던 구슬 중 몇 개가 빠르게 회전하기 시작했다. 하지만

"그것을 네게 답할 이유는 없다."

그들 사이에는 침묵이 내려앉았고, 빠르게 회전하는 구슬 소리가 긴장감을 고조시켰다.

"그, 그만들 하세요."

소연이 용기 내 앞으로 나서 보았지만 달라지는 것은 없었다. 하지

만 그녀는 그에 굴하지 않고

"인수 씨. 그만하세요. 이런 건 아무 도움도……."

"가만히 계십시오."

인수는 천사들에게서 눈을 떼지 않은 채 단호하게 말했다.

"소연 씨께서는 이들이 이곳에, 그것도 지금 나타난 게 이상하지도 않은 겁니까?"

"하지만……."

"외견에 혹하지 마십시오. 본래 선량한 천사의 이미지는 현대에 만들어진 것. 본래 천사란 적을 베는 전사이자, 자신들 신의 말이라면 무엇이든 하는 광신도니까요."

"이……!"

당장에라도 달려들 듯 몇몇 천사들의 검에 붉은 화염이 일었지만, 그들 옆에 있는 다른 천사들이 급히 그들의 팔을 잡았다.

'……?'

그런데 인수는 그런 그들의 행동에서 어딘가 이상한 점을 느꼈다. 동료를 말리는 천사들 중 몇몇의 시선이 자신이 아닌 옆에 있는 소연에게 향하고 있었다.

'설마…….'

인수는 혹시나 하는 마음에 소연을 향해 손을 뻗었고, 아니나 다를까 천사들 중 몇이 당황하는 표정을 숨기지 못했다. 천사들은 곧 자신들의 실수를 알아챘지만 이미 인수의 입가에는 승리의 미소가 떠오르고 있었다.

그들 중 몇은 소연을 향해 몸을 날리려 시도하기도 했지만, 이미 소연의 주변은 인수의 구슬들이 둘러싸고 있었다.

"왜, 왜 그러……?"

소연은 갑작스레 자신을 둘러싼 인수의 구슬들에 당황했다.

"뒤로 물러나십시오. 이들의 목적은 소연 씨 당신입니다."

"예, 예?!"

"그분께 손댈 생각하지 마라."

천사들은 이제 숨기기는 틀렸다고 여긴 듯 각각 자신의 검에 불길을 휘감았지만, 그들이 할 수 있는 일은 없었다.

"모두 소연 씨를 뒤로 데려가 주십시오."

인수의 그 말에 다른 이들은 우선 소연을 데리고 뒤로 물러섰다. 정확히 무슨 일인지는 몰라도 그들에게는 인수의 말을 따르는 것 말고는 방법이 없었다.

인수의 몸에서는 지금까지보다 훨씬 짙은 어둠이 흘러나왔고, 허공에 떠 있는 구슬의 수도 몇 배로 늘어났다. 천사들은 급히 뒤로 물러서 진을 짜려 했지만, 이미 온통 구슬에 둘러싸인 뒤였다.

"말씀해 주십시오. 소연 씨가 왜 중요한 거죠?"

그것은 지금까지와 같은 단순 협박이 아니었다. 인수는 그들이 답을 하지 않으면 당장에라도 죽일 생각이었다.

"……"

휙!

인수의 손짓과 함께 십 수 개의 구슬이 가장 앞에 서 있던 천사를 노리고 날아들었다. 다른 천사들이 어떻게 할 새도 없이 구슬들은 천사의 날개와 가슴, 그리고 머리를 꿰뚫었고, 천사는 힘없이 바닥에 쓰러졌다.

그리고 잠시 후 천사의 몸은 빛에 휩싸여서는 사라졌다.

"다시 묻겠습니다. 왜 소연 씨가 당신들에게 중요한 겁니까?"

인수의 표정이나 목소리는 침착했지만, 천사를 죽였다는 사실에 적지 않게 동요하는 듯 그의 손끝은 미세하게 떨리고 있었다.

"더러운 사신의 앞잡……!"

획!

인수의 손짓과 함께 또다시 천사 하나가 바닥에 쓰러져서는 빛으로 변했다.

"어서 말하는 게 좋을 겁니다."

"죽는 것 따위는 두렵지 않다!"

비장한 각오였지만 인수는 고개를 저었다.

"아니요. 그런 식으로 버티실 거라면 걱정하셔야 될 건 죽는 게 아니라 오히려 마지막까지 살아남는 걸 겁니다."

맞는 말이었다. 본래 처음에 몇몇 정도야 생존자들의 공포심을 극대화하기 위해 목숨을 빼앗아도, 뒤로갈수록 받아야 할 고통은 커져 간다. 특히나 가장 마지막에 남는 자는, 원하는 정보를 말할 때까지 고통을 받을 터.

천사들은 굳은 얼굴로 서로를 바라보았다. 물론 인수는 전문 고문기술관도 아니었고, 아마 입을 열 만큼 고통을 받기 전에 목숨을 잃을 터였지만 그런 건 위로가 될 수 없었다.

그들은 불꽃에 휩싸인 검을 앞세운 채 결의를 다졌다.

―이 무슨 추태지?

갑자기 하늘에서 들려온 엄숙한 목소리와 함께 푸른색 불길들이 하늘에서 떨어져 내렸다.

"……!"

인수는 급히 뒤로 물러섰다. 불길은 천사들을 둘러싸고 있던 인수의 구슬들을 모조리 지워 버렸고 천사들과 인수 사이에는 푸른 불길로 이루어진 벽이 생겼다.

"오오!"

"우리엘 님!"

천사들은 경외에 찬 표정으로 하늘을 올려다보았다. 거기에는 푸른 불길을 손에 든 '신의 불꽃' 우리엘이 천천히 땅으로 내려서고 있었다.

―고작해야 사신의 대리자 한 명에게 치욕을 당하다니.

땅으로 내려선 우리엘은 다른 천사들보다 2배 정도 컸다. 한 손에는 푸른 불길을 들고, 다른 한 손에는 자기 키만 한 푸른 불길에 휩싸인 거대한 검을 든 채 위풍당당하게 서 있는 그 모습은, 과연 소돔과 고모라를 멸망시킨 파괴의 천사, 에덴의 문지기라는 칭호에 걸맞았다.

"……4대 천사 중 하나라니."

인수는 상황이 자신이 생각한 것보다 훨씬 심각하다는 것을 깨닫고는 온 힘을 끌어올렸다. 그의 온몸은 짙은 검은 기류에 휘감겼으며 인수의 형상은 점차 검은빛으로 변해 갔다.

―대체 이게 무슨 일인지 설명 좀 해 주셨으면 좋겠습니다만?

인수는 신의 대리자로서, 신에 가까운 형상을 한 채 우리엘을 마주했다. 그의 손짓에 허공에는 조금 전보다 훨씬 짙은 검은색 구슬들이 떠올랐고, 구슬들은 제자리에서 고속으로 회전하기 시작했다.

하지만

―건방 떨지 마라. 사신의 대리자여.

우리엘의 손짓에 검은 구슬들 중 상당수가 부서져 내렸다. 우리엘은 4대천사 중 하나이자 스스로의 의지로 온전한 힘을 가진 채 이 땅에 내려선 것. 계약의 형태로 내려섰던 사마엘과는 달랐다. 아무리 신의 대리자라 한들 쉽게 누를 수 있는 상대가 아니었다.

―나 우리엘은 신의 불꽃. 사신에게 얻은 그 어둠과 함께 사라져라!

우리엘의 손에 들려 있던 푸른 불길이 인수를 향해 뿜어져 나왔다.

―큭!

인수는 온 힘을 다해 그 불길을 막아 섰다. 피할 수 없었던 건 아니었지만 그의 바로 뒤쪽에 있던 소연과 다른 이들 때문에 그럴 수 없었다.

"우리엘 님!"

"저 뒤에는……!"

천사들은 당황한 기색으로 인수의 뒤편을 바라보았다. 그들 또한 그녀가 걱정되는 모양이었다. 하지만

―멍청하기는! 그녀가 신의 성화에 다칠 리 없지 않나!

불길은 더욱 거세졌고, 인수가 뿜어내는 어둠을 점차 파고들어 왔다.

―모, 모두 일단 피하……!

피하라는 말을 끝마치기도 전에 어둠에 막혀져 있던 불길이 여러 갈래로 퍼져 나와 주변을 뒤덮었다. 불길을 막아서고 있는 인수는 물론이고 다른 이들 또한 불길 속에 갇혀 버렸다.

우리엘의 불꽃은 그 자신에게 반(反)하는 모든 것을 태우는 독단의 불길. 우리엘이 어째서 그렇게 단언하지는 알 수 없었지만, 설사 그의 말처럼 불길이 소연에게는 상처를 입히지 못한다 할지라도 다른 사람들은 그 불길에 닿자마자 재조차 남기지 못하고 사라질 터였다.

―크윽……!

우리엘과는 달리 인수는 다른 이들을 보호해야 하는 상황. 힘의 균형은 점차 우리엘에게로 기울어져 갔다. 그리고 마침내 인수의 어둠을 꿰뚫고 푸른 불길이 인수와 사람들을 집어삼키려는 순간,

―……!

"소, 소연 씨?!"

한 줄기 빛이 뿜어져 나오며 우리엘의 불길은 거짓말처럼 사그라들었다. 그리고 그 빛이 뿜어져 나온 곳에는 소연이 새하얀 날개를 펼친 채 서 있었다.

―이제야 기억이 난 건가요. 가브리엘 누님.

우리엘은 그런 소연, 아니, 가브리엘을 향해 부드러운 미소를 지어 보였다.

"……."

하지만 소연은 아직 상황을 제대로 파악하지 못하겠는지, 혼란스런 표정으로 자신의 날개와 몸을 살피고 있었다.

―이런, 그저 본능적인 행동이었나요. 인간을 지키기 위해 그 힘을 발휘하다니, 누님답긴 하군요.

우리엘의 손에 다시 한 번 푸른 불길이 일었다.

―그렇다면 누님을 어지럽히는 그 거짓된 인격. 그 하찮은 껍데기와 함께 태워 버리겠습니다. 그렇게 하면 본래의 모습을 찾으시겠지요.

우리엘의 손짓에 푸른 불길이 다시 한 번 뿜어져 나왔다.

―이……!

인수는 힘을 끌어올려 벽을 만들려고 했지만, 그럴 필요는 없었다. 어느새 앞으로 나온 소연이 다시 한 번 손을 휘젓자 날아들던 푸른 불길은 그대로 힘없이 꺼져 버렸다.

"여전히 난폭하구나. 우리엘."

소연은 어지러운 것을 참듯 힘겹게 입을 뗐다. 그러나 그런 모습에 우리엘은 오히려 더 즐거운 듯

―제 잘못이 아닙니다. 거기에 있는 사신의 대리자 때문이지요. 혹여 각성 전인 누님께 해라도 끼치며 어찌합니까.

"그런 걱정은 필요 없단다."

소연은 팔을 내리더니 천천히 인수와 다른 사람들을 돌아보았다. 인수는 물론이고, 사람들은 모두 넋이 나간 표정으로 그녀를 바라보고 있었다.

"괜찮아요. 이제 걱정할 필요 없어요."

―가브리엘이라니, 소연 씨 당신은 대체……?!

인수는 놀란 가슴과 어지러운 머리를 힘겹게 진정시켰다. 가브리엘. 4대 천사들 중 하나이자 신의 왼편에 서 있는 자. 그 서열은 4대 천사 중 두 번째이며, 때로는 첫째인 미카엘마저 그녀의 말을 따라야 했을 만큼 영향력이 있는 천사였다. 그런데 소연이 바로 그 가브리엘이라니, 쉽게 이해되지 않는 상황이었다.

"나중에 설명할 수 있는 기회가 있다면 좋겠군요. 하지만 지금은 시간이 없네요."

그녀는 힘겨운 얼굴로 애써 미소를 지어 보이더니 우리엘과 다른 천사들 사이로 걸어갔다.

"가자. 시간이 다 되었어."

―정말 그 모습으로 괜찮으시겠습니까?

"괜찮아. 잠시, 잠시만 더 이렇게……."

그녀는 마치 부탁을 하듯 중얼거렸고, 우리엘은 마지못해 고개를 끄덕였다.

―알겠습니다.

우리엘이 허공에 성호를 긋자, 황금색 빛으로 된 통로가 나타났고 소연과 천사들은 그 통로로 사라졌다.

―운이 좋구나 사신의 대행자여. 허나 다음에 보았을 때는……!

우리엘은 차갑게 말하고는 이내 통로 속으로 걸어 들어갔다. 그리고는 잠시 후 황금빛 통로는 사라졌다.

―…….

인수와 사람들은 한참 동안이나 가만히 그들이 사라진 곳을 바라보았다. 재원은 이미 손에 들고 있던 기계를 바닥에 떨어뜨린 지 오래였고, 성진과 성은은 지금 상황을 도대체 어떻게 받아들여야 할지 도저히 알 수 없는 듯 보였다.

―가브리엘, 천사, 시간이 없다……?

인수는 한참을 중얼거렸다. 다른 이들이 잠시 생각을 멈추는 것으로 충격을 완화하고 있다면, 그는 상황을 파악하고자 끊임없이 노력하는 것으로 충격을 완화하고 있는 듯 보였다.

—……!

그리고 잠시 후 뭔가 중요한 게 머릿속을 스친 듯 그의 표정이 심각하게 일그러졌고 이내 그는 사라진 통로가 있던 허공을 향해 필사적으로 손을 들어 올렸다.

* * *

—이게…… 끝이다……!

진강의 힘겨운 외침과 함께, 그의 날카로운 손이 크툴후의 심장을 꿰뚫었다. 크툴후의 비명이 공간 전체에 울려 퍼졌고, 그 눈동자에서 빛이 사라져 갔다.

과연 크툴후. 이성도 없이 그저 본능뿐인 육체라고는 해도 만만한 상대가 아니었다. 전투 자체는 시종일관 진강이 유리함을 유지했다고는 해도 순간순간 예상을 벗어난 움직임에 적지 않은 상처를 입은 진강이었다.

—끝이군.

—예. 끝입니다.

크툴후의 숨이 완전히 끊어진 것을 확인한 진강은 한 걸음 뒤로 물러섰다. 그리고 바로 그 순간, 나알라호텝의 몸 깊은 곳에서부터 백색의 빛이 뿜어져 나왔다.

—크윽!

—정신 똑바로 차려라! 내가 할 수 있는 것은 네 정신을 보호하는 것뿐이다! 육체와 영혼의 연결을 끊는 건 네 특기가 아니더냐!

백색의 빛에 나알라호텝의 육체는 나타났을 때와 마찬가지로 어둠으로 변해 본래 있었던 곳으로 돌아가기 시작했다. 그리고 잠시 후 터져 나온 밝은 섬광과 함께 나알라호텝의 거대한 모습은 사라졌고 인간으로써의 진강과 노덴스가 그 자리에 서 있었다.

"하아⋯⋯. 서, 성공했군요."

―⋯⋯그래.

진강은 물론이고, 노덴스 또한 지친 기색이 역력했다. 이미 노덴스의 빛은 거의 사라져 있었고, 진강은 서 있는 것조차 힘겨워보였다. 혹여라도 육체에 끌려갈 위험성을 줄이기 위해 필요 이상으로 많은 힘을 잘라 낸 덕분이었다.

하지만 힘겨워하는 것도 잠시, 그들은 크툴후의 사체를 올려다보며 미소를 지어보였다.

"이걸로 정말⋯⋯ 정말로 끝이군요."

―⋯⋯수고했다. 네 도움에 진심으로 감사한다.

진강은 노덴스를 향해 악수를 청하듯 손을 뻗었다. 그리고 그런 모습에 노덴스 또한 가만히 빛으로 허공에 손을 만들어서는 진강이 내민 손을 맞잡았다.

"자, 그러면 이제 마무리를 지으시죠."

단지 크툴후가 죽었다고 해서 아직 세상이 되살아난 것은 아니었다. 고위 사신의 죽음으로 세상을 되살릴 수 있는 이유는, 그 고위 사신이 죽음으로서 생기는 강렬한 힘 때문. 하지만 현재 그 힘은 크툴후의 사체에 담긴 채 발동되지 않고 있었다.

힘의 발동은 신의 죽음, 그리고 그 육체의 사멸과 함께 방향성이 부여되었을 때 이루어지는 것. 이대로 가만히 두어도 육체는 점점 사멸할 터였지만, 그만큼 힘 또한 서서히 퍼져 나갈 것이었고 제대로 된 방향성이 부여되지 않았기 때문에 세상은 재생되지 않는다. 세계의 재생을

가브리엘

위해서는 육체의 사멸을 가속화시키며 동시에 세계의 재생이라는 힘에 방향성을 부여할 필요가 있었다.

—……!

"이건……!"

그런데 막대한 기운과 함께 공간이 뒤흔들리더니, 공간 한편에 황금빛 거대한 균열이 일었다. 그리고 시끄러운 나팔 소리가 울리며 새하얀 날개를 펼친 천사들의 군대가 균열 속에서 끝없이 걸어 나오기 시작했다.

그리고 그 군대를 이끄는 자는 4대 천사 중 첫째이자 천상의 최고 제사장인 미카엘이었다.

—나알라호텝, 그리고 노덴스는 크툴후에게서 물러서라! 세계의 재생은 우리가 맡겠다!

그들 신의 모든 군대를 끌고 나왔는지, 미카엘을 따르는 천사의 수는 끝이 없었다.

—미카엘, 이 무슨 짓인가?

갑자기 군대를 이끌고 나타난 미카엘의 행동에 당황한 노덴스였지만, 최대한 의연함을 보이려 노력하고 있었다. 사실 진강과 노덴스로서는 지금의 상황이 이해조차 되지 않았다.

—말하지 않았나. 세계의 재생은 우리가 맡겠다. 네놈들은 당장 꺼져라!

나알라호텝의 일면인 진강에게라면 또 몰라도 신들의 일원인 노덴스에게까지 위압적인 태도에 하대까지. 본래라면 있을 수 없는 일이었다.

—미카엘, 네놈이 감히……!

노덴스의 빛이 한층 강렬해지긴 했지만, 지금 그에게 저 정도 군대를 상대할 만한 힘은 남아 있지 않았다. 균열 속에서는 아직도 천사들이 걸어 나오고 있었다.

―다시 한 번 말하겠다. 이곳에서 떠나라! 그렇게 하지 않는다면 무력으로 쫓아내겠다!

"……네놈들을 어떻게 믿지?"

진강이 입을 떼자 미카엘의 표정이 험악하게 변했다. 하지만 그럼에도 진강은 위축되지 않았다.

"네놈들이 세상을 되살릴 거라 어떻게 믿나? 세상을 되살리지 못하게 방해하려는 건지도 모르지."

진강의 물음에 미카엘은 불쾌한 기색을 숨기지 않았다.

―사신의 일면 따위가 감히 신의 군대를 의심하는가!

"이미 싸움이 끝난 걸 몰랐을 리도 없고, 그렇지 않고서야 누가 하든 아무런 득도 없는 일을 하겠다고 이만한 군대를 끌고 올 리가 없지 않나."

크툴후의 사체를 사멸시켜 세상을 되살리는 것은 누가하든 아무런 의미도 없는 일. 크툴후와의 전투를 위해 군대를 이끌고 온 거라면 또 몰라도, 이렇듯 무력으로 협박까지 해가며 해야 할 만한 일이 아니었다.

진강의 말대로 방해를 할 게 아니라면 말이다.

―네놈들에게 설명해야 할 의무는 없다.

미카엘이 검을 하늘 높이 치켜들자 천사들의 함성과 함께 창검이 일제히 앞으로 향했다.

"……"

―이놈.

진강과 노덴스는 전투를 준비했다. 소생시키는 일 따위, 넘겨주는 것은 상관없었지만 미카엘의 진의를 알 수 없었기에 어쩔 수 없었다.

"잠시만요!"

들어 올렸던 미카엘의 검이 내려가며 돌격 명령이 내려지려는 순간,

미카엘의 군대와 진강 사이에 작은 균열이 일며 여인의 목소리가 울려 퍼졌다.

"미카엘, 잠시만 기다려요."

그건 소연이었다. 그녀의 등장에 미카엘은 우선 공격을 멈췄고, 그것을 확인한 소연은 몸을 돌려 진강을 향해 걸어왔다. 우리엘이 그녀의 뒤를 따르려 했지만, 그녀의 손짓에 걸음을 멈췄다.

―저 여인은…….

"……."

새하얀 날개를 달고 우리엘의 옆에 서 있는 그녀의 모습은 놀라움 그 자체일 터였지만, 이상하게도 진강은 아무런 동요도 없었다.

"그 땅에 남은 힘이 각성을 막아줄까 싶었는데, 무의미했나 보군요."

자신의 앞에 선 그녀를 보고 진강은 담담하게 말을 꺼냈다.

"알고…… 계셨습니까?"

"에코는 죽은 세계를 재현하고자 하는 힘. 그 속에서는 깨어나지 못하다가 나오고 나선 의식을 찾는 것을 보고 어느 정도 예상은 했습니다."

에코는 본래 이어졌을 가능성들을 현실화하는 힘. 그렇기에 그 어떤 환상도 현실화시켜 주지만, 반대로 처음부터 환상의 경우 에코의 힘과 강하게 충돌한다.

비록 가능성 자체는 무한하다고는 해도 본래 물질세계에서는 본질적으로 다른 두 가지 현실은 결코 동시에 존재하지 않기 때문이다.

에코가 진실을 흉내 낸 환상을 만날 경우 에코는 그 환상이 진실인 가능성, 그리고 그 환상이 숨기고 있는 진실 그 자체를 동시에 현실화시키려 노력하고 충돌한다.

진강의 경우 육체 자체는 이 세상의 것이라 상관없었지만, 만일 그 육체와 정신 자체가 거짓일 경우, 두 가지 가능성의 충돌 속에서 에코는 결국 조금이라도 현실에 가까운 가능성을 현실화시키기 위해 환상을 지워 버릴 터였고, 본래의 모습을 드러냈을 터였다.

"표면적인 인격은 충돌을 감당하지 못해 의식 뒤편으로 물러났지만, 그대 본래의 힘은 에코에 끝까지 저항해 그 모습을 유지했던 거겠지요. 그 덕분에 나중엔 에코가 당신과 그 주위에만 집중되었고요."

신사에서의 전투 중 갑자기 에코가 사라진 것도 바로 그 이유였다.

"거기다 지금 생각해 보면, 당신의 몇몇 행동들이 이상하기도 했지요."

생각해 보면 소연은 진강의 주변에 늘 있었다. 일본으로 떠나올 때 그를 따라나선 것뿐만 아니라, 그녀는 늘 진강의 가까이에 있으려 했었다. 그녀 또한 의식하지 못했겠지만 이 모든 것은 진강을 곁에서 감시하기 위해서였다.

"다만, 설마 4대 천사 중 하나일 줄은 몰랐지만 말입니다. 가브리엘."

"저도…… 아직 혼란스럽네요."

그녀는 쓸쓸한 미소를 지어 보였다. 스스로가 가브리엘임을 기억해 내기는 했어도, 아직 소연의 인격이 주 인격인 듯 보였다.

"제 기억들은 그저 만들어진 것뿐이고, 실제로 소연이란 사람은 고작해야 몇 달도 채 존재하지 않았으니까요……."

―가브리엘, 뭐하고 있는 건가!

―역시 그 육체는…….

미카엘과 우리엘의 다그침에 소연의 몸이 순간적으로 빛에 휘감겼다.

―기다리라고 하지 않았습니까!

소연의 외침에 미카엘과 우리엘은 입을 다물었다. 소연의 몸을 감싼 빛은 사그라들었고, 그녀는 다소 지친 표정으로 진강을 바라보았다.

"이런 상황에서 드리기 어려운 말인 것은 알지만, 지금은 저희를 믿고 물러나 주시길 바랍니다."

─잘 알고 있구나. 믿기 어렵겠어.

진강은 손을 들어 노덴스의 말을 막았다.

"대체 이렇게까지 하는 이유가 뭡니까? 세계의 재생을 막는 게 아니라면 대체 왜 나를 감시했고, 군대를 이끌고 온 겁니까? 또 여러 신들이 이 계획을 도운 이유는 뭡니까. 죽은 세계의 재생 같은 건 신들에겐 아무런 의미도 없을 텐데 말입니다."

─아무런 의미도 없진 않지요.

어디선가 찾아든 불길함과 함께 기묘한 악취가 공간을 덮어 갔다. 하위 천사들은 저마다 코를 막았고, 노덴스와 진강, 그리고 4대 천사는 굳은 표정으로 몸을 돌렸다. 천상의 군대가 있는 곳과는 또 다른 방향에서 짙은 갈색 연기와 함께 거대한 초록빛 물체가 그 모습을 드러냈다. 허공에 살짝 떠서는 거대한 녹색 눈과 수없이 많은 촉수를 쉴 새 없이 움직이고 있는 그것은 바로 로이고르였다.

20
종언

—로이고르!
—나알라호텝, 그리고 노덴스. 이렇게 정식으로 보는 건 참으로 오랜만이지?

그런데 갑작스런 로이고르의 등장에 불쾌감을 드러내는 노덴스와 진강과는 달리, 미카엘과 우리엘, 그리고 소연은 아무런 반응도 보이지 않았다.

"이게, 무슨 일이지?"

진강은 고개를 돌려 소연을 노려보았다. 그리고 그 순간, 지금껏 눈치채지 못했던 뭔가를 발견하였다.

"그건……?!"

진강의 시선은 그녀의 손가락에 닿아 있었다. 거기에는 낯익은 반지가 끼어 있었다. 그것은 진강이 던져 버렸던 로이고르의 반지였다.

—설마……!

노덴스의 시선에 로이고르의 거대한 녹색 눈동자가 웃어 보였다.
―말하지 않았나. 그것은 다른 이를 위한 선물이었다고.

진강은 일본으로 오기 전에 반지를 빼서 바다에 던져 버렸었다. 그리고 그것은 분명 바닥을 굴러 책장 아래로 사라졌었다.

"……저도 모르게 주워서 주머니에 넣었더군요."

하지만 잠시 후 진강과 인수가 떠나고 방이 비게 되었을 때, 그녀는 무의식적으로 반지를 찾아 주머니 속에 집어넣었다. 그리고는 지금까지 잊고 있었던 그녀였지만, 조금 전 우리엘의 불꽃이 인수를 집어삼키려 했을 때 반사적으로 반지를 꺼내 손가락에 꼈던 것이다.

"그랬군. 4대 천사라는 자들이 저 날아다니는 거름 덩어리와 동맹을 맺은 거였나."

진강은 반지 때문에 고생했던 때가 생각나서인지 로이고르를 향해 적의를 그대로 드러냈다. 하지만 로이고르는 진강의 적의에도 여유로울 뿐이었다.

―위대한 나알라호텝의 일면이라 할지라도, 필멸자는 어쩔 수 없나 보군.

진강은 본능적으로 로이고르의 말에 담긴 묘한 어투를 읽었다.

―그보다 네놈의 그 말은, 이것에 어떤 의미가 있다는 말이냐? 4대 천사가 사신과 동맹을 맺고, 여러 신들이 개입할 만큼?

―쓸데없는 문답은 이제 그만……!

노덴스의 물음에 가만히 지켜보고 있던 미카엘이 다시 목소리를 높였지만

―가만히 있으라고 했을 텐데요!

―가만히 있어라!

소연과 로이고르의 고함에 자기도 모르게 입을 다물고 말았다. 그리고 로이고르는 소연을 바라보며 짐짓 정중하게 물었다.

—어떻게 하면 좋겠습니까? 그대가 하겠습니까. 아니면 제가 할까요.

"……제가 하지요."

소연은 잠시 말을 고르는 듯 하더니 천천히 입을 열었다.

"노덴스께서도 아시다시피, 이번 재생은 다른 재생들과는 다릅니다."

—내가 사신 출신이기 때문인가?

"그렇습니다. 더구나 크툴후를 죽인 것은 같은 고위 사신들 중 하나인 나알라호텝. 고위 사신의 고위 사신에 의한 죽음으로 이루어지는 세계의 재생. 이는 단 한 번도 있었던 적 없는 일이지요."

"그게 뭐 어떻단 말입니까. 그것은 세상의 재생에 아무런 영향도……"

로이고르는 장난기 가득한 목소리로 끼어들었다.

—되살아나는 세계에는 영향을 미치지.

로이고르는 마치 참지 못하고 선물의 포장을 찢는 어린아이처럼, 본래의 약속을 뒤엎고 자신이 말을 이어 갔다.

—현재 크툴후의 사체에는 나알라호텝, 그리고 크툴후 최소 두 가지 성질의 최고위 사신의 힘과 노덴스가 가진 신의 힘이 담겨 있지. 물론 단순히 세계의 재생만을 바란다면 그런 건 아무런 의미도 없지만 다른 선택을 한다면 아주 큰 의미가 있지.

"다른 선택?"

—그래. 바로 세계의 재창조.

—……!

—로이고르!

—그 이상은……!

로이고르의 말을 막으려는 미카엘과 우리엘의 고함에 소연은 그들을 향해 손을 들어 올렸다. 그리고 그런 모습에 로이고르는 다시 장난스럽게 그녀에게 물었다.

―저쪽에서는 알려주고 싶지 않나 본데, 어떻게 할까요?

"계속하세요 로이고르. 두 분도 진실을 알 권리가 있어요."

그녀의 허락에 로이고르는 다시 말을 이어 갔다. 물론 그의 태도를 봐서 설사 그녀가 허락하지 않았다 한들 말을 이었을 것 같지만 말이다.

―지금 크툴후의 사체에 담긴 저 힘에 어떤 방향성을 담느냐에 따라, 전혀 새로운 세계를 창조할 수도 있어. 절대심연과 세상 그 어디에도 속하지 않는 세계. 그래, 그 두 가지 사이에 존재하는, 누 가지 기운이 섞여 있는 세계.

"사신에게도, 신에게도 열려 있는 세계 말이군."

노덴스의 몸이 크게 일렁이고, 진강의 표정이 딱딱하게 굳어졌다. 이제야 겨우 모든 것이 이해가 되었다. 어째서 많은 신들이 이 계획에 가담했는지. 그리고 어째서 지구를 통째로 가리면서까지 또 다른 신들에게 이 계획을 숨길 필요가 있었는지.

"네놈들, 사신을 신으로 만들 생각이냐?"

절대심연으로 쫓겨난 신은, 파고드는 절대심연의 기운에 의해 물들어 사신으로 변한다. 그리고 그 반작용으로 인해 두 번 다시 세상에 속하지 못하게 된다. 물론 고위 사신의 경우 노덴스와 같이 다른 신들의 도움으로 그 육체를 세상의 것으로 바꿀 수는 있지만 그 육체는 너무도 불완전하다. 신인 노덴스가 지금은 노쇠한 몸으로 그 왕좌에서 꼼짝 못하고 있는 이유가 어째서이겠는가.

더구나 그 불완전한 육체라도 얻기 위해서는 상당량의 힘을 잃는 것은 물론이요, 남은 힘 또한 적어도 세상이 죽어 반발력이 사라지기 전까지는 제대로 사용할 수 없다. 그리고 세상이 죽은 뒤에는 새로운 세상으로 떠나지 못한 채 절대심연에 먹혀 다시 사신으로 변하게 된다.

당연히 이미 한 번 잃은 힘은 되찾을 수 없고 결론적으로는 세상 속에서의 한 번의 불완전한 생을 위해 힘의 상당량을 희생해야 한다는 것이다.

하지만 만일 절대심연에도, 세상에도 속하지 않는 세계가 있다면 말은 달라진다. 애초에 세상의 기운이 절대심연의 기운처럼 사신을 물들이지 못하는 이유는 너무 강한 반발력 때문. 반발력이 없다면, 신이 절대심연의 기운에 물들어 사신이 되는 것처럼, 사신 또한 천천히 그 몸을 세상의 기운으로 물들여 신으로 변하는 것이 가능한 것이다.

―정답.

―하지만 그게 신들에게 무슨 도움이 된다는 말이지?

대부분의 신들은 세상 속에서 자신의 영향력을 넓히고자 한다. 하지만 신의 수가 늘어난다면 그만큼 영향력을 확보하기는 어려워질 터. 신의 수가 늘어나는 것을 그저 반길 리가 없었다. 아라디아와 같은 허신들 따위야 신으로서의 승격을 희망하며 반길 뿐이었다.

"전쟁을 할 생각이겠지."

진강은 차가운 눈으로 소연과 저 멀리 천사들의 군대를 바라보았다.

"힘이 약한 신들의 진영에서는 강한 신들을 상대하기 위해서는 새로운 전력이 필요했겠지. 아니면 자신들의 영향력을 더 확고하게 하거나. 그래, 그래서 지구를 덮었던 거군. 다른 신들에겐 비밀로 하고, 나중에 신이 된 사신들을 이 계획에 참가한 자들끼리 서로 나눠 갖기로 한 거지."

진강의 말에 로이고르는 한층 더 목소리를 높였다.

―정답! 역시 위대한 나알라호텝의 일면이군. 그렇다면 이제 어째서 천사들이 이토록 필사적인지 알겠군.

"그래. 잘 알겠군."

소연은 자신을 향하는 진강의 시선에 고개를 돌렸다. 그녀의 눈은 흔들리고 있었다.

"네놈들은 다른 신들을 제치고 그 사신들을 독점할 생각이구나."

로이고르의 말처럼 재생이 아니라, 세계에도 절대심연에도 속하지 않는 전혀 새로운 세계를 창조하는 거라면 더 미세한 조정을 통해 몇 가지 제약을 붙이는 것 또한 가능할 터. 그리고 그 제약을 통해 그들은 사신들을 자신들에게만 복종시키는 것 또한 가능할 터였다.

"그런데, 이건 누구의 계획이지?"

진강의 그 말에 미카엘의 표정이 마치 죄를 지은 듯 굳어졌다.

"애초에 신들 간의 약속은 깰 수 없다. 신과 신 사이의 약속은 그것만으로 결코 깰 수 없는 계약이니까. 하지만 신과 하위 존재의 단순한 약속은, 하위 존재가 멋대로 깰 수 있지."

진강의 말이 이어지며 미카엘뿐만 아니라 천사들의 동요는 심해졌다. 그들은 이에 관한 이야기 그 자체를 인정하길 두려워하고 있었다.

"이는 누구의 계획이지? 누가 이게 네놈들 신의 뜻이라 말하며 다른 신들을 속인 거냐?"

—바로 나로다.

그 순간 미카엘과도 비교되지 않는 신성의 울림과 함께 천사의 군대 뒤쪽, 아직 열려 있던 균열을 통해 거대한 형상이 걸어 나왔다. 그 옆에는 본래의 모습을 되찾은 사마엘과 라파엘이 떠 있었는데, 빌딩보다 큰 사마엘조차 그 거대한 형상에 반조차 되지 못했다.

그 거대한 형상은 바로 천상계 제일의 거인이자, 신의 바로 다음가는 지위로 작은 신이라 불리는 천사 메타트론이었다.

—나는 신의 말씀을 가장 가까이에서 듣는 자이자 모든 천사의 왕이라는 지위를 신에게 위임받은 자. 신이 자신의 모든 계약을 대행하는 것을 허락한 자. 내 뜻은 위대한 신의 뜻에 가장 가까우니라.

메타트론의 등장에 천사들의 동요는 사라졌고, 그 목소리에 천사들은 날개를 더 활짝 펼쳤다.

"과연 신의 대행자 메타트론이었나. 확실히 네놈 정도라면 다른 신들이 별다른 의심을 하지 않았겠구나."

―미카엘이여, 어찌 아직도 세상의 재생을 이루지 않고 있는가. 어찌 저 사신의 일면이 아직 이곳에 있는 것이냐.

―그, 그게…….

―저들이 신의 뜻에 거역하겠다면 길은 하나뿐. 당장 저들을 처단하라.

"기다려 주십시오, 메타트론 님! 어찌 되었든 그들이 크툴후를 죽였습니다. 무력보다는……!"

소연이 간청했지만 달라지는 건 없었다. 4대천사 간엔 계급 차이가 별 의미가 없다지만 메타트론은 신의 대행자. 그녀로서는 그의 명령을 따를 수밖에 없었다.

―시끄럽다 가브리엘! 언제까지 그 거짓 인격에 휘둘리고 있을 테냐! 당장 이리로 오지 못할까!

그녀는 너무나 괴로운 표정으로 진강을 돌아보더니, 마지못해 날개를 펼쳐 미카엘과 우리엘이 있는 곳으로 향했다. 그녀가 떠나자 천상의 군대는 공격 준비에 들어갔고 마침내 군대의 진격이 시작되려는 순간 로이고르의 갈색 연기가 천사들에 앞을 가로막았다.

―잠깐 메타트론. 아직 내 이야기는 끝나지 않았소만?

―로이고르. 세상의 죽음을 미리 알려 주었을 뿐만 아니라, 이 계획을 제안한 그대의 공을 생각해 그대와의 약속만은 지킬 테니 우선은 비키도록 하라. 그러지 않는다면 그대 또한 저들과 함께 처단하겠다.

하지만 메타트론의 엄포에도 로이고르는 물러서지 않았다.

―호오? 과연 그대가 그럴 수 있을까?

로이고르의 몸에서 짙은 초록색 기운이 흘러나오기 시작했다. 로이고르 또한 노덴스 다음으로 다섯 왕의 자리를 차지했던 자. 비록 천상의 군대가 모두 이곳에 모였다고는 해도 적이 되어 좋을 건 없었다. 결국 메타트론은 한발자국 물러섰다.

─알겠다. 조금 더 시간을 주도록 하지.

그제야 초록색 기운은 멈췄고, 로이고르는 다시 장난기 가득한 목소리로 말을 이었다.

─자, 방금 메타트론이 말했듯 이 일은 거의 전부 내 도움으로 이루어진 거나 마찬가지다. 내가 세상이 죽을 시기에 대해 신들에게 알렸고, 메타트론에게 이 계획을 제안했지. 하지만 노덴스와 나알라호텝의 일면인 자네는 느꼈겠지? 뭔가 이상하지 않나?

그 순간 로이고르가 서 있는 뒤쪽으로 검은빛 거대한 균열이 일었다. 그리고 그 어둠 속에서 수많은 기괴한 괴물들이 뿜어져 나오기 시작했다. 하나이면서 모두, 모두이면서 하나. 사신들이 드나드는 문이자 열쇠, 그리고 동시에 그 수호자인 존재. 바로 요그 쇼토스였다.

그리고 로이고르의 눈동자가 지금까지 한 번도 본 적 없을 만큼 비릿하게 웃어 보였다.

─하나의 호의, 그리고 하나의 장난. 혹은 하나의 장난, 그리고 하나의 호의. 그것이 내 방식이 아닌가.

요그 쇼토스와 요그 쇼토스에게서 기어 나오는 수많은 괴물과 사신들은 순식간에 주변을 덮어 갔고 천사들의 병력과 거의 맞먹을 만큼의 규모로 늘어났다.

─로이고르! 이 무슨 짓인가!

메타트론과 천사들은 갑작스런 사신들의 등장에 당혹감을 감추지 못했다.

─말하지 않았나. 하나의 호의와 하나의 장난이 내 방식. 네게 보여

준 호의만큼 그에 걸맞는 장난인 거지.

―네놈! 설마 배신할 셈이냐!

―배신이라. 나는 배신 같은 건 한 적이 없다. 나는 처음부터 오직 하나의 명령에만 충실했다.

로이고르의 몸이 천천히 바닥으로 내려서더니 마치 절을 하듯 그 거대한 몸이 기울었다. 그리고 그 시선의 끝에는 바로 진강이 있었다.

―바로 위대한 우리의 왕 나알라호텝의 명령이지.

―우리의 왕! 우리의 왕! 나알라호텝!

요그 쇼토스들의 입에서 일제히 나알라호텝의 이름이 터져 나왔다.

―뭐, 뭐?!

―이, 이게 무슨!

메타트론과 천사들은 물론이고, 노덴스 또한 로이고르의 그 말에 경악을 금치 못했다. 하지만 정작 가장 놀라고 잇는 것은 바로 진강이었다.

"내, 내 명령이었다고……?"

―그렇습니다. 이 모든 것은 과거 그대가 신들에게 봉인되기 전부터 계획하시던 일. 우리 사신들에게 세상 속을 걷게 해주겠다는 원대한 이상. 우리는 오직 이때만을 기다렸습니다.

이 모든 것은 사실 과거 노덴스가 사신의 몸을 버리고 세상 속으로 들어갔던 바로 그때부터 정해졌던 일.

나알라호텝은 노덴스가 자신이 속한 세상의 죽음 뒤 재생을 시도할 것이라는 것을 예상했고, 그를 이용하기로 마음먹었었다.

하지만 새로운 세계에 창조에 있어서 무조건적으로 노덴스가 필요한 그와는 달리, 노덴스 자체는 그저 세계의 재생만을 원할 터. 그를 이용하기 위해서는 자세하고 치밀한 계획이 필요했다.

그리고 그 모든 세부적인 계획을 당시 노덴스를 대신해 다섯 번째

왕이 된 로이고르에게 말한 뒤, 계획의 성공을 위해 일부러 세상 속으로 들어가 신들이 자신의 혼을 세상 속에 봉인하게 만들었다.

그렇게 한다면 노덴스는 아무런 의심 없이 세상의 재생을 성공시키기 위해 필멸자가 되어 버린 자신의 일면에게 접근할 터였고, 설사 수많은 윤회의 기억 속에서 본래의 계획을 잊게 되더라도, 자신의 일면은 필멸자의 본능에 따라 자기 자신으로서 존재하기 위해 노덴스의 계획에 동참할 것임을 나알라호텝은 알고 있었다.

"그렇다면 이번 일 전부가 나에 대한 장난이었겠군."

로이고르의 설명을 가만히 듣고 있던 진강은 여전히 멍한 얼굴로 로이고르를 바라보았다.

―그렇습니다. 당신의 뜻에 따르는 것이 저의 호의. 그리고 당신의 계획에 저 천사들이나 다른 신들의 개입을 추가하여 당신을 당혹스럽게 만든 것이 저의 장난이지요. 이 장난을 위해 꽤 오랫동안 죽은 척까지 했으니 너무 탓하지는 말아 주시길.

침묵이 내려앉았다. 진강과 노덴스는 물론이요 메타트론과 천사들은 자신들뿐만 아니라 세상 전부를 손바닥 위에서 가지고 논 나알라호텝과 로이고르의 전모에 그대로 굳어 버렸고, 로이고르와 사신들은 그런 자들을 바라보며 조용히 미소 짓고 있었다.

―우, 웃기지 마라!

그리고 한참 후 분노에 찬 메타트론의 목소리가 울려 퍼졌다.

―이것이 전부 나알라호텝의 계획이라 할지라도 상관없다! 지금 이곳엔 우리의 모든 전력이 집중되어 있다! 네놈들을 모조리 죽이고 우리가 세계의 창조를……!

하지만

―우습구나. 어리석은 천사여.

돌아오는 것은 노덴스의 허탈한 비웃음뿐이었다.

—아무리 네놈이 네놈들의 모든 전력을 집중시켰다고 해도 이만한 수의 사신들을 어떻게 상대할 수 있다는 말이더냐. 더구나 요그 쇼토스는 사신들의 문. 거의 무한대로 사신들을 불러낼 수 있다.

—더구나 새로운 세상을 독점할 생각에 다른 신들에게 비밀로 했을 테니 원군을 기대할 수도 없겠지.

로이고르의 그 말에 천사들은 그대로 절망했다. 그의 말대로였다. 이미 그들에게 승산은 없었다. 그들은 결국 장난질에 어울린 꼭두각시에 불과했다.

"……"

하지만 상황이 어떻게 흐르고 있든 가장 절망하고 있는 것은 진강이었다.

—왜 그러는가. 어찌 되었든 이 모든 자들이 결국 네 계획 위에서 춤을 춘 것이거늘.

진강을 향하는 노덴스의 목소리에는 원망도 무엇도 없었다. 그 또한 진강이 나알라호텝과는 별개의 존재로서, 그가 느끼고 있을 참혹함이 자신과 똑같음을 이해하고 있었다. 그저 그렇게 우스갯소리라도 하지 않으면 견딜 수 없었기에 한 말일 뿐이었다.

진강은 아무 말도 하지 못했다. 스스로의 존재를 유지시키기 위해, 아니, 존재를 증명하려 한 모든 행동이 결국은 나알라호텝의 계획의 일부일 뿐이라니.

—이왕 이렇게 된 거, 마지막까지 발악이라도 해 보겠나?

노덴스는 어느새 진강의 바로 옆에 다가와 있었다. 지금 당장 크툴후의 육체를 사멸시키고 세계의 재생으로서 힘의 방향성을 부여하고 싶다고는 해도, 그러기 위해서는 상당한 시간이 필요했고 그들에게 저 양쪽 진영을 상대로 그런 시간을 벌 힘은 없었다.

"재생이든 새로운 세계든 노덴스께서는 상관없으시잖습니까. 오히려 새로운 세계가 만들어지면 제대로 된 힘과 육체를 지닌 채 신이 되실 텐데요."

―멍청하기는. 사신들이 숭배하는 것은 질서가 아닌 혼돈. 그런 사신들이 끝없이 파고드는 세상에 어떤 미학이 있단 말이더냐.

진강은 씁쓸한 미소를 지어 보였다. 발악을 한다 한들 지금의 그들로서 과연 1분, 아니 10초도 제대로 버틸 수 있을까.

"이럴 때 원군이 짠하고 나타나 주면 얼마나 좋을까요."

―그렇구나.

농담을 가장한 절실한 바람. 진강과 노덴스로서는 그럴 리 없다는 걸 너무 잘 알고 있어서 슬펐다.

지지직!

그런데 갑자기 진강의 바로 앞에 묘한 균열이 일었다. 그리고 그와 동시에 진강과 노덴스는 물론이고, 이곳에 있는 모든 존재의 시선이 한 곳으로 쏠렸다. 그리고 균열이 열리고 그 속에서 등장한 것은

"돼, 됐다!"

바로 인수였다. 그로서는 소연과 우리엘을 따라 곧바로 균열을 연 것이었지만, 시간의 뒤틀림 때문에 이제야 도착한 거였다.

"지, 진강 씨? 노덴스 님? 이것은 무슨······?"

인수의 등장에 진강과 노덴스는 자기도 모르게 소리를 내며 웃고 말았다. 아주 잠깐이었지만 불가능한 희망을 품었던 자신들이 너무나 우스웠다. 분명 인수는 신의 대리자로서 힘이 다 빠져 버린 지금의 노덴스나 진강보다는 나았지만, 판세를 바꿀 만한 힘은 없었다.

그런데

―뭘 그리 실망하나?

인수의 몸 바로 뒤편에서 다시 균열이 열리며 검은 구슬들이 흘러나와 하나의 형상으로 뭉쳐졌다. 바로 즐기는 자, 지토 수룬가였다.

―지토 수룬가.

"설마, 그대도 이 계획의 일부는 아니겠지?"

진강은 별다른 감흥없이 지토 수룬가를 바라보았다. 그는 말 그대로 자신의 유흥만이 목적인자. 아군이 되어 줄 리도 없었을뿐더러, 설사 아군이 되어 준다 한들 필요한 시간을 벌기에는 역부족이었다.

―지토 수룬가, 네놈이 여긴 무슨 일이지?

로이고르 또한 지토 수룬가의 등장에 살짝 놀란 듯 보이긴 했지만, 계획에는 별다른 지장이 없다고 확신했는지 별다른 동요를 보이지는 않았다.

―글쎄. 돌아가는 상황이 꽤 재밌어서 말이야. 처음에는 노덴스나 나알라호텝, 메타트론에 로이고르, 요그 쇼토스 거기다 새로운 세계의 창조라니. 내가 빠지긴 아깝지 않나.

지토 수룬가의 손짓에 조금 전 인수 앞에 나타났었던 천사들의 날개 속에서 작은 검은색 구슬들이 빠져나와 지토 수룬가에게 돌아왔다.

"어, 언제……? 설마 지켜보고 계셨던 겁니까?"

―그럼. 이왕 힘을 빌려주고 있는데 내 눈 정도는 되어 줘야지. 네가 힘을 쓸 때 네 모든 것은 내게 전해진다. 한눈에 보기에도 상황이 재밌게 흐르기에 혹시나 싶어 구슬 몇 개를 숨겨놨는데, 역시나 더 재밌는 걸 보여주더구나.

―재밌었다면 끝가지 지켜보도록 해라, 아니면, 협조하던가. 새로운 세계의 창조 이후에는 네놈 또한 신으로서 더 즐거운 유흥을 즐길 수 있을 테니까.

―흐음. 나쁘지 않은 제안이군. 확실히 세상 속을 거닐 수 있다면 그만큼 재밌는 일도 더 많아지겠지.

"진강 씨. 이건 대체……?"

인수가 진강에게 다가와 지금의 상황을 물으려는 순간, 노덴스가 인수의 머리를 잡았다. 지금의 상황에 대한 정보를 대답 대신 기억으로서 넘겨준 거였다.

"⋯⋯!"

인수는 입을 다물었고, 로이고르와 지토 수룬가 간에 대화에 집중했다. 대화는 뜻밖에도 기묘한 방향으로 흘러가고 있었다.

―하지만 말이야. 나는 그런 나중을 기약하는 것보다는 지금 당장의 유흥을 좋아하거든. 그리고 본래 삼파전이 가장 적당하고 재밌는 거 아니던가?

지토 수룬가의 손짓에 허공에 수많은 구슬들이 떠올랐다.

―어리석구나. 너무 오래 재미만 쫓다가 상황을 파악하는 혜안도 잃은 거냐? 설마 혼자서 이 양쪽 군세를 동시에 상대할 생각이냐?

설사 삼파전으로 이끌어 나간다고는 해도 메타트론이나 로이고르의 목적은 크툴후의 사체. 물론 두 진영 간에 다툼도 없진 않겠지만 실질적으로는 양쪽 진영을 동시에 상대해야 할 터였다.

―오, 누가 혼자라고 했지?

그 순간 공간 전체가 뒤흔들리며 거대한 기운이 공간 전체를 뒤덮었다.

―이, 이건 설마⋯⋯!

"⋯⋯!"

진강과 노덴스는 자신이 잘못 느끼고 있다고 생각했다. 공간을 덮어가는 이 기운은 그들 또한 너무도 잘 아는 자의 것이었다.

단순한 균열이 아니라 공간의 한편이 완전히 무너져 내리며 시뻘건 불길이 공간 안으로 파고들었다. 그들이 느낀 기운의 주인은 다섯 왕 중 최고의 파괴력을 지닌 자이자 나알라호텝의 영원한 맞수 불타는 자, 크투가의 것이었다.

―여기 오기 전에 크투가 님을 뵙고 왔지. 지금 상황을 알려드리니

아주 흥미로워하시더군.

―네, 네놈 미친 거냐?!

―오오! 오오! 크투가!

로이고르와 요그 쇼토스들은 동요를 감추지 못했다. 이곳에 모인 사신들은 모두 나알라호텝의 군세. 그것만으로도 크투가의 불길이 그들을 향할 터인데 이것이 나알라호텝의 오랜 계획이란 걸 안다면 크투가는 설사 그로 인한 결과가 자신에게 아무리 이익이 되더라도 망설임 없이 뒤엎어 버릴 게 분명했다.

―미쳤다니. 이토록 즐거운 광경인데.

거대한 불길이 공간 속으로 파고들어 왔다. 저 불길 전체가 바로 크투가였다.

―저들에게 맞서 준 건 고맙지만 큰 의미는 없어 보이는군.

하지만 크투가의 등장에 절망하는 건 노덴스 또한 마찬가지였다.

―음? 그게 무슨 말이지요?

―크투가가 나알라호텝의 일면을 도울 리가 없지 않나.

크투가의 불길은 분명 로이고르와 나알라호텝을 따르는 사신들을 모조리 태워 버릴 터였다. 하지만 동시에 나알라호텝의 일면인 진강과 그런 진강을 도운 노덴스 또한 가만히 두고 보지는 않을 터. 그나마 달라지는 것이라고는 재생이든 창조든 그 누구도 행하지 못하게 되었다는 것뿐이었다. 크투가가 등장한 이상 남은 것은 파괴뿐이었다.

"적어도 새로운 세계의 창조는 막을 수 있겠지요."

진강은 달관한 듯 아무렇지 않게 말했다. 사실 지금 그에게는 세상이 어떻게 되든 사신들이 신이 되어 세상들을 나다니게 되든 그런 건 아무런 상관도 없었다. 자신의 존재와 행동이 나알라호텝의 계획에 불과했다는 사실을 깨달은 순간, 그는 모든 것을 놓아 버렸다.

하지만 지토 수룬가는 그런 진강을 보며 허공에 자신의 구슬로 어떤 표정을 만들어내며 말했다.

―과연 그럴까?

그것은 진강에 대한 비웃음이 아니었다. 마치 아이에게 장난감을 던져 준 어른처럼, 뒤에 올 환호를 기다리는 그런 표정이었다.

―나 지토 수룬가는 고작 그런 걸 재미라고 말하지 않는다. 그렇지 않습니까? 크투가 님?

지토 수룬가의 그 말과 함께 불길들 속에서 엄숙하고 두려운 목소리가 흘러나왔다.

―내가 시간을 잘 맞췄나 보군.

마치 수많은 별들이 불길 속으로 한꺼번에 사라지는 듯한 목소리. 그 목소리에 진강은 자기도 모르게 앞으로 나섰다. 분명 상대는 아무것도 없는 거대한 불덩어리였지만 크투가가 자신을 바라보고 있다는 것을 진강은 알 수 있었다.

"오랜만에 뵙습니다. 크투가시여."

―나는 너를 알지 못한다.

진강은 순간 크투가의 말을 이해하지 못했다. 아니, 정확히 말하자면 몸을 소멸시킬 불길 대신 대답이 돌아왔다는 사실에 당황하고 있었다.

"예……?"

―나는 오직 나의 저주스런 숙적 나알라호텝만을 알 뿐. 네놈은 알지 못한다.

그제야 크투가의 말뜻을 알아들은 진강의 얼굴에 생기가 돌아왔다.

―나는 나알라호텝의 적이자, 나알라호텝에 반(反)하는 모든 자들의 조력자로니. 인간이여 네가 나알라호텝에게 저항하겠다면 내 기꺼이 네게 힘을 빌려 주마!

그리고 크투가의 그 선언과 함께 강렬한 불길이 뿜어져 나왔다. 현재 이곳은 크툴후의 사체와 진강 일행을 중심으로 크투가, 천사들의 군대, 그리고 로이고르와 사신들이 세 방향에서 대치하는 상태. 크투가의 불길은 크툴후와 진강이 일행이 있는 중간 부분을 둘러싼 거대한 벽을 만들어 냈다.

─시작해라 노덴스! 시간은 내가 벌어 주마!

크투가의 그 말에 노덴스는 그 즉시 크툴후의 사체로 몸을 날렸고, 노덴스의 빛이 크툴후의 몸을 완전히 감쌌다.

─이, 이……! 당장 막아!

로이고르의 명령에 사신들은 일제히 중앙을 둘러싼 불길을 향해 돌진했고, 질세라 천사들의 군대도 일제히 몸을 날렸다.

─모두 공격해라! 창세는 우리 신의 이름으로 행해져야 한다!

"하지만 메타트론 님! 이건 무리입니다!"

─맞습니다! 지금은 후퇴를!

소연과 사마엘은 어느새 크투가의 뒤를 따라 나타나고 있는 크투가의 군세를 바라보며 후퇴를 요청했지만, 메타트론은 받아들이지 않았다.

─시끄럽다! 네놈들도 신의 뜻을 따르는 천사라면 당장 공격해!

위엄 따위는 잃은 지 오래인 메타트론의 그 명령에 사마엘과 소연은 잠시 망설이는 듯하더니, 이내 몸을 돌려 허공에 통로를 만들어 냈다.

─네놈들, 도망칠 생각이냐! 이것은 반역이다! 타천이다! 이대로 물러선다면 영원히 천상에 오르지 못할 것이다!

메타트론은 엄포를 놓았지만 사마엘과 소연은 아랑곳하지 않고 통로 속으로 몸을 날렸다.

─사실 전 이미 오래전부터 악마 취급이라서 말입니다.

"저도 지금은 천사보단 인간에 가깝네요."

소연과 사마엘은 결국 전장을 벗어났고 그 모습에 몇 무리의 천사들 또한 그 뒤를 따르기 시작했다.

　—하하하! 즐겁구나! 인간이여! 네게 힘을 빌려 주었던 것은 역시나 옳은 선택이었구나! 크투가가 나알라호텝을 돕다니! 두 번 다시는 보지 못할 재밌는 광경이야!

에필로그

어두운 밤하늘이 붉게 물들더니 이내 태양이 하늘로 떠올랐다.

"모두 일어나세요."

소연은 두 손 가득 음식을 들고는 사람들이 자고 있는 방문을 두드렸고, 안에서는 졸음과 약간의 짜증이 섞인 목소리가 되돌았다.

"……소연 씨."

"너무 이르잖습니까……."

하지만 소연은 막무가내였다.

"아침 일찍 일어나는 게 건강에 좋아요."

잠시 후 긴 한숨 소리가 문을 통해 전해지고, 이불이 걷히는 소리가 이어졌다.

"예, 예. 알겠습니다."

"천사께서 말씀하시는데 따라야지요."

성진과 성은은 문을 열었고 소연은 들고 있던 음식을 그들에게 전해

주었다.

"재원 씨는……?"

소연의 물음에 성진은 방 한구석을 가리켰다. 재원은 구석 자리에 머리를 박고는 자고 있었다.

"어제 밤늦게까지 작업을 하던데 깨우지 마시죠."

성은의 말에 소연은 잠시 망설이더니 이내 고개를 끄덕였다.

"그러도록 하죠. 하지만 나중에 꼭 챙겨 드시라고 해 주세요."

"알겠습니다."

소연은 몸을 돌려 방문을 나서려 했는데, 성진이 그녀에게 물었다.

"인수 씨와 진강 씨에게 가시는 겁니까?"

"네. 지금 가려고요."

방을 나선 그녀는 베란다로 나왔다. 그리고는 날개를 활짝 펼쳐서 하늘로 날아올랐다.

노덴스에 의해 되살아나 반발력을 되찾은 지금 이 세계에 사신은 없었다. 하지만 이제 세계는 지난 세계와는 전혀 달라져 있다.

본래라면 여러 차원과 공간으로 나뉘어져 있었을 세계는 하나로 융합되어 더 이상 과거의 지도 따윈 의미가 없었고, 이전 물질세계의 법칙들 또한 통용되지 않았다.

태양 주위를 별들이 돌고, 나선 형태의 은하가 수없이 늘어서 있는 우주는 더 이상 없었다. 고대와 중세의 세계관처럼, 태양과 달, 작은 별들이 세계 주위를 돌게 되었고, 끝없이 넓은 평평한 대지에는 신들이 살았던 천상의 세계와 악마와 마신들이 통치했던 지하의 세계 등 다른 세계로 통하는 문들에 곳곳에 존재했다.

그리고 죽어 버린 세상 속에 남겨졌었던, 본래는 다른 은하, 다른 별 그리고 다른 차원에 존재했었을 여러 생명들은 이제는 같은 대지 위에서 살게 되었다.

아르카나를 포함한 연맹 뉴월드의 사람들은 비록 혼란이 있긴 했지만, 본래의 계획대로 자신들의 이상에 맞는 왕국을 건설하기 위해 노력하고 있었고, 아라디아의 경우 결국 완전한 신이 되지는 못했지만 사타나키아와 함께 주인 없는 지하 세계의 왕과 왕비로서 지하세계를 다스리게 되었다.

뱀파이어들은 현재 인간, 혹은 피를 공급해 줄 만한 다른 종족들과 평화롭게 공존하느냐 힘으로 지배하느냐라는 두 가지 이념으로 갈라져 전쟁 중이었지만, 계정이 이끄는 공존파가 아라디아와 뉴월드 그리고 다른 종족들의 도움을 받아 승리를 굳히고 있었다.

메타트론과 대부분의 천사들은 마지막 전투 때 소멸했고 현재 살아남은 천사들 중 일부는 그들의 신을 따라 새로운 세상으로, 나머지는 사마엘에 의해 규합되어 천상에서 자신들의 왕국을 세웠다.

본래 사마엘은 소연, 아니, 가브리엘에게 왕좌를 양보했었지만, 소연은 가브리엘이 아닌 소연으로서 살아가길 택하고 사람들 곁으로 찾아왔다.

노덴스의 경우 놀랍게도, 세상의 재생을 주도하며 그 힘의 중심에 있었던 덕분인지 막대한의 세상의 기운을 흡수하여 온전한 신의 육체를 얻게 되었다. 그는 이제 완전한 신으로써, 이 세상이 죽은 뒤에도 그가 원하는 새로운 세상으로 떠날 수 있게 된 것이다.

잠시 하늘을 날던 그녀는 어느 작은 계곡에 내려앉았다. 계곡 한편에는 인수와 진강이

"오셨습니까?"

그들은 그녀를 향해 손을 들어 올렸고, 소연은 그들 앞에 가볍게 착지했다.

"또 훈련 중이신가요?"

소연의 물음에 진강과 인수는 고개를 끄덕였다. 그들의 손짓에 물방

울들과 나뭇잎들이 허공에 흩날리며 기묘한 문장들을 만들어 냈다.

세상이 반발력을 되찾으면서, 진강과 인수 또한 더 이상 나알라호텝과 지토 수룬가의 힘을 사용하지 못하게 되었지만, 그들은 대신 노덴스의 대리자가 되었다.

하지만 아무래도 나알라호텝의 힘이나 지토 수룬가의 힘과는 성질이 달랐기에 훈련이 필요했다.

"지금 이 세상에서는 아무래도 힘이 필요하니까요."

"하아, 알겠어요. 하지만 두 분 다 점심 전까지는 돌아오도록 하세요."

"알겠습니다."

"그러도록 하죠."

당부를 마친 그녀는 날개를 펼치고 하늘로 날아올랐다. 인수와 진강은 다시 서로를 바라보았고 그들의 손짓에 물방울과 나뭇잎들이 다수 춤을 추기 시작했다.

"그러고 보니 요즘은 어떠십니까?"

갑작스런 진강의 질문에 인수는 고개를 갸웃거렸다.

"무슨……?"

"처음에 제게 말씀하셨잖습니까. 쓸모없는 게 너무 많고, 당신 자신도 그것들과 별다를 게 없어서 죽음을 택했다고. 여전히 그렇게 생각하십니까?"

순간, 인수가 조종하던 물방울들과 나뭇잎들의 움직임이 딱딱해지며 부자연스러워졌다. 그러나 그것도 잠시, 곧 그것들은 다시 자연스러움을 되찾았다.

"글쎄요. 잘 모르겠네요."

인수는 가만히 주변을 둘러보았다. 특별히 생각이 변한 것은 아니었다. 많은 일이 있었지만, 죽음을 선택했었던 그때의 선택이 잘못되었던 것이라고는 생각되지 않았고, 작은 후회조차 들지 않았다. 다만 세상의 죽음과 진강의 존재가 새로운 방식을 선택하게 했듯, 새로운 세상은 그에게 새로운 방식들을 제시하고 있었다.

"하지만 기왕 세상의 끝과 새로운 시작도 보았으니, 잠시만 더 지켜보고는 싶군요."

〈파이널 미솔로지 完〉

FINAL MYTHOLOGY 파이널 미솔로지

1판 1쇄 찍음 2013년 4월 2일
1판 1쇄 펴냄 2013년 4월 5일

지은이 | 김지환
펴낸이 | 정 필
펴낸곳 | 도서출판 **뿔미디어**

편집장 | 이재권
기획 · 편집 | 심재영
편집디자인 | 이진선
관리, 영업 | 김기환, 임순옥

출판등록 | 2002년 9월 11일 (제1081-1-132호)
주소 | 부천시 원미구 상3동 533-3 아트프라자 503호 (우)420-861
전화 | 032)651-6513 / 팩스 032)651-6094
E-mail | bbulmedia@hanmail.net

값 8,000원

ISBN 978-89-6775-246-0 04810
ISBN 978-89-6639-777-8 04810 (세트)

※파본은 구입하신 서점에서 교환하여 드립니다.

※이 책은 (도)뿔미디어를 통해 독점 계약되었습니다.
저작권법에 의해 보호를 받는 저작물이므로 무단 전재와 무단 복제를 엄금합니다.

http://www.bbulmedia.com

http://www.bbulmedia.com